파울 첼란
Paul Celan

정명순

신아사

이 저서는 2014년 정부(교육부)의 재원으로 한국연구재단의 지원을 받아 수행된 연구임 (NRF–2014S1A6A4026017)

진실한 손만이 진실한 시를 쓴다.

Nur wahre Hände schreiben wahre Gedichte.

책머리에

"독문학을 공부하는 사람은 첼란을 지나쳐서는 안 된다." 유학시절 독일문학사 강의에서 노 교수가 한 이 말은 지금까지 생생하게 나의 뇌리에 남아있다. 전후 대표 독일시인으로 손꼽히는 '파울 첼란'은 독일인들에게 나치즘과 홀로코스트의 기억을 소환하는 이름이다. 따라서 노 교수의 말은 독일의 후세대 독문학도들에게 자신들의 부끄러운 역사를 외면하거나 무심하게 지나쳐서는 안 된다는 외침이었다.

나치와 함께 야만의 시대가 된 20세기, 이 시대로부터 시작하여, 이 시대와 더불어, 이 시대를 끝까지 생각했던 첼란은 불의한 나치권력에 이용당한 언어를 철저히 의심했다. 끔찍한 나치만행에 편승하여 유쾌한 음을 내던 언어에 대한 회의와 진실을 드러낼 수 있는 참된 언어에 대한 갈망으로 시인 첼란은 고독하고 고통스런 언어의 순례를 떠날 수밖에 없었다. 강제수용소에서 집단으로 살해되어 한 줌의 재가 된 이들의 고통과 전후에도 여전히 야만적이고 비인간적인 현실을 첼란은 아름다운 언어보다 진실한 언어로 증언하고자 몸부림쳤다.

대학원 시절에 난해한 첼란의 시들을 처음으로 접한 이래 나는 오랫동안 첼란 시문학을 붙들고 있었다. 아우슈비츠를 살아남아 죽은 자들을 대변하는 사명을 스스로 짊어진 시인, 역사의 어두움을 드러내고 진실을 밝히고자 언어와 사투를 벌이는 첼란은 이 시대를 살아가는 우리에게도 분명한 메시지를 던지고 있기 때문이었다. "아우슈비츠 이후에도 서정시를 쓴다."는 오해에서부터 "누군가는 죽은 자를 위해 노래할 수 있어야 한다."는 이해에 이르기까지 이 모든 것을 고독과 고통으로 직면한 시인 첼란이 트라우마로 얼룩진 우리 시대를 증언하는 시인으로 다가오기도 하였고, 진실한 언어, 희망의 새 언어를 꿈꾸는 시인의 모습이 나를 붙들고 놓아주지 않았다.

첼란의 시를 붙들고 있어온 오랜 시간이 첼란의 시에 대한 이해의 깊이를 의미하지는 않는다는 것을 잘 안다. 하지만 첼란의 시문학에 대한 국내 독자들의 이해를 조금이라도 도울 수 있다면 나의 보람이라 생각하여, 부족하지만 시와 산문에 대한 해설을 덧붙이고자 시도했다. 제1장에서는 첼란의 인생에 대한 이해의 토대를 제공하고자 첼란 탄생 당시의 시대 배경과 함께 부코비나에서의 출생으로부터 파리에서의 마지막 시간까지 첼란의 영원한 망명자로서의 삶을 조명했다. 제2장은 10편의 시집과 초기 시작품에서 뽑은 시들을 우리말로 옮기며 시 이해를 돕는 간단한 설명을 덧붙였다. 제3장에서는 첼란의 주요 산문과 그의 시론을 담고 있는 문학상 수상문에 대한 소개와 해설을 시도했다. 제4장에서는 첼란이 교류했던 작가들, 나아가 문학적 연결점이 느껴지는 작가들과의 비교·해설을 시도함으로써 첼란 시문학에 대한 이해의 깊이를 더해보고자 했다.

오랜 시간 첼란의 시들을 붙들고 있었지만 그의 시의 난해함을 핑계로 삼기에는 나의 부족함이 너무 크다는 걸 생각하면 부끄러움이 앞선다. 막상 출판하려고 하니 시간의 압박 속에 작업이 진행되어 수많은 번역과 해석의 오류들을 바로 잡지 못하는 안타까움까지 더한다. 부끄럽고 주저되지만 미래의 독자를 향해 띄워 보낸 첼란의 '병 속 편지'를 전달하려는 마음 하나로 탈고를 결심하고 출판에 넘긴다. 여전히 비인간적인 현실 앞에서 통곡하는 이들, 마음의 고향을 상실하고 떠도는 고독한 영혼들에게 첼란의 시들이 희망의 언어로 다가갈 수 있기를 바란다. 만남의 '자오선'을 그린 첼란의 시문학이 이 책을 통해 읽는 이들의 마음에 와 닿아 하나의 자오선이 그려진다면 더없는 기쁨으로 생각할 것이다.

2019년 5월

정명순

목차

제2장 첼란의 시작품

제3장 첼란의 산문과 문학상 수상문

제4장 첼란과 작가들

제1장

파울 첼란의 생애

1. 부코비나 체르노비츠 시절 (1920–1940)

마음의 고향 부코비나: 책과 사람이 어울리는 곳

'아우슈비츠'를 겪고 살아남은 유대인, 부모를 비롯해 사랑하는 사람들의 참혹한 학살을 오롯이 견뎌내야 했던 슬픔의 사람, 고향을 잃은 이방인, 왜곡된 역사와 감추어진 진실을 파헤치며 절망 속에서 희망을 노래한 시인 파울 첼란! 그는 1920년 11월 23일, 제1차 세계대전까지 '작은 빈'이라 불린 문화도시, 부코비나의 체르노비츠에서 태어났다. 아버지 레오 안첼 타이틀러와 어머니 프리데리케는 "파울"이라는 이름과 함께 유대교 유월절의 의미를 담은 "페사흐(Pessach)"라는 이름으로 아이를 불렀다.

부코비나는 소련과 루마니아에 걸친 국경 지역으로 제1차 세계대전 종전까지 합스부르크 왕가의 별도 왕령으로 통치되는 오스트리아령이었다. 첼란의 부모가 살았던 수도 체르노비츠는 당시 교육과 상업의 중심지였다. 1918년 오스트리아–헝가리 제국이 무너지면서 부코비나는 루마니아 통치를 받았다. 그런데 부코비나 북부지역은 1940년 소련에 의해 점거되었고, 1941년에는 독일에 점령되었다가 1944년 다시 소련군의 차지가 되었다. 그리고 1947년 평화협정에 따라 오늘날까지 우크라이나 영토가 되었다. 시대의 혼란 속에서 이리저리 찢겨야 했던 첼란의 고향 체르노비츠의 험란한 운명은 앞으로 그가 겪게 될 고난의 예고편과도 같았다. 1957년 브레멘 문학상 수상기념 연설문에서 첼란은 부코비나를 '정신적으로 풍요로운 고향'으로 소개한다.

> 제가 여러분을 만나고자 떠나온 곳을 여러분은 모르실 것입니다. 그 곳은 하시디즘의 역사가 담긴 곳입니다. 마틴 부버가 우리 모두에게 독일어로 하시디즘의 역사를 가르쳐준 곳입니다. 이렇게 멀리 떨어져있는 내 눈에 어른거리는 그곳을 저는 지형학적 위치에 덧붙여 인간과 책이 함께 어울렸던 곳이라 말하고 싶습니다.[1]

언어의 순례자

부코비나에서 대부분의 유대인 가정이 그랬던 것처럼 첼란은 집에서는 독일어를 사용했다. 어머니는 어린 아들에게 독일 고전과 동화, 독일 노래를 들려주고 일상에서 독일어를 사용하게 했다. 부코비나에서는 우크라이나어, 루마니아어, 독일어, 독일 슈바벤지방 사투리, 히브리어 등 다양한 언어들이 사용되었다. 첼란이 태어난 시기에는 십만 명의 체르노비츠 주민 가운데 유대인이 절반에 달했는데, 첼란은 집에서는 독일어를, 학교에서는 루마니아어를 사용하였다.

아버지가 아들 첼란의 유대 정신교육을 중시하였다면, 어머니는 독일어 교육을 더 중시하여 집에서 늘 표준 독일어로 대화하는데 힘썼다. 이러한 배경으로 인해서 첼란의 시문학을 에워싸고 있는 어머니에 대한 추억들은 "모국어"인 독일어와 연결되고 있다. "어머니의 말씀이 (나를) 이끌었다"고[2] 표현한 반면, 아버지에 대한 추억은 첼란의 시문학에 거의 나타나지 않는다. 정통 유대주의자였던 아버지 레오 안첼의 강한 시오니즘과 외아들 첼란에 대한 많은 기대와 요구는 예민한 성격의 첼란을 두렵게 만들었다.

첼란은 독일어를 모국어로, 히브리어를 제2모국어로, 그리고 국어가 된 루마니아어로 말하며 자랐다. 언어적 자질이 뛰어나서 그밖에도 불어, 러시아어, 영어를 자유자재로 구사했지만 글쓰기에서 독일어를 고집했다. '시는 모국어로 써야한다'고 믿었기 때문이다. 첼란은 여러 언어들에 능숙하였고, 새로운 언어를 쉽게 배우는 언어적 소질을 가졌음에도 모국어 이외에는 어떤 언어로도 시를 쓰지 않을 것이라고 친구 룻에게 말하곤 했다.[3]

하지만 첼란에게 독일어는 어머니를 통해 체득한 모국어이기도 했지만, 사랑하는 부모와 유대민족을 말살하려한 학살자의 언어이기도 했다. 나치즘을 미화하고 홍보하는데, 그리고 거짓과 허위증언들을 위해 사용되었고, 유대인 말살계획을 세우는데 사용된 언어였다. '어머니의 언어'이지만, '살인자의 언어'인 독일어로 시를 쓰면서 첼란은 어떤 시인보다도 언어에 대해 깊이 회의했다. 그가 정확한 독일어를 쓰도록 그토록 애쓰던 어머니, 그러나 독일어를 모국어로 하는 독일인에 의해 처참하게 학살당한 어머니를 향한 시인의 질문은 언어와 함께 다가오는 피할 수 없는 고통을 담고 있다.

그리고 어머니, 언젠가, 아, 집에서처럼, 참고 들으시나요?
이 낮은, 독일어의 운을, 이 고통스러운 운율을?[4]

자신의 체험에 대한 직접적인 묘사의 절제와 언어에 대한 끊임없는 검열은 모국어에 대한 첼란의 불신에서 비롯된 것이다. 이는 정치적으로 오용되고 타락한 언어에 대한 검열이며, 모국어로서 살인자의 언어가 된 언어 자체에 대한 거부이기도 하다. 거짓되고 왜곡된 현실을 진단하고 진실을 드러낼 수 있는 새 언어를 얻기 위해서 그의 언어는 점점 침묵으로 향해간다. 고통과 사색의 공간인 침묵을 통해서 다듬어지고 절제된 언어, 현실을 참되게 묘사할 수 있는 말을 얻고자 시인은 고통스런 언어의 순례로 나아갈 수밖에 없었다. '어두운 야만의 시대', 이 시대로부터 시작하여, 이 시대와 더불어, 이 시대를 끝까지 생각했던 첼란은 언제나 독일어로 창작하기를 고집하면서도 늘 이 언어를 의심했다.

베를린 "수정의 밤"

1933년 히틀러가 집권하면서 독일 지역을 시발로 유대인에 대한 박해가 전개되어 점차 확대되어갔다. 1934년 점점 심해지는 반유대주의 분위기로 첼란은 학교를 옮겨야 했다. 고교시절 라디오로 듣게 된 히틀러의 궤변에 분노한 첼란은 안티파시즘 청년단에 가입했다. 이 학생그룹 구성원 대부분이 유대인이었다. 이 그룹은 "붉은 학생 Roter Schüler"이라는 이름의 잡지를 발간하고, 각종 기고문과 마르크스주의 이론서들을 루마니아어로 번역했다. 1936년에는 스페인 공화주의자들을 위해서 기금모금을 하기도 했다. 첼란은 공산주의와는 거리를 두었지만 무정부주의와 사회주의에 대해서는 평생 친근감을 보였다.

하지만 첼란은 정치에 관심을 가진 급진주의자라기보다는 괴테, 실러, 하이네, 트라클, 휠덜린, 니이체, 발레르, 랭보, 호프만스탈, 카프카 등 문학가들에게 더 큰 관심을 가진 우울한 문학소년이었다. 그는 열다섯 살에 시를 쓰기 시작하면서 친구 봐이스글라스와 독일어로 쓴 시들을 서로 주고받았다.

점점 심해지는 유대인 배척 기류 때문에 학교를 옮겨 다니며 1938년에 김나지움을 졸업했으나 정치적 상황은 첼란이 원하는 대학에 입학하는 걸 어렵게 만들었다. 루마니아 유대계 학생들은 김나지움 졸업 후 오스트리아 대학에 입학하는 것이 관례였었는데, 이제 이게 불가능해지고 루마니아 의과대학도 유대인의 입학을 허용하지 않았다. 1938년 봄, 독일 군대가 이미 빈에 진입하였다. 첼란은 어머니의 지원에 힘입어 아버지를 설득하였고, 1938년 11월 9일 의학공부를 위해 프랑스 뚜르 Tour 대학으로 향했다. 기차를 타고 베를린을 지날 무렵 유대인 박해의 시발점이 된 "수정의 밤"이 진행된 직후였다. "크라카우를 지나서 도착한 기차역에 내린 너의 시선에 아침에 생겨난 한 줄기 연기가 흘러든다." 이 시속에 그의 아픈 마음을 담고 있다.

첼란은 파리에서 난생처음 영어로 공연되는 셰익스피어 극작품을 보고, 시민전쟁을 피해 건너온 스페인 이민자들을 만나며 의학보다 아방가르드 예술에 더 관심을 가졌다. 유대계 초현실주의 예술가 이오네스코와 브레통의 작품을 접하면서 초현실주의로 눈을 돌렸다. 1939년 여름 잠시 집에 돌아왔던 첼란은 다시 파리로 돌아가지 못한 채 체르노비츠에서 로만문헌학 공부를 시작하지만 학업은 다시 중단되었다.

1939년 알게 된 에디트의 아버지 서재에서 독일어 서적들을 접하면
서 호프만스탈, 카프카 등 독일 문학작품들을 읽어 나갔다. 히틀러와
스탈린의 휴전협정, 그리고 전쟁 틈새에 1940년 6월 소련군대가 체르
노비츠를 차지하였다가 1941년 6월에는 독일군대가 다시 점령했다.
첼란의 몇몇 친구들은 소련으로 피신하였고, 다른 몇몇은 소련군대에
강제입영 당했다. 1941년 7월 5일 루마니아군대가 체르노비츠에 진군
하여 약탈을 시작하면서 소련군에 부역했다는 죄목으로 유대인과 우
크라이나인들을 처형하기 시작했다. 나치의 유대인 박해가 갈수록 심
해지는 와중에 부모는 수용소로 끌려가고 첼란은 강제노역에 동원되
었다. 18세에서 50세에 이르는 모든 유대인은 강제노역을 해야 했기
때문이었다.

2. 전쟁이 남긴 상처 (1941–1945)

부모의 죽음

1941년 7월 5일 루마니아군대와 독일특수부대가 체르노비츠에 들
어와 약탈과 방화를 저지르면서 유대인에 대한 박해가 시작되었다.
체르노비츠에 뿌리내린 600여년의 유대인 역사가 말살되기 시작한 것
이다. "잠들지 마라. 조심하라. 노래하는 걸음걸이로 포플라들이 전쟁
시민들과 함께 행군한다. 연못들은 너의 피로 모두 물들었다." 첼란

의 초기 시는 유대민족에게 닥친 고난의 길을 예고한다. 첼란은 강제노역대상자로 분류되면서 다리공사 잔해들을 실어 나르고 파괴된 건물들의 잔해를 치워야했다. 나중에는 러시아 서적들을 모아 소각하는 작업을 했다. 1942년 6월 유대인들이 게토로 연행될 즈음, 소비에트 점령시기에 소련군 통역사로 일하면서 알게 된 유대인 극단의 배우 룻은 6월 27일 밤 화장품 공장에서 밤을 보내도록 첼란을 설득했다. 그는 부모에게 같이 피신할 것을 간곡히 부탁했지만 어머니는 "운명을 벗어날 수는 없지. 수용소에도 많은 유대인들이 지내고 있잖니."⁵라며 다가올 고난에 체념한 듯한 모습을 보였다. 어머니는 유대인에 대한 박해가 얼마나 심각한 상황인지 아직 알지 못했다. 끌려간 이들 중 삼분의 이가 학살당했다는 사실을 아직 알 리 없었다. 집을 떠나지 않으려는 아버지와 다투고 화가 난 첼란은 그 밤에 집을 나와서 친구에게 갔다. 다음날 아침 집에 갔을 때는 빗장 문이 열려 있었고 부모는 보이지 않았다. 첼란의 지인 가운데는 이전에 정거장으로 쫓아가서 자신의 부모를 기차에서 빼내어 구해낸 일이 있었다. 1942년 6월에 부모와 함께 끌려간 두 친구가 거의 2년 동안 부모들 곁에 머물다가 체르노비츠로 함께 돌아오기도 했다. 첼란은 자신은 이런 시도를 한 번도 해보지 않았다는 것에 대해서 심한 죄책감을 느꼈다. 부모와 함께 갔더라면 부모의 죽음을 막을 방법을 찾을 수도 있지 않았었을까 하는 후회와 함께 첼란은 수용소에서 죽은 부모의 죽음에 대한 죄책감으로부터 평생 벗어나지 못했다.

　강제노역에 끌려간 첼란에게 사람들이 거기서 뭘 하는 지를 물으면, 그는 "삽질!"이라고 대답했다. 19개월의 강제노역 기간에 첼란은 시를 쓰고, 셰익스피어의 소네트, 발레르, 에이츠 등의 시를 번역했다. 이 시기에 쓴 75편의 시들은 사랑하는 이들에 대한 그리움과 옛 기억에 대한 우울함으로 가득하다.

아버지가 1942년 가을 티푸스로 죽었다는 소식을 보내는 어머니의 편지를 "수도사 복장의 가을이 소식을 전했습니다, 우크라니아 산비탈에서 온 나뭇잎 하나에."로 시작하며 첼란은 슬퍼할 아들을 위로하는 어머니의 심정을 적고 있다. 1942년 말 또는 1943년 초 수용소를 도망쳐 나온 친척이 첼란의 어머니가 노동할 수 없는 허약한 상태가 되어 총살당했다는 소식을 전했다. 1943년 봄 룻에게 쓴 편지에서 첼란은 "이제 봄이련만 [...] 나는 몇 년 전부터 계절이 바뀌고 꽃이 피는 것을, 그리고 밤이 지나고, 시간이 흐르는 것을 전혀 느끼지 못하고 있다."고 사랑하는 사람을 잃은 아픔을 적고 있다. 채석장으로만 불렸던 외진 들판에서 강제노동에 시달리다 죽어간 부모의 죽음은 첼란의 시에서 "겨울 눈"이 되어 내린다. "우크라이나는 그렇게 푸르구나, 금발의 어머니는 고향으로 돌아오지 못했지"라고 아직 젊은 나이에 죽어간 어머니의 죽음을 슬퍼한다. 1944년 2월 모든 강제노역장이 해체되면서 첼란은 체르노비츠로 돌아와 살아남은 친지들과 함께 부모의 집으로 들어갔다. 1944년 9월 북부코비나 지역을 소련이 다시 점령하면서 문을 연 체르노비츠 대학에서 첼란은 영문학 공부를 시작하고 지역신문에서 번역가로 일했다. 다음해 2월에 첫 번째 시집을 필사본으로 정리하고, 가을에 인쇄원고로 마무리했다. 이 시집에 첼란이 강제노역장에 있을 때 룻에게 보낸 시들이 실려 있다. 룻은 이 시집을 부카레스트의 스페르버 Alfred Margul-Sperber에게 소개했다.

안첼에서 첼란으로

1944년 초 강제노역에서 풀려나 집에 돌아와서 그동안 쓴 시 93편을 인쇄원고로 정리했다. 소련군대가 주둔하는 동안에는 군 입대를 피하기 위해서 정신병원 의사도우미로 일하며, 인쇄비를 마련하기 위해서 번역 일을 맡았다. 소련에 의해 그해 가을 다시 문을 연 체르노비츠 대학에서 영문학 공부를 시작할 수 있었지만, 첼란은 소비에트 공화국에 합병된 부코비나를 떠나 자유로운 곳에서 살기 원했다. 무엇보다 그간 정리한 시 원고들을 출판할 길을 찾았다. 1945년 4월 말 첼란은 러시아에 합병된 고향 체르노비츠를 떠나서 부카레스트로 이주했다. 이곳에서 많은 작가들, 예술가들과 교류하며, 1947년 5월 2일 「죽음의 푸가 Todesfuge」를 루마니아어로 신문에 발표했다. 그리고 아고라 잡지에 세 편의 시를 독일어로 발표하면서 첼란 Celan이라는 필명을 사용하기 시작했다.

새벽의 검은 우유 우리는 그것을 저녁에 마신다
우리는 그것을 마신다 점심에 아침에 우리는 그것을 밤에 마신다
우리는 마시고 마신다 (「죽음의 푸가」 부분)

3. 고향 상실과 방랑의 시작 (1945–1948)

루마니아 부카레스트 시절

  루마니아에서 독일어 작가인 첼란의 미래는 그리 밝지 않았고, 정치적 상황도 점점 심각해졌다. 1947년 12월 공산주의자들의 압박으로 루마니아 국왕이 물러나고 공화국이 공포되면서 첼란은 마침내 부카레스트를 떠나야했다. 그의 배낭에는 시를 쓴 공책 외에는 그의 미래에 도움이 될 만한 아무런 증명서도 들어있지 않았다. 국경에서 헝가리는 루마니아에서 도망한 자들을 루마니아로 돌려보냈고, 루마니아는 이들을 체포하여 총살했다. 첼란은 위험한 국경을 넘어서 헝가리 겨울 벌판을 헤맸다. 텅 빈 역사에서 불안한 밤을 보내며, 끔찍스러운 여행을 한 끝에 마침내 오스트리아 빈에 도달할 수 있었다.

오스트리아 빈 시절

  빈은 첼란이 어린 시절부터 동경하던 곳이었기에 전쟁이 끝난 후 이 도시로 가기를 간절히 원했다. 독일어를 말하지만 독일이 아닌 곳이기 때문이었다. 하지만 빈은 생각했던 것과 달리 그가 적응하기에 녹록치 않았다. 1947년 12월 17일 빈에 도착한 첼란은 며칠 동안 난민촌에 머물다 아가톤 갤러리에서 멀지않은 곳에 새 집을 얻었다. 첼란은 빈에 머무는 동안 잡지 "플랜 Plan"을 출간하는 편집장 바질 Otto

Basil을 만나 친분을 맺었다. 그는 이미 스페르버가 우편으로 보낸 첼란의 시들을 받고 출판을 준비하고 있었다. 스페르버가 바질에게 보내는 추천장은 체르노비츠 출신 첼란이 대도시 빈에서 문학 친구들을 사귀는데 약간의 도움이 되었다. 1948년 2월 첼란의 17편의 시가 "플랜"에 실렸다. 리크너 Max Rychner는 첼란의 시들을 취리히에서 출판했다. 첼란은 그 당시 널리 알려진 초현실주의 화가 즈네 Edgar Jene를 비롯하여 바흐만 Ingeborg Bachmann, 도르 Milo Dor, 데무스 Klaus Demus 등을 친구로 사귀었지만 빈에서의 삶은 경제적, 정신적으로 힘들었다. 정신적 아버지와 같았던 스페르버, 그리고 고민을 나누던 동료들과 함께 했던 부카레스트의 시간이 그리웠다. 스물두 살 나이차의 부코비나 출신 유대 시인 스페르버는 첼란에게 아버지 같은 친구이며, 든든한 후원자였다. 빈에서 첼란이 그에게 쓴 편지에서 "나의 관대하고 너그러운 보호자 스페르버"라고 부른 호칭은 스페르버를 향한 첼란의 각별한 존경과 애정을 말해준다.

첼란이 빈에 머무는 기간은 몇 달 되지 않는데, 1948년 5월 즈네 집에서 바흐만과 만나게 되었다. 이 때 바흐만은 22세, 첼란은 28세였다. 첼란이 몇 주 후 파리로 이주하였는지라 둘이 함께 보낸 시간은 짧았다. 하지만 둘 사이에는 빈과 파리를 오가는 서신교환과 파리에서의 재회로 이어졌고, 여러 번의 관계단절과 소통의 시도들이 계속되었다. 빈에서 첼란과 바흐만의 운명적인 만남은 두 시인의 문학과 삶에 풍요로움과 함께 고통스런 상처를 남겼다. 첼란이 빈에서 쓴 시의 대부분은 바흐만에게 향한다.

거울 속은 일요일이고
꿈 속은 잠이 들고
입은 진실을 말한다.

내 눈은 연인의 음부로 내려간다.
우리는 서로 바라본다.
우리는 서로 어두움을 얘기한다.
우리는 서로 양귀비와 기억처럼 사랑한다.
우리는 잠을 잔다, 조개에 담긴 포도주처럼,
달의 피 빛 줄기에 잠긴 바다처럼.

우리는 부둥켜안은 채 창가에 서있고, 거리의 그들이 우리를 바라
본다.
사람들이 알아야 할 시간이다!
돌이 꽃피울 시간이다,
불안이 가슴을 때릴 시간이다.
무르익은 시간이다.

그 시간이 왔다. (「코로나」부분)

두 사람이 서로 평범한 연인처럼 사랑을 나누기에는 출생부터 너무
달랐다. 어두운 시대에 대한 기억과 과거의 그림자가 여전히 드리워진
현실에서 두 사람의 사랑은 위태롭고 불안했다. 학업을 계속할 수 없
는 상황인데다 적절한 일을 찾을 수 없어 생활고를 겪던 첼란은 빈을
떠나 1948년 7월 5일 프랑스로 떠났다. 가는 길에 인스부르크 뮬라우

에 있는, 게오르크 트라클의 묘지에 들려 꽃과 버드나무 가지를 헌정
했다. 8월에 즈네의 전시회가 열렸고, 즈네의 전시회 카탈로그에 첼란
의 산문 "에드가 즈네와 꿈의 꿈"이 실렸다. 9월에는 『유골단지의 모
래』가 빈에서 출간되었지만 너무 많은 오타로 나중에 회수되는 사태
가 벌어지기도 했다.

4. 파리에서의 새로운 시작 (1948–1953)

부코비나는 소련령이 되었고, 루마니아는 공산주의국가로 바뀌었
으며, 오스트리아에서는 희망이 보이지 않았고, 독일은 언급할 나위
도 없는 상황에서 첼란이 생각할 수 있는 마지막 은신처는 프랑스뿐
이었다. "낯선 자들 앞에서 노래한다."는 시 구절처럼 고향이 될 수 없
는 빈과 달리 파리는 첼란에게 좀 더 매력적인 곳으로 다가왔다. 불어
를 유창하게 구사하였고, 잠깐이나마 전쟁 전 학교를 다닌 적이 있기
에 파리라는 도시는 그에게 조금 익숙했다. 파리에서 첼란은 보들레
르, 발레르, 랭보 등 초현실주의 작가들의 작품을 번역하기 시작했다.
파리에서도 불안은 도처에 도사리고 있었지만 창작에 대한 그의 갈증
이 이방인의 고단한 삶을 견디게 했다. 파리에 도착한 지 몇 주 후 친
척에게 쓴 편지에서 첼란은 "시인이 시 쓰기를 포기해야 할 어떤 이유
도 없다. 그가 유대인이고 그 시의 언어가 독일어일지라도"[6]라고 적고
있다. 그의 독일어에 대한 집착과 시 창작을 향한 간절한 염원이 첼란
이 안전한 이스라엘을 택하지 않고 유럽에 남은 이유였다.

1948년 7월 13일 파리에 도착한 후 첼란은 처음에는 장학금과 독일어 강의, 번역, 발전소 일을 하면서 생계를 유지해 나갔다. 가을에 소르본 대학에 입학하여 독문학과 언어학 공부를 시작했다. 1949년 이모가 있는 런던으로 처음으로 여행하면서 프리트 Erich Fried를 만났다. 프리트도 첼란처럼 유대인 혈통으로 부모들이 나치에 의해 죽임을 당한 아픔을 가지고 있었다. 나치를 피해 런던으로 망명하여 정착한 프리트는 첼란에 대한 존경과 애정을 가지고 있었다. 그러나 1950년대 말부터 두 시인의 관계는 점점 소원해지는데, 그 원인은 나치의 만행에 대한 공통된 체험에도 불구하고 현실을 표현하는 방식이 서로 다른 데 있었던 것으로 보인다. 첼란의 죽음 소식을 접했을 때 프리트는 "마침내 그의 잊을 수 없음이 점점 강하여져서 그의 존재를 압도했다."고 생전에 첼란을 짓눌렀던 나치즘의 망령으로 인한 시인의 아픔과 고통을 애도했다.

파리 시절 초기에 첼란은 카슈니츠의 중개로 그의 초기 작품들을 독일에서 출판했다. 그리고 프랑스 작품의 독일어 번역을 시작한 후 한번 번역을 시작하면 일을 손에서 놓지 못했다. 이즈음 그는 자신의 글을 거의 쓰지 못했다. 생계비를 벌기 위한 경제적인 이유가 그 원인이기도 했지만 첼란은 "어떤 말할 수 없는 것이 나를 제약한다."고 스위스 작가 리크너Max Rychner에게 호소한 바 있다. 그리고 자신이 '카프카의 우화 「법 앞에서」처럼 살고 있다'고 덧붙인다. "안간힘을 다해서 시에 달라붙을수록, 시를 위해 할 수 있는 것은 줄어든다. 내 공명심이 커서 내 손을 묶어놓고 있는 것 같다."고 이즈음의 심정을 토로

하고 있다. 새로운 시집 발간 문제로 독일 출판사와 싸우면서 그는 마치 거대한 벽과 싸우고 있는 느낌을 받았다. 첼란은 1949년을 "음지와 어두움의 해"라고 표현했다.[8] 1948년부터 1952년까지 한 해에 7–8편 정도에 그칠 만큼 거의 작품 활동을 하지 못했다. 공장노동자로, 통역가로, 번역가로 생계를 이어가며 내적 방황을 겪으면서, 파리 에꼴에서 문헌학과 독일문학 공부를 다시 시작했다. 이때 어떻게든 길을 찾으려 몸부림치던 그에게 몇 년 후 치명적인 결과를 가져올 만남이 시작됐다. 루마니아 스승 스페르버는 프랑스 표현주의와 초현실주의 시인 이반 골(1891–1950)을 방문하도록 주선했다. 첼란은 1949년 11월 자신의 시를 소개하기 위해서 이반 골을 방문하고 『유골단지의 모래』를 전했다. 이반 골은 첼란의 시문학을 높이 평가하고, 죽기 얼마 전 첼란에게 그의 시들을 독일어로 옮겨주기를 부탁했다. 이 후 첼란은 세권의 시집을 번역했으나 출간되지 못한 채 남았다. 골의 아내 클레르 골은 그 이유는 첼란의 문체가 너무 강하게 드러나서였다고 나중에 주장했다. 이 시기에 첼란은 프랑스와 루마니아 초현실주의자들의 작품들을 번역하긴 했지만, 동시에 초현실주의로부터 거리를 두었다.

  1950년 11월에 프랑스 귀족 출신 그래픽 예술가 지젤 레스트랑주(1927–1991)를 알게 되었다. 지젤의 집안은 내세울 것이 아무 것도 없는 가난한 유대 시인 첼란을 강하게 밀쳐냈지만, 두 사람은 1952년 12월 23일 가정을 이루었다. 1953년 10월 7일 첫 아들이 태어나지만 며칠 살지 못하고 세상을 떠났다. "네가 어스름 속에 열어두고 가버린 문. 그 문이 닫히고 닫히는 소리를 들으며 아직 여물지 않은 너를 옮긴다."고 첼란은 아들의 죽음을 슬퍼하였다.

"47그룹"에서 낭송

바흐만과 오스트리아 친구들의 추천으로 1952년 독일 니렌도르프에서 열리는 '47그룹'에 참석하기 위해서 첼란은 1938년 이후 처음으로 독일 땅을 밟았다. 전후 독일의 변화된 상황에 대해 그가 예민하게 반응한 점은 놀랄만한 것은 아니었다. 함부르크 시내에서 자동차에 치인 개를 보고 길 가던 여인들이 매우 안타까워하는 모습을 보면서 첼란은 "개 한 마리 때문에 사람들이 저리 슬퍼하는 구나!"라고 말했다 한다. 수많은 무고한 사람들을 강제수용소로 보내고 가스실에서 죽인 그들이 개의 죽음에 대해 보이는 연민이 서로 어울려 보이지 않았기 때문이었다. 또 다른 지인은 첼란이 과묵하고 폐쇄적이었다고 기억하며, 다음과 같이 그의 말을 인용했다. "젊은 독일작가들과 처음 대면하는 자리에서 정말 궁금했지. 그들은 무엇에 관심을 갖고 있고, 무슨 얘기를 나누는지 말이야. 그런데 그들이 주로 나누는 얘기는 폴크스바겐이었다네."

47그룹은 작품을 낭독한 후 자유롭게 토론하기를 즐겼다. 전후 1947년에 결성된 이 문학그룹은 순수문학보다는 참여문학을 더 선호했다. 동유럽 출신 작가로서 파리에 살고 있는 첼란의 시는 낭송을 듣는 독일작가들에게 그리 익숙하지 않은 어감이었다. 첼란은 「광야의 노래」, 「이집트에서」, 「만델을 세라」, 그리고 그때까지 별로 알려지지 않았던 「죽음의 푸가」를 낭송했다. 긴장했었는지 첼란은 시들을 격정적으로 매우 빨리 읽었다. 독일작가들 몇몇은 후에 비꼬듯 첼란의 억양과 운율을 흉내 내었다고 바이겔은 기억한다. 그룹 대표였던 베르너 리히터는 첼란이 유대회당에서 노래하듯 "새벽의 검은 우유"를 낭송했다고 전한다. 격앙된 그의 음절은 참석자들의 호감을 불러일으키진 못했지만, 독일방송은 그에게 방송 출연을 요청했고, 한 출판사는 그와 판권계약을 맺었다. 이후 첼란은 47그룹에 더 이상 참석하지 않았지만, 독일 여러 도시와 방송에서 시를 소개하는 낭송회를 가지며 꾸준히 독일을 방문했다.

오랫동안 기대를 모았던 시집 『양귀비와 기억』이 1952년 12월 출판되었다. 이 시집 한가운데 들어간 「죽음의 푸가」는 몇몇 독자들의 관심을 모으긴 하였지만 큰 반향을 일으키지는 못했다. 독일 비평가들의 평가는 파리에서 독일 독자들의 반응을 기다리던 첼란을 긴장시킬 수밖에 없었다. 카를 클로로우는 첼란의 뛰어난 시적 형상화에서 초현실주의를 떠올렸다. 프랑크푸르트 알게마이네 차이퉁은 「죽음의 푸가」를 통해 첼란이 '끔찍한 방식으로 부모를 잃고 "표현할 수 없는 것"을 표현하고 있다'고 소개했다. 빈의 한 가톨릭신문은 첼란의 출신과 전쟁 테마를 언급하며 그와 샤갈, 라스커 실러, 트라클, 말라르메와 비교하면서 첼란의 시가 몽상에 깊이 젖어있다고 평했다. 피온테크는 샤갈의 마술적인 몽타쥬 그림과 비교할만하다고 평했다. 한편 첼란의 시는 "손가락 연습", '살아남기 위해 쏟아내는 단어들' 등으로 혹평, 폄하되기도 했다. 이때 『양귀비와 기억』에 대한 평가에 자극받은 클레르 골이 1953년 8월 독일의 여러 출판사, 작가, 비평가들에게 공개편지를 보내 첼란이 이반 골을 모방하였고, 골의 표현과 형상들을 교묘히 이용하였다고 험담하는 사건이 발생했다.

표절시비: '골 사건'

이른바 '골 사건'은 미국 독문학자 엑스너 Richard Exner가 당시 학생 신분으로 이반 골의 유고집 『꿈의 약초』와 첼란의 시집 『양귀비와 기억』 사이의 유사함을 골 부인에게 제시하면서 시작되었다. 클레르 골은 엑스너의 말을 근거로 첼란을 남편 이반 골의 모방자요, 표절자라고 비방하는 글을 독일 출판사, 잡지, 방송국에 보낸 것이다. 시 번역료 지불과 관련하여 첼란을 도덕적으로 폄하하면서 첼란의 시와 시에 대한 평론을 실어주지 말라는 요구를 하였다. 이런 내막을 알지 못했던 첼란은 한참 후에야 피셔출판사 편집인을 통해서 사건의 진위를 알게 되었다. 증거는 대지 못한 채 사적인 감정만 내세운 클레르 골의 편지에 대해 정작 편지를 받은 사람들은 별 반응을 하지 않았다.

첼란도 클레르 골의 표절시비가 대꾸할 가치도 없다고 여겨서 적극적으로 대응하지 않았다. 하지만 이 일은 후에 그를 괴롭히고 망가뜨리는 단초가 되었다. 클레르 골에 맞서는 대신 첼란은 다른 일에 전념했다. 하이데거 읽기였다. 1951년부터 그의 글들을 깊이 파고들기 시작했던 첼란은 『존재와 시간』을 꼼꼼히 읽고, 『통나무길』에서는 횔덜린과 릴케에 대한 부분들을 더 주시했다. 횔덜린의 비가 「빵과 포도주」, 그리고 '궁핍한 시대에 시인의 역할은 무엇인가?'에 대한 질문에 "궁핍한 시대에 시인의 존재는 노래하듯 도망간 신들의 흔적을 찾는 것이다."는 하이데거의 글에 밑줄을 그으며 주목했다.

1960년 5월 독일어문학학술원으로부터 첼란이 뷔히너 상 수상자로 결정되고 세간의 주목을 받게 되자 클레르 골은 이전의 편지와 유사한 내용을 또 다시 문학지에 게재했다. 이를 계기로 표절논란이 다시 불거지고, 첼란을 불편해하던 이들이 클레르 골의 근거 없는 주장에 동조하고 나섰다. 골 부인은 심지어 첼란의 시들을 남편 이반 골의 작품인양 유고집에 끼워 넣기도 했다. 그런데 정작 표절시비의 대상이 된 첼란의 시들은 이와 비교된 골의 시들보다 앞서 1948년에 발표된 시집 『유골단지의 모래』에 실렸던 것들이었다. 그러나 정확한 근거도 없던 골 부인의 주장은 급속도로 퍼져나갔고, 디 벨트 신문은 첼란을 "표절자, 도둑의 후예"로 낙인찍고 배척하는 글을 싣기 까지 하였다.

이에 맞서 클레르 골의 부당한 비방에 대한 반박에 나선 것은 페터 스촌디였다. 그는 클레르 골이 표절이라 내세운 첼란의 시들이 이반 골의 시보다 먼저 쓰였고, 클레르 골이 제시한 이반 골의 시들이 원전과는 다르게 조작되었다는 근거를 제시하였다. 뷔히너 상 수상자로 선정한 학술원도 공정성을 위해서 표절시비에 대한 조사를 지시했다. 그 결과 첼란에 대한 표절시비는 결국 근거 없는 비방이라는 결론이 났지만, 이런 와중에 첼란은 이미 마음에 깊은 상처를 입었다.

표절시비는 첼란에게 사라지지 않은 나치즘에 대한 불안과 두려움을 심화시켜서 결국 피해망상으로 이끌었다. 첼란은 아내에게 어린 아들 에릭을 학교까지 데려다주고, 오후에 다시 데려오도록 했다. 아이의 아버지가 유대인이라는 것을 잘 알고 있는 나치주의자들에게 아들이 끌려갈 수도 있다는 두려움 때문이었다. 시집 『언어창살』에 대한 몇몇 독일 비평가들의 편견어린 비평과 함께 '골 사건'은 첼란에게 깊은 상처를 남겼다. 첼란에게 그것은 독일에 여전히 남아있는, 오히려 보이지 않게 깊이 뿌리박고 있는 나치즘으로 다가온 것이다. 이후 첼란은 고통스런 추적망상에서 벗어나지 못하였다. 1962년 말 정신병원에 입원하기 시작하면서부터 1970년 세느강에 투신자살하기까지 길게 또는 짧게 계속해서 입원생활이 반복되었다.

5. "너도 말하라" (1953–1954)

1954년 4월 월간지 메르쿠르 Merkur는 고트프리트 벤 특집을 실으며 홀투젠 H. E. Holthusen의 평론 "다섯 명의 젊은 시인들"을 소개했다. 『양귀비와 기억』이 출판된 후 2쇄를 준비하고 있던 첼란도 이 잡지에 관심을 갖고 있었다. 그런데 독일 대표시인 중 한 사람인 벤의 '시는 순수예술작품'이라는 시문학론에 첼란은 동의할 수 없었다. 이 잡지는 나치즘에 호응했던 벤의 전력에 대해서는 완전히 침묵한 채 벤을 집중적으로 소개했다. 영향력있는 시인이며 비평가인 홀투젠은 『양귀비와 기억』에 대해 여섯 쪽을 할애하며 첼란의 시를 소개했다. 그리고 현대 프랑스시들을 독일어로 옮기는 첼란의 능력을 높이 평가했다. 그는 "판타지"라는 표현을 많이 사용하면서 첼란의 글이 환상적인 상상력을 보여주며, 독자의 판타지를 일깨우는 시적 판타지를 자유자재로 사용한다고 평가했다. 그리고 "판타지화하는 절대적인 자유", "절대적으로 미적인 방식"이라는 찬사로 첼란을 칭송했다. 47그룹에서 있었던 '순수문학 대 참여문학의 논쟁'에서 매 맞는 아이가 된 듯한 느낌을 받았던 첼란은 또 다시 똑같은 상황에 처한 느낌을 받아야 했다. 『양귀비와 기억』이 환상적인 형상들과 운율을 타는 시어들에 탐닉하고 있다할 지라도, 홀투젠의 비평은 이 시어의 토대가 된 망명, 상실, 유대인의 죽음들은 간과하고 있었기 때문이다. 그는 「죽음의 푸가」를 "우리 시대의 위대한 시들 중 하나"라고 평하면서, "마이스터적" 반복의 기교가 뛰어나다고 칭송했다. 그리고 끔찍한 주제가 "피 흘리며 소름끼치는 역사의 방들을 벗어나서 순수한 시문학의 에테르 속으로 승화되고 있다."고 말했다. 그는 첼란의 시를 높이 평가한 것처럼 보이지만, 실제로는 첼란의 시문학 정신을 파악하지 못하고 있었다. 말할 수 없는 것, 표현할 수 없는 것을 표현하기 위해서 첼란은 일상어를 벗어난 은유와 상징을 비롯하여 새로운 언어적 기법을 사용하였고, 이 모든 난해한 표현은 실상 불의하고 비인간적인 현실을 드러내기 위한 것이었다. 따라서 첼란의 순수한 시문학적 표현 속에는 피 흘리며 주먹을 불끈 쥔 현실이 구현되어 있다고 홀투젠의 말을 뒤집어서 보는 게 더 적합한 것이었다.

1952–54년에 쓴 시들이 1955년 6월 6일 시집 『문지방에서 문지방으로』에 묶여 출판되었다. 파리에서 쓴 시들을 담은 첫 시집으로 얼마 전 둘째 아들 에릭을 출산한 아내 지젤에게 헌정되었다.

6. 침묵의 증언 (1954–1957)

첼란은 1950년대 대부분을 번역작업에 매달려 보냈다. 생계를 위한 방편이기도 했지만 프랑스 초현실주의에 깊은 관심이 있었기에 좋아하는 작품들을 기꺼이 번역했다. 하지만 파리에서 이방인으로 사는 삶이 결코 쉽지는 않았다. 여러 언어와 문화가 깃들었던 고향 체르노비츠를 떠나서 모든 것을 잃고 루마니아에서 빈으로, 빈에서 다시 파리로 정착하는 사이에 비록 시민권은 획득했지만 첼란의 국적은 사라졌다. "당신은 당신의 모국어, 당신이 사랑하는 책들과 작품, 그리고 당신과 관계된 사람들이 있는 고향에 있습니다. 하지만 저는 문밖에 서있습니다." 첼란은 친구에게 보낸 편지에서 고향을 잃은 그의 애환을 이렇게 표현하였다. 그에게도 고향이 있었지만 이제 더 이상 존재하지 않았다. 그는 독일 독자들을 위해 글을 쓰지만 그들 가운데 살지도 않고 그들을 신뢰하지도 않았다. 지금 프랑스에 살고 있지만 인정받지 못하는 이방인이었다. 이런 첼란에게 그의 모국어 독일어는 그가 자신을 위해 주장할 수 있었던 유일한 국가였다. "나는 유럽인도 서구인도 아니네. 친구도 거의 없다네. 그대가 얘기한 명성은 거위발걸음 정도일 뿐이지." 친구 솔로몬에게 쓴 이 글에는 첼란의 고독과 방황이 배어있다.

그의 유일한 고향은 어머니의 언어였다. 때때로 독일에서 낭독 초청을 받았지만 첼란은 언제나 고향을 잃은 존재였다. 1956년 독일산업연맹은 첼란에게 문화상을 수여하면서, "그의 목소리는 동유럽에서 유래한 작가가 청년기에 체험한 것을 샤갈의 동화적인 요소들로 우리

에게 쏟아 붓는다."는 평을 하였다. "오르페우스적 가인", "꿈같은 형
상들 속에서 세계의 현실을 더 가까이 느끼게 하는 작가"라는 칭송
도 들렸다. 그러나 첼란이 문학계의 인정을 받을수록 비판하는 목소
리 또한 커졌다. 호호프 Curt Hohoff는 "공허함 뒤편의 피리소리", "이
반 골의 늦깎이 제자 첼란에게 문학적 명예욕의 몸짓이 교묘히 숨어
있다."고 비방했다. 일 년 후 그는 다시 이반 골의 시를 첼란의 시행들
과 대비시키며 '단어와 형상이 골의 것을 빌려왔고 문학적으로 진부하
다'고 비난했다. 그러나 시집 『문지방에서 문지방으로』에 대한 문학계
의 평가와 칭송이 마침내 이런 비난과 비방들을 압도했다.

7. 만델슈탐과 병 속 편지 (1958–1959)

잦은 낭독회로 독일을 오가면서, 첼란은 하인리히 뵐, 페터 후헬, 한
스 마이어, 발터 옌스 등 여러 작가들과 교류를 나누는 기회가 많아졌
다. 1957년 9월 뤼벡에서 독일산업문화부로부터, 1958년 1월에는 자유
도시 브레멘으로부터 문학상을 수여받았다. 브레멘 문학상 수상 답사
가 1958년 2월 프랑크푸르트 알게마이네 차이퉁에 실렸다.

1957년 5월 첼란은 유대혈통을 지닌 러시아 시인으로 시베리아로
유배된 후 의문의 죽음을 당한 것으로 알려진 만델슈탐(1891–1938)의
시집을 샀다. 만델은 편도나무 열매로 유대인 혈통의 의미를 함축하
고 있다. 첼란은 만델슈탐의 시인정신과 유대인으로서 박해와 고난의
운명이 상통하고 있음을 보았다. 첼란은 브레멘 문학상 수상 답사에

서 만델슈탐의 "병 속 편지" 메타포를 인용하며, '시는 병 속 편지일 수 있으며, 어딘가, 언젠가 육지로, 아마도 마음의 나라로 밀려 닿을 것이라는 소망으로 독자에게 향한다'고 말했다. 첼란은 만델슈탐이 바다에 띄어 보낸 편지의 수신자가 되어서, 그때까지 거의 알려지지 않았던 만델슈탐을 번역하기 시작하여 일주일 만에 14편의 시를 옮겼다. 첼란은 그에게서 또 다른 자기 모습을 발견하였다. 어머니와의 깊은 유대감을 가지고 있었고, 아버지의 시오니즘으로 인해서 유대주의에 양가적인 태도를 가지고 있는 것도 서로 닮았다. 두 시인이 정치적으로, 문학적으로 박해를 받은 것도 공통점이었다. 근거 없는 표절 비난 이후에 만델슈탐은 유대인 정체성을 자랑스럽게 드러내기도 했다. 이런 연결고리에서 첼란은 그가 사람들이 추측하는 것처럼 시베리아 망명길에서 실종된 것이 아니라 '독일인들에 의해 살해되었다'고 생각했다. 첼란은 만델슈탐, 카프카와 동질감을 느꼈으며, 이 두 작가에게서 미래의 자신을 보며 형제애를 느꼈다. 첼란은 네 번째 시집 『누구도 아닌 자의 장미』를 만델슈탐에게 헌정했다.

1959년 첼란의 다섯 번째 시집 『언어창살』이 출간되었다. 스톡홀름에서 시집을 받은 넬리 작스 Nelly Sachs가 감사의 인사를 전했고, 첼란은 작스의 시집이 '나의 서재에서 가장 진실한 책들 옆에 꽂혀있다.'고 답했다. 작스는 자신의 시에 대한 첼란의 애정에 감사하며, 몇 편의 시와 함께 어머니의 죽음에 대한 애가를 보냈다. 첼란은 "그토록 사랑스러운 글들과 함께 당신으로부터 직접 시를 받는다는 것, 그리고 이 시를 다른 사람들에게 전해줄 수 있다는 것이 내게 얼마나 뜻깊은 일인지 당신은 모르실 것입니다"[10]라고 고백하고 있다. 『언어창살』에 대

해서 작스는 첼란에게 "빛나는 당신의 책이 내 곁에 있습니다."라고
답했다. 작스는 첼란의 시들을 13세기 카발라의 비의적 작품에 빗대어
높이 평가했다.

　1959년 6월 첼란은 4살 된 에릭을 데리고 아내와 엥가딘의 실스 마
리아로 여행을 떠났다. 스촌디가 아도르노와의 만남을 계획하고 첼란
을 초대했지만 그는 아도르노가 도착하기 한 주 전에 파리로 돌아왔
다. 1955년 아도르노는 "아우슈비츠 이후 서정시를 쓰는 것은 야만적
이다."라고 말했다. 그의 이런 비판적인 말은 「죽음의 푸가」를 쓴 첼란
에게는 큰 상처가 되었을 것이다. 스촌디는 두 사람이 만나서 대화를
나누길 바랐지만 첼란은 어떤 이유에서인지 아도르노가 도착하기 전
에 파리로 떠났다. 그리고 이루어지지 못한 만남을 가상으로 이룬 「산
중대화」를 집필했다. 여기에서 두 사람의 마음에 쌓인 장벽이 사라지
지는 않지만, 저녁부터 밤까지 성찰과 반박, 그리고 질문에 대답하는
질문들 속에서 화자 첼란은 '내게 이르는 길'을 찾으며 시인으로서 정
체성을 새롭게 하고 있다.

　여기 나는, 나는, 당신에게 모든 걸 말할 수 있는 나는 말할 수 있었
을 텐데, 당신에게 말하지 않은, 말하지 않았던 나, 왼편으로 산나리
와 함께, 라푼첼과 함께, 타버린 그 촛불과 함께, 그 날과 함께, 그 날
들과 함께, 여기 나와 저기 나, 나, 어쩌면 –지금!– 사랑받지 못했던
자들의 사랑과 동행하며 나는 여기 위에서, 나를 향해 걸어가고 있습
니다.[11]

8. 적대적인 주변, 그리고 위로 (1959–1960)

1959년 5월 23일에서 7월 24일까지 두 달에 걸쳐 첼란은 가족과 함께 독일, 오스트리아, 스위스로 여행을 떠났다. 이때 밀로 도르, 데무스, 귄터 그라스를 만나지만 아도르노와의 만남은 여전히 성사되지 못했다. 1959년에 출간된 『언어창살』에 대한 독일비평가들의 비방과 독설로 인해서 첼란은 독일내의 여전히 적대적이고, 심지어 반유대적인 정서를 느꼈다. 스촌디나 장 볼락과 이루어진 새로운 교류에도 불구하고, 독일 문학계는 자신에게 여전히 적대적인 느낌을 주었다. 특히 비평가 블뢱커 Günter Blöcker의 『언어창살』에 대한 비방은 치유될 수 없는 깊은 상처를 남겼다. 그는 첼란의 "과도한 메타포는 전혀 현실을 드러내지도, 현실에 도움이 되지도 못한다."고 험담하고, 첼란의 시를 "향기 없는", "결합 위주의 그래픽 형성물"이라고 비방했다. 「죽음의 푸가」에 대해서도 "반복되는 대위법 연습"이라고 혹평했다. 블뢱커의 비평은 비평가 개인의 취향문제로 치부할 수도 있었지만, "첼란은 독일작가들보다 독일어에 대해서 더 큰 자유를 누린다. 이는 그의 출신에 기인할 수 있다. 언어의 소통적인 특성이 그에게 장애와 압박의 부담을 덜어주기 때문이다."는 첼란의 "출신"에 대한 언급은 첼란을 더 고통스럽게 했다. 블뢱커의 비평이 1962년 발간된 첼란비평모음집에 수록되지 못했다는 것은 그의 비평이 독일 비평가들에게도 수긍을 얻지 못했다는 것을 보여준다. 그러나 첼란의 마음은 일련의 사건들과 더불어 이미 회복하기 힘든 상처를 입은 상태였다.

1959년 성탄 전야에 네오나치들이 쾰른 유대교 회당 문을 나치 철

십자와 인종차별적 구호로 도배하는 사건이 벌어졌다. 며칠 후 첼란
은 넬리 작스에게 "매일 야비한 일들이 벌어지고 있습니다, 우리 유대
인들에게 무슨 일이 또 닥칠까요? 우리에게는 어린 아이가 있습니다."
라며 불안해했다. 첼란은 독일 뿐 아니라 프랑스에서도 네오나치가
부상하는 조짐에 대해서 두려워했다.

　1959년에는 하이데거와의 갈등도 수면 위로 드러났다. 하이데거는
그의 칠순을 기념하는 기념논문집에 첼란과 바흐만의 시를 싣고 싶어
부탁했으나 두 사람은 청을 거절했다. 1935년 하이데거가 나치즘을
환영하는 총장연설을 하였고, 그가 마지막까지 나치당에 머물렀다는
사실을 첼란과 바흐만은 묵과할 수 없었다.

　첼란과 하이데거는 이미 오래 전부터 작품을 통해서 서로 알고 있
었다. 첼란이 1948년 빈에 머무는 동안 바흐만은 하이데거를 주제로
박사논문을 쓰던 중이었던지라, 둘이 서로 하이데거에 대해서 얘기를
나누었던 것으로 보인다. 첼란은 하이데거의 저작과 시인들에 관한
논문들을 읽었다. 하이데거도 전후 「죽음의 푸가」로 이미 유명해진 첼
란의 작품들을 알고 있었을 것이다. 1967년에는 마침내 두 사람 사이
의 대면도 이루어졌다. 프라이부르크 대학의 초청으로 시낭송을 하게
된 첼란은 앞줄에 앉은 하이데거를 의식하며 은폐되고, 침묵되고, 묵
인된 것들을 시인의 언어로 생생히 되살렸다. 1933년 프라이부르크의
대학 총장으로서 국가사회주의의 위대한 통치권을 확신하며, 국가사
회주의 이념에 따라 대학을 통제하고 그 이념에 호응했던 하이데거를
향해 첼란은 독일의 어둡고 부끄러운 과거를 현실 속으로 불러들인
것이다.

1953년 이후 잠잠해져 꺼진 불과 같았던 표절논란이 1960년에 독일에서 다시 불붙었다. 클레르 골은 또 다시 뮌헨 잡지사에 편지를 쓰고, 1960년 3/4월호 잡지에 "파울 첼란에 관해 알려지지 않은 것들"이라는 제목으로 글을 실었다. 여기서 근거 없는 주장과 잘못된 인용과 거짓 날짜 등을 동원하여 첼란의 시작품을 비방했다. 첼란은 이것이 오래 전부터 자신과 자기 작품을 파괴하려 책략해온 네오나치들의 책동이라며, 그의 고통과 불안을 편지에 담아 친구에게 보냈다. 독일어권 작가들은 '골 논란'에 대해 근거 없다는 것으로 일치된 견해였다. 카슈니츠, 바흐만, 데무스는 첼란 편에서 항변했고, 스촌디, 엔첸스베르거, 옌스, 오스트리아 펜클럽은 "한 시인에 대한 경솔한 음해", "첼란의 명예회복"과 같은 타이틀로 반박했다. 슈트트가르트의 주간지 기독교인과 세계 Christ und Welt는 클레르 골의 표절시비를 처음으로 제기했던 저널리스트의 사과를 공개했고, 다른 잡지는 이 사건을 "드레퓌스" 사건과 비교했다. 독일어문학 아카데미는 1960년 가을, 권위 있는 뷔히너 상을 첼란에게 수여했다. 하지만 그동안의 과도한 비방들은 첼란에게 불안을 야기했다. 끔찍한 전쟁과 부모의 죽음, 고독한 망명생활, 여전히 적대적인 전후 독일 사회, 창작에 대한 두려움에 더해진 '골 사건'으로 인한 그의 충격과 불안은 지울 수 없는 상처를 남겼고, 첼란의 심신을 부식시켜갔다.

1960년 작스는 드로스테 상 수상을 위해 독일로 들어가야 했는데, 이는 그녀가 나치의 끔찍한 체포상태에서 벗어나 베를린을 빠져나온 지 20년 만의 방문이었다. 하지만 작스도 독일 땅에서 단 하루 밤이라도 보내는 것을 감당할 수 없을 만큼 내면의 상처가 깊었다. 그녀는

취리히에 머물면서 배로 보덴제 호수를 건너가 수상식에 참여한 후
곧바로 돌아올 예정이었다. 첼란은 작스가 취리히에 머무는 동안 방
문하기를 원했다. 작스는 아이히만의 체포소식에 끔찍한 추적망상 징
후를 보이던 때라 자신의 일상이 불안한 상황이었다. 그럼에도 불구
하고 작스는 5월 26일 머물던 호텔에서 첼란 가족과 만났다. 1954년
부터 편지왕래를 해온 작스를 6년 만에 처음으로 조우한 것이다. 두
시인은 많은 대화를 나누었지만, 첼란은 나치의 끔찍한 기억을 종교
로 극복하고 평화를 찾은 작스의 신을 받아들이기 힘들었다. 가깝고
도 높은 벽을 느낀 이때의 만남을 첼란은 다음과 같이 「취리히 황새호
텔」에서 표현하고 있다.

> 너무 많은 것을 말하고
> 너무 적은 것을 말하기도. 당신에 대해
> 또 다른 당신에 대해
> 밝음이 가져오는 흐림에 대해,
> 유대적인 것에 대해
> 당신의 신에 대해.

1960년 6월 중순 첼란은 파리의 자기 집으로 작스를 초대했다. 파
리까지의 힘든 여정과 가파른 계단의 5층 집이 작스에겐 부담이었지
만, 등산하듯 힘들게 오른 첼란의 집에서 사랑과 존경을 가득 담은 극
진한 환대를 받았다. 작스는 첼란 가족을 "성스러운 가족"이라 불렀
다. 하지만 두 유대 시인의 불안은 서로에게 전염성을 가진 듯이 같이
있으면 불안이 가중되기도 했다. 스톡홀름으로 돌아간 작스는 "파리

에서 참으로 좋았고 또 마음 아팠다."라고 썼다. 그해 8월 병환으로 쓰러진 작스는 첼란에게 "가능한 빨리 오라."고 편지를 한 후, 다시 곧바로 "절대 오지 마시오."라고 전보를 쳤다. 첼란은 8월 첫째 주에 스톡홀름 행 기차를 타고 작스에게 가지만 그녀는 첼란을 마주하려 하지 않았다. 자신을 보호하려는 것이었을까, 아니면 첼란을 보호하려는 것이었을까? 어머니와 아들 사이와도 같은 둘 사이의 깊은 유대감과 신뢰에도 불구하고 나치에 의해 치유될 수 없는 상처를 입은 두 사람은 같이 있을 때 슬픔과 고통도 배가(倍加)되었던 것으로 보인다. 그것이 서로의 만남을 갈망하면서도 동시에 같이 있는 것을 힘들어 하였던 이유일 것이다.

첼란은 청소년기부터 마틴 부버를 읽고, 그의 하시디즘과 대화에 대한 영적 이론과 성경번역을 존경했다. 브레멘 수상문에서 부버를 기억하며, 「산중 대화」에서도 '나와 너'의 저자 부버에 애착심을 보였다. 그런 부버가 1960년 9월 첼란이 있는 파리에 오게 되었다. 작스로부터 위로를 받지 못한 채 스톡홀름에서 돌아온 첼란은 9월 13일 부버가 머무는 호텔로 그를 방문했다. 첼란은 사인을 받기 위해 소장하고 있던 부버의 책들을 갖고 가서 82세의 존경하는 족장을 찾았다. 그러나 부버와의 만남은 첼란의 기대에 미치지 못했다. 고통에 대한 공감을 얻고자 한 첼란의 깊숙한 내적 염원을 부버가 알아차리지 못했거나 외면한 것으로 보인다. 어쨌든 이 만남은 첼란에게 큰 충격과 상처를 남겼다.

　　여러 가지 일로 상처받고 우울증에 시달리는 중에도 첼란은 다음 시집 작업을 이어갔다. 1960년 프랑크푸르트 대학은 첼란을 시학 초빙교수로 초대했다. 1962년 말에는 서베를린 예술원이 초대장을 보내고, 1964년에는 피셔출판사가 후원하고자 나섰다. 그러나 첼란은 이 모든 제안을 거절했다. 낭독을 위해 자주 독일로 여행하고 여러 교류를 나누었지만, 첼란에게 독일은 여전히 가까이하기엔 너무 힘든 곳이었다.

9. "누구도 아닌 자의 장미" (1961–1964)

　　독일 시의 언어는 더 정제되고 더 사실적이 되었으며, "아름다움"에 대해서 불신하며 진실을 드러내려 애쓰고 있습니다. 현실적으로 보이는 다양한 색들을 그려보면서 시각적인 영역에서 말 하나를 찾는다면, 이는 '잿빛의 언어'입니다. 그 끔찍한 것과 함께 하였거나 많든 적든 그 곁에서 유유히 무심하게 소리 냈던 언어로서, 그 '유쾌한 음'과는 전혀 관계하지 않았던 곳에서 그 음악성 또한 깃들어있기를 원했던 언어입니다.[12]

　　독일어와 얽힌 첼란의 운명은 그에게 멈출 수 없는 힘든 씨름이었다. 1963년 출간된 『누구도 아닌 자의 장미』는 구약성경에서 야곱이 얍복강 가에서 천사와 씨름하듯 독일어와 씨름해 온 시인의 고뇌가 고스란히 담겨 있다. 표절논란과 『언어창살』에 대한 공격으로 나치가 되살아난 듯한 두려움을 느꼈던 시기에 쓴 시들이었던지라 첼란의 언어에 대한 성찰이 더욱 강하게 나타나고 있다.

아도르노의 "아우슈비츠 이후 서정시를 쓴다는 것은 야만적이다."
는 말이 1961년 12월 다시 논란이 되었다. 엔첸스베르거는 아도르노
의 "가장 가혹한 판결"이라고 말했다. 아도르노는 지체 없이 그의 발
언을 완화하고 싶지 않다고 반응했다. 아도르노가 첼란의 시문학을
야만적인 것으로 보지 않았다할 지라도 첼란으로서는 이 말에 예민하
지 않을 수 없었다. 첼란은 자신의 시를 발간하는 독일출판사가 선명
한 태도를 보여주기를 원했다. 그의 첫 두 시집을 출판한 독일출판사
가 나치시대에 이름을 떨친 작가의 발라드를 새로 출간하자 첼란은
피셔출판사로 돌아섰다. 1962년에는 피셔출판사와도 불화를 겪었다.
첼란에겐 유대감이 매우 중요했으며, 완전하게 신뢰하지 못하는 관계
는 적대적으로 느껴졌다. 이러한 맥락에서 첼란은 1962년 "지속적으
로 견딜 수 없는 영혼의 압박"을 받고 있다는 고백을 하였다.[13]

1962년은 첼란이 매우 심하게 아픈 해였다. 그는 솔로몬에게 보낸
편지에서 "신경성 우울증"을 앓고 있다고 고백했다. 독일 문학산업에
대한 불쾌함과 씁쓸함, '골 사건'이 가져온 분노, 20여 년 전 나치의 만
행이 되살아난 것 같은 불안이 그의 심신을 피폐하게 만들었다. 1962
년 가을부터는 한 해 동안 단 한 편의 시도 발표하지 않았다. 이 기간
에는 불어, 러시아어, 루마니아어, 포르투갈어, 이태리어, 영어, 히브리
어 글들을 번역하기만 했다. "여기서도 나는 나의 존재와 함께 언어로
향해갔다."는 고백에서 볼 수 있듯이, 이 가운데서도 첼란은 번역가로
서 독일어에 자신의 목소리를 담아내고자 노력한 것이다.

네 번째 시집 『누구도 아닌 자의 장미』는 만델슈탐에게 헌정되었는
데, 이는 만델슈탐의 상대를 향해가는 "병 속 편지" 메타포가 첼란이

추구한 '만남의 문학'의 토대가 되었기 때문이었다. 첼란은 문학의 본
질을 말 건네기, 대화, 나아가 만남으로 보았다. 그의 시는 누군가의
마음에 도달해서 대화가 되고 만남이 되기를 원한다. 같은 맥락에서
"인간은 네게서 내가 된다."는 부버의 대화철학과 하시디즘도 첼란의
문학관에 큰 영향을 미쳤다. 그러나 현실은 고통과 결부되어 있었다.
첼란은 현실에서 만날 수 없는 사랑한 이들과의 관계 속에서 시적 자
아의 존재를 끌어내고, 또 이 시적 자아와의 만남을 통해서 그들에게
존재를 부여하고자 하였다. 이런 첼란에게 만남은 먼저 고난을 함께
하는 것에서부터 시작되는 것이었다.

　1963년 9월 질버만 Edith Silbermann에게 보낸 편지에서 첼란은 자
신이 "유대인으로서, 독일어 작가로서 결코 쉽지 않은 위치에 있다."고
토로한다. 희망과 고통 사이에서 이즈음에 쓴 시가 「북녘 강에서」이다.

　　미래의 북녘 강에서
　　그물을 던진다,
　　돌로 쓰여진
　　그늘로
　　주춤거리듯 무게를 달아서.

　1964년 10월 11일 베스트팔렌주가 수여하는 예술상을 수상하러 간
시상식장 연단에서 첼란은 낯익은 얼굴과 조우했다. 첼란에 대한 크
레르 골의 표절시비에 동조했던 자였다. 첼란은 얼굴이 상기되어 그
상의 수상을 거부하며 강연장에서 뛰쳐나갔다. 주변 사람들의 설득으
로 강연장으로 되돌아오긴 했지만, 그 날 저녁에 체르노비츠 친구들

에게 격한 분노의 목소리로 이 상황을 설명했다.

1965년 아도르노가 에세이를 새로 출간하면서 '아우슈비츠 이후 시를 쓰는 것은 야만적이다.'는 글이 또 다시 첼란의 마음을 아프게 했다. 그를 더 힘들게 한 것은 음악과 문학에 대한 아도르노의 견해를 홍보했던 잡지 메르쿠르 Merkur가 「죽음의 푸가」와 그 모티브를 깎아내리기 위해서 아도르노를 끌어다 쓴 점이었다.

이에 대해 독자들이 항의하고, 오스트리아 빈 문학계에서 영향력있는 작가 홀레니아 Alexander Lernet-Holenia는 「죽음의 푸가」를 "지난 이십 년 동안 최고 탁월한 독일시"라고 옹호했다. 하지만 이런 찬사도 이미 상처를 깊게 입은 그의 마음에 위로가 되지 못했다. 이 시기에 피셔출판사가 명작선을 출간하면서 첼란과 나란히 소개한 작가가 있었는데, 이 작가가 전쟁 당시 취했던 행동을 첼란이 도저히 용납할 수 없는 그런 작가였다. 이런 작가와 동일시되는 것에 대해 심한 상처를 입은 첼란은 1965년 5월부터 수개월 동안 정신과 치료를 받아야했다. 그해 8월 솔로몬에게 보낸 글에서 "오래 전부터 나는 문학을 위해 투쟁해오고 있다. 진실과 연대한 문학을 위해서"라고 말한 데서 잘 나타나듯이 첼란은 진실을 말하기를 주저하지 않았으며 진실에서 벗어난 것을 참을 수 없었다.

병원치료를 받고난 후 9월에는 자신의 시에 대한 동판화 작업을 아내와 함께 했다. 하지만 부부 사이는 점점 힘들어졌고, 악화일로였던 첼란의 정신적 붕괴로 인해서 두 사람 사이에 처음으로 별거에 대한 고민이 시작되었다. 11월 24일 첼란이 아내에게 칼을 들이대는 일까지 벌어졌고, 아내와 아들은 이웃집으로 피신하는 사태가 일어났다. 이

일이 있고나서 곧바로 두 사람의 별거가 결정되었다. 첼란은 다시 정
신병원에 입원하였고, 입원기간도 길어졌다. 이 때『숨돌림』의 시들을
쓰는데, 특히 다음 시가 첼란의 당시 심경을 담고 있다.

> 어둠에 갇히다
> 열쇠를 쥔 자,
> 강하고 긴 이빨이
> 분필흔적으로부터
> 얼마 남지 않은
> 세상에 맞서 다스린다.

퇴원 후 첼란은 피셔출판사와의 관계를 끝냈다. 자신이 '골 사건'으
로 고통스러워할 때 별 지원을 해주지 않은 것에 대한 서운함도 한몫
했다. 1967년 시집이 주르캄프 출판사에서 출간되었고, 이 후 첼란의
작품들은 이 출판사에서 맡게 되었다. 1967년 1월 우연히 클레르 골을
파리 괴테문화원에서 만나고 나서 첼란에게 다시 심리장애가 발생하
였고 이는 자살시도로 이어졌다. 간신히 살아나게 된 그는 정신병원
에 입원하여 장기간 치료를 받아야했다.

1967년 2월부터 10월 사이에 쓴 시들이『실낱 햇살』과『빛 강요』에
실렸다. 그해 11월 첼란은 작은 단칸방 집에 들어가서 독거를 시작했
다. 1967년 12월 첼란은 아들 에릭에게 자신의 시작품에 대한 권리를
양도하는 유언장을 작성하고, 알레만 Beda Allemann에게 시작품과 번
역 작품들의 출판을 맡아주도록 부탁했다.

10. 이스라엘로 향하는 마음 (1965–1967)

1967년 아도르노가 마침내 논란이 되었던 그의 발언을 철회했다. "수년의 고통과 고문을 받았던 사람들에게는 이를 분노하듯 표현할 권리가 있다. 따라서 '아우슈비츠 이후 시를 더 이상 쓸 수 없다.'는 말은 틀렸을 수 있다."

첼란의 시는 이미 오랫동안 이 권리를 요구했지만, 아도르노의 대답은 너무 늦게 들려온 것이었다. 1967년 2월 첼란은 다시 병원으로 들어갔다. 첼란의 멘토였던 스페르버의 죽음은 그를 더욱 외롭게 했다. 약물치료와 충격요법이 효과를 나타낸 것인지 첼란은 이즈음 급한 템포로 거의 매일 시 한 편을 썼다. 그의 시에서 안락한 표현이나 위로의 말들은 사라졌고, 종교적 색채가 강해졌다.

첼란은 높은 자살 위험군에 속한 환자였고, 때로 자신을 제어하지 못하고 폭력적으로 돌변하여 가족과 함께 지낼 수 없었고 혼자 살아야 했다. 1967년 여름 부카레스트에서 파리로 친구 첼란을 찾은 솔로몬은 그의 상태를 다음과 같이 전했다. "많이 변하고, 많이 늙고, 말수도 줄어든, 중얼거리는 옛 친구"를 보았다. 그는 숨죽인 목소리로 '사람들이 나를 가지고 실험한다.'고 탄식했던 친구의 모습을 솔로몬은 전한다.

가까워지는 이스라엘

1967년 독일어문학아카데미는 1961년에 제기된 첼란에 대한 클레르 골의 표절시비에 대해 무혐의 판단을 내리고, 이와 관련하여 몇 가지 정정하는 내용을 출간했다. 이는 첼란에게 수십 개의 호평에 견줄 만큼 큰 위로가 되었다. 1969년 가을 이스라엘 방문은 첼란에게 그간 반복되는 입원과 긴 병원생활로 인해서 소원해졌던 동료들과 관계를 복원하는 새로운 전기가 되었다. 그는 이스라엘에서 돌아온 후 여행에 동행했던 친구에게 다음과 같이 쓰고 있다.

> 예루살렘은 나를 일으켜 세우고 힘을 북돋아주었습니다. 파리는 나를 짓누르고 공허하게 만들었습니다. 지난 여러 해 동안 나는 망상의 멍에와 현실의 멍에를 메고 파리의 거리와 집들을 헤매었습니다.[14]

가깝게 지내는 프랑스작가들이 옆에 있었지만 첼란에게 파리는 차가운 도시였다. '골 사건'으로 수년을 시달리며 정신병원을 드나들면서 죽을 때까지 퇴원과 입원을 반복할 만큼 깊은 상처를 받았던 그에게 이스라엘은 위로와 힘이 되었다. 지치고 외로운 첼란에게 이스라엘은 성스러운 도시, 희망의 도시로 다가온 것이다.

바우만 Gerhart Baumann이 제안한 프라이부르크 낭독회를 계기로 첼란은 1967년 7월 25일 슈바르츠발트에 있는 별장에서 하이데거를 만났다. 첼란과 하이데거는 나치의 어두운 시대를 같이 경험했으나 두 사람의 입장은 상이했다. 첼란은 나치 피해자로서 그 아픔과 상처

를 평생 지니고 산 반면, 하이데거는 나치에 협력하며 나치당인 국가
사회주의노동당에 마지막까지 남아있었다. 두 지식인은 전혀 다른 입
장에 서 있었지만, 언어와 실존의 문제에 있어서 많은 공통점을 지녔
다. 그러나 두 사람 사이에는 좁히기 힘든 거리가 있었다. 주위사람들
의 주선과 서로의 약속으로 두 사람 사이에 몇 번의 만남이 이루어졌
다. 만남을 주선한 사람들은 시대의 두 지성인이 과거를 극복하고 화
해하기를 기대했을 것이다. 그러나 과거를 침묵 속에 묻어두고자 했
던 하이데거와 과거의 어두움을 기억하는 첼란의 만남은 화해보다는
과거를 다시 체험하는 고통과 서먹함을 낳았다. 하이데거의 산장에
도착하여 펼쳐진 방명록에 첼란은 "우물의 별 장식을 바라보며, 마음
의 한마디 말이 들려오기를 희망하며, 1967년 7월 25일 파울 첼란"이
라고 적었다. 그리고 집에 돌아와 완성한 시에서 첼란은 과거의 행적
에 대해서 입 다물고 있는 철학가로부터 진심어린 말 한마디를 고대
하는 시를 썼다.

> 그
> 산장에서
> 그 방명록에
> – 어떤 이름들이 내 이름 앞에 쓰였을까? –
> 그 방명록에 적어 넣는,
> 한 사색가의
> 마음에 담긴
> 한 마디 말을
> 오늘, 듣기를

소망하는

글.

그러나 하이데거는 아무 말이 없었다. 1968년과 1970년 초에 두 사람은 다시 만나지만 이들 사이에 무슨 말이 오갔는지는 알 수 없다.

11. 시인은 유대인 (1968–1970)

1968년 5월 학생봉기가 시작되는 어느 날, 열세 살 아들 에릭이 가족과 떨어져 사는 첼란을 방문하였다. 아버지와 아들은 함께 학생시위대가 구호를 외치는 거리로 나섰다. 외국 혁명가들의 이름을 외치는 그들과 함께 구호를 외치기도 했다. 그런데 학생들이 히틀러 경례를 흉내 내고, 이상한 악센트로 "우리는 모두 유대인이다." 소리치며, 현수막에 파리 보안경찰을 나치친위대 SS에 비유하고, 드골의 로고가 나치 철십자와 비교되는 것을 목도하면서 첼란의 마음은 상했다. 나치상징들이 너무 가볍게 다루어지면서 나치만행이 희석되는 것에 분노한 것이다. 1968년 8월 소비에트와 바르샤바조약 군대가 체코슬로바키아에 진군하면서 프라하의 봄이 끝나자, 첼란은 충격을 받고 며칠 동안 프라하의 작가 카프카, 릴케를 회상하는 시들을 썼다.

1968년 가을 첼란의 심리상태는 더욱 심각해졌다. 광기 상태에서 이웃을 공격한 일이 발생한 후 정신병원에 들어가서 다음해 2월초까지 머물러야 했다. 1968년 늦여름에 『눈구역』 시집이 발간되고, 1969년

중반부터 쓴 시는 『시간의 뜨락』으로 출판되었다. 1969년 9월 26일 파리 사무실에서 솔로몬에게 쓴 편지에서 첼란은 "삼일 후 이주간의 일정으로 이스라엘 여행을 떠나네. 사랑하는 페트레, 난 정말 심각한 어려움을 느끼고 있네."라고 썼다.

1969년 9월 30일 첼란은 마침내 이스라엘로 향했다. "나는 이스라엘의 여러분에게 왔습니다. 이 길이 내게 필요했기 때문입니다."[15] 이 인사는 체르노비츠에서 시작된 자오선의 원을 완성하는 의미이기도 했다. 첼란은 사람들이 그의 문학에서 단순히 유대적인 주제를 기대하기보다는 그의 문학정신이 유대적이다는 것을 알기 원했다. 10월 9일 예루살렘 낭독에서 첼란은 열렬한 환호를 받았다. 하지만 10월 15일 텔아비브 낭독 후에는 자신이 제대로 이해받지 못하고 있다고 느꼈으며, 결국 여기서도 낯선 자신을 보았다. 이스라엘에 대한 상반된 감정을 안고 계획보다 일찍 프랑스로 돌아온 첼란은 짧은 시들을 봇물처럼 쏟아냈다. 이스라엘에서 짧지만 교감의 시간을 나누었던 슈무엘리 Ilana Shmueli에게 보낸 편지는 그의 이런 우울함을 보여준다. 11월 23일 첼란은 "에루살렘에서 얻은 힘이 사라졌다."고 쓰고 있다. 이스라엘을 다녀온 후 첼란에게 파리의 고독한 삶이 끝나지 않은 망명 생활로 더 강하게 다가왔던 것으로 보인다. 이스라엘 일간지 편집국장에게 첼란은 "나의 시속에서 유대적인 것은 어떤 주제가 아니라 오히려 신성한 호흡, 프노이마이다."라고 썼다. 그가 죽기 몇 주 전, 첼란은 이스라엘의 초대를 받아들이기로 마침내 결심했다고 적고 있다. 그리고 체르노비츠 친구에게는 고향을 다시 보고 싶다고 말했다. 1970년 3월 첼란에게 독일을 방문할 일이 생겼다. 횔덜린 탄생 200주

년 기념행사에 초대된 것이다. 그는 『빛 강요』에서 몇 편의 시를 읽었
으나 그의 낭독은 돌진하듯 급했다. 프라이부르크의 소모임에서도 시
를 낭송했으나 청중들과 그의 시는 서로 교감하지 못했다. 그렇게 그
의 마지막 독일여행이 끝났다.

어두운 시대에 대한 노래

1970년 4월 7일 첼란은 에드몬트 푸트란트의 루아르강 옆 집에서
짧은 시를 쓴다.

> 크로커스, 손님
> 식탁에서 바라보니
> 기호를 감지하는
> 작은 망명지일세
> 공유한 진실 하나의 망명지, 네게는
> 꽃줄기가 필요하다.[16]

망명자는 손님으로 남을 뿐이다. 1970년 4월 20일 유월절 축제기간
에 첼란은 세느강에 몸을 던졌다. 수영에 능한 첼란이었지만, 그는 조
용히 물속으로 사라졌다. 독일어를 가르치는 에꼴 노르말 슈페리우러
에 첼란의 모습이 보이지 않았고, 그의 집 앞에는 우편물이 쌓였다. 아
내 지젤은 오랫동안 보이지 않은 남편이 프라하로 여행을 떠난 것인
지 묻고자 친구에게 전화했다. 5월 1일 첼란이 몸을 던진 곳에서 10킬

로미터쯤 떨어진 세느강 하류의 쿠르베브에서 한 어부가 그를 발견했다. 첼란의 책상에는 빌헬름 미쉘의 『횔덜린 전기』가 펼쳐져 있었고, 다음 구절에 밑줄이 그어져 있었다. "이 천재는 때로 우울했고, 그의 심장의 쓰라린 우물 속으로 잠겨들었다."

넬리 작스는 스톡홀름 병상에서 첼란의 실종과 죽음 소식을 들었다. 첼란이 묘지에 묻히던 5월 12일 작스도 세상을 떠났다. 수십 개의 추모의 글과 시들이 독일에서 발표되었다. 독일방송은 그의 죽음 이후 「죽음의 푸가」를 재조명하고, 많은 작곡가들이 그의 시에 노래와 악기 연주로 다양한 운율을 부여했다. "수정의 밤" 50주년 추모회에서 배우 이다 에레가 「죽음의 푸가」를 독일연방의회 의사당에서 낭송했다. 첼란의 신실한 친구 페터 스촌디는 첼란이 죽은 지 일 년 후 강에 투신했다. 첼란은 침묵으로, 또 침묵의 언어로 어두운 시대의 그 어두움을 노래했다. 그의 생애를 가장 인상적으로 압축한 시는 아마도 브레히트의 시일 것이다. "어두운 시대에 이 때에도 노래할 수 있는가? 그 때에도 노래할 수 있다 그 어두운 시대에 대하여"

강제수용소에서, 아우슈비츠에서, 노래가 불가능해 보이는 장소와 시간에도 노래하는 것은 가능하다. 그 시대의 어두움에 대하여, 그리고 어두움을 이길 빛에 대한 희망을 노래할 수 있을 것이다. 첼란은 부코비나의 독일적이면서 유대적인 문화 토양에서 어린 시절을 보냈다. 1945년에서 1947년까지 부카레스트에서 이주민으로 머물면서 루마니아 문화를 흡수했다. 1948년 빈 체류와 문학적 교류는 첼란을 오스트리아 작가의 하나로 볼 수 있게도 한다. 그의 완벽한 불어와 지젤과의 결혼은 프랑스와의 밀접한 관계를 말해준다. 그의 유대적 태생과 죽기 직전 예루살렘 방문은 이스라엘에 가깝게 했다. 그러나 첼란은 불의하고 비인간적인 시대에서 어디에도 속하지 못하고 떠도는 영원한 망명자였고, 어둠 속에서 희망을 찾던 시인이었다.

우리는 여러 첼란을 만난다. 그를 개인적으로 알았던 이들을 통해서, 그의 시작품을 읽고 그를 칭송하는 이들을 통해서, 그의 글을 이해하는 이들, 이해하지 못하거나 잘못 이해한 이들 그리고 그를 마음으로 받아들이거나 받아들이지 못하는 이들, 그의 존재가 부담이었던 이들을 통해서 첼란이 말해진다. 첼란은 자신의 삶과 문학이 하나라고 늘 얘기했다. 그를 알기 위해서는 그의 시작품에 다가가는 길 밖에 없을 것이다. 그의 작품이 이해하기 쉽지 않다는 말에 '여러 번 읽으시라.'는 첼란의 말은 그의 시가 마음으로 전달되기를 원한다는 뜻이 아닐까싶다.

미주

1) Celan, Paul: Gesammelte Werke in fünf Bänden. Hrsg. von Beda Allemann und Stefan Reichert unter Mitwirkung von Rolf Bücher. F/M 1983.(Celan 또는 C.로 축약함)) Celan III, 185.

2) Celan I, 111.

3) Chalfen, Israel: Paul Celan. Eine Biographie seiner Jugend. F/M. 1979. 101.

4) Celan III, 20.

5) Chalfen, 119.

6) Felstiner, John: Paul Celan. Eine Biographie. München. 1997. 90.

7) Felstiner, 92.

8) Chalfen, 155.

9) Felstiner, 131.

10) Felstiner. 86.

11) Celan III, 「산중대화」 중에서.

12) 1958년 Librairie Flinker 의 설문에 대한 첼란의 답장 글에서

13) Felstiner, 249.

14) Shmueli, Ilana: Sag, dass Jerusalem ist. Heidesheim, 2000. 22.

15) Celan III, 203

16) Celan III, 122.

제2장

첼란의 시작품

1. 초기 시작품

첼란이 1938–1944년에 쓴 초기 시들은 체르노비츠 청년시절, 루마니아 강제노역시절, 그리고 부카레스트와 빈 시절을 담고 있다. 첼란은 초기 시작품들을 룻에게 보냈으며, 그의 생전에는 출판되지 않았다. 강제노역시기에 첼란은 룻에게 정기적으로 편지를 쓰면서 시를 함께 동봉했다.

소원

뒤엉킨 뿌리들
그 아래
두더지 한 마리 살까 …
혹은 난쟁이 하나 …
아니면 흙덩이
그리고 은빛 물 흔적뿐 …

아마도
피 일거야.[1]

이 시는 1939년 5월, 파리 뚜르 학생시절 쓴 시이다. 다른 시들에서는 나타나지 않는 줄임표가 눈길을 끈다. 1938년 11월 9일 아침, 고향집을 나선 첼란은 기차를 타고 종일 폴란드를 달려서, 저녁 무렵 크라카우를 경유하여 새벽에 독일 국경에 도달했다. 베를린에 도착한 날

은 바로 유대인 급습의 날 "수정의 밤"이 지난 아침이었다. 첼란은 지
체 없이 독일을 벗어나 파리로 향했다. 18살 생일을 며칠 앞두고 도착
한 파리는 구름 잔뜩 낀 우울한 가을 날씨였다. 1939년 7월 학기말 시
험을 마치고 첼란은 여름방학을 고향에서 보내고자 파리를 떠난다.
그로부터 1948년 파리로 이주하기까지 그는 파리로 다시 돌아올 수
없었다. 이 시를 사춘기 첼란의 성에 대한 관심과 연관시켜 보는 시각
도 있지만 그보다는 베를린에서의 짧지만 끔찍한 대면이 기저에 있는
듯하다. 땅 밑의 "두더지 한 마리", "난쟁이 하나"는 시인의 고독과 내
면의 상처를 암시하고 있다.

암흑

적막의 단지는 비어있다.

나뭇가지에
말없는 노래들의 입김이
켜켜히 쌓이고 있다.

시간의 기둥들이
낯선 시간을 무심히 어루만진다.

소용돌이치는 날개 짓.

올빼미의 가슴에
죽음이 눈뜨고

너의 눈으로 배반이 돌진한다 –

내 그림자는 네 외침과 씨름하고 –

이 밤 지나서 연기 오르는 동쪽 하늘에
죽음만이
반짝인다.[2]

　룻은 첼란이 이 시를 1941년경에 썼을 것으로 추측한다. 이 때 1940
년에는 소련이 부코비나 북부지역을 점거하고, 1941년 독일이 다시 이
지역을 점령하면서 600여년의 유대인 역사가 체르노비츠에서 말살되
기 시작하는 시기이다. 유대민족에게 도래하는 어두운 시대가 '말없는
노래', '연기 오르는 하늘', '반짝이는 죽음' 등으로 형상화되고 있다.

녹턴

잠들지 마라. 깨어있으라.
노래하는 걸음걸이로 포플라들이
전쟁의 부족과 함께 행군한다.
연못들엔 너의 피가 가득하다.

그 속에서 초록 해골들이 춤춘다.
해골 하나가 대담하게 구름을 낚아챈다.
창에 찔린 네 꿈은 피를 흘리고
비바람에 부서지고, 절단되고 얼음처럼 굳었다.

벌거숭이 되어 달밤 속으로 은밀히 스며들었던
세상은 산통하는 한 마리 짐승.
신은 그의 울부짖음. 나는
두려워 얼어붙는다.[3]

녹턴은 밤의 분위기에 영감을 받아 작곡되거나 밤을 환기시키는 음악작품을 말한다. 야상곡을 나타내는 첼란의 녹턴은 유령 같은 풍경 앞에서 느끼는 우울한 음악적인 밤의 정서를 담고 있다. 자연풍경이 '너'를 위협하는 전쟁터로 변한다. 여기서 자연은 피곤한 일상을 벗어나 쉴 수 있는 공간이나 구원의 마지막 피난처가 아니다. 자연은 인간의 고난으로 깊이 훼손된 장애자로서 나타난다. 피가 가득한 연못 속 해골들의 춤이 하늘에 속한 구름도 낚아채며 유령처럼 움직이는 환영이 된다. 끔찍한 모습은 '창에 찔려 피 흘리는 꿈', 즉 악몽이기에 화자가 깨어서 지켜야 한다는 요구를 받고 있다.

가을

겁에 질린
구름이 물푸레나무 잎사귀와 함께
비탄에 젖은 자들의 손수레 속으로 가라앉는다.

세월의 조약돌은
서두르는 형제의 발바닥을 할퀸다.

여기, 저기

얼굴과 과꽃이 어두워지고 있다.
그럼에도 눈꺼풀과 눈썹이 좁쌀 풀꽃을 찾는다.

넘어가는 밤에
네게서 네게로 나는 실려 간다.[4]

이 시는 1942년 9월 강제 노역장에서 힘든 시간을 보내던 첼란이 룻에게 보낸 시로, 게토로 강제 이주당하며 박해받는 유대인의 모습을 표현하고 있다. 좁쌀풀꽃은 사람의 홍채와 비슷한 어두운 반점을 담고 있어서 '아이브라이트'라는 이름을 가졌다. 독일어로는 "눈의 위로"라는 뜻을 담고 있다. 비탄에 젖어 눈물 가득한 눈이 위로를 찾고 있는 것이다.

어머니, 우크라이나에 눈이 내립니다.
천 개 고통의 곡식알들로 엮은 주님의 화관 같습니다.
여기 내 눈물 한 방울도 당신에게 도달하지 못합니다.
예전의 당당했던 말없는 손짓 하나만이 ...

우리는 이미 죽었는가요, 막사에서 당신은 잠들지 못하시나요?
바람도 추방된 자처럼 떠도는 데 ...
흙구덩이 속에서 굳어진 그들의
심장은 깃발이 되고 팔은 촛대가 되었나요?

암흑 속에서 여전히 나였습니다.
부드러운 것은 구제, 날카로운 것은 폭로인가요?

소리 큰 하프 현들이 뜯기고
이제 내 별들이 소리를 내니 ...

여기에 장미시간이 매달려 머무릅니다.
사라지고. 하나가 이어서. 그리고 또 하나가...
어머니, 성장인가요 아니면 상처인가요?
우크라이나의 눈송이에 담겨 나도 함께 떠돕니다.[5]

우크라이나는 죽음의 장소를 상징하는 풍경으로 늘 어머니와 연관
되어 나타난다. 첼란은 채석장으로만 불렸던 외진 들판에서 강제노동
에 시달리다 죽어간 부모의 죽음을 겨울 눈 속에 담아내고 있다. 무엇
보다 어머니에 대한 그리움과 함께 어머니의 이른 죽음에 대한 슬픔
을 노래하고 있다.

2. 『유골 단지의 노래 Der Sand aus den Urnen』(1948)

　1948년 9월에 출판된 첼란의 첫 시집은 1940년 초에서 1948년 7월 사이 체르노비츠, 부카레스트 그리고 빈에서 쓴 48편의 시를 담고 있다. 파리로 떠나야했던 첼란은 친구들에게 인쇄를 부탁했는데, 출판된 시집에서 수많은 오타를 발견하고 크게 실망했다. 「죽음의 푸가」가 처음으로 독일어로 소개되었고, 첫 시집에 대한 기대가 컸으나 결국 시집을 서점에서 수거할 수밖에 없었다. 시집의 마지막에 실린 「죽음의 푸가」는 첼란의 방랑길에 대한 이유를 말해주는 듯하다.

묘지 가까이

어머니, 남쪽 뱃머리의 바닷물은 아직 기억할까요?
당신에게 상처 낸 파도를.

한가운데 물레방아 있던 들판은 아직 생각할까요?
당신의 심장, 당신의 천사가 숨죽이며 참아낸 것을.

이제는 사시나무가, 수양버들이
당신의 고통을 덜 수 없나요, 당신에게 위로가 될 수 없나요?

싹 난 지팡이를 잡은 신이
언덕을 오르락 내리락 하지 않은가요?

아, 그리고 어머니, 언젠가, 집에서처럼, 참고 들으시나요?
이 낮은, 독일어의 고통스러운 운율을.[6]

첼란은 1944년 키에프에서 위생병으로 복무하고 돌아온 후 이 시를 썼다. "뱃머리 남쪽"은 시인의 부모가 살해된 강제수용소가 있던 곳을 가리킨다. 사시나무와 수양버들은 죽음 앞의 두려움과 슬픔을 표현한다. 시편 137편에서 바벨론의 포로가 된 이스라엘 백성이 강변의 버드나무 옆에서 시온의 노래를 부르도록 강요받은 상황을 연상하게 하는 메타포이다. 택한 자의 지팡이에 싹이 나게 하여 원망하는 말을 그치게 하겠다는 하나님의 약속을 상기시켜 유대민족의 희망을 담고 있다. 집에서 늘 표준 독일어로 얘기하도록 가르쳤던 어머니의 언어로서 모국어이면서 살인자의 언어인 독일어로 시를 써야하는 시인의 번민이 마지막 연에서 고통스럽게 울리고 있다.

고독한 자

비둘기와 뽕나무보다
나를 더 사랑한 가을이 선물한 베일.
그 자락을 수놓은 가을의 속삭임, "꿈꾸는데 필요할거야"
"신도 독수리만큼 가까이 계시지"

더 거칠고, 장식 없는
또 다른 손수건을 집어든 내게 들리는 소리.
네가 만지면 블랙베리 관목 속으로 눈이 내리지.
네가 흔들면 독수리 울음소리를 들을 게야.[7]

이 시는 "베일"과 "손수건"을 대비시키며 강제노역에 시달리던 때의 힘든 상황을 묘사하고 있다. 부드럽고 아름다운 장식의 베일이 "꿈"과 연결되어 있다면, 거친 손수건은 죽음을 상징하는 눈송이와 독수리에 연결되고 있다. 부모의 죽음을 상징하는 눈송이를 보며 죽음의 공포가 엄습할 때마다 거친 손수건으로 눈물을 훔친 시인의 두려움과 고통이 느껴진다.

검은 눈송이

눈이 내렸습니다 우울한 빛으로. 한 달이
벌써 흘렀을까요 아니면 두 달이, 수도사 차림의 가을이
저에게도 소식을 전했습니다, 우크라니아 산비탈에서 온 나뭇잎
하나에.

"기억하렴, 여기도 겨울이란다, 벌써 수천 번,
넓고 넓은 강이 흐르는 이 땅에.
야곱의 숭고한 피, 도끼로 축복받으니 …
아 천상의 붉은 얼음 – 헤트만이 군대와 더불어
어두워지는 태양 속으로 걸어든다 … 아들아, 아 수건 한 장을,
투구가 번쩍일 때, 흙덩이가 붉게 부서질 때,
네 아버지의 유골이 눈처럼 쌓일 때, 나를 가릴 수 있는 수건 한 장을,
향나무 노래는
말발굽에 짓밟혔구나 …
네가 울기를 배우기에 이제 내가 간직하는
수건 한 장, 작은 손수건 한 장
한 번도 푸르지 않은 세상의 작은 조각을, 아들아, 네 아이에게!"

어머니, 가을은 피 흘리며 나를 떠나고, 눈雪은 나를 태웁니다.
울고 있는 내 심장을 찾을 때, 아, 여름의 입김을 발견했습니다.

당신의 호흡인 것 같아서
눈물이 흐릅니다. 한 올 한 올 손수건을 짰습니다.[8]

1944년 7월 즈음 이 시를 쓴 시기에 첼란에게 강제수용소에 있던 부모님의 부고가 전해졌던 것으로 생각된다. "검은 눈송이"는 부모의 죽음을 의미하며, 유대민족의 고난의 역사를 증거한다. 1648년 코자크 봉기 때 폴란드에 거주하던 야곱의 후손 유대인들이 헤트만(군대지도자) 흐멜니츠키에 의해서 무수히 희생당했다. 시인은 어머니의 목소리를 통해서 방랑과 박해의 유대 역사를 얘기하고 있다. 슬픔과 고통의 상징인 손수건을 짜는 행위가 세상의 불의와 억압에 저항하는 텍스트를 짜는 시인의 사명과 연결되고 있다.

백양목아, 네 잎사귀는 어둠 속으로 하얀 빛을 발하건만
어머니의 머리칼은 영원히 희어질 수 없었네.

민들레야, 우크라이나는 너처럼 푸르건만,
금발의 어머니는 귀향할 수 없었네.

비구름아, 너는 우물가에서 지체하고 있느냐?
어머니는 모두를 위해 숨죽여 울고 계시었네.

둥근 별아, 너는 금빛 올가미를 둘렀건만,

어머니의 심장은 총탄에 상처를 입었다네.

떡갈나무 문아, 누가 너를 돌쩌귀에서 들어냈느냐?
인자한 어머니는 돌아올 수 없었다네.[9]

빈으로 이주할 길을 찾으며 부카레스트에 머무는 동안 쓴 이 시는
대구법으로 전개하면서 돌아오지 못한 어머니에 대한 그리움을 노래
하고 있다. 민들레의 노란빛은 어머니의 금발머리를 연상시키며, 머리
가 희어질 만큼 나이 들지 못하고 이른 죽음을 맞이한 어머니를 상기
시킨다. 줄기가 희어서 백양목이라고도 불리는 사시나무의 잎은 길고
탄력이 있어서 바람에 유난히 떤다. 어머니가 겪었을 고통과 공포가
바람에 떠는 백양목의 모습에 투영되어 있다. 금발의 어머니는 모든
이의 슬픔을 대신하여 우는 어머니로서 사적인 영역에서 집단에 대한
기억으로 확장되고 있다. 떡갈나무 문이 돌쩌귀에서 뜯기며 어둠 속으
로 끌려간 어머니는 다시 돌아오지 못했다. 어머니를 삼킨 어두움 속
에서 하얗게 반짝이는 백양목 잎사귀는 어머니에 대한 기억을 빛처럼
또렷하게 상기시킨다.

불빛 하나

공포의 등불은 폭풍우 속에서도 타오른다.
잎으로 덮인 거룻배 용골에 걸린 등불들이 네 이마로 싸늘하게
다가온다.
네게서 산산히 부서지기를 원하지, 등불은 유리가 아니던가?
우유가 벌써 뚝뚝 떨어지는 소리가 들리고, 너는 파편들에 담긴

과일즙을 마신다, 겨울 유리에 담긴 것을 잠결에 마신다.
네 심장은 털송이로 가득하고 네 눈은 얼음을 가득 매달고 있다.
파도거품으로 솟구친 고수머리가 새들과 함께 네게 밀려온다.

네 집은 칠흙 같은 파도를 타면서도 장미부족을 품었다.
방주가 되어서 거리를 떠났을 때 너는 재앙 속으로 구원되었다.
아 죽음의 하얀 박공 – 너희 마을은 성탄분위기구나!
아 대기를 달리는 썰매 – 그럼에도 너는 돌아온다.
소년처럼 나무를 타고 올라 너는 망을 본다
가까이 다가오는 저 방주, 장미로 가득 찼다
아, 거룻배들이 공포의 등불을 깜박이며 서둘러온다
네가 잠에서 깨어날 때 그들이 육지로 뛰어오르겠지
그들은 움막을 치고, 네 머리는 하늘로 들리겠지
고수머리가 파도거품으로 네게 솟구쳐 오르고, 네 심장은 털송이
가득하다.[10]

나치에 희생당한 동족의 모습이 구약의 대홍수에 비유되고 있다.
시적 자아의 구원은 역설적으로 재앙과 연결되는데, 살아남은 자의
고통과 사명을 재앙처럼 엄중히 수용하였기 때문으로 보인다. 죽은
자들과 함께 하지 못하고 생존자로서 나무 위에서 망을 보는 과업을
맡은 '어린 소년'의 모습에 시인의 역할이 투영되고 있다. 대홍수는 아
직 끝나지 않았고, 방주는 여전히 항해하고 있으며, 칠흙같은 어둠 속
에서 작은 배들이 파도에 휩쓸리며 방주를 향해 서둘러오고 있다. 살
아남아서 무수한 죽음을 증언해야하는 운명이 시인의 사명으로 새롭
게 인식되고 있다.

전숲 생애

선잠 자는 태양들은 동트기 한 시간 전 그대 머리처럼 푸르다.
그들은 새 무덤 위 풀처럼 빨리 자란다.
우리가 환희의 선상에서 꿈같이 즐겼던 유희가 그들을 유혹한다.
시간의 백악암에서 단도들이 그들을 맞는다.

깊이 잠든 태양들은 더 푸르다. 그대 고수머리는 단 한번 그렇게
푸르다.
나는 그대 자매의 매수된 품속에서 밤바람처럼 머물렀다.
그대 머리카락은 우리 위 나무에 걸렸으나 그대는 거기 없었다.
우리는 세계였고, 그대는 성문 앞 관목 숲이었다.

죽음의 태양들은 우리 아이 머리처럼 하얗다.
그대가 모래 언덕에 장막을 치자 아이는 물결 밖으로 솟아올랐다.
그리고 빛을 잃은 눈으로 행운의 검을 우리 위로 **빼어들었다**.[11]

선잠에서 깊은 잠으로 그리고 죽음으로 이어지는 시간의 흐름 속에
서 삶과 사랑은 시간의 칼에 위협받고 있다. 1946년 12월 부카레스트
에서 쓴 시로, 이 년 정도 머물렀던 이곳의 위협적인 시대상황과 불안
한 이방인의 삶을 담고 있다. 점점 심각해지는 정치상황으로 인해 첼
란은 1947년 12월 부카레스트를 떠나야했다.

새벽의 검은 우유 우리는 그것을 저녁에 마신다
우리는 그것을 마신다 점심에 아침에 우리는 그것을 밤에 마신다

우리는 마시고 마신다

우리는 공중에 무덤을 판다 거기서 비좁지 않게 눕는다

한 남자가 집안에 있다 그는 뱀과 유희하며 편지를 쓴다

어두워지면 그는 독일로 편지를 쓴다 너의 금빛 머리 마가레테

그가 편지를 쓰고 집 앞에 나서면 별이 반짝인다. 그는 자기 사냥개

들을 휘파람으로 부른다

자기 유대인들을 휘파람으로 불러내어 땅에 무덤을 파게 한다

그가 우리에게 무도곡을 연주하라고 명령한다

새벽의 검은 우유 우리는 너를 밤에 마신다

우리는 너를 마신다 아침에 점심에 우리는 너를 저녁에 마신다

우리는 마시고 마신다

한 남자가 집안에 있다 그는 뱀과 유희하며 편지를 쓴다

어두워지면 그는 독일로 편지를 쓴다 너의 금빛 머리 마가레테

너의 잿빛 머리 술라밋 우리는 공중에 무덤을 판다 거기서 비좁지

않게 눕는다

그가 외친다 더 깊이 땅속으로 파들어 가라

너희 한 무리는 노래하고 다른 무리는 연주하라

그는 허리에 찬 권총을 잡는다 그는 그것을 휘두른다 그의 눈은

푸르다

더 깊이 삽을 박아라 다른 무리는 무도곡을 계속 연주하라

새벽의 검은 우유 우리는 너를 밤에 마신다

우리는 너를 마신다 점심에 아침에 우리는 너를 저녁에 마신다

우리는 마시고 마신다

한 남자가 집안에 있다 너의 금빛 머리 마가레테
너의 잿빛 머리 슐라밋 그가 뱀과 유희한다

그가 외친다 죽음을 더 달콤하게 연주하라 죽음은 독일에서 온 마이스터
그가 외친다 바이올린을 더 어둡게 켜라 그러면 너희가 연기되어 공중으로 올라가리라
그러면 너희는 구름 속에 무덤을 갖게 되고 거기서는 좁지 않게 누우리라

새벽의 검은 우유 우리는 너를 밤에 마신다
우리는 너를 점심에 마신다 죽음은 독일에서 온 마이스터
우리는 너를 마신다 저녁에 아침에 우리는 마시고 마신다
죽음은 독일에서 온 마이스터 그의 눈은 푸르다
그는 탄알로 너를 맞춘다 그는 너를 정확히 맞춘다
한 남자가 집안에 있다 너의 금빛 머리 마가레테
그는 그의 사냥개들을 우리에게 몰아댄다 우리에게 공중의 무덤을 선사한다
그는 뱀과 유희하며 꿈을 꾼다 죽음은 독일에서 온 마이스터

너의 금빛 머리 마가레테
너의 잿빛 머리 슐라밋[12]

1947년 초 부카레스트에서 소개된 이 시의 본래 제목은 '죽음의 탱고'였으나 같은 해 빈에서 발표할 때 첼란은 제목을 '죽음의 푸가'로 바꾸었다. 제목처럼 시는 푸가라는 음악형식에 상응하는 구조를 보

인다. "새벽의 검은 우유"로 시작하는 1. 2. 4. 6연과 "그가 외친다"는 3, 5연의 파트가 대조를 이룬다. 또 "우리"와 "그"에 대한 묘사로 나뉘며, 이에 따라 음색도 상이하다. "새벽의 검은 우유"라는 도입부에 "우리는 그것을 저녁에 마신다", "우리는 그것을 마신다 점심에 아침에 우리는 그것을 밤에 마신다", "우리는 마시고 마신다"는 집단의 음성이 합창과 같이 뒤따르며 되풀이된다. "우리는 무덤을 판다"는 음성에 "거기선 비좁지 않게 눕는다"는 대구가 이어지며 시 전체가 거의 비슷한 대위법적 구조와 반복을 이루는데, 이는 마지막 연의 "너의 금빛 머리 마가레테", "너의 잿빛 머리 슐라밋"에서 두드러진다.

네 개의 연이 모두 "검은 우유"라는 기이하고 충격적인 메타포로 시작하는 것도 특이하다. 우유는 인류의 주요한 영양공급원으로 '엄마 젖'과 연관되면서 생명과 아늑함을 연상시킨다. 그러나 "검은"이라는 수식어는 우유가 갖는 이런 긍정의 요소들을 단숨에 깨뜨린다. 하얀 "우유"가 갖는 생명과 건강의 양식이라는 이미지가 슬픔, 위험, 부패, 죽음과 같은 이미지를 불러일으키는 "검은"이란 수식어가 붙으면서 "검은 우유"는 죽음의 액체로 변한다.

시인은 "검은 우유"의 메타포로 홀로코스트에서 일어난 유대인들의 고난과 죽음을 상징적으로 표현하고 있다. 아우슈비츠를 떠올리는 '가스실', '수용소', '화장터'와 같은 단어 없이 인간 말살이라는 어두운 시대적 사실을 표현해내고 있는 것이다. "우리는 마신다"는 반복된 문장 속에서 죽음은 계속되는 현실로 묘사된다. 첫 시행의 "새벽의 검은 우유"로 시작되어 아침, 점심, 저녁, 밤으로 계속 이어지는 마시는 행위는 끝없이 일어나고 있는 죽음의 행렬과 죽음 앞의 공포와 긴장을 그리고 있다. 무려 스무 번이나 반복되는 "우리가 마신다"는 읽는 이로 하여금 자신도 마시는 주체의 한 사람으로 여겨지게 하는 언어 주술적인 효과를 보인다. 시에 마침표가 전혀 없는 것도 죽음의 행렬이 계속되고 있음을 암시하고 있다.

　"우리"와 대비되는 "그"는 우리의 죽음을 지휘하는 자이다. '푸른 눈의 그'는 어두워지면 집에 들어앉아 독일에 있는 여인에게 편지를 쓰는 평범한 사람이다. 그러나 '뱀과 유희하는 그'는 사악한 사람으로 변한다. 유대인들을 불러 그들이 묻힐 무덤을 파게하고, 무도곡에 맞추어 춤을 추라고 명령한다. 동료들이 춤곡을 연주할 때 자신의 무덤을 파게하고 그는 "죽음을 더 달콤하게 연주하라", "바이올린을 더 어둡게 연주하라"고 명령한다. 허리에 찬 권총을 휘두르며 위협하는 그는 "독일에서 온 죽음의 마이스터"이다. 반면에 '우리'는 새벽부터 밤까지 계속되는 죽음의 공포와 두려움 속에서 무덤을 파고 무도곡을 연주하며, 결국 화장터의 연기가 되어 사라진다.

　'그'와 '우리'의 대비는 "금빛 머리 마가레테"와 "잿빛 머리 슐라밋"으로 귀결된다. 금빛머리는 밝고 생명력 넘치는 이미지인 반면 잿빛은 생명력을 상실한 죽음의 이미지를 불러일으킨다. '마가레테'는 괴테의 『파우스트』에 나오는 그레트헨으로 독일의 '영원한 여성상'을, '슐라밋'은 솔로몬의 아가서에 나오는 사랑스런 여인으로 유대 여인상을 대변한다. 대비된 이 두 인물이 한 시행이 아니라 두 시행을 이룸으로써, 함께 할 수 없는 상이함과 긴장감을 보여주고 있다.

3. 『양귀비와 기억 Mohn und Gedächtnis』(1952)

1944년부터 1952년 봄 사이에 쓴 56편의 시들로 이 가운데 26편은 시집 『유골단지의 모래』에 이미 실렸던 시들이다. 게토, 도주와 망명, 죽음 등 첼란의 체험과 유대민족의 운명을 어떤 시집보다 더 절실하게 묘사하고 있다. 체르노비츠의 마지막 시간들, 부카레스트로 이주, 빈으로의 도피와 또 다시 파리로의 이주 등 방랑생활에서 느끼는 시인의 고단하고 절박한 심정이 담겨 있다. 독일에서 출판된 첫 시집으로, 1952년 5월 니렌도르프에서 열린 '47그룹'에서 가진 낭독의 기회를 통해서 출판이 이루어지게 되었다. 시집 제목은 시 「코로나」에서 나온 것이며, 56편의 시 중 23편이 바흐만에게 헌정되었다.

광야의 노래

아크라의 거무스름한 낙엽을 엮어 만든 화관.
흑마의 말머리를 돌려서 검으로 죽음을 찔렀다.
나무잔에 담긴 아크라 샘의 재를 마시고,
면갑을 내리며 폐허된 하늘을 향해 달렸다.

아크라지역에서 죽은 천사들과 눈감은 신.
누구도 내게 편안한 잠을 허락하지 않았다.
아크라 지역의 작은 꽃, 무참히 베인 달.
가시들이 꽃피듯, 녹슨 반지 낀 손들이 꽃피었다.

그 손들이 아크라에서 기도할 때면, 입 맞추기 위해 몸을 구부려야
했다.

보호받지 못한 목덜미, 투구 사이로 피가 새어 나온다!

나는 그들의 미소 짓던 형제, 아크라의 강철 체르빔이다.

나는 그 이름을 아직도 소리 내어 부르며 뺨의 화상을 여전히 느낀
다.[13]

체르노비츠를 떠나서 부카레스트로 이주한 후 쓴 이 시를 첼란은
시집의 첫 시로 선택했다. 모세, 미리암 그리고 유대인들이 출애굽 후
불렀던 노래를 연상시키는 시 제목처럼 조상의 광야 이야기에 고향을
떠나 방랑길로 접어든 시인의 심정이 담겨있다.

북 팔레스타인에 위치한 아크라는 십자군전쟁의 격전지였다. 예루
살렘 성전이 있는 산을 바라보는 성의 보루는 그리스·로마에 맞서 싸
우던 전투에서 전략요충지였다. 검게 변한 낙엽, 폐허의 하늘은 참혹
한 전쟁터를 연상시키며 수많은 죽음을 증언한다. 그 끔찍함을 차마
볼 수 없는 신은 눈을 감았고, 시인은 편안한 잠을 잘 수 없는 고통의
나날을 보낸다.

구약에서 광야의 언약궤를 지키는 금으로 된 체르빔은 시 속에서
"강철 체르빔"이 되어서 혹독한 전쟁에도 강인하게 살아남아 전쟁의
참상을 증언하며 의연히 버티고 있다. 수많은 죽음을 기억하고 그 참
상을 뺨의 화상처럼 뜨겁게 느끼며 증언하는 시인의 사명이 "강철 체
르빔"으로 형상화되고 있다.

헛되이 그대는 창문에 가슴을 그린다.
침묵의 공작은
저 아래 성의 뜰로 군사들을 모은다.
나무에 자기 깃발을 다니, 가을이면 퍼렇게 되는 나뭇잎 하나,
그가 군대에 배분하는 우수의 줄기, 시간의 꽃들.
새 울음소리 가득할 때 그는 검을 휘두르러 나간다.

헛되이 그대는 창문에 가슴을 그리니, 신은 무리 속에 있다.
언젠가 네 어깨에서 계단 위로, 밤 시간으로 흘러내렸던 외투 속에
모습을 감춘 채,
언젠가 성이 화염에 휩싸일 때, 그대가 여느 사람들처럼 '사랑하는
여인'을 불렀을 때 …
외투도 잊고, 별 빛도 바라지 않은 채 그는 앞서 나부끼는 그 나뭇
잎만 쫓는다.
'오 줄기여' 외침을 그는 '오 시간의 꽃이여'로 듣는다.[14]

15살 첼란이 친구들에게 읽어주었던 릴케의 「기수 크리스토프 릴케
의 사랑과 죽음의 노래」가 시 곳곳에 흔적을 남기고 있다. 또한 1936
년에 발발한 스페인 시민전쟁 소식은 청년 첼란의 가슴에 자유정신을
달구었다. 기수 크리스토프의 모험과 장렬한 죽음이 "침묵의 공작" 깃
발 아래 모인 궐기에 대한 희망으로 표현되고 있다.

손 가득한 시간으로 내게 온 당신,
당신 머리카락은 갈색이 아니라고 나는 말했죠.
그러자 고통의 저울에 머리를 올려놓은, 나보다 더 무거웠던 당신…

배를 타고 온 그들이 당신 머리카락을 싣고, 쾌락의 시장 판매대에
내놓으니

당신은 심연으로부터 나를 향해 웃음 짓고, 나는 가벼운 저울 접시
위에서 당신을 향해 웁니다.

갈색 아닌 당신 머리에 바닷물을 주는 그들에게 당신은 곱슬머리
를 내어주기에, 나는 울고 있습니다 …

당신은 속삭입니다. "그들은 세상을 이미 나로 채우고, 나는 네 마
음 속 골짜기로 남는다!"

당신은 말합니다. "세월의 이파리들을 네게 두어라 – 네가 와서 내
게 입 맞출 시간이다!"

세월의 이파리들은 갈색인데 당신 머리카락은 아니군요.[15]

'당신 머리카락은 갈색이 아니다'는 화자의 말에 상대는 "고통의 저
울"에 머리카락을 올려놓는다. '고통의 저울에서 무겁다'는 말은 그 머
리카락이 고통으로 인해서 하얗게 센 머리카락이라는 것을 짐작하게
한다. 죽은 이들 앞에서 살아남은 이는 자신의 고통의 무게를 견줄 수
없을 만큼 가볍게 느끼며 죽은 이들과 더불어 슬픔과 고통을 느낀다.
"마음 속 골짜기"처럼 패인 상처는 어머니를 잃은 시인의 아물지 않은
슬픔과 고통을 말해준다.

절반의 밤

절반의 밤. 반짝이는 눈에 꽂힌 단검들.
"아프다고 소리치지 마라." 수건처럼 구름이 펄럭인다.
비단 양탄자처럼 그 밤은 우리 사이에 펼쳐져
어둠에서 어둠으로 춤춘다.
구름은 생 나무로 검은 피리를 깎아 우리에게 건네고, 이제 춤추는
여인이 온다.
파도거품에서 솟아난 손가락을 여인은 우리 눈에 담근다.
한 눈이라도 여기 아직 울 눈이 있는가?
없다. 그렇게 여인은 기뻐 춤추며 돌고, 뜨거운 팀파니는 울린다.
여인은 우리에게 고리를 던지고, 우리는 단검으로 그것들을 붙든
다.
우리를 이렇게 맺어주려는가? 울리는 파편 소리에 지금 새롭게 깨
닫는다.

당신이 맞은 죽음은
접시꽃빛이 아니었다.[16]

절반의 밤은 낮과 밤, 삶과 죽음, 환희와 슬픔을 나누면서 또 이어
주고 있다. 아침을 부르는 밤이 아니라 밤 가운데 있기에 이 편과 저
편의 나와 당신 모두 어둠 속에 있다. 그래서 "어둠에서 어둠으로 춤
추듯 펼쳐지는 절반의 밤"에서 살아있는 자도 죽은 자의 슬픔과 고통
을 똑같이 느낀다. 이런 죽음의 풍경에 춤추는 여인이 나타나서 꿈의
단검들이 꽂힌 고통스런 눈에 파도거품에서 솟아난 손가락을 담그며
위로하려 한다.

유골단지의 모래

망각의 집은 푸른곰팡이 빛.
흔들리는 문 앞마다 참수된 네 악사가 푸르다.
그는 너를 향해 이끼와 거친 음모로 만든 북을 치며
곪은 발가락으로 모래에 네 눈썹을 그린다.
네 눈썹보다 더 길게, 그리고 네 입술의 선홍빛을 그린다.
너는 여기 유골단지를 채우고 네 심장을 먹인다.[17]

문학은 망각의 집이 아닌 기억의 집에서 살기를 더 원할 것이다. 푸른곰팡이가 핀 오래된 기억은 폐허로 변한 망각과 다름없다. 목 잘린 악사는 노래할 수 있는 말과 입을 상실했다. 말할 수 있는 입을 상실했지만, 남은 두 손으로 북을 치며, 망각의 집에 잠들어있는 기억을 일깨운다. 썩어가는 발가락으로 모래 속에 '너'를 그리며 두 손으로 북을 쳐서 사람들에게 알리려한다. 유골단지에서 쏟아진 모래 위에 그려진 너의 모습은 생기를 머금은 듯 선홍빛 입술을 하고 생전의 모습보다 더 생생하다. 홀로코스트 희생자들의 주검을 나타내는 유골단지의 모래는 약속의 땅을 소망하며 광야를 지나던 유대민족의 고난을 연상시킨다.

마지막 깃발

물빛 야수가 희미해지는 항로표지에서 쫓기고 있다.
면갑으로 네 얼굴을 가리고 네 속눈썹을 초록으로 물들여라.
거친 곡물 접시가 흑단목 식탁위에 차려진다.
봄마다 여기 포도주가 거품을 내니, 그리 짧은 것이 세월이어라.
그 사수들의 포상도 이처럼 뜨겁게 달아오른다 – 이방의 장미여.
네 방황의 수염, 나무그루터기의 맥없는 깃발이여.

먹구름과 천둥! 광기를 타고 양치식물 속으로 달린다!
어부처럼 도깨비 불빛과 호흡을 향해 그물을 던진다!
뱃머리에 밧줄을 감아서 춤을 권유한다!
그리고 샘에서 뽈피리들을 씻는다 – 그들은 그렇게 유혹의 나팔소
리를 배운다.

그대가 고른 외투는 불빛을 가릴 만큼 두터운가?
그들은 꿈을 선사할 듯 꿈결처럼 나무줄기 주위로 스며든다.
그들의 가슴들을 높이 던진다, 이끼 낀 광기의 공들을.
오 물빛 양모피여, 탑에 나부끼는 우리 깃발이여![18]

"물빛 야수"는 마지막의 "물빛 양피"로 연결되어 아르고호 전설을
떠올린다. 아르고호 별자리는 남쪽 하늘에서 가을에 나타났다 연초에
사라진다. 이 시기의 가을과 겨울은 부모의 죽음과 연결되어 첼란 시
에서 죽음의 시간을 의미한다. 아르고호 별자리는 밤하늘에 깃발처럼
나부끼며 방랑의 기억을 불러일으키고 있다.

프랑스의 추억

그대 나와 함께 생각해보라, 파리의 하늘, 그 커다란 가을나리 꽃을
…
우리는 꽃 파는 소녀에게서 가슴을 샀지.
물속에서 피어오르던 푸른빛의 가슴을.
비 내리기 시작한 우리 방에
이웃의 깡마른 난장이 쏭쥬씨가 찾아왔지.
우리는 카드놀이를 했고, 나는 눈동자를 빼앗겼어.
네 머리카락을 빌려주었으나 나는 그것마저 잃고, 그는 쓰러질 때
까지 우리를 두들겨 팼지.
그가 문 밖으로 나가자 빗방울이 그를 뒤따르고
우리는 죽었으나 숨 쉴 수 있었지.[19]

첼란은 루마니아에서 막혔던 학업을 파리에서 다시 시작하여 1938
년과 1939년에 의학공부 기초과정을 마쳤다. 이 시기에 파리의 초현
실주의를 접하게 되었다. 1948년 1월 빈에서 만난 초현주의 화가 에드
가 즈네에게 헌정한 이 시에 그 때의 체험이 나타나있다. "쏭쥬"는 꿈
을 뜻하는 프랑스어이다. 하지만 꿈을 안고 시작한 파리의 삶이 결코
녹록치 않았음이 이 시에서 그려지고 있다. 프랑스 학창시절의 추억은
'파리의 하늘'과 '푸른 꽃'의 모티브와 함께 불안한 희망 속에 잠겨있
다. 푸른 하늘의 이미지가 푸른 꽃으로 나타나며, 생명력보다 죽음에
가까운 시인의 고통을 표현하고 있다.

그림자 속 여인의 샹송

말없는 그 여인이 와서 튤립을 딸 때.
　누가 이기는가?
　　누가 지는가?
　　　　　누가 창가로 가는가?
누가 여인의 이름을 먼저 부르는가?

한 남자가 내 머리를 들고 있다.
시체마냥 손바닥 위에 들고 있다.
내가 사랑했던 그 해에 하늘이 내 머리를 들었던 것처럼 들고 있다.
그렇게 텅 빈 것인 양 들고 있다.

그가 이긴다.
　그는 지지 않는다.
　　　그는 창가로 가지 않는다.
그는 여인의 이름을 부르지 않는다.

한 남자가 내 눈을 들고 있다.
성문이 닫힌 이후 줄곧 들고 있다.
반지처럼 손가락에 끼고 있다.
환락의 조각처럼, 청옥처럼 들고 있다.
그는 가을에 이미 나의 형제였다.
그는 벌써 낮과 밤을 세고 있다.
그는 이긴다.

그는 지지 않는다.

그는 창가로 가지 않는다.

그는 여인의 이름을 마침내 부른다.

한 남자가 내가 내뱉은 말들을 가지고 있다.

꾸러미처럼 겨드랑이에 끼고 있다.

최악의 시간을 알리는 시계처럼 들고 있다.

문지방에서 문지방으로 옮긴다. 내던지지 않는다.

그는 이기지 않는다.

그는 진다.

그는 창가로 간다.

그는 여인의 이름을 처음으로 부른다.

그는 튤립과 함께 꺾인다.[20]

튤립소녀의 이름을 부르는 내기게임을 시의 소재로 하고 있다. 이긴 자는 창가로 다가가지 않고, 이름을 말하지 않거나 최소한 먼저 말하지는 않는다. 반면 진 자는 창가로 가서 비밀스런 여인의 이름을 말한다. 첫 행의 "말없는 여인이 와서 튤립을 딸 때"는 마지막 행의 "그는 튤립과 함께 꺾인다."로 화답되면서 비밀스런 여인은 죽음임을 암시한다. 여인의 이름을 처음으로 부른 이가 튤립과 함께 꺾임으로써 비밀스런 여인의 이름 즉 죽음은 여전히 침묵 속에 있게 된다.

먼 곳의 찬미

네 눈의 샘에
표류하는 어부의 그물이 깃들어 있다.
네 눈의 샘에서
바다는 자기 약속을 지킨다.

여기 나는
사람들 속에 머물던 가슴 하나,
내 옷과 서약의 광채를 내던진다.

검은 옷으로 더욱 검어지고, 나는 더 벌거숭이가 된다.
불충실할 때 비로소 나는 충실하다.
내가 나일 때 나는 너이다.

네 눈의 샘에서
나는 떠다니며 약탈을 꿈꾼다.

그물이 그물을 포획하니
우리는 포옹한 채 헤어진다.

네 눈의 샘에서
사형수가 밧줄을 교살한다.[21]

    '불충실 할 때 나는 충실하다', '내가 나일 때 너이다', '포옹한 채 헤
어진다', '사형수가 밧줄을 교살한다' 등 역설적 묘사가 가득한 "먼 곳

의 찬미"는 일상의 전복과 같이 초현실적인 공간을 향하고 있다. 옷을 벗어던지고 서약을 내던지는 행위는 자유를 향한 갈망이다. 제목이 제시하는 것처럼 서로 가까워지는 것이 방해받고 있음을 알 수 있으며, 상대에게 끌리면서 또 이를 부정하는 상반된 감정이 "포옹한 채 헤어진다"에 담겨있다. "헤어진다"는 다음 연과 연관하여 볼 때 "죽다"에 대한 완곡한 표현으로 이해할 수 있으며, 사랑하는 두 사람은 삶과 죽음의 영역으로 나뉘어, 도달할 수 없는 먼 곳을 서로 갈망하고 있다.

코로나

내 손에서 가을이 그의 잎사귀를 받아먹으니, 가을과 나는 친구.
우리는 호두에서 시간을 꺼내어 걸음마를 시키고,
시간은 껍질 속으로 되돌아간다.

거울 속은 일요일이고
꿈에서는 잠 들고
입은 진실을 말한다.

내 눈은 연인의 음부로 내려간다.
우리는 서로 바라본다.
우리는 서로 어두움을 얘기한다.
우리는 서로 양귀비와 기억처럼 사랑한다.
우리는 잠을 잔다, 조개에 담긴 포도주처럼,
달의 피 빛 줄기에 잠긴 바다처럼.

우리는 부둥켜안은 채 창가에 서있고, 거리의 그들이 우리를 바라
본다.
사람들이 알아야 할 시간이다!
돌이 꽃피울 시간이다,
불안이 가슴을 때릴 시간이다.
무르익은 시간이다.

그 시간이 왔다.[22]

가을과 친구인 화자는 호두 속에 숨겨있는 흘러간 시간을 불러낼
줄 안다. 그는 지난 시간을 호두 속에 화석처럼 머물게 하지 않고 현
실로 불러낸다. '껍질 속으로 되돌아간 시간'은 호두 속에, 기억 속에
영원히 보존되는 것이다. 이 시간이 2연에서는 "거울 속 일요일"로 나
타난다. 3연에서는 화자인 '나'와 연인이 "우리"로 등장하며, "양귀비
와 기억처럼" 사랑을 나눈다. 양귀비 씨앗은 첼란이 부코비나 유년시
절에 먹었던 안식일과 유대 축제일의 빵에 들어있던 씨앗이다. 그래
서 망각의 의미와 함께 양귀비는 유대역사에 대한 기억을 담고 있다.
시에서는 '달의 피 빛 줄기 속에 잠긴 바다'로 구체화되면서 유대민족
의 박해와 고난의 어두운 역사가 상기되고 있다. 4연은 "돌이 꽃피울",
"불안이 가슴을 치는" 그리고 "때가 될" 시간을 얘기하며, 마지막 행은
"그 시간이 왔다"로 귀결된다.

애굽에서

이방여인의 눈에 말하라, 물이어라!
이방 여인의 눈에서 네가 아는 물의 여인들을 찾으라.
그 여인들을 물 밖으로 불러내라, 룻! 나오미! 미리암!
이방 여인 곁에 누울 때 그들을 치장하라.
이방 여인의 구름머리로 그들을 치장하라.
룻, 나오미, 미리암에게 말하라,
보라 내가 이방 여인 곁에 누우리라!
네 곁의 이방여인을 가장 아름답게 치장하라.
룻, 나오미, 미리암의 고통으로 그녀를 치장하라.
이방여인에게 말하라,
보라, 내가 그들 곁에 누웠노라![23]

파리에서 쓴 첫 시로, 부카레스트의 첫 시 "광야의 노래"와 마찬가지로 이 시도 성경 내용을 담고 있다. 책으로 출간되기 전에 세 번이나 발표할 정도로 시인이 애착을 가진 작품이다. 유대여인이 아닌 이방여인과의 사랑을 묘사하기 위해서 십계명의 형식을 취함으로써, 이방여인에 대한 선택과 사랑에 경건한 예배 분위기를 부여하고 있다. 룻, 나오미, 미리암은 유대역사에서 망명생활과 연관되며, 강제수용소와 강제노역장에서 죽어간 수많은 유대여인들을 대변하고 있다. 시인은 광야생활의 상징적 인물인 세 여인의 이름을 부름으로써 죽은 유대여인들을 현실로 불러들이고 있다.

뱃고동 속으로

감춰진 거울 속 입
교만의 기둥 앞에 꿇은 무릎
창살 붙든 손.

어둠이 너희에게 이를 때
내 이름을 부르라
나를 그 이름 앞에 세우라.[24]

시적 자아는 인격체로서가 아닌 입, 무릎, 손으로 분리되어 나타나고 있다. 따라서 서로에게 낯설고, 이 기관들의 주인인 시적 자아에게도 낯설다. 자아의 정체성은 이름을 통해서야 가능해진다. '어둠'이 죽음의 공포, 고통과 시련을 상징한다고 볼 때 '내 이름을 부르라'는 것은 고난 받은 이들과 운명을 함께하려는 시인의 정체성 고백과 의지를 표현하고 있는 것이다.

여전히 그의 눈동자를 찾고 있는 푸르름에서 나는 제일 먼저 마신다.
너의 발자취에서 마시고 바라보니,
너는 진주 구슬 되어 내 손가락 사이로 구르고, 자라난다!
잊힌 모든 것처럼 자라난다.
네가 구르니, 우수의 새까만 우박 알갱이가
떨어진다, 이별의 손짓으로 새하얗게 된 손수건 안으로.[25]

화자는 '너'의 흔적을 찾아 헤매고, '너'는 진주 구슬처럼 방울져 떨어진다. 눈동자에서 진주 구슬로, 나아가 우박 알갱이로의 전이는 우수와 고통의 무게를 말하고 있다. 화자는 여전히 '너'를 보내지 못해서 작별의 손짓을 멈추지 못하고 있다.

> 밤에 심장을 가슴에서 뜯어낸 자가 장미를 향해 손을 뻗는다.
> 그 잎과 가시는 그의 것이니
> 장미는 접시 위에 그의 빛을 놓고
> 그의 유리잔을 숨결로 채우니
> 그에게 사랑의 그림자가 스친다.
>
> 밤에 심장을 가슴에서 뜯어낸 자가 심장을 공중으로 던져 올린다.
> 빗나가지 않고
> 돌을 돌로 친다.
> 그의 피는 째깍거리며
> 손의 시간이 그의 시각을 알린다.
> 그는 더 아름다운 공으로 놀아도 좋다
> 너에 대해, 나에 대해 얘기해도 좋다.[26]

가슴에서 심장을 떼어내는 것은 죽음을 의미한다. 어두운 밤에 심장을 가슴에서 뜯어낸 자는 죽음의 세계로 들어서며, 낮의 세계에 존재할 수 없는 이들을 만나게 된다. 밤은 삶과 죽음의 경계를 무너뜨리며, 살아있는 '내'가 밤의 세계로 들어가서 죽은 '너'와 만난다.

수정

내 입술에서 네 입을,
성문 앞에서 이방인을,
눈에서 눈물을 찾지 마라.

일곱 밤 더 높이 붉은 빛은 붉은 빛으로 떠돌고,
일곱 가슴 더 깊숙이 손은 성문을 두드리고,
일곱 장미 더 피고 샘물은 솟아난다.[27]

시 제목 '수정'이 상징하고 있는 것처럼 네가 가야할 곳은 피안이지만, 현세와 다른 세계인 이 피안이 완전히 다른 세계가 아니라 그 거리는 사랑으로 극복될 수 있음을 보여준다. 나와 너는 각기 다른 시간의 영역에 속해 있으며, "찾지 마라"는 세 번의 부정은 둘 사이의 거리를 강조한다. 나와 너는 일곱 밤, 일곱 가슴, 일곱 장미를 극복해야할 거리를 갖고 있다. 이를 극복하고 나타난 곳에서 나의 입술과 너의 입술이 "붉음"으로 사랑의 조화를 이룬다. 이방인을 위해 문을 두드리는 사랑의 손길이 있다. 굳게 닫힌 성문을 두드리는 손은 삶에 대한 소망을 보여준다. 우물은 고통으로 흘린 눈물을 형상화하고, 이 우물은 장미에게 생명을 건넨다. 숫자 일곱은 안식일을 연상시키며, 7일 밤이 지난 8일째는 새로운 시작을 의미한다. 숫자 8은 유대 신비주의에 의하면 피안을 의미하며, 무한을 뜻하기도 한다. 시 제목 '수정'의 메타포는 나와 너의 간극, 죽은 자와 산 자의 거리가 극복되는 피안의 공간으로써 시인의 문학이 추구하는 방향이기도 하다.

먼 바다에서

파리, 그 작은 배가 유리 잔속에 닻 내리기 전
너와 함께 먹고, 너를 향해 마신다.
파리가 자신이 흘린 눈물로 흠뻑 젖기까지
그 작은 배가 안개 속 먼 곳으로 향하기까지
내 마음이 너에게 그늘을 드리우기까지 마신다.
안개 싸인 그 곳에서 너는 나뭇가지 되고
나는 말없이 흔들리는 나뭇잎 하나 되어 네게 매달린다.[28]

　　고향을 잃고 떠돌던 시인이 1948년 7월 이후 머물게 된 파리는 그의
마지막 고향이 되었다. 나와 너의 관계는 나뭇가지와 여기에 매달려있
는 나뭇잎의 관계로 삶의 뿌리를 같이하는 밀접한 관계이다. 이 둘은
말없는 상태에서도 서로에게 속해있고, 고통을 함께 나누고 있다.

큰 잔들

클라우스 데무스에게 바치며

시간의 긴 식탁에서
신의 잔들이 마시고 있다.
보는 자와 눈 먼 자의 눈을,
강한 그림자의 가슴을,
저녁의 야윈 뺨을 마셔 비운다.
그들은 가장 강력한 술꾼.
빈 것을 가득한 것 마냥 입에 대면서

너나 나처럼 거품 흘리지 않는다.[29]

이 시를 헌정한 클라우스 데무스는 초현실주의 화가 에드가 즈네 화랑에서 첼란을 알게 된 후 첼란의 시에 빠져들었다. "당신의 시는 내게 어린 시절 풍경처럼 친근하면서 기억과 회상처럼 언제나 새롭다."고 고백하며 첼란을 경외했다. 그는 첼란과 바흐만 사이를 이어주는 좋은 중개자이기도 했다.

당신은 이리 되었군요
내가 당신을 알아볼 수 없을 만큼.
샘물 나라 곳곳에서
여전히 뛰고 있는 당신의 심장.

어떤 입술도 마시지 않고
어떤 형상도 그림자를 드리우지 않는 나라,
샘물이 환영으로 솟아나며
환영이 물처럼 거품을 내는 나라.

모든 샘물로 솟아나고
모든 환영으로 떠오르는 당신.
당신이 생각해 낸 유희는
이제 잊히고자 합니다.[30]

첼란의 고향 부코비나에는 곳곳에 우물이 있었다. 두레 우물 가에 앉아서 얘기하고 노래하던 어머니는 이제 수용소의 연기가 되어 올라간, 마시지 못하고 그림자도 없는 환영이다. 하지만 시인은 모든 샘물, 모든 환영에서 솟아오르는 어머니의 모습을 그리며 그 존재를 느낀다.

심장과 뇌에서
싹 튼 밤의 줄기들을
낫으로 생겨난 말 한 마디가
삶으로 나른다.

그 줄기들처럼 말없이
우리는 세상에 대항하여 나부낀다.
위로를 찾아 주고받은
우리의 시선이
더듬으며 앞서 나가서
어두운 손짓으로 우리를 부른다.

시선 없이
이제 너의 눈은 나의 눈 속으로 침묵하니,
유랑하듯
나는 네 심장을 내 입술로 들어올리고
너는 내 심장을 네 입술로 들어올린다.
우리가 지금 마시는 것은
시간의 갈증을 달래니,
지금 우리 존재가
시간의 잔에 채워진다.

우리의 시간인가?

어떤 소리도 어떤 빛도
우리 사이로 끼어들어 대답하지 않는다.

오 줄기, 너희 줄기여.
밤의 줄기들이여.[31]

심장과 뇌는 인체에서 감성과 이성을 지배하는 기관으로 살아있음
을 상징한다. 여기에서 줄기들이 싹트고, 낮이 아니라 고뇌와 고통의
시간인 밤에 자라난다. 시선 없는 너의 눈은 눈동자를 상실하여 죽음
의 영역에 속한 자들을 의미한다. 너와 나, 즉 죽은 자와 산 자는 서로
눈빛을 교환하며 서로를 격려하고 마음의 소리를 입으로 표현하길 원
하기에 메마른 입술을 축이려 한다.

조용!

조용! 장미, 장미가
거울 속에 그림자를 드리우며 서있기에,
내가 네 심장 속으로 가시를 박는다, 장미가 피 흘린다!
전에도 흘렸지, 우리가 예와 아니오를 섞었을 때,
식탁에서 튀어 올라 쨍그렁거리는 유리잔을
우리가 들이켰을 때.
밤을 알리는 소리였지, 우리보다 더 오래 어두웠던 밤을.

우리는 갈급한 입으로 마셨지.
소태처럼 썼으나

포도주처럼 거품이 일었어.
나는 네 눈빛을 좇았고,
혀는 우리에게 달콤함을 웅얼거렸지 ...
(그렇게 혀는 웅얼거리고, 여전히 웅얼거리고 있지)

조용! 가시가 네 심장으로 더 깊이 파고들어
장미와 연합하니.[32]

　"장미"는 첼란의 시에서 유대민족을 상징하는 "게토 장미"로 나타나기도 한다. 이 시는 피 흘리는 장미의 모습에 고난과 박해받는 유대민족을 담고 있다. 이에 대한 구체적인 표현은 '식탁에서 튀어 올라 쨍그렁 깨지는 유리잔'으로 나타나며, 이것은 1938년 11월 10일 첼란이 파리로 가는 길에 베를린에서 목격한 "수정의 밤"을 암시한다. 유대인 상점의 유리창들이 모두 깨져서 길거리가 유리 파편들로 수정처럼 반짝였던, 유대인들에 대한 박해의 시작을 알렸던, 가시가 심장으로 파고들기 시작하는 고난에 대한 표현이다.

헤아려라 만델을
헤아려라 쓰디 쓴 맛으로 너를 깨어있게 하는 것을,
나도 거기에 함께 헤아려라.

네가 눈 떴을 때 아무도 너를 바라보지 않을 때, 네 눈을 찾아 헤맸
다.
내가 뽑은 비밀스런 실 한 가닥에
네가 생각한 이슬이 타고 내려

누구의 가슴도 찾지 못한 말씀이 지키는
단지로 흘러든다.

거기 비로소 네 이름 속으로 온전히 들어가서
당당한 걸음으로 너를 향해 걷는다.
네 침묵의 종루에서 종의 추들이 흔들리며
귀 기울인 소리가 네게 부딪혀오고
죽은 이가 너 또한 팔로 감싸 안아
너희 셋이서 저물녘을 지나갔다.

내게 쓴 맛을 더해서
나를 만델로 헤아려라.[33]

1952년 4월에 완성된 이 시는 시집을 닫는 마지막 시이다. 60년대에 독일 여러 도시에서 낭송의 기회를 갖게 될 때 빠뜨리지 않았던 유일한 작품이다. 편도를 가리키는 만델은 유대인의 눈 모양과 비슷하여 유대인을 상징적으로 나타낸다. 아론의 지팡이에서 싹이 돋고 순이 나고 만델모양의 꽃이 피며, 황야에서 만델모양의 잔이 제사에 사용되며, 에레미야가 신의 부름을 받고 꽃이 핀 만델가지를 본다. 만델의 쓴 맛은 유대민족의 고통을 의미하기도 한다. 화자는 "쓴 맛으로 너를 깨어있게 한 것"에 자신을 포함시켜달라고 부탁한다. 홀로코스트의 희생자들과 고통을 함께하려는 시인의 유대인으로서 정체성에 대한 표현이며, 고난과 박해의 유대민족에 동질감을 느끼는 시인의 마음이 담겨있다.

4.『문지방에서 문지방으로 Von Schwelle zu Schwelle』
   (1955)

1952부터 54년 사이에 쓴 47편을 담은 이 시집은 1955년 출간되었으며 아내 지젤에게 헌정되었다. 이 시기에 시인은 경제적 어려움 뿐아니라, 지젤 부모의 결혼 반대로 힘든 시기를 보냈다. 결혼 후 첫 아이가 태어나자마자 사망함으로 슬픔과 고통의 때였으며 1953년 시작된 표절 논란도 시인을 우울하게 만들었다. 부버의『하시디즘 이야기』에서 인간은 언제나 두 개의 문을 통과해 간다고 한다. 이 세계를 나가서 도래하는 세계로 들어가고, 그리고 다시 나와서 다시 들어가는, 문지방에서 문지방으로의 삶을 시집 제목은 담고 있다.

소리를 들었다

들리는 소리,
물속에 돌 하나와 동그라미 하나,
그리고 물위에는 말 하나,
그 말이 돌 주위로 동그라미를 그린다는.

내 포플라가 물로 내려가는 것을 보았다.
그 팔이 심연으로 파고드는 것을 보았다.
그 뿌리가 밤새 하늘을 향해 간청하는 것을 보았다.

서둘러 뒤따르지 않았다,

그저 바닥에서 빵 부스러기를 주워들었을 뿐,

네 눈 모양과 기품을 지닌 빵 부스러기.

네 목에서 말씀의 목걸이를 벗겨

그 빵 부스러기가 놓인 식탁 가장자리에 둘렀다.

그러자 내 포플라가 더는 보이지 않았다.[34]

1952년 12월 지젤 레스트랑주와의 결혼은 시인에게 이방인으로서 파리에서의 삶에 심적인 안정감을 주었다. 하지만 지젤 부모의 강한 반대에도 불구하고 감행한 결혼이었기에 심리적인 부담은 여전했다. 1953년 8월 즈음에 쓴 이 시는 두 사람의 넉넉지 않은 경제생활을 "빵 부스러기"로 표현하고 있다. 그럼에도 소박한 결혼생활이 주는 행복감과 시인의 사명 사이에서 갈등하는 흔적이 보인다. 하늘을 향해 도움을 구하며 울부짖는 유대민족의 모습이 포플라로 대변되고 있다.

도끼로 유희하며

밤의 일곱 시간, 불침번의 일곱 해.

도끼로 유희하며

너는 일어선 시체들의 그림자에 누워있다.

오 나무들, 네가 베지 않은 나무들! –

머리맡에는 빛나는 침묵을

발치에는 허접한 말을,

너는 누워서 도끼로 유희한다.
마침내 너는 도끼처럼 번쩍인다.[35]

"나와 더불어 살던 일곱 별 너머", "일곱 밤 더 높이 붉은 빛은 붉은
빛으로 떠돌고", "일곱 장미 더 피고 샘물은 솟아난다"는 여러 시 구절
처럼 "7"이라는 숫자는 첼란의 시에 자주 등장한다. 숫자 7은 유대인
에게 안식일을 의미하기에, 7 다음은 또 하나의 새로운 시작이 예고된
다. 침묵과 말이라는 언어매체를 고려할 때 불침번의 일곱 해 이후 도
끼로 유희하며, 시체들의 그림자 속에 누워있는 "너"는 죽은 자들을
대변해야 할 사명을 짊어진 시인의 모습으로 볼 수 있다.

머리 가닥

머리가닥, 땋지 않고 바람에 나부끼는
오고 가며 하얗게 되어
이마 해에 –
내가 미끄러져간 이마에서 흘러내린 머리가닥.

이것은 만년설을 위해
솟아오르는 한 마디 말.
네가 내 위로 펴준 눈썹을 잊고,
햇살에 눈부실 때,
눈雪으로 시선 돌린 말.
내 입술이 언어 앞에서 피 흘렸을 때
나를 피했던 말.

이것은 말들 곁을 유유히 지나쳤던 한마디 말.
빙가초와 우수에 에워싸여
침묵의 형상을 따른 말.

피안이 내려오는 듯
솜털 같은 혜성처럼
눈 되어 내려와
대지의 입술에 닿는
한마디 말.[36]

언어가 침묵의 형상을 하고 만년설을 향해 솟아있다. 화인처럼 가슴에 각인된 고통을 차가운 눈, 때 묻지 않은 만년설이 식혀준다. 침묵을 뚫고 나와서 진실을 얘기할 언어는 시대에 오염되지 않은 태고의 신비와 순수함을 지닌 만년설에서 준비되고 있다. 주로 무덤에 심는, 슬픔의 상징인 빙가초에 에워싸인 말, "네 입술이 언어 앞에서 피 흘릴 때" 나를 피해갔던 말은 진실된 말로 다시 태어나서 그 고난과 상처를 표현하길 원한다. 때문에 진실된 말은 거짓되고 왜곡된 시대와는 달리 자연의 신비와 순수를 지닌 만년설에서 단련되고 정제되어 나타난다.

바다에서

우리가 조용히 저지른 일,
영원의 거품이 생겨나는
심연으로 내리달렸다.

우리 손은 자유롭지 않았기에
거품은 생겨나지 않았다.
그물에 엉겨 붙은 손들이
위로 끌어올리니 ...
오 매섭게 주위를 번뜩이는 눈이여,
보아라, 우리가 잡은 그림자 물고기를![37]

깊은 바다 영원 속에서 "그림자 물고기"를 잡아 올린다. 그림자는
사람과 사물의 윤곽을 그려내기에 그림자가 없다는 것은 생명의 상실
을 의미한다. 하지만 그림자는 현존하지 않은 죽은 이들을 상징하기
도 한다. 그물을 던져서 그림자 물고기를 잡아 올리는 힘든 작업은 심
연의 바다로, 영원 속으로 길을 내서어 죽음과 고난의 흔적을 현재로
끌어올리는 시인의 과업이 되고 있다.

미명

네 눈은 방을 밝히는 한 자루 양초,
네 눈빛은 심지여라.
나를 아주 눈 멀게 하여
심지에 불붙게 하라.

아니다.
다르게 하라.

네 집 앞으로 나서라

네 얼룩 꿈에 마구를 얹어
꿈의 발굽이 달리게 하라
내 영혼의 용마루에서
네가 불어 날린 눈雪을 향하게 하라.[38]

시 제목 '미명'은 하나의 형상이 두개의 형상으로 어른거리는 어스름한 상태를 말한다. 그래서 제목과 연관하여 1연을 볼 때 서로 마주한 연인의 모습이 연상된다. 화자는 상대의 눈이 양초가 되어서 방을 밝히도록 명령하면서 자신이 심지에 불을 붙이고자 한다. 하지만 화자는 마음을 바꾸어서 상대의 꿈이 풀려나서 자유롭게 펼쳐지게 하라고 명한다. 그 꿈이 눈을 향해 달리게 하라고 요구한다. "눈"은 첼란 시문학에서 돌, 수정, 얼음과 함께 죽음을 상징하는 고통의 시어이며, 진실을 담을 수 있는 새로운 언어 생성의 매개체이기도 하다.

얼음이 있는 곳

얼음이 있는 곳은 둘에게 차갑다.
둘에게, 그래서 너를 오게 하였다.
불같은 입김이 너를 감싸니
너는 장미로부터 왔구나.

거기서 너는 무엇이라 불렸는지 묻는
내게 너는 그 이름을 말하니
재 같은 증명서가 그 위에 놓였다.
장미로부터 온 너.

얼음이 있는 곳은 둘에게 차갑다.
네게 이름 둘을 주니
너는 눈을 뜨고
얼음 구덩이 위로 광채가 비쳤다.

이제 내 눈을 닫는다고 내가 말한다
이 말을 받으라 – 내 눈이 네 눈에게 말하니,
이 말을 받으라, 따라 말한다.
나를 따라 말하고, 천천히 말한다,
천천히 말하며 더디 말한다,
너의 눈, 오래 떠있게 하라![39]

　얼음이 있는 곳은 차갑지만 뜨거운 상처를 식혀줄 수 있는 곳이다.
장미부족은 여러 시에서 언급되듯 유대민족을 상징한다. "재 같은 증
명서"를 가진 자, 즉 죽음의 영역에 속한 자를 화자는 피안으로부터
불러내어서 말하기를 가르친다. 죽은 자와의 대화는 입이 아니라 눈眼
으로 이루어지며, 마치 어린아이가 말을 배우듯 느리고 더디게 이루어
진다. 가능한 오래도록 눈뜨도록 호소하며 대화를 붙드는 화자의 간
절한 시도가 침묵과 죽음의 상징인 얼음의 영역에서 이루어지고 있다.

브리타뉴 해변

우리 같이 보았던 것
그대와 나로부터 이제 이별을 위해 모인,
우리 밤을 육지로 던져준 바다,
밤을 우리와 더불어 날려 보낸 모래,
우리 세계가 생겨난
저 위 적갈색 에리카.[40]

프랑스 북서부 지역에 위치한 브리타뉴는 서쪽으로는 대서양과 동쪽으로는 노르망디와 접해있다. 해변의 풍경에 대한 묘사가 바다, 모래 그리고 해안가 위로 피어있는 에리카 식물로 옮겨진다. 이처럼 바다로부터 점점 멀어지는 대상으로의 전개를 통해서 이별이 그려지고 있다.

프랑스와를 위한 묘비명

닫히지 못한
세계의 문 두 개.
네가 어스름 속에서
열어두고 가버린 문.
문이 닫히고 닫히는 소리를 들으며
여물지 않은 너를 옮긴다.
초록빛을 네 영원 속으로 나른다.

1953년 10월[41]

첼란의 시작품 가운데 시를 쓴 날짜가 표시된 유일한 시로 첫 아이의 죽음을 애도하고 있다. 아이는 태어나 며칠 후 사망했는데, 아이의 작은 몸을 옮기면서 체험한 세상의 한 부분이 닫히고 봉인되는 아픔을 표현하고 있다. 두 문은 이 세계를 나가는 문과 도래하는 세계로 들어가는 문을 연상시키며, 시집의 제목인 "문지방에서 문지방으로"와도 연결되고 있다.

변하는 열쇠로

변하는 열쇠로
너는 집의 문을 연다. 집안에는
묵비의 눈雪이 흩날리고 있다.
너의 눈, 입, 귀에서
샘솟는 피에 따라
네 열쇠는 변한다.

네 열쇠가 변하면 말이 변한다.
말은 눈송이와 더불어 움직이니
너를 밀어대는 바람에 따라
말 주위로 눈雪이 구른다.[42]

눈이 말없음의 암호로 나타난다. 이는 생명 없는 상태, 죽음에 가까운 영역을 상징하며, 침묵의 영역을 나타낸다. 집 안에는 묵비의 침묵이 존재한다. 집은 열쇠에 의해 열릴 수 있는데, 이 열쇠는 고정된 형태를 지닌 게 아니라 변한다. 이 열쇠는 너의 감각기관인 눈, 입, 귀에서 터져 나오는 피에 따라 변한다. 보고 말하고 듣는 감각기관이 입은 상처는 시인의 고통스런 내면을 표현한다. '집'은 시인의 내면세계요, 이 내면세계는 언어의 세계, 시인의 세계이기도 하다. 따라서 시인은 이 집을 지키고 관리하는 관리인이기도 하다. "네 열쇠"가 변함에 따라서 눈송이와 더불어 움직이는 말이 변한다. "변하는 열쇠"는 침묵의 집을 열 뿐만 아니라 말을 열게 하는 능력을 가지고 있다. 창조주의 입김이 흙으로 만들어진 인간의 몸에 생기를 불어넣듯이 열쇠가 변함에 따라 말은 변하고, 눈이 구르며 눈덩이를 형성해가듯 말이 창조된다.

그 아름다운 것

네가 쥐어뜯은 그 아름다운,
네가 쥐어뜯는 머리카락.
어느 빗이
그 머리를 다시 매끈히 빗어줄까, 그 아름다운 머리카락을?
누구 손의
어느 빗이?

네가 쌓은,
네가 쌓는 돌들.
어디를 향해 그림자를 드리우나,
얼마나 멀리?

그 위를 스쳐가는 바람,
그 바람은.
그 그림자 하나 움켜쥐어
네게 건네줄까?[43]

쥐어뜯긴 머리카락, 단정히 빗어줄 수 없는 머리카락은 산 자가 아
닌 죽은 자의 것이다. 하지만 화자에게는 "아름다운 머리카락"으로 상
기되며, 사랑하는 사람의 상실에 대한 아픔이 함께 그려진다. 이 머리
카락이 죽음과 고통의 상징인 '돌'로 연결되면서, 채석장에서 강제노
역을 하다 죽은 어머니를 떠올린다.

밭

언제나 그 하나,
상념 자락의 포플라.
밭두렁에 솟아있는
언제나 그 손가락.

벌써 저 앞 멀리
머뭇거리는 저녁 밭고랑.
허나 구름이,
구름이 끌어당긴다.

언제나 그 눈.
언제나 그 눈,

가라앉은 자매의 환영에서
당신이 그 눈꺼풀을 여는.
언제나 이 눈.

언제나 이 눈, 그 시선이
그 하나, 포플라를 에워싼다.[44]

봉긋하게 솟아있는 밭이랑이 죽음에 내몰린 이들을 상징하는 '잠긴
눈'으로 전개되면서 평범한 들판의 이미지가 깨진다. 유대민족을 상징
하는 포플라의 등장으로 고난과 박해의 풍경이 그려진다. 1954년 8월
15일 성모 마리아 승천일에 쓰였다는 것을 생각하면 시인은 죽음에
내몰린 이들을 위해 성모에게 자비를 구하는 기원을 표현하고 있는
것으로 보인다.

회상

무화과를 먹고 자란
심장에서 시간이
죽은 자의 편도 눈을 기억한다.
무화과를 먹고 자란.

바다 입김 속에 가파르게 솟구친,
깨어져 부서지는
물결,
암초의 오누이.

네 하얀 머리칼 주위로
여름 구름
털 송이가 쌓인다.[45]

1954년 10월 첼란은 지젤과 함께 프랑스 프로방스의 라시오타에서
휴가를 보냈다. 10월의 지중해 해안에서 무화과 열매를 보며 1년 전
세상을 떠난 아들과 하얀 머리카락의 아버지를 생각한다. "각 사람이
자기 포도나무 아래와 자기 무화과나무 아래에 앉을 것이라"(미가서
4:4)는 약속을 따라 메시아 왕국을 기다린 구약의 유대인처럼 시인의
아버지는 시온으로 돌아갈 날을 기다렸었다. 이제는 볼 수 없는 이들,
편도 눈을 한 유대 동족을 시인은 회상하고 있다.

밤을 향하여

한나와 헤르만 렌츠에게 바침

밤을 향해 내민
꽃들의 입술,
엉키고 감긴
가문비나무 줄기,
이끼는 잿빛을 띠고, 돌이 흔들리며
끝없는 비상을 위해
빙하 위의 까마귀들이 깨어난다.

여기는 우리를 앞서 간 이들이
휴식하는 곳.

그들은 시간을 말하지 않으리,
눈송이를 헤아리지 않으리,
둑을 향하는 물살을 좇지 않으리.

세계 속에 떨어져 서있는 그들.
각자 자신의 밤에
각자 자신의 죽음에,
무심히, 민머리로, 서리에 덮인 채
가까이서 멀리서.

태초에 그들에게 부여된 죄를 짊어지고 간다,
여름처럼 부당하게 존재하는
한 마디 말에 죄를 짊어지고 간다.

한마디 말 그대 알고 있듯
하나의 주검.

그를 씻자,
그를 빗질하자,
그의 눈을
하늘로 향하게 하자.[46]

모든 것이 꽁꽁 얼어붙은 빙하에서 여름은 부당하다. 여름처럼 부당하게 존재하는 한 마디 말은 주검이다. 하나의 주검처럼 무력하고 창백한 말, 힘을 상실한 언어에 새로운 생명력을 불어넣기 위해 일종의 정화작업이 수행된다. 물로 씻고, 빗질하여 시선을 하늘로 향하게 한다. 빙하에서 새로운 말을 생성해내는 과정에 '우리'라는 새로운 연대가 생겨나고 있다.

쉬볼렛

창살 뒤에서
큰 울음을 울던
내 돌들과 함께

그들은 나를 날카롭게 갈아서
시장 한 복판으로 내보냈다
거기로
내가 어떤 서약도 하지 않은
그 깃발 오르는 곳으로.

피리여
밤의 쌍 피리여
생각하라
빈과 마드리드의
두 진한 붉음을.

네 깃발을 조기로 올리라
기억을
조기로
오늘과 영원을 위하여.

가슴이여,
여기서도 네 신분을 밝혀라
여기 시장 한 복판에서
크게 외치라, 쉬볼렛을,
낯선 고향에 대고.
2월. 노 파사란.

아인호른이여,
너는 돌을 잘 알고 있지
너는 물을 잘 알고 있지
오라
내 너를 데려가리라
에스트레마두라가
말하는 곳으로.[47]

구약의 사사기에는 요단강을 사이에 둔 길르앗과 에브라임이라는 유다의 두 지파 사람들 사이에 치열한 전투 기록이 있다. 전투에서 패배한 에브라임 사람들이 보복을 피해 그들의 땅으로 돌아가려면 요단강을 건너야 하는데, 강 나루터에는 이미 길르앗 사람들이 길목을 지키고 있었다. 같은 민족이라 겉모습으로는 누가 어느 쪽 사람인지 분간할 수 없었다. 이때 길르앗 사람이 에브라임인들이 "쉬" 소리를 '시'로 소리내는데 착안하여 강나루에 온 사람들에게 쉽볼렛이란 발음을 하도록 시켰다. 그 결과 "쉬"를 "시"로 발음하는 에브라임인들이 모두 죽임을 당해, 무려 4만 2천명이 학살당했다.

시에서 화자가 암호로 사용하는 쉽볼렛은 스페인 시민전쟁의 구호

"통과하지 못할 것이다 No Passaran"를 품고 있다. 1934년 2월에는 빈 노동자들의 봉기가 피로 마무리되고, 1936년 2월 스페인에서는 민중 전선이 선거에서 이긴 후 1939년 2월까지 내전상태였다. 시인은 그의 마음을 울린 2월의 사건들을 묶으면서 "노 파사란"을 외친다. 유대인 으로서의 정체성을 밝힌 시인은 괴테와 실러의 나라로 들어가는 국경 선을 통과할 수 있을까? 시인은 "노 파사란"이라고 말한다.

아인호른은 '유니콘'이라는 신비의 동물이지만 첼란의 체르노비츠 시절 대학친구 이름이기도 하다. 같은 고향 출신 유대인 친구 이름 속 에 신비로운 힘을 지닌 유니콘의 이미지가 더해진다. '에스트레마두라' 는 스페인 내전 때 군대가 함락시킨 격전지이다. 시인은 1934년 빈의 노동자 봉기와 1936년 스페인 시민전쟁을 시 속으로 소환하여 박해받 는 유대인들의 고통과 연결시키고 있다.

> 말하라 너 또한,
> 말하라 최후의 한 사람으로서,
> 네 말을 하라
>
> 말하라
> 하지만 예에서 아니오를 구분하지 마라
> 네 말에 의미도 함께 부여하라
> 거기에 그림자를 드리우라
>
> 거기에 그림자를 넉넉히 드리우라
> 한 밤과 한 낮 그리고 한 낮과 한 밤 사이에서
> 네 주위를 분명히 구분할 수 있을 만큼

　　둘러보라 주위를
　　보라, 주변이 생생해지는 것을
　　죽음에서! 생생하게!
　　그림자를 얘기하는 자는 진실을 말한다.

　　이제 네가 있는 곳은 줄어들고,
　　그림자를 벗은 이여 이제 어디로 가는가, 어디로?
　　오르라. 더듬어 오르라.
　　너는 더 마르고, 더 희미해지고, 더 가늘어진다!
　　더 가늘어져 실이 되니
　　거기에 별이 타고 내려가려한다
　　아래에서 헤엄치고자,
　　스스로 반짝이는 저 아래,
　　표류하는 말의 물살 속에서.[48]

　　1952년 12월에 출간된 『양귀비와 기억』에 대해 독일 비평가들은 편협하고 옹졸한 비평들을 쏟아냈다. 이에 고무된 클레르 골은 여러 출판사와 비평가들에게 편지를 보내 첼란을 이반 골의 표절자로 몰아세웠다. 근거 없는 험담과 편향적인 비평에 대해서, 그리고 제3제국 이후 독일문화를 재구성하는 운동에 이용당한 느낌을 받은 시인의 답변이라 볼 수 있는 시이다. 시인은 스스로에게 "너도 말하라"고, "최후의 한사람으로서 말하라"고 독촉한다. 시인은 자신이 유럽에서 유대정신의 운명을 최후까지 살아야하는 최후에 남은 자들 중 한사람이 될 것이라고 생각했다.[49] 살아남은 자로서, 진실을 전해야 하는 운명을 가진 시인으로서 말해야 하는 것이다. 화자는 예와 아니오, 한 밤과 한 낮

사이에서 외치려 한다. 산자로서 죽은 자를 대변하며, 햇살 가득한 대
낮같은 현실에서 깊은 밤에 대해서 말하려 한다.

침묵의 증언

금과 망각사이
사슬에 매인
밤.
금과 망각은 밤을 붙들고.
밤은 금과 망각을 허용한다.

놓아라,
너도 이제 저기에 놓아라,
낮 옆에서 빛을 내며 오르는 것을,
별 넘어 날아간 말을,
바다 위로 쏟아진 말을.

모두에게 그 말을.
폭도가 뒷덜미를 덮쳤을 때
노래 불러 준 말을 모두에게.
노래 부르고 응고되어 버린 말을 모두에게.

그 밤에게
별 넘어 날아간 말, 바다 위로 쏟아진 말을,
밤에게 침묵의 말을,
독 이빨이 음절을 짓씹었을 때에

피 흘리지 않은 그 말을.

밤에게 침묵의 말을.
착취자의 귀를 즐겁게 하며
시간과 시대를 기어오르는
다른 것들에 저항하여
이제 그 말은 증언한다.
마침내, 사슬이 달가닥거리면
말은 밤에 대해 증언한다, 저기
금과 망각사이에 놓여서, 여전히 그들과
다정한 밤에 대해.

말해보라, 밤 곁에서
밤이 눈물을 폭풍우처럼 쏟는 곳에서
떠오른 태양들에
늘 다시 씨앗을 가르칠 때,
어디에
빛이 비추인가?[50]

　낡은 거짓 언어는 권력을 쥔 자와 매음하며, 뒷덜미를 치는 폭도들
과 함께 한다. 그러나 낮들 곁에서 어두움으로 차오르는 말, 별 넘어간
말, 바다가 쏟아놓은 말, 그 말은 폭도의 습격을 받고 죽어가는 이들
에게 노래 불러 주던 말이며, 주검들과 함께 고통으로 굳어버린 말이
다. 이제 그 말은 시대의 어두움에 대하여, 시대의 악에 대하여 증언하
고자 한다. 언어와 인간은 상호의존적인 불가분의 관계에 있다. 인간

과 세계가 상처를 입음으로 인해 언어도 함께 황폐해졌다. 고난 받는 이들에 대한 기억 속에서 시인은 새 언어의 도래를 통한 새로운 세계의 탄생을 꿈꾼다. 침묵은 역사의 잔인한 사건을 기억하며 소리에 저항한다. 그리고 침묵을 통해서 정제되고 새롭게 형성된 언어, 어두움을 뚫고 빛의 씨앗을 담은 말이 나타나길 기다린다. 어두운 터널을 지나듯 잔인한 역사의 현장들을 관통하며 아픔과 고통을 통해 성숙해진, 진실을 담은 말들이 준비되는 것이다.

포도 재배자

그들은 그들 눈에서 포도주를 수확한다.
그들은 눈물 흘리는 모든 것을 짜낸다, 그래서,
밤이 되었다.
그들이 밤에 몸을 기대니, 돌 벽은
기꺼이 그들 몸을 받아들인다.
돌은 지팡이 너머
대답 없는 침묵 속으로 말을 거는 데,
언젠가
언젠가 가을에
포도 익어가듯 죽음이 익어가는 그 해에
그들 지팡이가 한 번 침묵을 뚫고
보이지 않는 수갱 속으로 말을 걸었다.

그들은 수확을 하고 포도주를 짠다.
눈물을 짜듯 시간을 눌러 짠다,

짜낸 것을, 끝없는 울음을

밤에 강한 손이

마련한 태양 무덤 속에 보관한다.

언젠가 목마른 입 하나가 찾을 것이니

그들 닮은 이가 올 것이다.

몸을 구부리고 절뚝거리며 눈먼 자를 찾는 그에게

깊은 샘물이 솟구쳐 오르리.

빛 그루터기가 되어 여기로 비추기 위해

하늘은 밀납이 된 바다 속으로 들어가고

마침내 입술이 촉촉해지리라.[51]

밤에 몸을 기댄 이들, 죽음의 벽에 기대어 있는 이들은 땅에 묻힌 민족이다. 포도주를 가을걷이하는 그들에게 가을은 상실과 죽음을 의미한다. 이 시를 쓸 당시 시인의 아내는 첫 아이 분만을 앞두고 있었다. 한 달 전에는 독일에서 표절논란의 불이 지펴졌다. 이런 사건들이 이 시에 얼마나 작용했는지는 확인되지 않는다. 동시에 이 시는 횔덜린의 송가 「빵과 포도주」에 대한 하이데거의 글을 읽은 직후 쓴 시이다. 시인은 "궁핍한 시대에 시인의 존재는 노래하듯 도망간 신들의 흔적을 찾는 것이다."는 하이데거의 시평에 밑줄을 긋고 있다. 그런 의미에서 이 시는 횔덜린 송가에 대한 답가로 생각된다. 수많은 죽음을 바라보는 눈은 눈물로 가득하고, 입술은 마침내 축축해진다. 입은 말을 시작하며 증언하기를 원하고 있다. 시인의 사명은 침묵이 아니라 시대의 어두움을, 불의한 역사를 증언하는 것임을 드러낸다.

5.『언어창살 Sprachgitter』(1959)

1955년부터 1958년 사이에 쓴 33편의 시들이 1959년 출판되었다. 클레르 골의 표절시비로 인한 트라우마는 첼란으로 하여금 이 시집의 모든 시에 날짜를 표시하게 만들었다. 표절논란으로 받은 고통과 상처, 그리고 적대적인 독일 비평가들의 비방, 현실에 여전히 잔존하는 나치즘에 대한 불안과 두려움이 작품에 녹아들어있다. 첼란 시집들 가운데 가장 얇은 이 시집은 시 쓰기에 대한 두려움과 글쓰기를 방해하는 주변상황으로 말미암아 시인에게 고통스런 시기였음을 말해준다.

> 목소리들,
> 수면의 초록 속으로 파고든다.
> 얼음새의 자맥질 마다
> 초침이 울린다.
>
> 해안가마다
> 너를 향해 서있던 것이
> 전정되어 다른 모습으로
> 나타난다.
>
> 쐐기풀 우거진 길에서 나오는 목소리.
>
> 두 손 짚고 우리에게 오라
> 등불 들고 홀로 있는 자만이
> 그로부터 읽어낼 수 있는 손을 지니고 있다.

목소리들, 밤새 자라난,
네가 종을 매다는 밧줄들.

궁형이어라, 세상이여
죽은 조개들이 밀려들 때마다
여기서 종소리가 울려나리라

목소리들, 네 마음을
어머니의 가슴속으로 되돌리는.
늙은 나무와 어린 나무가 올가미를
바꾸고 바꾸는
교수목의 목소리들.

목소리들, 목 깊이에서 새어나오는, 돌무더기에서
끝없이도 삽질하며,
(심장의–)
끈적하게 흘러나오는 점액.

여기에 보트를 내려놓아라, 아이야,
내가 사람들을 태운 보트를.
돌풍이 배 가운데로 몰아치면
서로 꼭 붙잡으리.

야곱의 목소리.
눈물.
형제의 눈 속에 맺힌 눈물.
눈물 한 방울이 매달린 채 남아 자라났다.

우리는 그 안에서 산다.
숨 쉬어라,
눈물방울이 떨어져 내리도록.

방주 안의 목소리들.
입만
구원되었다. 그대
가라앉는 이들이여,
우리의 소리도 들어주오.

사라진
목소리.
시간에 속하지 않은 때늦은 소리가
네 상념을 선물하고, 여기서 마침내
불침번을 서고 있다.
과실 잎사귀에
깊이 새겨진 눈 크기만한 상처.
진액을 뽐으면서
아물기를 거부한다.[52]

1956년 6월 친구와 함께 한 산책길에 시인은 작고 밝은 빛을 띤 새가 물속으로 잠수하는 것을 보았다. 시인은 프랑스어로는 새 이름을 알고 있었지만 독일 이름을 알지 못했다. 집으로 돌아와서 얼마 전에 산 네 권짜리 사전을 뒤져 '얼음새'의 이름을 찾았다.[53] 시인이 보았던 새는 수면을 부리로 쪼는 목소리가 되었다. 시인에게 '가을' 메타포는 새의 포획처럼 치명적이며 생동적인 것을 표현한다.

쐐기풀로 덮인 길은 사람들이 다니는 길이라기보다는 고행의 길을 암시하며, 여기서 나오는 목소리는 망자의 영혼이 담긴 소리이다. '두 손으로 우리에게 오라'에서 '손'은 진실을 표현하려는 시인의 글쓰기와 연결된다. "진실한 손만이 진실한 시를 쓴다."는 첼란의 말처럼 시인의 사명을 환기시키는 말이다. "쐐기풀에서 들려오는 목소리"는 시인을 찾아내어 그들의 아픔에 대해서 얘기한다. 애굽 노예살이에 탄식하며 고통스러워하는 이스라엘 백성들을 구원하기 위해 떨기나무 불속에서 모세를 부른 하나님의 목소리처럼 시인은 "쐐기풀에서 들리는 목소리"를 듣는다. 시인은 그들의 목소리를 들으며, 상처가 아무는 것을 오히려 거부하면서 그 상처를 증언하는 불침번의 사명을 새롭게 한다.

편지와 시계로

쓰지 않은 것을 봉인하는
밀랍,
네 이름을
드러내고
네 이름을
감춘다.

떠도는 불빛이여, 이제 너는 오는가?

낯선

고통의 반지 낀,
끝마디 녹아 없어진
밀랍 손가락.

떠도는 불빛이여, 너는 오는가?

시간 없는 시간의 벌집,
신혼여행 채비의
신부 같은 수천의 꿀벌.

오라, 떠도는 불빛이여.[54]

'떠도는 불빛'은 "드러나면서 은폐된 이름"과 연결되고, 또 신혼여행을 준비하는, 즉 죽음의 여정을 앞에 둔 '수천의 꿀벌'과도 관계된다. 봉인하기 위해서는 밀랍을 녹일 빛이 필요하기에 화자는 빛을 원한다. '고통의 반지를 낀, 끝마디 녹아내린 손가락'은 고통스런 현실을 시로 표현하는 시인의 고뇌와 사명을 상징한다.

귀향

점점 촘촘히 내리는 강설
비둘기 빛, 어제처럼,
네가 아직도 잠자는 듯 내리는 강설.

드넓게 깔린 백색

그 너머, 끝없이,
사라져버린 이의 썰매자국.

그 아래, 감추었다
드러나는
두 눈을 아프게 하는
끝없는
구릉과 구릉들.

오늘로 소환되는
구릉들
내가 숨어드는
말 상실.
나무 말뚝 하나.

거기에, 얼음바람에 실려 온
감정 하나가
자신의 비둘기 빛, 눈雪빛의
깃발을 매단다.[55]

　시인의 '귀향'은 눈 덮인 자연풍경에서 이루어진다. 아름다울 수 있을
겨울풍경이 하얀 눈 위에 나있는 썰매자국, 끌려가고, 실종되고, 사라져
버린 이들이 남긴 썰매자국으로 인해 보는 이의 눈을 아프게 한다. 눈
은 시인의 부모가 죽은 우크라이나의 겨울을 연상시키며, 죽음과 침묵
을 상징한다. 순백의 눈은 진실되지 못한 수다한 말들과 대조를 이루
며, 참된 언어를 준비하는 침묵의 빛깔이다. 이 하얀 눈은 고통의 흔적

을 감추지 않고 그대로 드러내며, 어둠을 폭로하며 진실을 말한다.

아래에서

망각으로 귀가되어
우리 느린 눈眼의 손님 같은 대화

음절, 음절로 귀가한,
유희의 손길이
놀라 깨어나서 붙드는
눈 먼 주사위에 흩어진.

네 침묵의 외투 속
조그만 수정의 언저리에 퇴적된
나의 말 많음.[56]

시의 제목이 위에서 아래로, 저 깊숙한 곳으로 가는 길을 가리킨다. 저 "아래에서" 나와 너의 만남이 이루어지는데, 너와 나 사이의 대화는 입이 아닌 눈으로 나누는 내면의 대화이며 아직은 익숙하지 않은 손님 같은 대화이다. 망각이 깨어나는 기억의 시작처럼 음절과 음절로 조심스럽게 시작된다. "나"의 허다한 말들과는 달리 "너"는 침묵하고, 잉태하는 능력을 지닌 침묵은 수정을 생산한다. 수정은 시에서 아직은 "조그마한" 것으로 미완성의 의미를 지니지만, 밝고 투명한 수정은 "나의 말 많음"이 보여주는 현란함과는 대비를 이루며 진실된 말을 의미한다. 참된 언어의 상징인 '수정'이 '침묵의 수확'으로 얻어진다.

오늘 그리고 내일

먼 곳을 향하여, 내가 너를 이끌었던 곳을 향하여,
이렇듯 돌처럼 나는 서있다.

휘날리는 모래에
씻기운 이마 아래 언저리의
두 동굴.
그 안에 들어찬
번뜩이는 어두움.

말없이 흔들리는 종추가
두드리는
그 자리,
눈꼬리 날개가 나를 스쳐간 곳.

그 뒤편,
벽 안에 보존된
계단,
그 위로 웅크리고 있는 기억.

이리로
새어드는, 밤이 선사한
목소리,
그로부터 너는 목을 축인다.[57]

화자는 사랑하는 사람이 떠나간 흔적을 좇으며 돌처럼 굳어있다. 시각을 상실한 그의 두 눈에 동굴같은 어두움만 남아있다. 어둠을 뚫고 새어 들어온 목소리 하나가 메마른 네 입술에 생명의 물을 선사하려 한다. 화자는 죽은 이를 오늘, 즉 삶으로 소환하여 삶과 죽음의 경계를 넘는 내일을 꿈꾸고 있다.

테네브레

우리는 가까이 있습니다, 주여,

잡힐 듯 가까이.

붙잡혔습니다, 주여,
우리 각자의 몸이
당신의 몸인 듯.
서로 움켜잡았습니다, 주여.

기도하소서, 주여,
우리를 향해 기도하소서,
우리는 가까이 있습니다.

바람에 뒤틀리며 갔습니다,
늪을 향해, 물이 괸 함지를 향해,
몸을 굽히며 갔습니다.

물을 찾아갔습니다, 주여.

그것은 피였습니다, 당신이 흘린
피였습니다, 주여.

피가 반짝였습니다.

우리 눈에 당신의 모습을 비추었습니다, 주여.
눈과 입이 이렇게 열린 채, 빈 채 있습니다, 주여.
우리는 마셨습니다, 주여.
피와 피에 담긴 모습을, 주여.

기도하소서, 주여.
우리는 가까이 있습니다.[58]

시에서 고난받는 이들은 죽음에 대한 공포로 가득 차서 '주'를 향해
가까이 다가간다. 이들이 찾는 주는 고난을 아는 분이요, 이들을 앞서
간 분이다. '흑암'은 예수가 십자가에 매달리는 6시에서 9시 사이의 칠
흙 같은 어두움을 뜻한다. 모든 사람들, 하늘의 아버지로부터도 버림
받으며 홀로 죽음의 세력과 싸우는 예수의 고통, "나의 하나님, 나의
하나님, 어찌하여 나를 버리십니까?"라는 그의 외침이 바로 "우리"의
외침이 된다. 이미 앞서 간 예수의 고난의 길을 가면서 '우리 각자의
몸'이 주의 몸과 동일시된다. 우리는 죽음에 대한 공포로 서로 껴안고
움켜잡으며 의지할 것을 찾는다. 죽음 가까이 있는 '우리'는 조롱받고
채찍에 맞으며 십자가에 매달린 예수에게 다가가며, 예수의 고난을 함
께 하고 있는 것이다.

그런데 '주'는 '우리'를 향해 기도하도록 요구받는다. 외치는 '우리'가 주께 기도하는 것이 아니라, 그가 우리에게 기도하도록 요청하는 것이다. 절박한 순간에 구원의 손길을 외치는 기도이며, 시에서 11번이나 반복되는 '주여'라는 외침은 절박한 상황에서 신의 도움을 구하는 간절한 기도임을 의미한다. 죽음의 문턱에서 이 모든 고난을 당하고 죽음의 길을 앞서간 주가 함께 해주기를 간구하는 마음과 함께, 이 모든 끔찍한 것을 허락한 신에 대한 반항이 함께 하고 있는 것이다. "기도하소서, 주여. 우리는 가까이 있습니다."는 빛과 기쁨의 때만이 아니라 어둠 속 슬픔과 고통의 때에도 그들 곁에 있어주기를 바라는 기도이다. 하늘에서 바라만 보지 않고 고난받는 이들과 함께하기를 간구하는 기도이다.

꽃

돌.
내가 따라갔던 공중의 돌.
돌처럼 먼 너의 눈.

우리는
손이었다.
어둠을 모두 퍼내고 우리가 찾은,
여름을 건너온 말,
꽃이었다.
꽃 – 눈먼 자의 말.
너의 눈과 나의 눈이

물을
마련한다.

성장.
마음의 벽이 한 잎, 한 잎
떨어져 내린다.

이 같은 또 한 마디의 말 그리고 종추들은
자유공간에서 흔들린다.[59]

   고통의 상징인 돌과 먼 눈이 꽃을 찾고, 너와 내가 흘린 눈물로 이 꽃을 가꾸어가는 과정은 참된 언어를 찾아가는 과정이기도 하다. 단단히 굳은 돌이 꽃을 피우듯 고통과 어두움 속에서 생명과 자유를 담은 말이 잉태되고 있다. '눈먼 자의 말'로서의 '꽃'은 눈이 먼 자가 손가락으로 점자를 읽어가듯, 손으로 더듬어서 어두움 속에서 찾아낸 말이다. 다시 찾아진 감각 능력은 나와 너의 관계를 회복시키고 진전시키며, 또 다른 말을 찾는 조건이 된다. 그러면 '이 같은 또 한마디의 말'의 발견은 무엇을 의미하는가? '자유공간'으로 첼란이 그의 시를 통해 찾고자 하는 영역이다. '허공에서 흔들리는 종추'는 아무 소리를 내지 못하는 침묵의 소리가 될 것이다. 그러나 '말없이 흔들리는 종추'는 해방과 자유를 노래한다.

언어창살

창살 사이의 둥근 눈

섬모충 눈꺼풀이
위로 노 저어
시선 하나를 열어준다.

홍채, 꿈 없이 흐릿하게 헤엄치는 여인
마음 잿빛 하늘이 가까이 있다.

쇠등잔 속에서 비스듬히
그을음 내며 타오르는 관솔.
빛 감각으로
너는 영혼을 감지한다.

(내가 너 같다면, 네가 나 같다면.
우리는 한 계절풍 아래
서 있지 않았던가?
지금은 서로에게 낯선 우리.)

돌바닥. 그 위에
바싹 붙어있는 둘의
마음 잿빛 웃음.
둘의
입안 가득한 침묵.[60]

시는 제목이기도 한 '언어창살'로 시작하여 '침묵'으로 끝맺는다. 언어창살은 복합어로 중세 수녀원에서 수녀들이 세상 사람들과 유일하게 교제를 나눌 수 있는 접견실에 있는 작은 창문의 격자이다. 이 창문을 사이에 두고 수녀들은 수녀원 밖 세상 사람들과 얘기를 나누었다. 이 언어창살은 그들의 만남을 가능하게 하면서 동시에 대화하는 사람들 사이의 거리를 유지시키기도 한다. "창살로서의 언어"가 맺어주면서 또한 분리시키는 기능을 하고 있는 것처럼, 침묵도 서로의 말 없는 이해와 함께 낯설음을 나타낸다.

창살이 시에서는 둥근 눈을 덮고 있는 눈썹으로 나타난다. 연결시키고 분리시키는 언어창살처럼 눈은 창살 같은 눈썹사이를 통해 보이는 형상을 전달한다. 상을 전달하기 위하여 섬모충 같은 눈썹이 열린다. 홍채를 통해 보이는 외부의 형상이 마음의 상태를 나타낸 듯 하늘이 "마음의 잿빛"을 띠고 있다. 빛을 상실한 흐릿한 눈의 홍채는 빛을 필요로 하고, 대패밥을 태워 어두움을 밝히는 농가의 등잔불 같은 소박한 빛의 감각으로 영혼을 헤아린다. 이 빛 감각으로 얻어지는 만남과 합일에 대한 소망은 "한 계절풍" 아래 서있는 나와 너로 이어진다. 뱃사공들에게 계절풍은 배를 목적지로 데려다주는 행운의 바람으로 통한다. 그러나 나와 너는 한 계절풍 아래 서있지만 가는 목적지가 다르기에 서로에게 낯선 존재로 머문다.

마음 잿빛의 하늘에서 떨어진 차가운 돌바닥 위의 물줄기도 마음 잿빛을 띠고, 너와 네가 흘린 눈물이기도 한 이 물줄기는 두 사람의 고통스런 마음을 담고 있다. 마음의 고통을 담은 언어인 침묵은 두 사람에게서 함께 나타난다. 이 침묵은 합일시키는 침묵이 아니라 '두 침

묵'으로, 두 사람 사이의 거리를 또렷하게 한다. "언어창살"로서의 침묵
이 '입안 가득하여' 곧 터져 말로 나타날 것 같은 기대와 소망이 보이지
만 두 사람의 대화와 만남은 마음 잿빛의 침묵 속에 아직 갇혀있다.

눈雪침상

세상에 눈감은, 죽음 절벽속의 눈, 내가 온다.
마음 굳게 성장하여
내가 온다.

가파른 절벽에 비추인 달빛. 내려온다.
(호흡으로 얼룩진 빛. 희미한 핏줄기.
또 한 번 형상을 가지려는 구름 닮은 영혼.
꽉 잡은 열손가락 그림자.)

세상에 눈감은 눈,
죽음 절벽 속의 눈
눈과 눈.

우리가 누운 눈 침상, 눈 침상.
시간 깊숙이 격자 모양의
수정 또 수정, 우리는 추락하고,
우리는 추락하여 눕고 추락한다.

그리고 추락한다.
예전에도. 지금도.

우리는 밤과 한 몸이다.
하나였고, 하나 되고 있다.[61]

　　따뜻함과 편안함을 표상하는 침상이 눈과 결합하여 그 위에 누운
두 사람이 추위와 생명의 위험에 처해있음을 말해준다. 둘은 눈으로
이루어진 수정 속으로 떨어지는데, 이 수정은 규칙적인 육각형의 무
늬를 이루며 전체적으로 격자와 같은 모양을 만들어낸다. 격자모양의
수정은 나와 너를 결합하는 '언어창살'이다. 밤과 한 몸을 이룬다는 것
은 죽음을 의미한다. 수정은 그 창살로 시적 자아와 죽은 이를 결합하
며 말없는 언어를 낳고 있다.

쾰른, 암호프

사랑을 위한 시간,
깊은 밤의 숫자에
꿈꾸는 이들이 서있다.

더러는 고요 속으로 말을 걸고, 더러는 침묵했다.
더러는 갈 길을 갔다.
추방되고 사라져간 이들은
고향 집에 있었다.

그들의 대성당.

보지 않는 그들의 사원

듣지 않는 그들의 강물
그들의 시계가 우리 안에 깊이 멈춘다.[62]

바흐만과 쾰른에서의 재회를 담고 있는 이 시는 현재 눈 앞에 있는
연인에 대한 사랑과 죽은 이들에 대한 기억이 함께 한다. 쾰른 대성당
은 죽은 자들을 위한 사원으로 그려지고, 옆으로 흐르는 강물소리는
그들의 눈물과 탄식을 담고 있다. 예전에 유대인들이 모여 살던 이곳
의 풍경에 추방되고 죽임당한 유대인의 운명이 그려지고 있다.

추모일

내가 무슨 일을
저질렀다는 것인가?
이 밤보다 더 어두운
또 다른 밤이 있는 듯
밤은 씨를 뿌린다.

새의 비상, 돌의 비상,
글자로 쓰인 수천의 선로.
뺏기고 뽑힌 시선들.
먹히고 들이키고 흩어진 바다.
영혼 어두워진 한 시간.
길 따라 온 눈 먼 감정에
바쳐진 다음 시간, 한 가닥 가을 불빛.
갈 곳 잃은, 감당하기 힘든 수많은 다른 시간. 주시되고 회자된 시

간들.
 침묵의 서약으로 명명된
 말로 가득 쓰여 채워진
 표석들, 별들.

 그리고 언젠가 (언제였던가? 이것조차 잊혔지).
 갈고리를 느꼈을 때
 맥박이 박동을 거슬렸지.[63]

1957년 11월 2일, 죽은 자들을 기리는 카톨릭 추모일에 죽은 이들을 회상하며 이들에게 헌정된 시이다. 첼란은 이 시기에 클레르 골이 제기한 표절시비와 이에 동조한 일부 비평가들의 악의적인 비평에 깊은 상처를 받았다. 마지막 연의 '갈고리'는 나치 문양인 하켄크로이츠와 연결되면서 나치가 다시 살아난 것 같은 공포심을 느끼고 있음을 보여준다. 나치의 되살아난 망령이 '밤보다 더 어두운 또 다른 밤'으로 표현되고 있다.

풍경 스케치

 저 아래 둥그런 무덤들.
 가파른 계단 위
 네 박자 세월의 발걸음 속 여기저기 흩어져.

 용암, 현무암, 세계마음으로
 달구어진 암석.

숨결 이전
빛이 우리를 향해 다가오던 곳,
응회암.

녹색 올리브빛 바다로 흩뿌려진
디딜 수 없는 시간들.
중심을 향해, 잿빛으로,
돌 안장 하나, 그 위로,
얻어맞고 숯이 된,
빛나는 흰점박이
짐승이마.[64]

  화산폭발로 모든 것이 굳어버리고, 생명체가 없는 죽음의 풍경이 묘사되고 있다. 화자는 생명 이전, 빛이 나타나기 이전을 회상하며 태고적 빛의 현시를 '빛나는 흰 점박이 짐승이마'로 표현한다. 까맣게 타버리고 숯이 된 시간 속에서 '빛나는 흰 점', 즉 생명의 빛을 찾는 화자의 시선은 생명 창조의 역사에서처럼 문학에 생명의 숨결을 불어넣으려는 문학적 풍경을 포착하고 있다.

열린 눈 하나

오월 빛의 차가운 시간.
더는 부를 수 없는 것이
입 안에서 뜨겁게 들린다.

누구도 아닌 자의 목소리.

고통스런 눈동자의 심연.
눈꺼풀은
열려있고, 속눈썹은
들어오는 것을
헤아리지 않는다.

눈물, 맺히다 만 눈물방울,
예민한 수정체가 서둘러
네게 형상을 나른다.[65]

1958년 5월 프랑스의 파리 거리는 시위 인파로 가득 찼다. 파리 시민들은 식민지인 알제리를 독립시킬 것인지에 대해 프랑스정부의 명확한 입장을 요구했다. 세계를 파악하는 기관으로서의 눈眼은 첼란의 문학에서 중요한 언어기관이다. 그런데 이 눈이 감기지 않고 열려있다. 눈꺼풀은 열려서 시선을 드러낸다. 열린 눈꺼풀과 함께 드러나는 "고통스런 눈동자의 심연"은 현실의, 동시에 내면세계의 깊은 체험을 표현하고 있다. 식민지 알제리의 독립전쟁과 이에 대한 프랑스인의 상반된 태도를 보며 시인은 감기지 못한 눈, 죽은 이들을 기억하고 있다.

여름소식

이제 더는 밟지 않는,
비켜가는 백리향 양탄자.
종소리벌판을 가로질러
놓인 빈 칸.

바람 꺾인 곳으로 아무것도 실려 오지 않는다.

흩어진 말들과의
재회.
낙석, 뻣뻣한 풀들, 시간 같은 말들.[66]

'백리향'은 그리스 어원으로 "불태우다, 희생하다"는 의미를 담고 있
다. 홀로코스트의 희생자들에 대한 회상과 표현할 말을 찾지 못해서
빈 칸으로 남은 언어풍경이 떠오른다. 하지만 화자는 흩어진 말들을
찾고 모아서 표현을 시도하려 한다.

간조. 우리는 보았다
따개비를 보았다
대접 우렁이를 보았다
우리 손의 손톱들을.
누구도 우리 마음 벽에서 그 말을 도려내지 못했다.

(아침 바닷가 게들의 행보,
기어간 자국, 게 구멍, 잿빛
개펄에 그려진 바람
흔적. 고운 모래,
거친 모래,
다른 딱딱한 것들 옆
조개무지 속의
벽에서 떨어진 것.)
눈 하나가 오늘

그것을 다른 눈에게 건넸다, 감긴
두 눈이 물살에 따라
그 그림자에게로 가서
짐을 부려놓고 (누구도
그 말을 도려내지 않았다...)
고리를 만들어 갔다 – 좁고 긴 모래톱, 그 안에
머물러있는
작은 침묵.[67]

육지와 바다의 경계선, 썰물로 드러나는 바닷가의 풍경을 배경으로 죽음을 상징하기도 하는 감긴 눈과 언어의 상실로서의 침묵이 새 생명과 새 언어 탄생에 대한 희망을 그리고 있다. 바닷물이 빠져나간 모래톱은 바위와 모래사장에 여러 그림들을 남긴다. 거친 파도와 물살이 그려내는 해안의 풍경을 시인은 "언어의 바닷가"로 변화시키며, 물살이 그려낸 모래톱 안에 생성된 침묵을 본다. 바닷게가 남기고 간 자국, 따개비, 우렁이, 딱딱한 각질층이 물살에 깨지고 부서져 거친 모래로, 그리고 가는 모래로 변하면서 세월의 흐름을 전한다. 조수간만의 때를 따라 바닷물이 밀려오고 밀려가는 바다와 육지의 경계선에서 밀물과 썰물이 번갈아가며 시간을 헤아리듯 심장도 그 박동으로 인간의 삶의 시간을 헤아린다. 조개껍질이 조개무지를 이루고 파도에 부서져 점점 가는 모래로 변하듯 마음의 벽에서 떨어져 나온 말에서 어떤 새로운 것이 생겨난다. 마음의 벽으로부터 떨어져 나온 말, 누구도 이 말을 마음에서 도려내지 못하기에 마음이 담겨있는 말, 바로 작은 침묵이 언어의 해안가에 생겨난다.

스트레토

*

실려 왔다
확연한 흔적 있는
땅으로.

갈라져 흔적을 남긴 풀.
풀줄기 그림자에 드러나는 돌들.
이제 읽지 말고 – 보라!
이제 보지 말고 – 가라!

가라, 너의 시간은
혈육이 없으니, 너는 –
집에 와 있다. 바퀴하나, 천천히
저 혼자 굴러 오고, 바퀴살들이
기어올라,
어두운 들판을 오르니, 밤은
별이 필요 없고, 그 어디서도
네 소식을 묻지 않는다.
*

    어디서도
        네 소식을 묻지 않는다 –
그들이 누웠던 그 곳은
이름이 있다, 아니
이름이 없다. 그들은 거기 눕지 않았다. 무엇인가

그들 사이에 누워 있었다. 그들은
꿰뚫어보지 못했다.

보지 못했다, 못했다,
말들에 대해서
얘기했다. 어떤 말도
깨어나지 못했고,
잠이
그들을 덮쳤다.
*

왔다, 왔다, 어디서도
묻지 않는다 –
나야, 나,
내가 너희 사이에 누워 있었어, 나는
열린 채,
소리를 냈지, 내가 너희를 향해 째깍거렸지, 너희 숨소리가
귀 기울였지,
여전히 나야 나, 너희는
잠만 자고.
*

여전히 나야 –
세월
세월, 세월, 손가락 하나가
위로 아래로 더듬으며, 이리저리
더듬는다.
꿰맨 상처 자국들,

넓게 벌어진 여기,
아물어 붙은 저기를 더듬으며 – 누가
상처를 덮어 주었을까?
*
　　　누가

　　　　　　　덮어주었을까?
왔다, 왔다.
말하나가 왔다, 왔다.
밤을 뚫고 와서
밝히려 했다, 밝히려했다.
재
재, 재.
밤.
밤 – 또 – 밤. –눈에게
가라, 젖은 눈에게.
*
　　　눈에게
　　　　가라,

　　　　　　　　젖은 눈에게 –
폭풍,
폭풍,
그 입자들의 흩날림에 대해서, 타자인
너는
알고 있지, 우린
글로 보았을 뿐,
생각일 뿐.

생각, 생각
일 뿐. 어떻게
우리가 서로를
붙들었을까 –
이
두 손으로?

쓰여 있기도 했지, 이렇게.
어디에? 우리는
그 위에 침묵 하나를 띄워 놓았지,
독으로 진정시킨 커다란
초록빛
침묵
하나, 꽃받침 잎 하나, 그
식물에 생각하나 매달려 있었지 –
초록빛으로, 그래
매달려 있었지, 그래
심술궂은
하늘 아래.

그래,
식물에 매달려.

그래.
폭풍, 입
자들의 흩날림, 시간이

멈추었지, 멈추었어,
초록빛 침묵을 돌에서 싹틔우려 했지 – 돌은
환영했지,
말을 가로막지 않았어. 얼마나
다행이었던지.

알갱이,
알갱이로, 섬유질로, 줄기로,
빽빽하게.
송이로, 다발로, 콩팥모양으로,
납작하게 그리고
덩이로, 느슨하게, 가지
쳐서. 돌은, 초록 침묵은
말을 가로막지 않았지, 침묵이
말 걸었지,
말 걸기를 멈추지 않았어, 메마른 눈에게, 눈 감기 전에. –

말했지, 말했어,
그랬지, 그랬어.

우리는
움켜잡은 채 한가운데
서있었지, 숨구멍
하나 만들어, 그것이 오게 했지.

우리에게 왔어, 뚫고

왔어, 보이지 않게
꿰매었지, 마지막 음향 막에
꿰매었지,
그리하여
세계가, 천 개의 수정체가
맺어졌지, 맺어졌지.
*
　　　　결정이 이루어졌지, 이루어졌어.
　　　　　　그리고 –
흩어진 밤들. 동그라미들
초록 혹은 파랑으로, 빨강
네모들.
새로운 시간들과의
유희에 세계가 그의 본질을
걸었어. 동그라미들,
빨강 혹은 검정으로, 밝은
네모들,
비행의 그림자도
측량 탁자도
없고
피어올라 섞이는 혼도 없었지.
*
　　　　피어올라
　　　　　　섞인다 –
땅거미 질 녘
돌처럼 굳은 문둥병 곁에

도망쳐 온 우리의 손들
곁에
최근의 박해 때
무너진 담벼락의
총알받이
너머로

보인다, 새
롭게
자국들이.

그 때 그 합창,
찬미가. 호, 호 –
산나.

그래
아직 사원은 서 있다.
별
하나 어쩌면 아직 빛을 담고 있지.
무無는 상실되고
아무 것도 상실되지 않았어.

호–
산나.

땅거미 질 녘, 이곳에서

땅 밑 물 흔적이 나누는
잿빛 대화.
*
     (땅 밑 흐르는 물 흔적
                의
                  잿빛

실려왔다
확연한
흔적
있는 땅으로.

풀.
갈라져 흔적 남긴
풀.)[68]

    1958년 독일의 자유도시 브레멘이 수여하는 문학상 수상문을 쓴
시기에 이 시가 쓰여진 것을 고려하면, 이 시는 시문학에 대한 첼란의
첫 고백을 담은 브레멘 문학상 수상문의 시적 표현이라 할 수 있다.
"언어는 모든 것에도 불구하고 상실되지 않고 남았습니다. 그러나 언
어는 뚫고 가야했습니다. 그 자신의 말없음을, 무서운 침묵을, 죽음을
부른 담화의 천 겹 어둠을 뚫고 가야했습니다. 언어는 뚫고 갔습니다.
그리고 일어났던 일에 대해 한마디 말도 하지 않았습니다. 그러나 언
어는 이 일어난 일을 뚫고 갔습니다. 뚫고 나가서 다시 드러낼 수 있었
습니다, 모든 것에 의해 풍요로워져서." 이 수상문의 고백처럼 시는 현
실의 시간, 현실의 장소, 현실의 사건을 언급하면서 모든 미학적 수식

어를 제하고 상처 입은 현실 그 자체를 그려내고 있다. 1958년 2월 17일 솔로몬에게 쓴 편지에서 첼란은 이 시가 이제까지 쓴 시들과는 다른 시라고 소개한다.[69] 「죽음의 푸가」와 같이 음악 형식을 취하고 있으며, 여러 개의 목소리가 연이어서 아니면 동시에 중심모티브를 다양하게 연결시키고 있다. 내용을 이어주면서 변주하는 곳에 첼란은 별모양(*) 표시를 하였는데 첫 행 시작 전에 표시된 별 모양은 마지막 연과 연결되면서 끝없이 반복되는 효과를 주고 있다. 나치에 의해 희생된 육백만 유대인들의 죽음이 계속 연주되면서, "아무 것도 상실되지 않았다"는 의미와 "무는 상실되었다"는 이중적 의미를 낳고 있다.

6. 『누구도 아닌 자의 장미 Die Niemandsrose』 (1963)

첼란 문학에서 두드러지는 테마는 언어와 종교 문제라 할 수 있다. 언어문제는 첼란의 전 작품을 관통하는 중심 테마로 언어를 나타내는 여러 단어 중 "말"만도 150번이 쓰이고 있다. 이에 반해 "신"이라는 단어는 8개의 시집을 통 털어 12번 나올 뿐이다. 하지만 그의 작품세계를 종교적인 성찰 없이 이해하기는 힘들다. 후기로 갈수록 종교적 색채는 더 강해진다. 8개의 시집 가운데 5번째 시집인 『누구도 아닌 자의 장미』는 1963년에 출판되었으며, 1959년에서 1963년까지 쓴 53편의 시를 담고 있다. 1953년에 시작되어 1960년과 그 다음 해에 이르러 절정에 달한 '골 사건'은 첼란을 유대교로 기울게 했다. 공중에 뿌리를 갖는 이들, 고난과 박해로 유리방황하는 이들과 함께하려는 시인의 의지가 담긴 이 시집은 유대교와 기독교의 종교적 색채를 강하게 드러낸다.

흙이 그들 속에 있었다, 그리고
그들은 팠다

그들은 파고 또 팠다, 그렇게
그들의 낮이 가고, 그들의 밤이 갔다. 그들은 신을 찬양하지 않았
으니,
그가 이 모든 것을 원했다고, 들었고,
그가 이 모든 것을 알았다고, 들었다.

그들은 팠고 더 이상 아무 것도 듣지 못했다.

그들은 현명해지지 못했고 어떤 노래도 만들어 내지 못했으니,

어떤 언어도 생각해내지 못했다.

그들은 팠다.

고요가 찾아들고, 폭풍우도 다가오니,

바닷물이 밀려왔다.

나는 파고, 당신이 파고, 벌레조차 파니,

들리는 노래 소리, "그들은 파고 있다."

오 한 사람, 오 누구도, 오 누구도 아닌 자, 오 당신!

아무데도 가지 않았다면 어디로 갔을까?

오 당신이 파고, 나도 파며, 나를 당신에게 파묻으니,

우리 손가락의 반지가 깨어난다.[70]

시의 첫머리는 구약의 천지창조를 암시하고 있다. 그러나 "흙"으로 인간을 만든 창조주, '이 모든 것을 알고, 그리 되기를 원했던' 창조주에 대한 찬양이 아니라 그의 책임을 묻고 있다. 흙으로 만들어졌기에 그들 속에는 흙이 있다. 동사 '판다'는 흙의 이미지와 함께 속으로 파들어가는 것을 연상시킨다. 이 모든 연상이 함께 맞물려 창조와 함께 파괴의 이미지를 불러일으킨다. "그들은 팠다"는 반복적인 묘사로 낮과 밤으로 계속 일어나는 죽음과 어두움의 역사가 그려지며, 이 모든 것을 알고 있었고 또 이 모든 것이 그리 되도록 허락한 신에 대한 반항과 거부가 나타난다. 창조주와 인간의 이 갈등은 언어의 부재로 나타나는데, 신으로부터 아무 것도 듣지 못한 인간은 현명해질 수 없고

스스로 어떤 노래나 말도 생각해내지 못한다. '팠다'라는 반복되는 단어는 강제수용소에서 유대인들이 무덤을 파는 장면을 떠올리게 하며, 이 참혹한 역사적 현실에 말을 상실했음을 말한다. 창조주는 '당신'으로 직접 불리며, 인간에게서 등을 돌린 그는 '아무도 아닌 자, 누구도 아닌 자'로 나타난다.

이 시에 나타난 '누구도 아닌 자 Niemand'는 대화상대로서 동시에 "규정할 수 없는 것"에 대한 표현이다. 유대교에서 신의 거룩한 이름은 함부로 불릴 수 없기에 유대 신비주의에서는 신의 이름이 간접적인 이름으로 암시된다. 특히 '무 Nichts'가 가장 보편적이었다. 이와 관련하여 '누구도 아닌 자'를 신의 상징적인 의미로서 이해할 수 있을 것이다. '누구도 아닌 자'의 이름은 시집 『누구도 아닌 자의 장미』를 특징 짓는 시어로 「찬미가」에서도 창조주로 나타난다. '누구도 아닌 자'를 향한 찬미는 기쁨 속에서 이루어지는 찬양이 아니라 슬픔과 아픔으로 얼룩져있다.

> 포도주와 상실의 잔이
> 기울어 갈 때.
>
> 나는 눈 속을 달렸지, 그대는 듣고 있는가,
> 신神을 타고 먼 곳으로 달렸던 거야, 바로 가까이로, 그는 노래했지,
> 인간 떼를 넘는
> 우리의 마지막 승마였어.

인간 떼는 머리를 숙였지,

우리가 그 위를 넘어가는 소리를 들을 때마다,

그들은 글을 썼지,

우리의 울음소리를

바꾸어놓았어

그들의 형상어로.[71]

"포도주와 상실의 잔"은 "이스라엘의 하나님 여호와께서 이같이 내게 이르시되 너는 내 손에서 이 진노의 잔을 받아가지고 내가 너를 보내는 바 그 모든 나라로 마시게 하라."는 성경구절 예레미야 25장 15절을 상기시킨다. '진노의 잔'을 비운 '우리'는 '그들'과 대비를 이루고 있다. 우리 울음소리를 그들의 "형상어"로 바꾸어 놓는다는 것은 진실을 인지하거나 진실을 감당하지 못하고 거짓을 말하는 세상 말에 대한 비난으로 볼 수 있다.

취리히 황새호텔
    – 넬리 작스를 위하여

말이 너무 많기도

말이 너무 적기도 했습니다. 당신에 대해

그리고 또 다른 당신에 대해

밝음이 가져오는 흐림에 대해

유대적인 것에 대해

당신의 신에 대해.

거기에
대해.
그리스도 승천일
건너편 대성당이
반짝이며 물 위로 내려왔습니다.

당신의 신에 대해 말하며,
나는 그에게 반대했지요, 그리고
내 마음 깊숙이 희망을 품었습니다.
그의
마지막, 숨넘어가며
호소하는 그의 말에 대해.

당신의 눈은 나를 응시하다 달아나고,
당신의 입이
눈에게 얘기한 것을 들었습니다.
우리는
알 수 없어요, 당신도 알고 있지요.
무엇이
유효한지
우리는
알 수 없어요.[72]

1960년 5월 26일 첼란은 가족과 함께 취리히의 황새호텔에서 넬리 작스를 만났다. 나치 친위대 간부 루돌프 아이히만의 체포 소식으로 되살아난 추적망상에 시달리던 작스를 만나 서로를 위로하고자 한 것이다. 파리로 돌아와서 5월 30일에 쓴 이 시에는 두 사람의 만남과 관계가 그리움과 아쉬움으로 그려지고 있다.

작스가 말하는 성경의 신에 대해서 첼란은 "당신의 신"이라고 말하며 이 신을 거부한다. 하지만 예수의 십자가상의 기도, 죽음의 고통 중에 하늘을 향해 부르짖는 그 말을 시인은 소망한다. 죽음의 고통으로 목이 메말라 타 들어가는 순간에 그가 하늘을 향해 부르짖던 말을 시인은 "호소하는 말"이라고 표현한다. 십자가에 매달린 예수가 모두로부터 버림받은 고통과 죽음의 순간에 하늘을 향해 "부르짖는, 호소하는" 모습이 바로 첼란의 신을 향한 모습이기도하다. 욥이 고난 중에 신께 매달려 울부짖고 한탄하며 간구하는 모습과도 같다. '누구도 아닌 자', '무'에 담긴 부정과 긍정, 회의와 신뢰, 거부와 매달림이 신에 대한 첼란의 태도이다. 시대의 어두움 속에서 침묵했거나 진실을 외면했던 '말'에 대항하는 그의 문학은 부정보다 더 강하고 적극적인 매달림이 있다. 오용된 말을 거부하고 침묵으로 가까이 다가가나 거기에 머무르지 않고 침묵으로부터 진실을 담을 수 있는 새 말을 생성하고자 몸부림치는 시인의 절박한 심정이 신을 향한 그의 마음에도 나타나있다.

열두 해

진실로
남아있는, 진실이
된 소절들, … 너의

파리 집은
네 기도의 제단이 되도록.

세 번 길게 호흡하고
세 번 빛을 발한다.

....

눈 뒤에서
벙어리가 되고, 귀머거리가 된다.
악의가 창궐하는 것을 본다.
각양각색의 말과 모양으로.

가라. 오라.
사랑이 자신의 이름을 지운다.
사랑이 자신을 네게 보낸다.[73]

　1960년 7월에 쓴 이 시는 시인이 파리로 이주한 1948년 가을부터 12년이라는 시간의 흐름을 배경으로 하고 있다. 파리에서 여전히 이방인으로서 외롭게 살아가지만 진실을 드러내기 위한 시인의 투쟁은 신에게 바치는 삶과 같았다. 12년이 지난 1960년은 표절시비로 시인의 몸과 정신이 부서진 시기라 할 수 있다. 좀처럼 자기 입장을 밝히지 않고 침묵해온 시인을 수많은 말이 비웃으며 공격하였다.

온갖 생각에 잠겨 나는
세상으로부터 나왔다. 거기에 그대가 있었으니,

내 고요한 여인, 내 정직한 여인,
그대가 우리를 영접한다.

눈이 감겼기에
우리 모두
소멸했다고 누가 말하는가?
모두 깨어났다, 모두 일어섰다.

태양 하나 힘차게 헤엄쳐오니
그들 영혼과 영혼이 태양을 향해 밝게 마주서며,
침묵 속에서 분명하고 단호히 태양에게
빛의 길을 정해주었다.

가볍게
그대 품이 열렸고, 고요히
숨결하나 대지로 솟아오르니,
구름으로 피어오른, 그것은
그것은 우리에게서 유래한 형상이 아니었던가,
그것은
하나의 이름 같은 것이 아니었던가?[74]

　아내에게 바친 이 시는 시인의 사랑의 감정을 여과 없이 드러내고 있다. 카톨릭 신자인 아내와의 결혼은 유대 시인에게 마음의 빚처럼 여겨지기도 했다. 하지만 곁에서 인내하고 위로해주는 아내를 장미부족에 속하는, 장미에서 연유하는 동족의 친밀감으로 표현하고 있다.

이 시는 힘든 상황에 처한 시인에게 빛과 같이 위로와 소망을 주는 아
내에 대한 사랑의 마음을 노래하고 있다.

수문

그대의 이 모든
슬픔 위로 또 다른
하늘은 없다.
······················
한 입으로
수천의 말을 했던 입에서
내가 잃어버린 말.
내게 남아있던
말 하나,
누이여.
수많은
헛된 신들 속에서
나를 찾던, 내가 잃어버린 말 하나,
Kaddisch.

수문을
통하여
바닷물 속으로 돌려보내고
건져내 들어 올린 그 말,
Jiskor.[75]

1960년 6월 넬리 작스가 파리로 첼란 가족을 방문하고 돌아간 후 그 해 8월 첼란은 스톡홀름으로 달려가야 했다. 누이와도 같고, 어머니와도 같은 작스가 병으로 앓아 누웠다는 소식을 들었기 때문이다. 하지만 시인이 생각했던 따스한 만남은 이루어지지 못했고, 그는 슬프고 아픈 마음으로 돌아서야 했다. 병약한 작스는 자신을 보호하기 위해서였는지, 첼란을 보호하기 위해서였는지 첼란과 대면하는 것을 피했다.

이 시기에 첼란이 존경하던 마틴 부버와의 만남이 시인의 유대인으로서 정체성을 새롭게 하는 계기로 다가왔다. 파리를 방문하는 부버를 만나려 시인은 존경하는 82세의 족장을 방문했지만 공감과 내적 위로를 얻지 못하고 돌아와야 했다. 부버를 만나고 온 바로 그 날 쓴 이 시는 시인이 사랑하고 존경하는 이들과의 관계에서 느낀 고통스런 연대감을 나타낸다.

"Kaddisch"는 "성스러운"이란 의미의 히브리어로 유대 예배를 마칠 때 드리는 마지막 기도이다. 특히 장례식에서 매장이 끝난 후에, 그리고 해마다 죽은 자를 기리는 날에 드리는 기도이다. "Jiskor"는 "주여, 생각하소서"의 의미로 유월절 마지막 날과 같이 특별한 축제일에 부모를 잃은 모든 교인이 유대 율법을 읽은 후 드리는 침묵의 기도이다.

묵묵한 가을내음. 그
별꽃은 꺾이지 않은 채,
고향과 심연 사이에서
너의 기억을 가로 지른다.

낯선 상실이
형상으로 다가오니, 너는
거의
숨 쉬는 듯하다.[76]

과꽃의 영문명인 '에스터'는 '별'이란 뜻을 가지고 있다. 별꽃은 시인의 고향 부코비나를 상기시키고 동시에 다윗의 별을 연상시킨다. 사라져 잡을 수 없는 '너'가 별꽃의 형상을 하고 살아있는 듯 다가옴을 표현하고 있다.

얼음과 에덴

상실의 땅이 있으니,
거기 갈대 사이로 달이 떠오른다.
우리와 함께 얼어버린 땅
사방으로 빛을 내며 바라본다.

눈을 가진 그것이
빛나는 대지를 본다.
밤, 밤, 잿물.
눈眼의 아이가 본다.

눈의 아이, 눈의 아이가 본다, 우리가 본다.
내가 너를 본다, 네가 본다.
시간이 닫히기 전
얼음은 부활할 것이다.[77]

얼음의 세계는 잃어버린 이상향의 상징이다. 이 차가운 곳에서는 생명이 영속될 수 없고, 돌처럼 굳은 존재가 있을 뿐이다. 하지만 여기에 새로운 생명에 대한 구원의 약속이 감추어져 있는데, 이것이 "얼음이 부활할 것이다"는 말로 표현되고 있다. 얼음이 녹고, 얼어붙은 에덴이 다시 찾아지리라는 희망이 함께 한다. 이는 '말 상실'이 해제되어 딱딱하게 굳은 상태에 있는 언어가 깨어나리라는 희망 또한 내포하고 있다. 먼저 구원과 희망의 꼬투리인 달이 잃어버린 나라의 갈대 속에서 자라나서 대지에 빛을 비추기 시작한다. 그리고 죽은 자와 산 자의 대화를 가능하게 하는 눈이 열리면서 피안과 현세가 이어진다.

누구도 아닌 자가 우리를 다시 흙과 점토로 빚으니,
누구도 우리가 티끌이었다고 말하지 않으리.
누구도 아닌 자.
찬양하리로다, 누구도 아닌 자여.
당신을 위하여
우리는 피어나려 합니다.
당신을
향하여.

무無
이었던 우리, 여전히 무이며,
무로 남으리니, 꽃을 피우며.
무의
그 누구도 아닌 자의 장미.

암술대는 영혼처럼 밝고,

꽃실은 하늘처럼 황량하고,

화관은

가시를

가시를 노래한

자색어의 핏빛 같은

모습으로.[78]

시의 제목은 신을 찬미하는 구약의 시편을 연상시키지만, '누구도 아닌 자'의 호칭을 통해 찬미가가 아닌 비가와 같은 분위기를 보인다. 인간을 흙으로 빚은 창조의 역사로 시작하지만 다음 행에서 바로 먼지와 같이 사라져갈 인간의 종말에 대해 말함으로써, '모든 것을 알고, 또 그리 되도록 허락했던' 신, 죽어가는 인간을 위해 아무 것도 하지 않았던 신은 '누구도 아닌 자'로 불리고 단지 아이러니적 찬양을 받을 뿐이다.

신이 부정의 형태로 변용되는 것처럼 인간도 부정의 형태 '무'로 나타나며, 신은 이제 인간에게 '누구도 아닌 자'이기에 신에 의해 창조된 '우리'는 그를 향해 피어나는 '누구도 아닌 자의 장미'가 된다. 구약에서 하나님의 자녀는 하나님과 올바른 관계를 맺음으로써 장미나 백합같이 피어난다. 고난의 상징인 '장미'가 '누구도 아닌 자'를 향해 피어나는데, 그 모습은 왕과 제사장의 색깔이며 피의 상징인 자색으로 나타난다. 이로써 찬미가가 고통을 담은 노래로 가시관을 쓰고 골고다 언덕을 오르는 예수를 연상시킨다. 그 고난의 길을 이제 핍박과 박해, 고통과 죽음에 내몰리고 추방된 유대민족이 걸으며 신에게 구원을 간구하고 있다.

튀빙엔, 정월

멀도록
설득당한 눈.
갈매기 소리
에워싼 물위에 출렁이는 횔덜린 탑.
그 눈의 회상,
"순수하게 솟아오른 것은
하나의 수수께끼"

이
물에 잠긴 말들에게로
익사한 목수들의 방문.

온다면,
한 인간이 온다면,
한 인간이 오늘날
족장의 빛 수염을 달고
세상에 온다면, 그는 말하리.
그는 이 시대에 관해
말하리, 그는
랄라랄라
웅얼거릴 뿐이리.
한없이 –, 한
없이.
('팔락쉬. 팔락쉬.')[79]

시의 제목 "튀빙엔, 정월"은 시인의 문학이 기억하고 문학의 뿌리로 삼고 있는 "1월 20일"을 떠올린다. 튀빙엔은 정신착란으로 반생을 어둠 속에서 보낸 횔덜린의 도시이다. 횔덜린은 마음씨 착한 목수의 보살핌으로 36년 동안이나 지금은 "횔덜린 탑"으로 불리는 네카 강변의 집에서 불행한 만년을 보낸 비운의 시인이었다. 첼란은 겨울에 이곳을 방문하고서 불행한 천부의 시인, 횔덜린을 회상한다.

눈은 침묵하는 언어를 상징하는 언어 기관이다. '멀도록 설득된 눈'은 세계를 정신으로 파악하기 위해서 어두운 밤을 원했던 횔덜린 송가의 '눈먼 가인'을 연상시킨다. 세상을 등지고 내면세계로 침잠해가는 횔덜린이 시 속으로 들어오고 있다. 또 횔덜린의 라인 찬가에 나오는 '순수하게 솟아난 것은 하나의 수수께끼'를 시 속으로 끌어들여서 첼란은 라인강의 근원을 시 작품의 아득한 근원과 연관시키고 있다. 횔덜린을 연상시키는 갈매기들이 횔덜린 탑을 맴돌고 있으며, '물에 비친' 탑이 '물에 잠긴' 말, 그리고 '익사한' 목공으로 점점 강도를 더해간다. '목공'은 횔덜린을 오랫동안 보살폈던 그 목공으로 해석할 수 있지만, 목공이 목재를 다루듯 언어를 갈고 다듬는 시인으로 볼 수 있으며, 다음 연의 '온다면'과 연관하여 고대하고 소망하는 대상과 연결된다.

시의 후반부는 횔덜린의 비가 「빵과 포도주」와 연관된다. 시인은 '한 사람이 온다면'으로 소망을 내비치며, 그가 와서 이 시대에 대하여 무엇을 말할 것인가, 궁핍한 시대의 시인의 사명을 얘기하던 그가 온다면 무슨 말을 할 것인가 하는 질문을 던진다. 시인은 그가 단지 웅얼거릴 뿐이라고 답한다. '랄라랄라' 중얼거림은 '팔락쉬, 팔락쉬'와 연

결되는데, 이는 실성상태의 횔덜린이 자주 쓰던 말로, 때에 따라 '예'로
도 '아니오'로도 이해되던 말이었다. 그의 인내심이나 사고력이 한계에
달했을 때 예와 아니오를 구분하여 말하는 번거로움을 줄이기 위해
이렇게 썼다고 한다. 횔덜린의 말더듬에 대한 회상에서 첼란은 언어와
인간 사이의 관계 파괴를 보여주며, 탄식과도 같은 시인의 웅얼거림을
통해 말을 잃어버리고 단지 웅얼거리게 만드는 시대의 어두움과 시인
의 힘든 운명을 드러낸다.

연금술에 대하여

숯이 된 손 안의
금처럼 녹은
침묵.

고결한, 잿빛의
모든 것을 다 잃은 듯
친근한 누이의 모습.

모든 이름들, 함께
타버린
모든 이름들. 그만큼
축복받은 재.
가벼운 그렇게도 가벼운
꼭 붙든
영혼들

위로 그만큼
얻은 땅.

고결한, 잿빛의, 흔적
없는 이들.

그 시절, 그대.
뜯겨 벌어진 창백한 꽃봉오리 같던 그대.
포도주 물결 속의 그대.
(이 시계가 우리 또한
자유롭게 하지 않았던가?
다행이다
다행이야, 그대의 말이 여기에서 죽음을 피해갔던 것처럼.)

숯이 된, 숯이 된 손 안의
금처럼 녹은
침묵.
연기처럼 희미해지는 손가락들. 왕관처럼, 공기 왕관처럼.
음 ― ―

고결한, 잿빛의, 흔적
없이 사라진 사람들.
왕
같은 사람들.[80]

'숯이 된 손'은 인간에 대한 핍박과 학살을 자행한 어두운 흑역사를 지적하고 있다. 손 안의 침묵은 이 아픔을 함께 겪은 언어로 금이 용광로 속에서 정제되듯 시련으로 단련되는 언어이다. 끔찍한 나치 만행에 편승하여 유쾌한 음을 내었던 언어에 대한 회의는 시인으로 하여금 '잿빛 언어'에 다가가게 한다. 잿빛은 검정과 흰색의 혼합 색깔로 빛과 동시에 어두움에 관계된다. 타고 남은 재의 색깔로 정결을 의미하기도 하여, 유대인들이 회개할 때 재를 뒤집어썼다는 구약의 이야기를 생각할 때 '잿빛 언어'는 참회의 언어이기도 하다.

'그림자를 얘기하는 자는 진실을 말한다.'는 시인의 말에 비추어 볼 때 그림자가 진한 잿빛을 담는다는 점에서 잿빛 언어 또한 진실을 담은 언어를 의미한다. 시인은 현실을 미화하고 왜곡하는 일상 언어를 거부하고 진실을 증언할 수 있는 언어를 위해서 재로 사라진 이들, 언어를 상실한 이들을 찾아 나선다.

> 사기꾼과 건달의 노래
> 사다고라 변두리 체르노비츠 출신의
> 파울 첼란이
> 퐁투아즈 변두리 파리에서 부르다
>   "아주 가끔, 어두운 시대에"
>   – 하인리히 하이네 「에돔에게」 중에서
>
> 그 때 아직 교수목이 있던 시절,
> 그 때는 정말이지
> 상석이 있었지.

내 수염은 어디에 있는가, 바람아, 어디에
내 유대 얼룩이 있는가, 어디에
네가 쥐어뜯은 내 수염이 있는가?

내 가는 길은 굽었다네
그래 굽은 길이었어
그건
곧은 길이었기 때문이지.

자장자장
굽었지, 내 코가 그럴거야.
코 말이야.

우리는 프리아룰로 갔지
아마 거기서, 거기서 일거야.
만델바움이 꽃피었지.
만델바움, 반델마움
만델트라움, 트란델마움
그리고 마한델바움도.
샨델바움.

자장자장.
아움.

앙부아

그런데

그런데 그가 뻗대고 일어섰지, 그 나무 말이야. 그
나무까지도
맞섰지
페스트에.[81]

사다고라는 첼란의 어머니의 고향이며 전쟁이 나기 전까지 유대 신
비주의 하시디즘의 메카였다. 시인은 자신이 걸어가는 길을 자조적인
어조로 "사기꾼과 건달의 방식"으로 노래한다. 유대인의 신체적 특징
으로 꼽히는 매부리코처럼 '곧게 펴질 수 없는 길'을 노래하며, 시대의
어둠과 전염병에 맞서는 시인의 사명을 편도나무의 꿈으로 이어간다.
   무의미한 단어의 나열처럼 보이는 글에서 단어를 이용한 언어유희
를 선보이며 시인의 메시지를 독특하고 강렬하게 전달하고 있다. 시인
은 유대인을 상징하는 만델나무인 '만델바움'을 '반델마움'으로, 유대
인의 꿈인 '만델트라움'이 '트란델마움'으로, 그리고 '마한델바움'도 꽃
핀다고 말하며 끔찍한 동화 속으로 끌고 간다. 마한델바움은 그림동
화속 이야기를 배경으로 하고 있다. 마음씨 나쁜 계모가 의붓아들을
궤짝에 목을 끼워 살해한 다음 요리를 하여 영문 모르는 아버지에게
먹이고, 아이의 뼈는 그 마한델나무 아래 묻는다. 계모에게 죽임을 당
하고 새가 된 아이가 이 나무에 앉아 슬피 울어서 그 사실이 밝혀지게
된다. 이처럼 슬프고 끔찍한 이야기를 담고 있는 이 나무는 시에서 '샨
델나무'로 변한다. 마한델나무에서 '마'가 떨어져나가 '샨델나무'가 된
데서 계모에 의해 궤짝에 눌려 '목'이 떨어져나간 아이의 모습이 연상
된다. 첼란은 유대인을 상징하는 만델나무를 슬프고 참혹한 동화와

연결시키면서 나치에 의해 죽어간 유대인들의 슬픈 역사를 그려내고
있다.

샘물은 흐르고

나의
침묵으로 연마된
너희 기도의, 비방의,
너희 날카로운 칼.
너희 나와 함께 불
구된 나의 말, 너희
나의 반듯한 말.

그리고 그대.
그대, 그대, 그대는
날마다 참되게, 더 참되게
연마된 나의 늦
장미.

얼마나, 아 얼마나 많은
세계가, 얼마나 많은
길들이.

목발의 그대, 날아오르라, 우리는 − −

우리가 부르는 아이들 노래를
그대는 듣는가,
사와 함께, 람과 함께, 사람과 함께, 그래
수풀과 함께
눈물과 눈물에 젖어
거기서 기다렸던 한 쌍의 눈과 함께
부르는 노래를.[82]

　죽음 앞에서 간절한 기도에도 아무 응답이 없는 신을 향해서, 그리고 비인간적인 세상을 향해서 시인은 침묵으로 맞선다. 침묵은 "불구가 된 말"이지만 진실을 담고 있는 말의 씨앗이기도 하며, 불의에 저항하는 칼처럼 날카롭기도 하다. 꽃잎 하나하나 떨구어내는 장미의 살갗이 벗겨지는 아픔을 겪으며, 새로이 생성되는 언어로 이제 나와 너는 아이들 노래를 부를 수 있게 된다. "사"와 "람"으로, 이승과 저승으로 나뉜 이들이 함께 부르는 아이들 노래는 눈물에 젖어있지만 희망을 품고 있다. 아직도 여전히 어두운 세상을 바라보는 눈이 마르지 않고 젖어있기에 숲에 생명을 공급하는 물이 되고 샘물이 되어 세상을 밝힐 것이라는 소망이 함께 한다.

라딕스, 마트릭스

돌에게 말하듯
심연으로부터 내게 말거는
당신,

고향에서부터 내
자매였던 그대
내던져진 그대,
옛날 나에게,
밤의 허무 속에서 나에게,
수많은 밤에 다가왔던
그대, 바로 당신
그 당신

그 시절, 내가 아직 없을 때,
그 시절, 그대가
홀로 경작지를 밟을 때,

누구
누구였을까, 그
종족, 살해되었던 그 종족, 그
시커멓게 하늘로 올라갔던 종족은
채찍과 고환이었던가 – ?

(뿌리.
아브라함의 뿌리. 이새의 뿌리, 누구도 아닌 자의
뿌리 – 오
우리의.)

그래,
돌에게 말하듯

당신이
내 양손으로 저기
허무 속을 움켜쥐었지, 그래
바로 여기야.

이 옥토도
갈라지고,
이런
하강은
야생화로 엮인
화관 중 하나이지.[83]

  "라딕스"는 뿌리를 나타내는 라틴어로, 근원, 성분 또는 남근을 의미하기도 한다. 박해와 고난으로 내몰린 유대민족의 뿌리가 예수, 다윗의 아버지인 이새 그리고 "믿음의 조상"인 아브라함까지 거슬러 올라가고 있다. 시인의 존재와 정체성과 관련하여 단순히 유대인의 역사적 계보가 아닌 시인으로서 뿌리를 찾고 있다, 그래서 '누구도 아닌 이의 뿌리'는 '우리의 뿌리'로 이어진다. 죽음에 내몰린 이들이 불안과 공포 속에서 의지할 수 있는 것을 찾고 간구하는 절박한 상황을 묘사하며, 고통과 절망에 처한 이들과 함께하려는 시인의 의지를 담고 있다.

  검은 흙이여, 당신
  검은 흙이여,
  어머니의
  절망어린 시간이여.

손으로부터
손의 상처로부터 당신을 향해
태어난 이가
당신의 꽃받침을 닫습니다.[84]

여성을 상징하는 대지는 시인의 어머니와 연결되고 있다. '검은 흙'이 연이어 언급되면서 '어머니의 절망어린 시간'이 강조되고 있다. "조용하신 내 어머니는 모두를 위해서 눈물 흘립니다."는 한 시구절처럼 타인의 고통에 동참하는 어머니가 고통 받는 여성상을 대변하고 있다.

만돌라

편도 속 – 편도 속에 무엇이 있는가?
무無
편도 속에 무가 있다.
거기에 무가 있다, 있다.

무 속에 – 누가 있는가? 왕.
거기에 왕이, 왕이 있다.
거기에 왕이 있다, 있다.

유대인의 곱슬머리는 백발이 되지 못하지.

너의 눈 – 너의 눈은 어디를 향하는가?

너의 눈은 편도를 향한다.
너의 눈, 무를 향한다.
왕을 향한다.
그렇게 네 눈은 왕을 향한다.

인간의 곱슬머리는 백발이 되지 못하지.
텅 빈 편도는 왕처럼 푸르지.[85]

편도나무는 새해에 가장 먼저 꽃피는 나무이며, 깨어있음을 상징하기도 한다. 편도 가지는 제사장직의 상징이며, 편도꽃은 영원과의 합일 또는 수난을 의미한다. 유대민족이 출애굽하여 40년간 광야생활을 할 때 성소 안에 둔 금으로 만들어진 촛대는 편도나무 꽃모양을 하고 있다. 장막 안에 두었던 아론의 지팡이에서 싹이 돋아나서 편도나무 꽃이 피며, 이는 하나님이 함께하심을 의미한다.

만돌라는 그리스도의 현현을 상징하는 광륜을 의미하기에, 약속된 구원자로서의 왕을 떠올린다. 광륜 속의 그리스도의 모습과 편도 속의 '무'가 서로 교차하며, 왕이 '무'와 동격화된다. 편도 속에서 시를 통한 신과의 만남, 신의 구원이 소망되고 있다.

백발이 되지 못한 유대인의 곱슬머리는 때 이른 죽음을 의미하면서 유대민족의 고난과 핍박의 역사를 말해준다. 유대인의 곱슬머리는 시 말미에서 "인간의 곱슬머리"로 바뀌며, 구원의 약속, 구원에 대한 소망이 인류 전체로 확산되고 있다. 개인의 고통과 민족의 고난을 넘어 인류의 화해를 원하는 시인의 마음이 담겨있다.

베네딕타

아버지들로부터
아버지들의 아버지로부터 내게 전해진,
당신이 마신
신성한 호흡, 프노이마.

머나먼 곳에서
불타버린 내 손가락 너머에서 온
그대
축복받으소서.
흑암에 촛불을 맞이했던
그대, 축복받으소서.

내 눈 감을 때
당신이 듣는 소리, 따라 부르다 멈춘 노래,
그리 되어야만 했으니

그대는
눈 없는 자에게, 들판 속으로 말 걸었던 바로 그대.
같으면서 다른
말, 은혜 입으소서.

마
셨던.
축복

받았던.
은혜
입었던.[86]

아들 에릭의 6번째 생일날을 맞은 1961년 6월 6일에 쓴 시이다. "축복받은"이란 의미의 시 제목은 시 전체에 전파되면서 경건한 기도의 분위기를 만든다. 신의 신성한 호흡 "프노이마"를 통해서 잉태되어 이제 고난의 유대 역사 속으로 함께 들어온 아내에 대한 애정과 유대감을 표현하고 있다.

알라 포엠트 아세레

드러난 광석, 수정과
결정광.
글로 쓰이지 않은 것이
말로 단련되어
하늘 하나를 연다.

(위로 던져 드러난 채,
가로질러 그렇게
우리도 누워있다.

당신이 한 때 마주하던 문, 거기에
살해당한 백묵별이
걸려있다.

그 별을
이제 눈 하나가 읽고 있는가.)

그리 가는 길들.
보글거리는 바퀴흔적 따라가는
숲의 시간.
주워
올린
벌어진 작은
너도밤나무 열매. 어두운
틈은 어디로,
손가락 상념이 묻는다
어디로 향하는가?
돌이킬 수 없는 것을
향하여, 그를
향하여, 모두를
향하여.

그리로 더듬거리는 길들.

걸을 수 있는 무엇인가
인사도 없이 심장 뛰듯
오고 있다.[87]

결정체의 구조에 따르면 수정은 눈과 얼음에 연결되며 말없음, 침묵, 화석화된 언어를 상징한다. 사물의 말없는 언어가 화석화된 지구

역사의 한 부분인 광석, 수정, 결정광으로 가시화되고 있다. 광석의 빈 틈은 언어의 빈 공간으로 새 언어의 창조지가 되며, 열리는 하늘은 새 로운 시적 수평선이기도 하다.

공중으로 날아가는
밝은 돌들, 빛나는
하얀 돌들, 빛의
전달자.

떨어지지 않으려
넘어지지 않으려
총알을 피하려
공중으로 올라가는 돌들
작은 들장미처럼
피어나
당신에게
향하는, 내 고요한 여인
내 진실한 여인, 당신에게 –.

내 새로운 손으로, 모두의 것인 내 손으로
그들을 거두어 데려가는 당신을 봅니다,
무한히 밝은 곳으로
누구도 그 이름 부르며
눈물 흘리지 않는 곳으로.[88]

돌은 장미꽃이 피듯이 꽃으로 피어나며, 공중으로 날아가기도 한다. 그래서 마침내 별이 된다. 빛나는 돌은 별처럼 반짝이며 하늘과 지구를 비춘다. 언어상실로서 돌의 언어는 첼란이 그의 문학에서 추구하는 것이 아니다. 화석화된 말없는 고통의 상징인 돌이 별로 변하듯, 시인의 언어는 침묵에서, 고통으로 화석화된 존재에서 벗어나 말하기를 원한다.

> 부메랑 나무하나, 숨결타고
> 유랑하는, 힘찬
> 날개 짓, 그
> 진실한 것.
> 별들의
> 궤도에서, 세상의
> 파편에 입 맞추고, 시간의
> 알갱이, 시간의 먼지로 상처 입으며,
> 너희와 더불어 추방당하면서,
> 줄어들고, 작아지고, 사라져
> 소멸되고,
> 소진되고 팽개쳐지면서,
> 운율되어 스스로,
> 그렇게 날아오르는.
> 다시 귀향하는 돌맹이,
> 선회하는 단 하나의 길잡이 되어
> 뛰는 심장을 천년 세월동안
> 마음에 품으니,

한 영혼을,

자신의

영혼을

그리는,

한

영혼에

부호를 다는 곡선.[89]

부메랑은 인간의 가장 오래된 무기중 하나이다. 나무로 된 부메랑은 히틀러의 천년왕국의 꿈에 맞서 천년을 품고 다듬어 온 언어이다. 상처입고 버려지고 작아지고 소멸되었다가 운율되어 다시 돌아온 돌의 언어이자, 고통과 상처를 담고 진실을 드러내고자 영혼의 부호를 달고 있는 언어이다.

무슨 일이 일어났나? 산에서 돌이 솟아났지.

누가 깨어났나? 너와 나.

말과 말. 별과 함께. 대지 옆에서.

더 소박해져. 열린 채. 고향에서처럼

그건 어디로 갔나? 희미한 소리를 향하여.

돌멩이와 함께, 우리 둘과 함께 갔지.

마음과 마음. 너무 무겁다고 여겼지.

더 무거워지기. 더 가볍게 존재하기.[90]

돌이 산에서 솟아나는 모습은 창조의 과정을 떠올린다. 산을 뚫고 나오기 위해서는 산의 단단한 표면이 깨뜨려져야 한다. 돌이 산의 표면을 뚫고 나오면서 너와 내가 깨어나고, 말이 나타난다. 고통스런 침묵의 상징인 돌이 언어로 나아갈 수 있으며 빛을 발할 수 있는 능력을 가지고 있음을 보여준다.

왕관이 벗겨진 채
밤으로 내 던져진.

어느
별들에서인가! 순전한
잿빛으로 두드리던 은빛 가슴 망치. 그리고
베레니케의 머릿단, 여기서도, 나는 땋았다,
나는 풀었다,
나는 땋았다, 풀었다.
나는 땋았다.

시퍼런 심연, 네 안으로
금빛을 밀어 넣는다.
창녀와 작부들 곁에서 탕진한 자, 그도 함께,
나는 가리라, 가리라, 사랑하는 여인,
그대에게.

저주와 또한 기도로.
내 위로 윙윙

소리내는 모든 몽둥이도 가지고. 이것들도 하나로
녹여서, 이것들도
성기처럼 당신에게 매달아서,
볏단 그리고 말.

이름과 함께
어디서나 추방된.
이름과 씨앗으로,
이름과 함께, 그대
왕의 피로 가득 찬
모든
성배 속으로 가라앉은, 오
위대한 게토 장미의 모든
꽃받침 속으로 스며든, 거기에서
바라보는 당신, 우리를, 아침 길에서
죽은 무수한 불멸의 죽음들을.
(그리고 우리는 바르쇼비앙카 노래를 불렀지.
갈대 입술로, 페트라르카.
툰드라의 귀에 대고, 페트라르카.)

땅 하나가 솟아오르니, 바로
우리의 땅.
이제 우리는
우리 중 누구도
너,
바벨에게 보내지 않으리.[91]

고대 이집트 왕비 베레니케는 남편 프톨레미 3세가 전장에서 무사히 돌아오자 감사의 표시로 자신의 머리카락을 아테네 신전에 바쳤다. '왕관이 벗겨진 채 밤으로 내던져진' 왕비의 머리카락은 '머리털자리'로 불리는 별자리가 되었다. '머리를 땋다'는 언어적 의미로 게토 장미, 즉 유대민족의 고난과 박해를 드러내는 언어의 생성을 담고 있다.

> 불멸이었던 말이 내게서 떨어져 향하는 곳.
> 이마 뒤 하늘 심연으로,
> 침과 오물에 이끌려
> 나와 더불어 살던 일곱별 너머로.
> 밤의 집에서 운율은 오물 속 호흡,
> 눈은 형상의 노예.
> 그럼에도 남아있는 꼿꼿한 침묵 하나,
> 악마의 사다리를 돌아가는 돌 하나.[92]

"첼란의 시는 침묵을 통해 극도의 경악을 말하고자 한다. 그의 시는 의지할 데 없는 사람들 사이의 언어, 모든 유기적인 것을 기준으로 보면 돌과 별에 대해 죽은 자의 언어를 그려낸다." 아도르노는 첼란이 그려내는 침묵의 언어에 대해 이렇게 말했다. 죽음과 고통을 상징하는 돌은 침묵을 상징하는 메타포로서, 시에서 '꼿꼿한 침묵'과 연계되고 있다. 악마의 사다리를 타지 않는 "돌 하나"는 어두움을 뚫고 나갈 빛의 씨앗, 말의 씨앗을 담고 있다.

고통의 글자

당신 손에 맡겼지.
죽음을 모르는 당신,
그 곁에서 내 의식은 깨어났지.
말의 구속을 벗어난 목소리들이 사방으로 돌아다녔지, 텅 빈 형태
들, 모든 것이
그 속으로 들어갔지, 섞이고
흩어지고
또 다시
섞였지.
그리고 숫자들이
무한 속으로 함께 엮어졌지. 하나와 천 그리고
그 전과 그 후
그 자체보다 더 커졌고, 더 작아졌고,
무르익은,
뒤로 앞으로
모습을 바꾸며
결코 발아하지 못한 것.

잊힌 것은
잊은 자를 향해 손을 뻗고, 지구 조각들, 마음조각들이
가라앉았다 떠올랐다
떠다닌다. 콜럼부스,
눈에 담긴 콜히쿰
어머니의

꽃,
돛대와 닻을 살해했지. 모든 것이 쏟아져나갔지.

거침없이
탐험가답게
나침판 위 바람장미는 시들어갔지, 꽃잎들은
떨어지고, 태양은
떼 지어 활짝 피어났지, 격렬히 노 젓는
검은 빛 속에서. 관 속에서,
유골단지, 항아리 속에서
아기들이 깨어났지
야스피스, 아햐트, 아메티스트 부족들,
종족과 씨족들, 눈 먼 자
이여라

뱀 대가리모양으로 풀린
밧줄에
엮어진. 하나의
매듭이어라
(그리고 역 매듭, 저항 매듭, 그러나 매듭, 쌍둥이 매듭,
천개의 매듭) 거기에
사순절 눈 모양의
담비별 새끼들이 심연에서
글작, 글작, 글자를
쓰고, 썼지.[93]

1962년 9월 19일 부코비나의 친구 에리히 아인호른이 흑해로 휴가를 떠난다고 편지했다. 친구의 편지는 고향 부코비나를 떠오르게 하고 고향상실과 홀로코스트를 다시 기억하게 했다. 고난과 박해의 역사 속에서 시인의 자아 찾기는 다시 언어 찾기로 이어지고 있다. 책의 나라를 의미하는 부코비나에 대한 기억이 마지막 행에서 '글자를 쓰다'로 형상화되고 있다.

라 콩트레스카르페

너와 나무를 에워싼 대기에서
네 숨동전을 토해내라.

졸인 가슴 곱사등 길을
희망으로 오르락 내리락 끌려다닌
이에게
너무
많은
요구 – 너무나
많은

밤의 포도주
비참의, 왕의
야경꾼 포도주에 적셔진
빵 화살이 그를 맞힌
그 굽은 길에서.

깨어있던 손들은 함께 오지 않았나?
그 손이 잡은 포도주잔 가운데
깊이 잠든 행복은 오지 않았나?
오지 않았는가, 눈썹을 달고,
그 시절, 빛나던, 삼월의 인간 나팔소리는
사라졌는가?

비둘기 전령이 무리를 벗어났을 때, 대열은
알아챘을까? (비둘기 에워싼
구름떼는 보았으리라.) 무리는
견뎠을까? 비둘기가 오지 않는 이유를
알고 날아갔을까?

비스듬한 지붕의 조선대, 비둘기
용골위에 놓여 둥둥 떠다닌다. 방수벽을
피를 흐리며 통과하는 전령,
오래된 일이 새롭게 갑판 위로 올라온다.

크라카우를
지나서
도달한 기차역
네 시선에 흘러드는 한 줄기 연기는
일어날 일의 예고였다.
파울로비나 나무 아래에
또 다시 세워진 칼
멀리서도 날카롭게 보였다. 춤
추었지. 카토르즈
쥐이에. 에 플뤼 드 뇌프 오트르
뒤틀리고 비뚤어진 원숭이 말투의 주둥이는

살아있는 것의 흉내를 냈지. 주인이
구호 적힌 띠를 두르고
무리에게 다가갔지.
기념사진 하나
찰칵 찍었어. 자동
셔터, 너는 자동 셔터였던 거야.

아 이런 친구
맺기. 하지만 또 다시
네가 가야하는 거기에
바로 그
크리스탈이 있다.[94]

성의 외벽을 뜻하는 시 제목은 첼란이 일하던 곳에서 멀지않은 광
장의 이름이다. 시는 유대 박해 역사의 서막인 '수정의 밤'을 기억한다.
의학공부를 시작하기 위해 루마니아를 떠나서 프랑스 뚜르로 가는 길
에 베를린 기차역을 경유한다. 1938년 11월 10일 아침 시인의 눈에 들
어오는 연기는 지난 밤 나치에 선동된 무리들이 독일 전역에서 유대인
가게들을 급습하여 약탈하며, 유대 회당을 방화한 흔적이었다. 수백
명의 유대인이 죽임을 당하고 수만의 유대인이 수용소로 끌려갔다.
유대인 말살정책의 시작을 알리는 이 밤에 유대인 상점의 깨어진 진열
장 유리파편들로 거리가 반짝인 것에 착안해 나치는 이를 '수정의 밤'
이라고 불렀다. 유대인의 슬픈 운명을 담은 '크리스탈'은 시인의 문학
에서 죽음과 침묵을 상징하며, 새 언어를 생성하는 고통의 공간이다.

그리고 타루사에서 온 책과 함께

시인들은 유대인이다
–마리나 츠베타예바–

큰개 별자리
로부터,
그 안의 밝은 별과 지구를 향해
비추는 길에 함께 엮인 꼬마
별로부터,

순례자의 지팡이
로부터, 그곳에서도, 남쪽으로부터,
매장되지 못한 말처럼
낯설고
밤 줄기 가까이,
도착한 목적지와
비석과 요람의 궤도 안에서
배회하며.

진실로부터, 앞서서 그리고 넘어서,
당신에게로,
대기하던 말이
솟구쳐 오른 곳
으로부터,
망가지지 않은 그들 시계장치와 함께

없는 나라와 없는 시간 속으로
내뱉은 자신의 마음 돌들 중 하나로부터.
하이에나 발자국으로 뒷걸음,
앞걸음으로 따라갈 수 있는
조상들의
대열과 함께 자갈밭 한가운데
째깍째깍 소리로부터, 그들의
이름과 그 이름의
둥근 심연으로부터.

한그루 나무로부터
한 그루로부터.
그래, 바로 그로부터. 그리고 그를 에워싼 숲으로부터.
발길 닿지 않은 숲으로부터,
그가 자라난 생각으로부터, 큰소리,
낮은 소리, 전음, 후음으로,
추방된 자들의 잠
박자에
스키타이식으로 함께 운율을 이루며,
숨 쉬는 초원의
풀로
멈춘 시간의 심장 속으로 써넣으니
멀고도 먼 곳의
그 제국 속으로,
벙어리 종족들 구역
저편의

강한 압운 속으로, 당신 안으로
언어의 저울, 말의 저울, 고향의
저울 속으로 추방된.

이 나무로부터, 이 숲으로부터.

돌
다리로부터, 거기로부터
그는 삶 속으로
돌진하였으니, 상처의
깃털을 달고
미라보 다리로부터.
오카 강이 멈추는 곳. 얼마나
대단한 사랑인가! (키릴어로, 친구들, 이것도 함께
타고 나는 세느 강 위를 달리고,
라인 강 위를 달렸지.)

한 편지로부터, 그 편지로부터.
한 통의 편지로부터, 동쪽 편지로부터. 딱딱한,
아주 작은 말 덩어리로부터,
무장 해제된 눈으로부터,
오리온의
세 띠 별들에게로 야곱의
지팡이,
오고 가버렸다! –

하늘지도를 따라 전달된 눈, 열리었다.

그 일이 일어났던 책상으로부터.

한 마디 말로부터, 말 덩어리에서 나온,
그 곁에서 책상은, 그것은
노 젓는 자의 의자가 되었지, 오카 강과
강들로부터.

삐걱삐걱 노 젓는 소리,
곁두리소리로부터
귀 밝은 노 젓는 자의
늦여름 귓속으로.

콜키스.[95]

　모스크바 서남쪽 작은 도시 타루사에서 마리나 츠베타예바는 어린
시절을 보냈고 죽어서도 이 도시에 묻히길 원했다. 유대계 러시아인
남편이 총살된 후 1941년 자살하기까지 그녀의 삶은 끊임없는 이사와
망명 생활로 인하여 외롭고 고된 삶이었다. 그녀의 시 구절을 인용하
면서 시작된 이 시는 개, 천칭, 오리온 별자리를 언급하며 망명과 방랑
으로 점철된 유대인의 삶을 그려내고 있다. 긴 방랑길은 자오선으로
그려지며 고난과 박해받는 이들을 이어주고 있다. 흑해와 카우카수스
에 놓인 콜키스는 그리스에서 이방인 취급받으며 배척당했던 메데아
의 고향이다. 시인의 언어가 향하는 이곳은 지역적 의미보다 망명자의
고향의 의미로 다가온다.

공중에, 네 뿌리는 거기 있으니,
저 공중에.
지상의 것이 둥글게 뭉치는 곳, 흙처럼,
숨결 그리고 진흙.
담대히
저 위에 걸어가는 추방된 자들,
저 불타는 자들. 포머른 사람이 찾아든 집은,
가파른
겨울처럼 혹독하고 차가운
모든 글자 언저리에서
여름처럼 밝은 피를 흘리며 엄마처럼 남아있는
오월딱정벌레 노래.

그 노래와 함께
떠도는 자오선.
해를 따라가는
고통에
이끌리니,
먼 곳의
그리운 이들 정오의 염원으로
나라들을 형제로 이어준다.
오늘, 여기에 절망으로 모인 지역마다
빛이 비치니
헤어진 사람들이
눈부신 입과 함께 빛 속으로 들어선다.

입맞춤이 밤처럼
말에 의미를 새기니, 입들이 깨어난다, 입들이.
섬뜩한 파문이
흩어진 이들을 부르니
귀향하는,
사막의 별이 인도한 영혼들,
눈길 닿는 곳, 배 닿은 곳에
천막 치는 사람들,
대천사의 바스락거리는 날개소리 희미한
운명에 대한 희망의 아주 작은 볏단,
형제들, 자매들, 근친
상간의 품속에서
비옥한 품속에서
세상 저울로
너무 가볍게, 너무 무겁게, 너무 가볍게
여겨지는 사람들, 씨앗부터
별 화관을 쓰고, 여울에 무겁게 누운,
육신들을 문지방에 쌓아올려 제방을 만드는
평생 이방인들.

여울 건너는 이들, 그 위로
신들의 안짱다리가
절뚝거리며 건너온다 – 그
누구의
별 시간에 너무 늦은 것인가?[96]

시집의 마지막을 장식하는 이 시는 여전히 도처에 남아있는 나치즘에 대한 시인의 한탄을 담고 있다. 아이들 노래로 불리는 포머른은 전쟁의 참상을 대변하며, 이로 인해서 죽은 이들과 살아서 유리방황하는 이들을 함께 묶어주는 '자오선'이 나타난다. 힘겹게 여울을 건너는 이들을 덮치는 자는 나치정권의 선전을 담당했던 '안짱다리' 괴벨스를 떠올리게 한다.

7.『숨돌림 Atemwende』(1967)

1963년 9월에서 1965년 9월에 쓴 80편의 시로 엮어진 이 시집은 1967년에 출판되었다. 시집이 완성되고 출판되기까지 시간이 걸린 것은 건강 악화로 시인이 오랫동안 입원해야했기 때문이다. '이제까지 쓴 시들 중 내게 가장 가깝고 나를 가장 잘 담고 있는 시들이다'고 아내에게 고백할 만큼 시인의 힘든 내면을 담고 있으며, 삶과 죽음의 경계선에서 잠시 휴지기와 같은 숨돌림의 고백이다.

> 그대 나를 안심하고
> 눈雪으로 대접해도 좋소.
> 내가 뽕나무와 어깨 맞대고
> 여름을 지날 때면
> 갓 돋은 그 잎이
> 소리 질렀지.[97]

눈은 죽음과 가까운 시어임을 생각할 때 시인은 죽음과 여기에 속한 이들에게 다가가려한다. 여름 내내 푸른빛을 띠는 뽕나무는 지치지 않는 삶의 의지와 활력을 나타낸다. 하지만 모든 탄생이 고통을 동반하듯 뽕나무의 새로 돋는 잎이 태어나는 아이처럼 소리 지른다. 삶은 겨울과 여름, 죽음과 탄생을 아우르고 있다.

> 꿈꾸지 못하는 자에 부식되어
> 잠 못 이루고 헤맨 빵 나라가

삶의 산을 쌓아올린다.

그 부스러기로
당신은 우리 이름들을 새로 반죽하니
나는 손가락마다 당신
닮은
눈이 되어 더듬어 찾는,
당신을 향해
내가 깨어날 수 있는 곳에서
찾는 이름,
입 안 밝게 빛나는
굶주린 촛불.[98]

'부식'이란 단어는 아내 지젤의 동판화 작업을 연상시킨다. 아내의
작업과 시인의 창작과정이 함께 어우러지고 있음을 알 수 있다. '빵'은
이스라엘 백성이 출애굽 후 광야에서 날마다 얻은 양식과 연결되어
40년에 걸친 광야생활을 현실로 불러들인다. 광야를 지나는 유대민족
과의 유대감과 함께 자신의 정체성을 찾아서 '눈이 된 손가락'으로 시
를 쓰고 동판화 작업을 하는 두 예술가의 모습이 그려지고 있다.

미래의 북녘 강에서
그물을 던진다, 당신이
돌로 쓰인
그림자로
주저하며 무게를 준 그물을.[99]

돌은 첼란 문학에서 암울한 현실체험에 대한 상징적 표현이다. 이름 없이 채석장으로 불렸던 외진 들판에서 죽어간 시인의 부모에 대한 기억이 침묵의 상징인 돌의 이미지에 담겨있다. 푀겔러는 돌은 첼란의 시문학에서 "단단해진 고통"을 상징하며, "유일한 부르짖음"이라고 말한다. 미래의 북녘 강에서 그물질이 행해지는데, 그물의 균형을 잡기 위해서 사용되는 것이 돌이 아니라, "돌로 쓰인 그림자"이다. 돌은 고난의 역사를 담아서 시대의 어두움을 쓰며, 고통의 흔적, 시대의 아픔을 드러내는 그림자를 드리운다. "미래의 북녘 강"은 피안을 상기시키며, "돌로 쓰인 그림자"의 이미지는 시인이 그물로 잡고자하는 대상이 언어와 관계하고 있음을 보여준다. 차갑고 먼 강물에 그물을 던지는 시인 옆에서 도움을 주는 "당신"은 시인의 시를 동판화로 그려내는 아내를 떠올린다.

네 손에 담긴
부서진 그림자 속 길들.

손가락 네 개 이랑에서
내가 캐낸
석화된 축복.[100]

시는 죽은 자를 축복하는 내용인데 비석에 새겨진 손을 연상시킨다. 오랜 세월에 마모되고 부서져서 흐릿해졌지만 다섯 손가락은 손가락 이랑을 그려내고 있다. 이랑을 더듬어 흙먼지와 이끼를 떼어내는 시적 화자의 손에 의해서 축복을 기원하는 손이 모습을 드러낸다.

노래 불리는 지상을 향해 돛대 달고
하늘 난파선이 달린다.

이 나무노래를
너는 이빨로 깨물어 붙든다.

너는 노래를 붙든
깃발.[101]

지상에서 들려오는 노래는 도움을 바라는 듯하다. 하늘 난파선은
스스로 온전치 않음에도 불구하고 도움을 청하는 지상을 향하고 있
다. 화자가 이빨로 붙들고 있는 나무노래는 침몰하는 배의 깃발처럼
구조를 위한 깃발, 신호용 깃발이 되고 있다. 노래 외에는 난파를 견딜
것이 없기에 시인은 노래를 붙잡으면서 최후의 희망을 들어올린다.

서있음, 공중의
상흔 그림자 속에.
누구도 아닌 자, 무를 향해 서있음.
없는 듯,
오직
당신만을 위해.

그 안에 자리하고 있는 모든 것과 더불어
말도
없이.[102]

유대 신비주의자 에크하르트는 신을 파악할 수 없는, 표현할 수 없는 '무'의 충만함으로 여겼다. 뵈메는 신을 피조물에 대하여 유일자로서 '영원한 무'라고 말한다. 신은 영원에서 영원으로 스스로 생성된 존재이며 피조물에 대해서 유일자, 영원한 무가 되는 것이다. 첼란은 숄렘의 저서를 통해서 유대 신비주의에 대한 에크하르트, 뵈메의 영향을 많이 받았다. 신성의 표현으로서 '무'는 첼란의 시 속에서 '누구도 아닌 자'처럼 신에 대한 거부와 수용의 대립 속에서 나타나고 있다.

> 흑회색 황야 위에
> 실낱 햇살.
> 나무크기의
> 상념 하나
> 빛 음을 붙잡는다.
> 인간들 저 너머에
> 아직 부를 수 있는 노래들이 있다.[103]

'인간들 저 너머'는 일반적으로 살아있는 인간들이 발을 디딜 수 없는 죽음의 영역, 이상향이나 초월적인 세계를 의미한다. 이 시를 종교적인 시각에서 해석하는 이들은 현세의 흑회색 황야를 빛이 비추고 노래가 울리는 피안에 대립시켜 본다. '황야'는 절망의 의미를 담고 있는 반면, '실낱 햇살'과 '빛의 음'은 희망과 연결된다. 정치적인 측면에서 이 시를 보는 이들은 첼란의 시가 사회현실로부터 책임감 없이 도주하여 상아탑 안으로 자신을 폐쇄시키고 있다고 해석한다. 그래서 그의 문학을 "대화 없는 고립"으로, 현실에서 독자와의 대화의 실패를 인정하는 것으로 보려한다. 첼란의 문학을 인간과 먼, 인간과는 관계가 없는, 사회 현실을 외면한 "독백 문학"으로 해석하려 한다.

그러나 황야에서 하늘을 향해 솟아나는 상념이 피안의 '빛 음'을 붙잡음으로써 이루어지는 노래는 피안에서만 불리는 노래가 아니라 현실을 기반으로 하여 피안의 빛과 희망을 붙드는 노래이다. 고난의 역사를 담고 있는 황야에서 불리는 것이다. 시인은 역사적인 현실을 외면하는 것이 아니라 고난의 역사를 보고 체험하며 인간적인 미래를 소망하고 있다. 인간들의 피안에서 노래 부를 수 있다는 것은 현실에서 이루어지지 못하는 아픔과 함께 어두운 잿빛의 현실을 넘어서 갖게 되는 희망이다. 그가 '인간들의 저 너머'를 얘기하는 것은 현실도피나 침묵에 대한 찬미가 아닌, 어둡고 불의한 현실에 대한 비판에서 연유한다.

말의 퇴적, 화산처럼,
바다 소리 넘치는.
저 위
피조물을 향해
밀려드는 군중. 군중은
깃발을 흔들었다 – 모사와 모방이
시간을 향해 헛되이 교차한다.

기적의 썰물을 낳는
말의 달[月]을 네가 내던질 때까지
심장

모양의 분화구가
벌거벗은 채 인류 시작을,
왕의
탄생을 증언할 때까지.[104]

바다 속 화산폭발의 풍경이 그려지는데, 화산폭발은 "말의 폭발"로 이어진다. 모사와 모방으로는 인류의 기원을, 왕의 탄생을 논할 수 없다. 달의 끌어당기는 힘으로 대양의 수면이 움직이면서 밀물과 썰물이 생기듯이 네가 던진 말의 달이 기적의 썰물을 일으키고 분화구가 드러난다. 지구의 뜨거운 심장을 가리키는 심장 모양의 분화구는 태초를 증언한다.

(나는 당신을 압니다, 깊이 머리 숙인 여인,
꿰뚫린 나는 당신에게 복종합니다.
우리 둘을 증언할 한마디 말은 어디서 불타고 있는가요?
당신은 온전히, 온전히 현실. 나는 온전히 광기.)[105]

머리 숙인 여인과 꿰뚫린 자는 십자가에 못 박혔던 예수의 시신을 끌어안고 있는 피에타의 모습을 연상시킨다. 여기에 시인은 어머니와 자신의 모습을, 그리고 아내와 시인 자신의 모습을 담아내고 있다. 피해망상증에 시달리던 시인의 "나는 당신을 안다"는 표현은 자신의 불안과 고통을 이해하고 헌신적으로 보살피는 아내에게 보내는 사랑에 찬 감사로 볼 수 있다.

네 언어의 방사바람으로
부식되어
체험한 체 하는 자의
현란한 수다 – 수백 개의
혀로 말하는 거짓 –
시, 시가 아닌 시.

소용돌이쳐
씻겨나가고,
드러난
길, 사람
형상의 눈,
속죄자의 눈을
헤치고 난 길,
손님을 맞을
빙하의 방과 식탁으로 이르는 길.

시간의 틈 속
깊이
벌집얼음
곁에서
기다리는 호흡의 수정 하나,
폐기할 수 없는 너의
증언.[106]

침묵의 무르익음을 통해 나타나는 참된 언어를 찾아가는 과정에서 시인은 먼저 자신의 언어, 자신의 시가 갖는 거짓을 참회하며, 순수한 언어의 영역을 찾아 나선다. 얼룩을 산酸으로 없애는 정화과정에서 고통이 동반된다. 고통을 수반하는 이 정화의 과정이 바로 언어에서 이루어진다. 부식되어 없어져야할 것은 "체험한 체 하는 자의 현란한 수다"이다. 체험한 체 하는 것은 직접 체험하지 않고 간접적으로 전해 들었거나 체험한 척 하는 것으로, 이러한 사람은 진실에서 먼 것을 진짜인 것처럼 부풀리고 과장하여 말을 한다. 그래서 '현란한 수다'가 나오는 것이다. 이 '수다'는 수백 개의 혀로 말하는, 즉 진실 없이 상황에 따라 말을 바꾸는 거짓이다.

이 거짓된 현란한 수다가 '너의 언어의 방사 바람'에 부식된다. "방사바람"은 거짓된 수다와 현란을 없애고, 단지 하얀색만 남겨놓는다. 눈, 얼음, 수정의 색상인 하얀색은 침묵과 죽음의 은유로서 빙하의 세계까지 이른다. 새 언어의 생성공간인 이 빙하의 세계에서 "시간의 틈"이 그 날, 그 어두운 과거를 기억하고 있으며, 이 시간의 틈 깊숙한 곳에서 새 언어의 결정체가 발견된다. "벌집얼음"은 이스라엘 백성이 들어가고자 했던, 젖과 꿀이 흐르는 이상향을 떠올리며, 동시에 모든 것이 얼어붙은 죽음의 나라, 지난 것들을 얼음 속에 그대로 보존하고 있는 영원의 나라를 생각하게 한다. 그 벌집얼음에서 "호흡의 수정"이 '파기할 수 없는 증언'으로 기다리고 있다. 파기할 수 없는 증언은 거짓 체험한 자의 기만적인 시대증언과는 달리, 변할 수 없는, 번복할 수 없는, 확실한, 참된 것이다. 호흡의 결정체는 새 언어의 결정체로 "거짓 시'와는 다른 참된 시를 위한 것이다.

언젠가,
귀 기울이니
세상을 씻는 그의 소리가 들렸다.
보는 사람 없이 밤새워
정말로.
한 번에, 끝없이
소멸되고
내가 되었다.

빛이었다, 구원이었다.[107]

1965년 9월에 완성된 이 시는 시집 『숨돌림』을 마무리하고 있다. 시인은 그 해 5월에 입원하고, 또 12월부터 7개월이나 병원에 머물러야 했다. 이때 너무 읽어서 다 닳은 카프카의 산문집을 챙겨 가는데, 시인의 정신은 조금씩 붕괴되고 있었다. 숨쉬기도 힘들 만큼 상태는 악화되었다. 신이 세상을 정화시키는 모습을 연상시키는 이 시는 성스러운 종교적 분위기를 풍기면서 대속하는 예수의 모습을 떠올린다. '언젠가'로 시작하는 시는 아득한 곳으로 시선을 향하면서 모든 것이 소멸하고, 모든 것이 씻기고, '나'의 본질만 남게 되는 '내가 되었다.'로 회귀한다. 신비주의에 따르면 신은 숨겨질 때는 '그', 드러낼 때는 '당신'. 극도의 발현에서는 '나'이다. 신과의 대면에서 자신과의 만남을 가능하게 하는 빛과 구원을 소망하는 시이다.

8. 『실낱 햇살 Fadensonnen』(1968)

1968년에 출간된 이 시집은 105편의 시를 담고 있다. 이전에 쓴 시들도 들어있지만 시집의 2/3는 1965년 9월부터 1966년 6월 사이에 쓴 시들이다. 시인은 거의 매일 한 편씩 쓸 만큼 끊임없이 시를 썼다. 후기로 갈수록 시는 온전히 독자의 이해에 맡겨질 만큼 난해하다. 시인은 말하기의 새로운 가능성, 새로운 시론을 시험이라도 하는 듯 독자를 이해와 해독 불가능의 경계로 몰아가는 것 같다. 그의 삶과 생각이 이제 이승과 저승의 경계를 넘는 것 같으며, 현실을 감당하는 것도 현실을 표현하는 것도 불가능하다고 느낀 것처럼 보인다. 현실의 언어와는 다른 새로운 언어로 도달하려는 공간, 인간의 소외와 고통이 멈추는 곳, 삶과 죽음의 경계가 흐려지고 사라지는 곳을 향하는 시들은 시인이 사랑하고 존경했던 횔덜린의 '팔락쉬'와 같은 긴 여운으로 이어진다.

9월의 프랑크푸르트

눈먼, 빛
수염의 벽.
풍뎅이의 꿈을
비춘다.

그 뒤, 비탄의 격자모양을 하고
프로이트 이마가 열린다.

밖에서
힘겹게 억누른 눈물이
내뱉는 말,
"심리
학은
마지막이지"
모조
구관조가
아침을 먹는다.

후두의 폐쇄음이
노래한다.[108]

1965년 9월 2일부터 10일까지 첼란은 프랑크푸르트의 피셔 출판사에서 편집작업을 했다. 사무실 벽에는 1964년 도서 박람회의 포스터였던 프로이트의 초상화가 걸려 있었다. 프로이트의 '꿈의 해석'이 카프카의 '풍뎅이의 꿈'으로 이어진다. '변신'의 그레고르 잠자는 불안한 꿈에서 깨어난 후 풍뎅이 모양의 거대한 벌레로 변한다. 그가 내뱉는 소리는 문밖의 가족이 알아들을 수 없는, 마음의 소리가 전달되지 못하는 후두의 폐쇄음일 뿐이다. '구관조'는 체코어로 '카프카'를 뜻한다.

팔에 안긴 눈,
서로
떨어져 불타버린 너의 두 눈이
너를 계속 달랜다. 요동하는

마음그림자 속에 품어서, 너를.

어디에?

마를 폐쇄하라, 말을 차단하라
끄라. 측량하라.
삼켜진 재의 줄기
재의 빛줄기.

측량하고, 측량을 비껴간, 장소를 정하고, 장소를 벗어난,

어디에도 아닌

재의
딸국질, 여전히
팔에 안긴
너의 두 눈.[109]

　　1965년 10월 20일과 21일 사이에 쓴 이 시는 '나는 지금 어디에 있
는가?'라는 질문에 대답을 시도한 것처럼 보인다. 어디에 있는 지에 대
한 질문은 있는 장소의 이름을 부르고 명명하길 시도하나 결국 실패
한 모습을 언어에 담고 있다. 삶과 죽음은 한 끝 차이처럼 실낱 햇살
로 이어지며 분리되고 있다.

진실이
단념한 꿈의 유물에 매달린 채
어린아이 되어
산등성이를 넘어온다.

흙덩이, 자갈,
눈의 씨앗에 에워싸인
골짜기의 지팡이는
저 높이 꽃피는 부정 속에서
— 그 화관 속에서
겹겹이 펼쳐진다.[110]

1965년 11월 24일 첼란은 정신착란으로 아내를 위협하고, 자살 시도를 하여 7개월의 장기입원에 들어갔다. 긴 입원 후 1966년 7월 말에 쓴 이 시는 시인의 사명을 잊지 않고 여전히 '진실'에 매달리고 있는 시인의 간절함을 나타낸다. 오랜 유물이 된 꿈에 매달려 '진실'은 지팡이에 의존하며 힘겹게 산등성이를 넘어온다. 꿈나무 같은 '어린아이'처럼 새로운 각오를 다지며 꿈을 실현하려 한다. 계곡의 흙과 자갈, 그리고 말을 잉태하는 눈眼의 씨앗으로 무거워진 지팡이는 이제 꽃잎처럼 겹겹이 펼쳐지며 그 안의 진실을 드러내려 한다.

오른쪽에 누가? 죽음의 여인.
그대는, 왼쪽에, 그대가?

구름 밖에 놓인

여행 – 낫들이
하얀 잿빛으로 만들어내는
달 제비 무리
별 담을 항해하는 이들,

그곳으로 잠수하여
가득한 유골단지를
쏟아 붓는다,
그대 안으로.[111]

1967년 3월 16일에 쓴 이 시는 삼 일 전에 40번째 생일을 맞은 아내에게 바쳐졌다. 첼란의 아내는 어디로 가는 지 말하지 않고 여행을 떠났다. 3월 8일에 아내는 시인의 신경기능 붕괴를 예방하기 위해서 이별이 필요하다고 생각하고 작별을 알리는 편지를 보냈었다. 3월 10일에 쓴 짧은 시는 "그대는 나의 죽음. 모든 것이 내게서 떨어져 나갈 때, 그대를 붙들 수 있었다"고 고백한다. 이 시에서는 풀을 베는 낫이 말들을 베면서 황량한 언어 밭을 그려낸다. 낫이 만들어 내는 풍경은 죽음의 색깔인 잿빛이며, 죽음을 가득 담은 유골단지가 쏟아져 내린다.

기억하라
마사다의 모어 군인이
가시투성이에
맞서며
철조망 안에서
사라지지 않을 영원한 고향을 이루었음을.

기억하라

형상 없이 눈을 상실한 이들이

혼돈을 꿰뚫고 너를 자유로 인도했음을, 너

는 강해지고

강력해졌음을.

기억하라

삶을 행해 다시

솟구쳐 오른

살만한 땅

조각을

바로

네 손이

붙들고 있음을.

기억하라

잠깬 이름으로, 잠깬 손으로

결코

매장할 수 없는 곳으로부터

내게 왔음을.[112]

1967년 6월 5일부터 10일까지 이스라엘이 이집트, 요르단, 시리아를
상대로 선제공격을 감행하여 단 6일 만에 대승을 거두었다. 이 시기에
쓴 이 시는 시인의 유대인으로서 유대감과 정체성을 강하게 드러낸다.
마사다 모어군인에 대해서는 파펜부르크의 뵈르거모어에 있던 강제
수용소 포로들의 노래로 전해진다. 이 노래는 70년에 마사다의 유대
인들이 로마군대에 대항하여 승산 없는 필사적인 싸움을 하다가 로마

인들이 성내에 들어오기 전 목숨을 끊은 역사적 사실을 근거로 하고 있다. 로마인의 포로로 끌려가거나 그들에 의해 죽임 당하기보다 자유를 선택했던 조상들의 용기를 기리며, 유대인 포로들은 이 노래를 부르면서 파괴될 수 없는 영원한 고향을 그들 마음에 형성했다. 시는 오랜 방랑생활과 수많은 고난과 죽음을 대가로 되찾아진 유대 땅에 대한 강한 애착을 보인다.

9. 『빛 강요 Lichtzwang』(1970)

1970년에 출간된 이 시집은 1967년 6월 9일에서 그 해 12월 6일 사이의 반년 동안 쓴 81편의 시를 담고 있다. 이 시기에 시인은 거의 병원에 입원해 있었다. 피폐해지는 몸과 정신으로 시인은 횔덜린에게 더 가까이 다가갔다. 시인은 죽기 한 달 전 횔덜린 탄생 200주기를 기념한 학회에 참석하여 이 시집에 실린 시들을 낭독했다. 시집의 제목이 말해주듯 시인은 근원적인 빛, 근원적인 말을 가리키는 형상들, 목소리들에 다가가고자 시도한다. 시인은 출판을 맡은 발행인에게 다음과 같이 이 시집에 대해서 말했다. "우리가 살고 있는 세상, 우리가 살고 있는 이 시대에, 침묵을 깨고 다가올 것을 기대하며, 인간이 체험을 할 수 있는 극단적인 것을 이 시집에 담았다고 감히 말하고 싶습니다."

조개무더기, 곤봉모양의 조약돌
사이를 지나서
강물 따라
녹아내리는 얼음
고향으로,
키 작은 자작나무 숨결 속에 있는
그에게, 누군가의 지시에 따라
할퀴듯
불타는 돌에게 향한다.

땅 파는 레밍.
머지않아서.

조개껍질 무덤
없이, 부서진 조개 파편 없이,
별모양의
핀도 없이.

들뜬 마음으로
연결도 고려하지 않으며, 아무런 기교 없이
모습을 바꾸는 것들이 천천히
글을 쓰듯
내 뒤를 따라 오른다.[113]

이 시는 시인의 언어에 대한 고민과 글을 쓰려고 애쓰는 모습을 보
여준다. 들뜬 마음으로, 연결도 고려하지 않으며, 아무런 기교 없이 모
습을 바꾸는 것이나 긁고, 새기는 모습은 무너지는 신경기능에도 불
구하고 언어를 붙드는 시인의 상황을 표현하고 있다. 그에게 적합한
도구가 없기에 조개껍질이나 부서진 조개 파편 또는 별모양의 뾰족한
꼬챙이와 같이 다듬어지지 않은 자연의 거친 도구도 사용된다.

마키아 속 깊이
이미 누운 우리, 네가
힘겹게 다가왔지만
너를 향해
어둠을 펼칠 수 없었다.
빛 강요가
강력하여.[114]

　　지중해에서 볼 수 있는 상록수 마키아는 수풀을 이루며 퍼지지만 그늘을 별로 만들지는 못한다. 노출된 풍경위로 강한 햇살이 가차 없이 쏟아 내린다. 화자와 함께하는 '우리'에게 '너'가 사력을 다해서 다가온다. 어둠 속에 누워있는 우리를 향해서 '너'는 온 힘을 다해서 기진맥진 기어오지만 빛의 강압은 '너'를 받아들이지 못하게 '우리'를 갈라놓는다. 갈망하던 만남은 빛의 지배 하에서 이루어지지 못하고 있다.

　　항로표지판
　　모으는 자, 밤이면
　　등 뒤 짐 가득하다,
　　길을 안내하는 손가락 끝의 강철은
　　날아오르는
　　언어의 황소

　　항로 표지판
　　마이스터.[115]

　　시인은 자신을 '항로표지판 모으는 자'로 묘사하고 있다. 새로운 땅을 찾고 발견하고 획득하는 고된 작업의 결과 밤이면 등 짐이 가득할 만큼 풍요롭다. 하지만 이는 매우 고된 일임을 "말의 황소"가 대변한다. 새로운 땅의 방향을 정하고 측량하기 위해서 모든 이름들은 새로 발견되어야 하기에 단어들과 힘든 싸움을 해야 한다. 새로운 땅을 위한 싸움에서 시인은 '마이스터'로 느낄 만큼 자의식이 강하다.

토트나우베르크

아니카, 눈밝음 약초,
별모양이 위에 달린 우물에서
취하는 물 한모금

그
산장에서

그 책 안에
– 어떤 이름들이 내 이름 앞에
있을까? –
그 책 안에 적어 넣는
한 사색가의
마음에 담긴
한 마디 말을
오늘, 듣기를
소망하는
글

숲의 초지, 고르지 않는,
여기, 저기 홀로 핀 오르키스,
조금 후, 차 안에 가득한
서먹함,
우리를 태우고 가는 사람,
그도 함께 느끼는.
반쯤

가다만 늪지의
통나무 길

축축함만
가득히.[116]

1967년 7월 25일 시인은 하이데거의 초대로 토트나우베르크에 있는 그의 산장을 방문하였고, 며칠 후 이 시를 완성했다. 두 사람은 오래 전부터 작품을 통해서 알고 있었지만 나치의 피해자와 가해자라는 상반된 입장에서 이 만남은 불편하고 어색할 수밖에 없었다. 하이데거가 여름 휴가를 즐기고 겨울에는 스키 타는 휴양지로 사용했던 곳, 그의 사색과 철학의 공간이며, 1945년 이후 나치협력자라는 비판으로부터 도피하여 은신하던 곳에서 시인은 어떤 느낌을 가졌을까? 수많은 사람의 흔적을 남긴 방명록에 시인이 남긴 글은 '마음의 한 마디 말이 들려오기를 희망하며'였다. 과거에 대한 해명 아니면 변명이라도 듣길 원했던 무수한 요구들을 묵살하고 침묵과 은둔으로 일관했던 하이데거에게서 시인은 진실된 말 한마디를 기대하고 있다.

아시아의 형제에게

스스로 빛을 발한
대포들이
하늘을 향하고,
열 대의

폭격기가 하품하며,

평화처럼 확실히
속사포 하나 꽃피니,

네 전우처럼 죽어가는
한 줌의 벼.[117]

1967년 8월 11일에 쓴 이 시는 베트남전쟁을 배경으로 한다. 이 날 프랑크푸르트 알게마이네 차이퉁은 미군이 폭탄과 네이팜으로 베트남을 공격하고 미군부대가 베트남 남쪽에 상륙했다고 보도했다. 시인은 폭격으로 희생되는 이들을 추모하고 있다.

점토로 된 제물 주물 위
달팽이가 이리저리 기어간 흔적.

블랙베리 잎사귀 위에서
하늘 향한
세상의 모습.[118]

달팽이가 기어가면서 남긴 흔적은 말의 흔적이 되어서 세상의 모습을 담아내고 있다. 블랙베리 위에 새겨진 현실은 고난과 연결되는 듯하다. 시 「고독한 자」에서는 "네가 만지면 블랙베리 관목 속으로 눈이 내리지."라는 목소리가 들린다. 부모의 죽음을 상징하는 '눈'과 시인의 눈물을 내포하는 거친 손수건에 대한 이야기가 이 시에서 '블랙베리'

로 이어지면서 현실의 고통을 담아내고 있다.

거꾸로 불리는
이름들, 모든 이름들,

성에 낀 거울 앞에서
왕에게 웅얼대는
내쳐진 이름.

다생아의 탄생으로
이전되고 변용된 이름.

그 이름을 통과하는 성첩의 틈이
너를 이름들에
헤아린다.[119]

'거꾸로 읽히는 이름들'은 오른쪽에서 왼쪽으로, 뒤 방향으로 읽히
는 히브리어를 생각할 때 유대인의 이름들을 의미한다. 시적 화자도
그 이름들에 포함되기를 원하고 있다.

통속에 갇힌 언어, 통속에 갇힌 노래.
길을 다지는 증기원통이 부르릉거리며
두 번째
트로이가
들어가는 벌어진
도로의 틈.

모래 잔뜩 묻은
오랜 그림들이
깜짝 놀라며, 하수구 속으로.

전사들은
통퉁거리는 도로가의
은銀 웅덩이 속에서 진한 피를 흘리고

트로이가 먼지왕관을 쓰고
들여다본다.[120]

시인은 그리스 신화까지 거슬러 올라가서 새로운 시각으로 역사를
바라보며 현실을 통찰한다. 그리스 왕들의 명예와 영웅심은 전사들의
피를 부르고, 승리의 왕관은 먼지가 되었다.

당신은 당신이어라, 언제나.

예루살렘이여
일어나라

당신을 향한 언약을 끊어버린 자도,

그리고
빛을 비추어라

회상 속에서 새로이 언약을 맺고,

탑에서 진흙덩이를 삼킨 나,

언어, 암흑 벽무늬.

일어나라
빛이 되어라.[121]

시의 사이사이에 흘림체로 쓰여진 시구는 에크하르트의 설교문에 실린 중세독일어로 쓰인 이사야서 구절이다. 선지자 이사야는 유배생활 후 시온으로 돌아온 백성들에게 "일어나라 빛을 비추어라"고 격려 섞인 경고를 하고 있다. 이사야를 통해 전해진 하나님의 언약은 에크하르트를 넘어서 첼란에게로 이어지는데, 예루살렘에 대한 언약을 파기한 자도 '회상' 속에서 언약을 새롭게 한다. 언약을 깬 자들 속에는 시인 자신도 포함될 수 있는데, 시인은 회상을 통해서, 끔찍한 역사의 체험을 통해서 이스라엘에 향한 하나님의 언약을 새로이 붙든다. '진흙덩이'는 예레미야가 예루살렘의 멸망을 예언했다가 구덩이에 던져지고, 깊은 수렁에 빠진 것과 연관하여 볼 때, 유대민족이 당하는 고난과 박해를 의미한다고 볼 수 있다. 시인은 '진흙덩이를 삼켰다'는 고백과 함께 반생을 광기에 시달리며 튀빙엔의 탑에 갇혀 지냈던 횔덜린을 회상한다. 횔덜린이 착란 상태에서 자주 쓴 "팔락쉬 팔락쉬"처럼 이 시에서도 '언어'는 단지 '암흑-벽무늬'이다. 시의 마지막은 어두움에 대항하는 빛이 되기를 소원하며 이사야 구절을 히브리어로 옮겨놓고 있다. 첼란이 그리워하는 예루살렘은 추방된 자들의 고향이며, 죽은 자들에 대한 기억을 담고 있는 도시이다.

앞서 행하지 마라,
나가지 마라,
들어와
있으라.

무에서 연유한,
모든
기도에
오롯이 순종하며,
언약에 따라
앞서지 않으며,

나 당신을 영접합니다,
온갖
안식보다도.[122]

'무'는 마지막 연의 '당신'과 연결되어서 이름할 수 없는 '누구도 아닌 자', 창조주를 의미한다. 창조주 '당신'은 자신 안으로 초대하며 들어오기를 원하고, '무'에서 탄생하여 언약을 따르는 '나'는 '안식' 대신에 삶을 선택한다. 1967년 12월 6일에 쓴 이 시는 시집의 마지막 작품이다. 시인의 병이 깊어지면서 가족에게 해를 끼칠 수 있다는 불안에 11월에 방 한 칸을 얻어서 혼자 살기 시작하고, 12월에는 아들에게 자신의 시작품에 대한 권리를 양도하는 유언장을 작성했다. 외롭고 힘든 시기에 신에게 간구하는 시인의 마음이 시에 담겨 있다.

10. 『눈 구역 Schneepart』(1971)

1967년 12월 16일에서 1968년10월 18일에 쓴 70편의 시가 1971년 유고집으로 출간되었다. 시집 제목과 여기에 들어갈 시들과 배열순서는 첼란이 직접 정한 것이다. 1970년 1월 24일 슈뮤엘리에게 쓴 편지에서 '이 시집은 내가 이제까지 쓴 가장 강력하고 대담한 것이다.'라고 고백한다. '눈'은 순수함과 더러움, 삶과 죽음, 생동감과 경직 사이를 진동하고 있다. 시인의 정치적 견해와 그의 시론이 시대 역사와 밀접하게 연결되어 나타나고 있다.

당신은 큰 물살에 누웠으니
덤불, 눈송이에 뒤덮인 채

슈프레강으로 가라, 하벨강으로 가라
도살자의 갈고리로 가라
스웨덴에서 온
붉은 사과 장대에로 가라

선물이 놓인 탁자가 오고,
에덴을 돌아간다
남자는 체가 되고 여자는
둥둥 떠다녔다, 그 암퇘지는,
자신을 위해, 그 누구도 아닌, 모두를 위해

란트베어 운하는 소리내지 않으리.

어떤 것도
멈추지 않으리.[123]

로자 룩셈부르크와 카를 리프크네히트는 제1차 대전 말기에 독일 공산당의 전신인 스파르타쿠스단을 결성하여 공산혁명을 시도하였으나 자유군단에게 진압당하여 처형당했다. 시는 이 사건을 현재로 소환한다. 1919년 1월 15일 베를린 에덴호텔 중앙홀로 군인들은 한 유대인 여자를 질질 끌고 나왔다. 한 군인이 그녀의 머리와 관자놀이를 개머리판으로 후려쳤다. 피를 쏟고 실신한 그를 군인들은 란트베어 운하 물속으로 던졌다.

첼란은 룩셈부르크와 리프크네히트가 죽기 몇 시간 전 머물렀던 호텔 '에덴'을 언급하며 과거의 잔인한 사건을 기억한다. 총알로 온 몸에 구멍이 뚫렸을 남자는 '체'로, 여자는 '암돼지'라는 경멸적 의미로 그 당시 보고되었던 잔인하고 끔찍한 역사적 사건을 시적 성찰과정으로 가시화하고 있다.

눈 구역, 나무처럼 솟은, 마지막까지,
하늘 향해 바람 속에서,
언제나 창문 없는
오두막 앞에서

물수제비 꿈들이
파도모양 얼음위로
통통 튄다.

말 그림자를 파내어서
물웅덩이
주위로 엮어 쌓아 올린다.[124]

나무도 없고 눈雪만 나무처럼 솟아오른 황량한 들판의 풍경이 그려
진다. 창문 없는 오두막 주위로 하늘 향해 부는 바람이 눈을 나무처럼
쌓아올린다. 물수제비뜨듯 꿈들이 얼음위로 통통 튀는 모양이 파도처
럼 보인다. 화자는 말 그림자를 파내어서 눈의 언어를 쌓아올리고 있
다.

더듬더듬 따라하는 세상에서
나는 손님이어라, 상처로 얼룩진
벽에서 땀방울 되어 떨어지는
이름 하나.[125]

더듬거리며 따라가는 화자는 세상에 어울리지 못해 쭈빗거리는 손
님 같은 존재로 느낀다. 손님은 이 세상에서 '이름 하나' 즉 정체성을
찾기를 원하지만, 상처로 얼룩지고, 땀방울처럼 떨어지는 이름에서 이
과정이 쉽지 않은 힘든 여정임이 드러난다.

에릭에게

역사는
확성기 속에서 윙윙댄다.

교외에서 탱크들이 애벌레를 깐다.

우리 유리잔은
명주실로 채워진다.

우리는 서있다.[126]

1968년 6월 2일에 쓴 이 시는 파리에서 일어난 5월 학생봉기를 배경으로 한 것으로 보인다. 시인은 13살의 아들 에릭과 함께 학생시위가 벌어지는 거리에서 확성기로 전해지는 그들의 요구와 구호를 들으며 시위현장을 보았다. "우리는 서있다."는 마지막 행은 옛 질서에 맞서는 다짐과 각오를 보여준다.

나무 없는, 나뭇잎 하나
베르톨트 브레히트를 위하여

그토록 많은 말 되어진 것을
포함하기에
대화가
거의 범죄가 되는
이 시대는 무슨 시대인가?[127]

브레히트는 시 '후손들에게'에서 "그리도 많은 범죄에 대한 침묵을 담고 있기에, 나무에 대한 대화가 거의 범죄가 되는, 이 시대는 무슨 시대인가!"라고 암울한 시대를 한탄한다. 자연에 대해 시를 쓰는 것은 현실의 범죄를 간과하거나 이에 대해 침묵을 의미하기에 "서정시를 쓰기 힘든 시대"라는 것이다. 첼란은 브레히트와는 다른 시각에서 '나무'에 대한 시를 쓴다. 브레히트가 현실의 만행에 대한 침묵을 비난하는 반면, 첼란은 현실의 만행을 준비하고, 홍보하고, 정당화하는 도구로 이용된 언어 자체를 불신한다. 권력에 아부하고 권력에 편승한 언어로는 '나무에 대한 대화'가 아닌, 모든 대화가 '거의 범죄'가 될 수 있는 시대인 것이다.

11.『시간의 농가農家』(1976)

50편의 시가 담긴 이 시집은 1976년 출간되었으며, 시집 제목이나 배열, 시집에 들어갈 시들의 선정 등에 대해서 첼란은 전혀 준비하지 않았다. 1969년 10월 이스라엘 여행에 대한 회상과 이스라엘에 살고 있던 부코비나 친구 일라나 슈무엘리와의 만남에 대한 추억이 시 속에 담겼다. 예루살렘은 시인의 삶에서 전환점이 되었고, 숨 쉴 수 있는 휴식의 공간이었다.

> 네 잎술에 무화과 부스러기가
> 있다
> 우리 둘레로 예루살렘이
> 있다
>
> 우리가 감사한 덴마크 배 너머로
> 소나무 향기가
> 있다.
>
> 네 안에
> 내가 있다.[128]

1969년 9월 30일부터 10월 17일까지 이스라엘 여행을 마치고 돌아온 날 시인은 이 시를 써서 10월 20일 슈무엘리에게 보냈다. 예루살렘에서 슈무엘리와 함께 아침에 본 덴마크 배의 기념물을 회상하는데, 시인은 이스라엘에 머무는 동안 이곳에서 가까운 친구 집에서 머물렀었다. 덴마크 배의 기념물은 1943년 죽음 직전의 유대인들을 덴마크 배들이 스웨덴으로 옮겨 구해준 것에 대한 감사표시였다.

슈무엘리는 첼란과 체르노비츠 시절에 알던 친구였고, 1969년 10월 첼란이 이스라엘을 방문했을 때, 그사이 이스라엘로 이주한 슈무엘리를 만나게 되었다. 예루살렘에서의 만남 이후 첼란은 계속 그녀에게 시를 보냈다. 1969년 성탄에 그녀는 파리로 첼란을 방문하고, 두 사람의 편지 교류는 1970년 첼란이 죽기 전까지 계속되었다.

> 뜨거운 울음이
> 압살롬 무덤 앞, 여기서도
> 우리를
> 나귀처럼 울게 한다.
>
> 겟세마네, 저 건너,
> 떠도는 것은 누구를
> 포개어 쌓은 것인가?
>
> 다음 성문에 아무것도 열리지 않는다,
>
> 당신 너머, 열리어 있는 것, 당신을 내게 옮긴다.[129]

시인이 예루살렘을 방문했을 때 찾은 압살롬의 무덤에서 유대 역사를 회상한다. 첼란과 슈무엘리는 겟세마네 동산이 아닌 예루살렘 북쪽 기드론 골짜기에 있는 압살롬의 무덤을 찾았다. 가장 큰 사랑을 받던 아들이었으나 왕이 되려고 반란을 일으켰다가 결국 실패한 다윗의 셋째 아들이었다. 태양이 이글거리는 정오, 주위는 아무도 없고 나귀 울음소리만 들렸다고 슈뮤엘리는 이 날을 회상한다. 예수가 체포되어 십자가에 매달리기 전 땀이 핏방울이 되기까지 기도했던 겟세마네 동산이 압살롬 묘지 건너편에 자리하고 있다.

> 나팔소리 울리는 곳
> 이글거리는
> 빈 텍스트 깊숙이,
> 들어 올린 햇불 속,
> 시간 구멍 속에서.
> 당신 안으로 받아들이라
> 입으로.[130]

1969년 11월 17일 슈뮤엘리에게 보낸 편지와 함께 동봉된 시이다. 편지에서 첼란은 슈뮤엘 리가 이스라엘의 어두운 부분에 대해서까지 얘기해준 것에 감사하고 있다. 그녀의 설명으로 이스라엘을 더 잘 알게 되고 이스라엘을 정말 사랑할 수 있게 되었다고 고백한다. 이스라엘과 연관하여 이 시를 볼 때에 출애굽의 유대민족에게 하나님이 나타나는 장면이 떠오른다. 광야의 백성에게 나팔소리가 울리며 하나님의 목소리가 들리는데 '빈 텍스트'는 하나님이 이스라엘 백성에게 주는 영적 언어로 쓰인 신성한 계명으로 볼 수 있다. '입을 통해서 당신 안으로 받아들이라'는 신성한 호흡, 프노이마를 들이마시라는 의미와 연결되고 있다.

양극이
우리 안에 있다
깨어서는
넘을 수 없기에,
자면서 우리는 건너간다, 긍휼의
문 앞으로.

나는 너에게 너를 잃는다.
그것은 나의 눈雪 위로.
말하라 예루살렘이 있다고

말하라, 내가
당신의 이 백색이라고,
당신이
내 것이라고,

우리가 우리 없이 우리이기라도 하듯,

내가 당신을 펼친다, 영원히

당신은 기도하며,
우리를 자유롭게 누인다.[131]

깨어서는 긍휼의 문에 다다를 수 없기에 잠결에 시도한다. '눈'과 '백색'은 죽음과 언어상실을 담고 있으면서 탄생에 대한 소망을 품고 있다. 오랜 시간을 담고 있는 색상이면서 '무'이면서 모든 것이다. "말

하라, 예루살렘이 있다고"는 명령이면서 간절한 부탁으로 '나'와 '너'가
우리로 이어질 수 있는 근간이다.

> 무엇인가 있을 것이다, 시간이 흐르고,
> 당신으로 채워져
> 입으로 솟구쳐
> 오르는 것.
> 산산히 부서진
> 광기에서
> 일어나 내가
> 바라보는,
> 내 손이 그리는
> 단
> 하나의 원.[132]

　채워져서 솟구쳐 오르는 것은 마지막 행의 '하나의 원'으로 귀결된
다. 1969년 10월에서 12월 사이에 쓴 이 시는 시인이 그토록 원하던 자
오선의 동선을 표시하고 있다. 시인의 손은 원을 그리며, 그 원은 거의
완성되고 있다. 9월에 방문한 이스라엘에서 시인이 느꼈던 유대감은
체르노비츠에서 시작한 자오선이 거의 완성된 듯 느껴졌다. 시인은 저
위 하늘 공간에 고향을 상실하고 유리방황하는 자들, 핍박받는 자들
을 이어주는 자오선을 그리고 있다.

크로커스, 낯선
식탁에서 바라보는
기호를 감지하는
작은 망명지,
공유한 진실의
망명지,
너는 작은 희망이라도
붙든다.[133]

1970년 4월 7일 루아르강 옆 일터에서 시인이 쓴 마지막 시다. 낯선 식탁과 망명지는 시인의 손님 같은 삶을 표현한다. 작은 고향이 되는, 시인의 유일한 작은 망명지는 진실의 표시를 담고 있어야 한다. 진실이 공유되기 위해서 작은 희망에 매달리며 시인은 부코비나, 이스라엘, 독일, 프랑스 사이에서 마음의 고향을 불안하게 찾고 있다.

📖 미주

1) Das Frühwerk. Hrsg. v. Barbara Wiedemann.(이후 F로 표시) F/M 1989. 13. Wun-sch

2) F 37. FINSTERNIS

3) F 54. NOTTURNO

4) F 62. HERBST

5) F 68. Es fällt nun

6) Gesammelte Werke in fünf Bänden. Hrsg. v. Beda Allemann und Stefan Reichert (이후 C로 표시) C III 20. Nähe der Gräber

7) C III 24. Der Einsame.

8) C III 25. Schwarze Flocken.

9) C III 40. Espenbaum.

10) C III 42. Das einzige Licht.

11) C III 57. Das ganze Leben.

12) C III 63. Schwarze Milch der Frühe.

13) C I 11. Ein Lied in der Wüste.

14) C I 13. Umsonst malst du Herzen.

15) C I 16. Die Hand voller Stunden.

16) C I 17. Halbe Nacht.

17) C I 22. Der Sand aus den Urnen.

18) C I 23. Die letzte Fahne.

19) C I 28. Erinnerung an Frankreich.

20) C I 29f. Chanson einer Dame im Schatten.

21) C I 33. Lob der Ferne.

22) C I. 37. Corona.

23) C I 46. In Ägyten.

24) C I 47. Ins Nebelhorn.

25) C I 48. Vom Blau.

26) C I 51. Wer sein Herz.

27) C I 52. Kristall.

28) C I 54. Auf hoher See.

29) C I 56. Die Krüge.

30) C I 59. So bist du denn geworden.

31) C I 70. Aus Herzen und Hirnen.

32) C I 75. Stille!

33) C I 78. Zähle die Mandeln.

34) C I 85. Ich hörte sagen.

35) C I 89. Mit Äxten spielend.

36) C I 92. Strähne.

37) C I 93. Aus dem Meer.

38) C I 94. Zwiegestalt.

39) C I 96. Wo Eis ist.

40) C I 99. Bretonischer Strand.

41) C I 105. Grabschrift für François.

42) C I 112. Mit wechselndem Schlüssel.

43) C I 115. Und das schöne.

44) C I 120. Die Felder.

45) C I 121. Andenken.

46) C I 125. Nächtlich geschürzt.

47) C I 131. Schibboleth.

48) C 1 135. Sprich auch du.

49) Felstiner, John: Paul Celan. Eine Biographie. München,1997. 116.

50) C I 138. Argumentum e silentio.

51) C I 140. Die Winzer.

52) C I 147. Stimmen.

53) Wiedemann, Barbara(Hrsg.): Paul Celan, Die Gedichte. Kommentierte Gesamtaus-
gabe. F/M. 2014, 644.

54) C 1 154. Mit Brief und Uhr.

55) C I 156. Heimkehr.

56) C I 157. Unten.

57) C I 158. Heute und morgen.

58) C I 163. Tenebrae.

59) C I 164. Blume.

60) C I 167. Sprachgitter.

61) C I 168. Schneebett.

62) C I 177. Köln, Am Hof.

63) C I 183. Allerseelen.

64) C I 184. Entwurf einer Landschaft.

65) C I 187. Ein Auge, offen.

66) C I 192. Sommerbericht.

67) C I 193. Niedrigwasser.

68) C I 195. ENGFÜHRUNG.

69) Felstner, 164.

70) C I 211. Es war Erde in ihnen.

71) C I 213. Bei Wein und Verlorenheit.

72) C I 214. Zürich, Zum Storchen.

73) C I 220. Zwölf Jahre.

74) C I 221. Mit allen Gedanken.

75) C I 222. Die Schleuse.

76) C I 223. Stumme Herbstgerüchte.

77) C I 224. Eis. Eden.

78) C I 225. Psalm.

79) C I 226. Tübingen, Jänner.

80) C I 227. Chymisch.

81) C I 229. Eine Gauner–und Ganovenweise.

82) C I 237. ...rauscht der Brunnen.

83) C I 239. Radix, Matrix.

84) C I 241. Schwarzerde.

85) C I 244. Mandorla.

86) C I 249. Benedicta.

87) C I 251. A la pointe acérée.

119) C II 312. Die Rückwärtsgesprochenen.

120) C II 314. Sperrtonnensprache.

121) C II 327. Du sei wie du.

122) C II 328. Wirk nicht voraus.

123) C II 334. Du liegst.

124) C II 345. Schneepart.

125) C II 349. Die nachzustotternde Welt.

126) C II 376. Für Eric.

127) C II 385. Ein Blatt.

128) C III 96. Es stand.

129) C III 97. Die Glut.

130) C III 104. Die Posaunenstelle.

131) C III 105. Die Pole.

132) C III 109. Es wird.

133) C III 122. Krokus.

제3장
첼란의 산문과 문학상 수상문

에드가 즈네와 꿈의 꿈
Edgar Jené und der Traum vom Traume

많은 일들이 침묵되고 또 많은 일들이 일어나고 있는 깊은 바다 속에서 내가 들었던 얘기들을 전하지 않을 수 없다. 나는 현실의 벽과 항변들을 꿰뚫고 수면 앞에 섰다. 그리고 수면이 갈라져 내면세계의 거대한 수정 속으로 들어설 수 있을 때까지 나는 잠시 기다려야 했다. 내 위에 있는 위로받지 못한 탐구자들의 커다란 심해 별과 더불어 나는 에드가 즈네를 따라 그의 그림 안으로 들어섰다.

내 앞에 힘든 여정이 기다리고 있다는 것을 알고 있었지만, 나 혼자 누구의 안내도 받지 않고 여러 길들 중의 하나로 들어서야 했을 때 나는 당황했다. 여러 갈래 중 하나로! 길은 무수히 많았고, 길마다 자기에게로 오라며 나를 불렀고, 각각의 길은 존재의 다른 쪽, 더 깊은 쪽에 있는 아름다운 야생을 볼 수 있는 또 다른 한 쌍의 눈을 제공했다. 내 나름대로 보려는 익숙한 눈을 이미 가지고 있었기에, 이 순간 나는 자연스럽게 어느 눈을 선택할지 두 눈을 비교했다. 하지만 내 눈 위에 있는, 종종 자면서 얘기할 만큼 더 대담한 내 입이 나를 앞질러 조롱하듯 외쳤다: "정체성을 팔고 다니는 늙은 장사꾼! 뻔뻔하게 같은 말을 능숙히 반복하는 박사양반, 무엇을 보았고 무엇을 깨달았소? 말해보오, 여기 처음 본 길 가에서 당신은 무엇을 알아챘는가? 또한 – 나무 아니면 거의 – 나무, 그렇지 않소? 옛 친구 린네에게 편지하기 위해서 이제 당신이 알고 있는 라틴어를 주워 모으고 있는가? 그것보다 당신 영혼 깊은 곳에서 한 쌍의 눈을 가져와서 당신 가슴 위에 놓으시오. 그러면 여기서 무슨 일이 일어나고 있는지 알게 될 것이오"

나는 간결하게 말하기를 좋아한다. 이 여행을 시작하기 전에 나는 내가 떠나온 세계가 악의적이고 잘못되었다는 것을 알고는 있었지만, 사물들을 참된 이름으로 부르면 그 세계를 근본적으로 바꿀 수 있으리라고 믿었다. 절대적인 순수성으로 회귀하기 위해서 먼저 그런 시도가 있어야 한다는 것을 나는 알고 있었다. 그 순수성이 수백 년 동안 쌓인 세상의 거짓 퇴적물로부터 떨어져 나온 본래의 모습이라고 보았다. 클라이스트의 "마리오넷 연극"에 대해서 나누었던 친구와의 대화가 지금 떠오른다. 인간역사에서 최후의 그리고 또한 최고의 표제를 붙일 수 있는 그 근원적인 우아함을 어떻게 얻을 수 있을까? 우리가 의식하지 못하는 영혼이 이성적으로 정화되는 과정에서 태초부터 있었고 종말에도 이 삶에 의미를 부여하고 삶답게 만들어줄 그 근원성을 다시 얻을 수 있다고 내 친구는 말했다. 처음과 끝이 하나가 된다는 생각이었다. 원죄를 애통해하는 것처럼 들렸다. 오늘과 내일을 분리하는 벽이 붕괴되고 내일은 다시 어제가 될 것이라는 것이다. 초월적인 것, 영원한 것, 내일이면서 어제인 것에 도달하기 위해서 우리는 이 시대에 무엇을 해야 하는가? 이성이 관리해야한다는 것이다. 오성의 왕수로 깨끗이 씻어낸 말, 어쩌면 사물, 피조물과 일어난 일들에 그것들 본래의(태고의) 의미를 다시 부여한다는 것이다. 나무는 다시 나무가 되어야하고, 수많은 전쟁에서 저항자들이 매달렸던 나뭇가지는 봄이 되면 꽃이 피는 나뭇가지가 되어야한다는 것이다.

　여기서 내가 첫 번째 제기한 이의는, 일어난 것은 주어진 것에 부가한 것 이상이며 본래적인 것에서 많든 적든 떼어내기 힘든 속성이라는 것이다. 즉 그 본성 속의 이 본래적인 것을 변화시키는 것, 부단한 변용의 강한 개척자라는 인식이었다.

　내 친구는 굽히지 않았다. 자기는 질풍 같은 인간의 역사에서도 영혼의 불변을 구별할 수 있고, 알지 못하는 것의 경계를 인식할 수 있으며, 이성이 바닥까지 파고 들어서 깊은 샘물이 표면으로 드러날 때 모든 것이 이루어질 것이라고 주장했다. 이 샘도 다다를 수 있는 바닥이 있고, 바닥의 물을 길어 올리기 위해서 표면의 모든 것이 제대로 준비되기만 한다면, 그리고 정의의 태양도 비추인다면 이 모든 게 가능할 것이라는 것이다. 그런데 당신과 그리고 당신 같은 사람들이 이 심연을 결코 벗어나지 않고 암울한 대화를 주구장창 이어간다면 어떻게 그 일이 가능하겠는가라고 물었다.

　세계와 그에 속한 기관들을 인간과 인간 정신의 감옥으로 인식하며, 이 감옥의 벽을 허물기 위해서 모든 것을 시도하려는 내 태도를 그가 질책하고 있다는 것을 알아챘다. 그리고 이런 인식이 나를 어떤 길로 인도했는지도 깨달았다. 인간의 외적 삶만 사슬에 묶여 고통스러워하는 것이 아니라 입에 자갈이 물려 말도 할 수 없다는 것, 즉 인간의 모든 표현수단이 막혔다는 것을 확실히 깨달았다. 인간의 말(행동과 동작들)은 천 년의 거짓과 왜곡 속에서 짓눌려 신음하고 있었다. 이와 같은 상황에서 말이 근본적으로 똑같은 것이라고 주장하는 것은 얼마나 부당한가! 내용은 타버리고 남은 재만이 모습을 드러내고자 태고부터 내면 깊은 곳에서 애쓰고 있는 것과 여전히 어울리고 있었다는 것을 나는 또한 깨달아야했다. 그리고 재만 남은 게 아니라는 것을!

그러면 새로운 것, 게다가 순수하기까지 한 것이 이제 어떻게 태동할 수 있을까? 정신의 가장 외곽으로부터 말과 형태들이, 형상과 몸짓들이 드러날 것이다. 꿈결처럼 베일에 싸여, 꿈결처럼 베일을 벗으며 말이다. 그들이 미친 듯 달려와서 서로 만나고, 낯선 자가 가장 낯선 자와 혼인하여 경이로움의 불빛이 태어나면, 나는 새 광명의 눈 속을 들여다본다. 광명은 나를 기이하게 바라보는데, 내가 그 광명을 불러일으켰지만 광명은 나의 깨어있는 의식이 생각할 수 없는 곳에 존재하기 때문이다. 광명의 빛은 낮의 빛이 아니다. 그 광명은 내가 이제까지 보지 못한, 일회적인 첫 대면에서 알아챌 수 있는 형상들을 담고 있다. 광명의 무게는 다른 무게를 가지고 있으며, 광명의 색깔은 나의 닫힌 눈꺼풀이 서로 선물한 새로운 눈에게 말을 걸며, 나의 청각은 보는 것을 배우는 나의 촉각 속으로 들어온다. 내 이마에 머물고 있는 내 심장은 이제 새롭고, 끊임없는, 자유로운 유영의 법칙을 체험한다. 나는 내 유영하는 지각을 따라서 새로운 정신세계로 들어가서 자유를 맛본다. 내가 자유로워진 이곳에서, 저 위에서 내가 얼마나 사악하게 속임을 당했는지를 또한 알게 된다.

심해를 통과해가는 위험을 감수하며 에드가 즈네를 따라서 그의 그림 속으로 들어가기 전에 마지막으로 생각을 멈추면서 이제 내 자신에게 귀 기울였다.

"돛단재 한 척이 한 눈을 벗어난다." 한 척의 배인가? 아니다. 내가 보기에는 두 척이다. 아직 눈빛을 띠고 있는 첫 돛은 계속 항해하기 힘들 것이다. 다시 돌아갈 것을 알고 있다. 이 회귀는 정말 힘들어 보인다. 가파른 폭포처럼 눈에서 물이 흘러내린다. 그런데 여기 아래에 (저기서는 위에) 물이 산으로도 흘러가고, 눈동자 없는 눈밖에는 가진 것이 없고, 이것만 가지고 있기에 우리보다 더 능력 있고 더 많이 알고 있는 이 하얀 옆모습의 가파른 비탈을 돛단배는 힘겹게 오른다. 앞으로 내민 입보다 약간 더 푸르른 머리를 가진 여인의 옆모습(우리에게는 보이지 않는 그 입 위로 비스듬히 놓인 거울 속에서 그 입은 스스로를 알아보며, 자신의 표현을 검토하고 그것이 맞다고 평가한다), 옆모습은 절벽이며, 출렁이는 눈물바다, 내적 바다 입구에 있는 얼음으로 된 기념물이다. 이 얼굴의 다른 쪽은 어떤 모습일까? 우리가 여전히 바라보고 있는 그 땅처럼 잿빛일까? 그래도 우리는 우리의 돛단배로 돌아간다. 첫째 돛단배는 공허하면서 기이하게 보이는 동공 안으로 귀향할 것이다. 아마도 돛단배는 방향을 틀어서 다른 쪽 잿빛을 응시하고 있는 눈 속으로 계속 유영할 것이다. ... 그래서 이 작은 배는 전령이 될 것이지만, 그가 전하는 것은 많지 않다. 하지만 돛단배가 이글거리는 눈을 가졌으며, 확실성의 검은 들판에서 불타오르는 눈동자를 가진 두 번째 배는? 우리는 잠에 취해 배에 오른다. 그래서 우리는 꿈꿀 수 있는 것을 보게 된다.

피조물의 수가 무한하다는 사실을, 그것들 모두의 창조주가 인간이라는 사실을 알고 있는 사람이 얼마나 될까?

그 피조물의 수를 정말 세기 시작해도 될까? 모르긴해도 누군가에게 꽃을 선물할 수 있다는 사실을 알고 있는 사람들이 있을 것이다. 하지만 인간을 패랭이꽃에게 선물할 수 있다는 사실까지 알고 있는 사람들은 몇이나 될까? 그들은 무엇을 더 중요하게 생각할까? 북극광의 아들에 대한 얘기를 믿지 않을 사람이 한 사람만은 아닐 것이다.

베레니케의 머리털이 그토록 오래 동안 별들 사이에 있다는 것을 오늘날에도 믿지 않는다. 하지만 북극광은 이제 아들 하나를 두었고, 그 아들을 처음으로 본 사람이 에드가 즈네이다. 인간이 눈 덮인 절망의 숲에 묶인 채 굳어져가는 곳을 그는 당당히 지나간다. 그에게 아무런 장애가 아닌 나무들 위로 그는 성큼성큼 걸어가는데, 그 나무들조차 자신의 넓은 외투 속으로 감싸 넣어, 자신의 동반자로 만들어서 위대한 형제를 기다리는 도시의 성문으로 데려간다. 그가 정말 기다리던 사람인지 사람들은 그의 눈을 보고 안다. 그의 눈은 모두가 본 것을 보았고 더 많은 것을 보았다.

에드가 즈네가 여기에서 처음으로 형상화한 것이 이곳에만 존재하는가?

우리는 또한 현실의 오래된 악령을 더 알려고 하지 않았는가, 우리는 인간의 외침, 우리 자신의 외침을 보다 더 크게, 더 날카롭게 들으려하지 않았는가?

보라, 이 아래에 있는 거울이 모든 것으로 하여금 색상을 고백하도록 강요한다. "피바다가 대지를 덮치다." 삶의 언덕은 주민들을 잃고 공포에 사로잡혀 있다. 전쟁의 유령이 여러 나라를 맨발로 휘젓고 있다. 맹금처럼 갈퀴를, 사람처럼 발톱을 갖고 있다. 여러 형상을 한 유령, 이제는 어떤 모습인가? 떠다니는 피 천막이다! 그것이 떠내려 오면 우리는 피벽과 피 조각 사이에 자리 잡는다. 피가 입을 크게 벌리는 곳에서 기다리다가 피의 연무에서 생성되는 비슷한 다른 형태들을 볼 수 있다. 우리에게 또한 먹이를 줄 것이다. 발톱 하나가 피 우물을 파고, 그 우물 속으로 우리 자신을 비쳐볼 수도 있어야 한다, 우리 실종된 자들이여. 피 거울 속의 피가 진짜 아름다운 것이라는 말을 우리는 듣는다.

불침번인 우리는 종종 맹세를 했다 조급한 깃발들의 뜨거운 그늘 아래서, 낯선 죽음을 마주하면서, 성스럽게 찬미되는 우리 이성의 제단 옆에서 맹세했다. 맹세를 지키기 위해서 우리의 비밀스런 삶을 대가로 치렀다. 그런데 맹세를 수행한 그 곳으로 우리가 돌아갔을 때 우리는 무엇을 보아야했는가? 깃발의 색은 여전히 같았고, 깃발이 던진 그림자는 이전보다 더 넓기까지 하다. 그리고 다시 손을 들어서 맹세한다. 그런데 이제 누구에게 충성을 맹세하지? 다른 자에게, 우리가 증오를 맹세한 바로 그에게. 그리고 낯선 죽음? 우리의 맹세가 아무 필요가 없었던 것처럼 낯선 죽음은 당당했다. 제단에서 마침내 수탉이 소리쳐 운다...

자면서 맹세하는 것을 시도해보자.

우리는 탑이다, 탑 끝으로 우리 얼굴, 둥글게 뭉친 돌 얼굴이 돌출해있다. 우리는 우리 자신보다 높이 있고, 탑 중 가장 높은 탑 위의 또 다른 탑이다. 천 겹으로 우리는 우리 자신을 오른다. 위에서 우리는 무리지어 함께 서약하고, 우리 자신은 천 배 막강한 힘이 될 수 있다. 우리는 우리의 얼굴이 이미 움켜쥔 주먹, 맹세하는 눈眼 주먹이 되어있는 저 꼭대기에 아직 도달하지 못했다. 하지만 그곳으로 향하는 길을 우리는 알 수 있다. 그 길은 가파르지만, 내일도 유효한 것을 맹세하려는 자는 그 길을 간다. 그리고 저 위! 맹세를 하기에 참 좋은 곳! 아래로 가는 상승! 우리가 아직 모르는 맹세를 위한 먼 울림!

영혼의 심해에서 내가 보았던 몇 가지를 보고하려 했다.

에드가 즈네의 그림은 더 많은 것을 알고 있다.

「에드가 즈네와 꿈의 꿈」 해설

'근원적 순수성'을 향한 변용의 문학

I. 산문 생성 배경

파울 안첼은 1945년 4월 말 러시아에 합병된 고향 체르노비츠를 떠나서 부쿠레슈티로 이주했다. 1947년 12월 공산주의자들의 압박으로 루마니아 국왕이 물러나고 공화국이 공포되면서 첼란은 부쿠레슈티를 떠나야했다. 당시 헝가리는 루마니아에서 도망한 자들을 돌려보내고, 루마니아는 이들을 체포하여 총살했다. 첼란은 위험한 루마니아 국경을 넘어서 헝가리 겨울 벌판을 헤매고, 텅 빈 역사驛舍에서 밤을 지새우는 끔찍하고 불안한 여정을 거쳐 마침내 오스트리아 빈에 도달했다.

빈은 어린 시절부터 첼란이 동경하던 곳이었기에 전쟁이 끝난 후 이 도시로 가기를 간절히 원했었다. 그곳은 독일어를 말하지만 독일이 아닌 곳이기 때문이었다. 하지만 빈은 첼란이 생각했던 만큼 적응하기에 녹록하지 않았다. 첼란은 당시 초현실주의 화가로 유명한 에드가 즈네 Edgar Jené와 친분을 쌓게 되었다.[1] 즈네는 1924년 학업으로 프랑스에 머무는 동안 초현실주의에 심취하였으며, 1935년 빈으로 이주하면서 아방가르드 운동을 이끌었다. 그의 아틀리에와 서재는 빈 예술가들이 만나는 단골 장소였다. 첼란도 1938/39년 파리에 머문 시기에 프랑스 초현실주의를 이미 접한 것으로 보인다. 2년간 부쿠레슈티에 머무는 동안 출판사에서 러시아어 번역을 담당하였기에 수많은 유대계 루마니아 작가들이 살고 있는 이 도시의 문학 상황을 가까이서 체험하며 초현실주의 예술가들과 교류를 나누었다. 1945년 부쿠레슈티로 이주 후 쓴 시들에서 초현실주의 경향이 나타나고 있는 것도 첼란의 행적과 연관이 있다. 1947년 12월 첼란이 빈에 왔을 때 아방가르드 운동이 새 바람을 일으키고 있었고, 첼란은 즈네와 가까이 지내면서 브레통 André Breton이 즈네에 대해 쓴 짧은 글을 번역하였고, 즈네와 함께 「창 Eine Lanze」이라는 제목으로 회의적인 유머가 담긴 짧은 산문을 공동 집필하기도 했다. 첼란은 1948년 3월 함께 준비한 초현실주의 예술가들의 전시회에서 그의 시를 처음으로 낭송하면서 청중들을 열광시키기도 했다. 이즈음 즈네의 작품을 소개하는 팜플렛에 「에드가 즈네와 꿈의 꿈」이라는 산문을 싣는다.

이 산문은 즈네의 그림에 대한 해석을 넘어서 즈네의 그림에 담긴 내면세계로의 길을 새롭게 해석하는 첼란의 독자적인 텍스트이다. 첼란은 즈네의 그림을 외적 현실과 내적 세계 사이의 경계를 넘어서 내면세계로 인도하는 매개체로 보았고, 내면세계로 이르는 길에 대해서는 자신의 독자적인 시각으로 서술하고 있다. 비더만–볼프는 '이 산문은 초현실주의에 대한 첼란의 지식과 생각을 드러내고 있다'고 해석한다.[2] 그리고 부쿠레슈티 작품에서 뿐 아니라 첼란의 문학작품 전반에 초현실주의적인 분위기가 내재해있다고 본다. 이와 달리 슐레브뤼게는 첼란의 산문이 결코 초현실주의 텍스트는 아니며, 오히려 초현실주의를 비판하는 글이라고 주장한다.[3] 새로운 시작과 재건에 직면하여 당시 빈에서 유행하던 낙관주의를 첼란은 참을 수 없는, 생각할 수 없는 것으로 보고 있다는 것이다.

첼란이 잠시 초현실주의에 가졌던 관심은 예술적 표현의 새로운 가능성을 찾으려는 예술적 욕구에서 비롯된 것으로 보인다. 해결할 수 없는 것, 동화될 수 없는 것, 말로 표현할 수 없는 것에 대한 표현 욕구가 그를 잠깐 초현실주의로 인도했으나 지나가는 과정으로 볼 수 있다. 어두운 역사에 대한 예민한 인식과 기억의 저장고로서 첼란의 문학은 진지함과 각성으로 일관한다. 과거에 대한 성찰과 함께 현재를 직시하는 그의 문학 세계는 초현실주의에 내재된 현실 도피의 경향을 경계했을 것이다. 이 산문은 첼란의 예술론을 집약하고 있는 뷔히너상 수상문이나 브레멘 문학상 수상문에 비해서 별로 주목받지 못하고, 거의 연구되지 않은 초기 글이다. 즈네의 초현실주의 작품을 기초로 첼란의 예술관이 펼쳐지는 7쪽의 짧은 이 산문은 일관된 줄거리 없이 의식과 무의식, 현실과 꿈, 외면과 내면을 넘나들어 접근이 상당히 어렵다. 하지만 1960년 독일 뷔히너상 수상문 「자오선」에 나타나는 첼란의 예술관이 이 산문에서 그 윤곽을 드러내고 있으며, 이처럼 첼란의 문학관은 이미 초기부터 일관되게 분명히 확립된 것으로 보인다.

II. 내면세계로의 "산책"

산문은 '심해에서 들었던 것을 말 해야겠다'는 화자의 일인칭 고백으로 시작한다. 심해로 들어가기 위해서 화자는 먼저 '현실의 벽과 항변들을 꿰뚫고' 드러난 수면을 대면한다. "수면이 갈라져 내면세계

의 거대한 수정 속으로 들어설 수 있을 때까지 나는 잠시 기다려야 했
다.”는 설명처럼 ‘심해’는 내면세계를 가리킨다. 내면세계로 이어주는
매개체로서 이미 낭만주의에서 통용되던 모티브인 ‘수정’, ‘거울’을 첼
란이 사용하는 점을 들어 포스빙켈은 첼란을 낭만주의 대표작가 노발
리스 후계자로 보려하며, 산문이 내면세계로 이르는 길, 이상향을 향
해가는 문학의 길을 보여준다고 해석한다.⁴ 슐체도 산문의 서두에 제
시되는 ‘심해’를 노발리스의 「밤의 찬가」와 연관시키며, 심해로의 길
을 낭만주의 및 신비주의와 연결시켜 해석한다.⁵ 산문의 제목이 풍기
는 비현실적인 분위기 또한 낭만주의나 신비주의와 연결되어 있는 것
으로 보이지만, 그보다는 첼란이 학창시절 즐겨 읽었던 릴케와의 연결
고리에서 바라보고 싶다. 릴케는 「오르페우스에게 바치는 소네트」에
서 “거울이여, 너희들의 참모습을 알고 묘사한 사람은 아직 아무도 없
다”라고 하며, 거울을 존재가 상승하는 공간, 변용의 장소로 묘사하고
있다. 화자가 심해에서 인식한 것을 표현한 “변용 Verwandlung”의 단
어와 연결시켜보면 더욱 릴케를 간과하기 힘들다.

　무엇보다 주목해야 할 것은 화자가 심해 즉, 내면세계로 들어가
기 위해서 내딛는 것이 ‘수정’이라는 점이다. ‘수정’은 첼란 시문학에서
‘돌’과 함께 화석화된 언어, 말없음, 침묵을 상징한다. 시 「아래에서」는
“네 침묵의 외투 속 조그만 수정의 언저리에 퇴적된 나의 말 많음”으
로 표현되며, 침묵은 외투처럼 수정을 감싸고 있다. 시 제목이 말해주
듯 여기서 표현된 위에서 아래로, 저 깊숙한 곳으로 가는 길은 산문의
‘내면세계’로 내려가는 길과 동일하다고 볼 수 있다. 사라진 이들, 죽
은 자들과의 대화를 시도하는 공간이기에 고통과 부채의식이 동반된

다. 산문에서는 즈네의 그림이 매개체가 되지만, 내면세계에 대한 화자의 말과 태도는 첼란의 독자적인 입장을 대변하고 있다.

거울이 깨지면서 그림 아래로 길이 열리고, 화자는 현실 맞은편에 있는 세계, 의식 저편에 무겁게 자리하고 있는 무의식 같은 내면세계로 들어선다. 화자는 "위로받지 못한 탐구자들"을 상징하는 별의 인도로 현실을 벗어나서 새로운 세계로 들어선다. 쉽지 않은 이 길을 화자는 "산책 Wanderung"으로 표현하는데, 이는 내면세계의 핵심어인 "변용 Verwandlung"과 단어적인 유사성 뿐 아니라 의미에서도 연관성을 갖는다.

화자를 기다리는 새로운 세계는 일반적인 인지력으로 파악할 수 없는 세계이다. 따라서 '존재의 또 다른 깊은 곳에 자리한 아름다운 야생'을 보기 위해서는 일상의 눈과는 '다른 눈'이 필요하다. 일상의 눈은 나무를 보아도 그 본래의 모습을 파악하지 못하고 "또한–나무, 거의–나무"로 두루뭉술하게 파악하기 때문이다. 그래서 심해에서 벌어지는 일을 체험하기 위해서는 일상의 눈이 아닌 '영혼 깊은 곳에 있는 한 쌍의 눈을 가져와서 가슴 위에 놓으라.'는 요구를 화자는 받게 된다. 이 요구는 '기존의 사유방식에 대한 비판'이며, 초현실주의 화가 즈네의 그림을 이해하기 위해서는 새로운 인식 형태가 필요하다는 것을 말한다. 뒤따르는 화자와 친구와의 대화에서 '이성이 시대를 관리해야 한다'는 친구의 말에 화자가 반박하며 '감각'을 주장하는 것과도 연결된다.

또한 '눈보다 앞서 가는' 입이 화자를 향해서 "정체성을 팔고 다니는 늙은 장사꾼!"이라고 비꼬듯 조롱하는 말은 화자가 심해에서 찾고

구하는 것이 '정체성'과 연결되어 있음을 암시한다. 세상 어디에도 속하지 못하고, 자신의 정체성을 찾아 헤매는 화자가 들어서는 현실 저편, 침묵의 공간에서 언어기관은 입이 아니라 눈이 되며, 진실을 파악하기 위해서는 '영혼 깊은 곳에 있는 눈'이 필요한 것이다.

III. 절대적 순수성을 향한 "변용"

이제 '영혼 깊은 곳'에서 연유한 눈을 가슴 위에 올려놓고서 화자가 체험하려는 것은 '수 백 년 동안 쌓인 거짓의 퇴적물로부터 정화된 본래의 모습', 즉 "순수성 Naivität"임이 드러난다. 그리고 이 '순수성'에 도달할 수 있는 길에 대해서 화자는 예전에 친구와 논쟁의 시발점이었던 클라이스트 Heinrich von Kleist의 「마리오네트 연극에 대하여」를 언급한다. 화자와 논쟁했던 친구는 클라이스트의 견해를 대변한다. 클라이스트는 텍스트에서 꼭두각시 인형을 통해서 '순수함'과 동일한 개념인 "우아미 Grazie"를 설명한다. 인형은 망설임 없이 순간적으로 실을 따라 움직이는데, 이런 무의식적인 순종이 수학적으로 계산해낼 수 없는 최고의 미학적인 우아미를 완성한다고 본다. 육체적인 우아함은 의식이 없는 곳, 또는 의식이 무한히 펼쳐지는 곳에서 가장 순수하게 나타난다는 것이다. 여기에는 개인의 의지가 포기되며, 이를 통해서 절대적인 법칙, 더 높은 의지에로 자발적으로 순종하는 것이다. 하지만 인간은 실에 매달린 인형과는 달리 자기 의지를 완전히 포기하면서 더 높은 차원의 의지를 무의식적으로 따를 수 없는 존재이다.

그래서 '새로운 순수함, 새로운 천국, 새로운 우아미'의 획득을 위해서 즉, 죄 없는 상태로 되돌아가기 위해서 인간은 다시 한 번 사과나무 열매를 따 먹어야 한다는 것이다.

화자와 친구가 벌이는 논쟁의 요점은 '근원적인 우아미가 어떻게 다시 찾아질 수 있는가'이다. 친구는 '태초부터 있었고 종말에도 이 삶에 의미를 부여하고 삶답게 만들어줄 그 근원성은 영혼이 이성적으로 정화되는 과정에서 획득될 수 있다'고 주장한다. 그래서 친구는 "이성"이 시대를 관리해야 한다고 주장한다. '오늘과 내일을 분리하는 벽이 무너지고, 내일이면서 어제인 것, 즉 초월적인 것, 영원한 것'에 도달하기 위해서는 영혼이 이성으로 정화되고, 이성이 영혼을 주관해야 한다는 믿음이다. 반면 화자는 이성을 불신하며, 그보다는 '어두운 심연과의 담화'와 '정신의 가장 외곽'을 더 신뢰한다. 화자의 이성에 대한 불신은 일어나선 안 될 일이 일어나고, 여전히 묵인되는 현실에 대한 첼란의 비판을 담고 있다. 두 차례의 세계대전과 홀로코스트를 겪고 난 후 이성을 인간의 빛나는 정신이라고 볼 수 없게 된 것이다.

친구는 '나무는 다시 나무가 되어야하고, 수많은 전쟁에서 저항자들이 매달렸던 나뭇가지는 봄이 되면 꽃피는 나뭇가지가 되어야 한다.'고 주장하며, 변하지 않은 근원적인 것으로의 회귀를 믿는다. 하지만 화자는 '일어난 일은 많든 적든 본래적인 것에 부가된 것이다.'고 주장한다. 교수대로 사용되어 수많은 주검을 기억하는 나무가 다음 해에 잎과 꽃을 피운다하여 똑같은 나무라고 할 수 없다. 파시즘과 홀로코스트 이후 마치 아무 일도 일어나지 않은 것처럼 인간은 예전의 이상향을 여전히 갈망할 수 없다는 생각이 화자의 말에 담겨있는 것이다. 화자는 일어난 것은 "그 본성 속의 이 본래적인 것을 변화시키는 것, 부단한 변용의 강한 개척자"라는 인식을 분명하게 제기한다. 역사는 변하고, 역사가 작용하는 내적인 것도 변한다는 첼란의 인식이 화자를 통해서 나타나고 있다.

친구는 굽히지 않고 '인간의 역사에도 영혼의 불변이 있으며, 이는 이성이 심연까지 파고들어 모든 것을 드러낼 때 가능하다'고 주장한다. 그리고 '화자가 이 심연을 벗어나지 않은 채 암울한 대화를 주구장창 이어가고 있기에 불가능하다'는 것이다. 친구는 첼란 시문학에 대한 비평가들의 견해를 반영하고 있다. 즉 첼란의 문학을 홀로코스트 문학으로 제한하고, 그가 여전히 어두운 과거에 매달려있다고 비판하는 현실의 목소리를 담고 있다.

화자는 친구의 말을 '세상을 인간 정신의 감옥으로 인식하고, 이 감옥의 벽을 허물기 위해서 모든 것을 시도하는 것'에 대한 비난으로 규정하고 반박한다. 즉 인간 정신을 억압하는 세상과 이에 속한 기관들에 저항하는 자신에 대한 세상의 편협한 시각이라는 것이다. 그리고 화자는 친구가 주장하는 영혼의 불변에 대해서 언어의 예를 들어서 반박한다. 인간은 외적 삶만 억압된 게 아니라 표현수단인 말조차도 금지되고 왜곡되었는데 현재의 말이 예전의 그 말과 똑같다는 것은 부당하다는 것이다. 그래서 영혼의 불변이나 변하지 않는 상수는 존재하지 않는다고 화자는 단언한다. 이는 나치즘에 이용되어 그 의미가 퇴색하고 변색된 단어들을 본래 똑같은 것으로 볼 수 없다는 것으로, 여기에는 진실을 왜곡하고 거짓을 홍보하는 데 이용된 언어에 대한 첼란의 불신이 담겨있다. 그러면 첼란은 문학이 지향하는 '순수

성'에 어떻게 도달할 수 있다고 보는가? 친구의 말에 반박하며 화자는
다음과 같이 주장한다.

> 그러면 이제 어떻게 새로운 것, 게다가 순수하기까지 한 것이 태동
> 할 수 있을까? 정신의 가장 외곽으로부터 말과 형태들이, 형상과 몸
> 짓들이 드러날 것이다. 꿈결처럼 베일에 싸여, 꿈결처럼 베일을 벗으
> 며 말이다.

"말과 형태" 즉 "형상"과 "몸짓"은 '천 년 간 거짓과 왜곡 속에서 짓
눌려 신음하고 있는' 인간의 표현 수단인 언어를 가리킨다. '내용은 타
버리고 남은 재만이 모습을 드러내고자 내면 깊은 곳에서 애쓰고 있
다'는 화자의 주장처럼 거짓으로 왜곡된 '말'은 본래의 의미를 되찾으
려 한다. 여기서 '본래적인 것'은 친구가 의미한 것과는 다르다. '낯선
자가 가장 낯선 자와 혼인하여' 경이로운 새 광명이 태어나듯, '새로
운 것, 순수한 것'은 '끊임없는 변용'을 통해서 생겨난다. 친구는 '본래
적인 것'으로의 회귀를 얘기하지만, 화자는 새로운 출발점, 언제나 또
다른 출발을 말한다. 그래서 앞서 언급한 "끊임없는 변용의 강한 개척
자"와 연결되고 있다.

그러면 첼란의 문학이 지향하고 있는 '순수성'은 어떤 의미를 담고
있는가? 끊임없는 변용이 일어나는 내면공간에서 화자는 어디를 향하
고 있는가? "변용"은 인간 존재의 한계성과 파괴적인 현실을 대면하
는 고통과 고독 속에서 새로운 이상적 현실을 갈망했던 릴케와 첼란
의 연결고리이다. 릴케에게 "변용"은 눈에 보이는 지상의 무상한 것들
을 우리 내면에서 보이지 않는 것으로 다시 소생시키는 것으로서, 정

신세계로의 승화를 통하여 우리 존재의 무상과 불안을 극복하려는 시도이다. 오르페우스는 릴케에게 그런 변용의 전형이다. 그래서 "변용을 지향하라", "변용을 자유로이 넘나들라"고 요구한다.

시적 변용을 통해서 두 시인이 닿으려는 곳 역시 '열린 공간, 자유공간'이다. 오르페우스는 노래의 힘으로 삶과 죽음의 경계를 허물고 합일시켜 전일적 세계를 열었다. '살아남은 자의 죄책감'으로 평생 고통스러워하며 죽은 이들과의 대화를 시도하고, 그들의 고통을 언어로 표현하려는 첼란은 릴케의 '열린 세계, 세계내면 공간'으로 자연스럽게 다가갔다. 현세와 피안의 경계가 없는, 세계와 인간이 조화를 이루며 거룩함이 획득되는 전일적全一的 세계를 지향하는 접점에도 불구하고 두 시인의 시들은 다른 경향을 보인다. 이는 두 시인의 지향점이 상이했기 때문이다. 릴케에게서 시적 변용은 현세를 향하고 있다. 노래하는 신 오르페우스는 죽었지만 그의 노래는 모든 자연 속에서 울리며 여전히 살아있다. 릴케는 삶을 긍정하고, 현 존재를 찬미했다. 그러나 첼란에게 현세는 긍정할 수 없는, 돌처럼 단단한 고통의 공간이다. 그래서 첼란이 바라보는 공간은 고향을 상실하고 유리방황하는 자들, 핍박받는 자들을 이어주는 저 위 하늘 공간, "자오선"으로 그려진다. 첼란의 뷔히너 상 수상문 「자오선」은 그의 시문학이 지향하는 '열린 공간, 자유 공간'을 유토피아로 연결시키고 있다.

그리고 우리는 사물과 피조물에 전폭적으로 집중함으로써 열린 곳, 자유로운 곳에 근접하기도 했습니다. 마침내 유토피아에 가까이 갔습니다.

첼란의 문학적 변용은 '거대한 자유공간에서 자유로워진 존재와 함께 언어에 다가가는' 시인의 창작과정이며, 그 변용은 현실비판과 자기성찰을 통해서 끊임없이 진행된다. 그래서 첼란은 「자오선」에서 "시는 닿을 수 있는, 억압으로부터 자유로운, 어쩌면 비어있는, 시에 – 뤼실처럼 이라고 말할 수 있겠지요 – 전념하는 그 "다른 존재"를 향해서 부단히 나아갑니다."고 고백한다.

첼란의 시문학은 죽은 자와 산 자 사이에 놓인 심연을 극복하고, 죽은 자와의 대화와 만남을 가능하게 하는 열린 공간, 억압적인 현실에서 벗어난 자유공간을 지향하고 있다. 따라서 산문에서 표현된 '아름다운 야생', '존재의 더 깊은 곳', '절대적 순수성'은 끊임없는 변용으로 첼란 시문학이 도달하려는 문학의 장소이며, 삶과 죽음의 경계가 허물어진 '자유공간'과 연결된다. 문학의 길에 대한 첼란의 시각은 즈네 그림으로 들어가기 전 화자의 마지막 문장에서 뚜렷해진다. "나는 내 유영하는 감각을 좇아 새로운 정신세계로 들어가서 자유를 맛본다." '영혼의 눈을 가슴에 놓고' 화자가 체험하는 새로운 세계는 현실과 피안의 벽이 무너진, 모든 경계가 허물어진 자유공간, 예술적 변용의 세계인 것이다.

IV. 즈네 그림 해석에 담긴 예술적 변용

이제 화자는 심해를 통과하는 위험을 무릅쓰며, 즈네를 따라서 그의 그림 속으로 들어간다. 다음 네 편의 그림에 대한 해석은 즈네 그림이 매개체가 되지만 예술에 대한 첼란의 주관적인 시각과 견해를 표현한다고 보아야 할 것이다.

그림1: 돛단배가 한 눈을 벗어난다

그림2: 북극광의 아들

그림3: 붉은 바다가 대지를 덮치다

그림4: 자면서 맹세하자

첫 번째 그림은 "돛단배가 한 눈을 벗어난다"는 제목의 석판화이다. 화자는 이 그림에 대한 묘사에서 '눈빛을 띠고 있는 첫 돛단배', '눈에

서 물이 흘려 내린다', '눈동자 없는 눈', '출렁이는 눈물바다', '동공 안
으로 귀향', '눈 속으로 유영', '이글거리는 눈', '불타오르는 눈동자' 등
단어 "눈眼"을 거듭 반복하여 사용한다. '가파른 폭포' 또는 '가파른 비
탈' 모양을 여인의 옆모습으로 묘사하면서, 보이지 않는 다른 쪽 모습
은 어떤 모습일지 묻는다. 그리고 "우리가 여전히 바라보고 있는 그
땅처럼 잿빛일까?" 라고 자문하며, '돛단배는 방향을 틀어서 다른 쪽
잿빛을 응시하고 있는 눈 속으로 계속 유영할 것'이라고 생각한다. 그
림에 대한 해석에서 화자는 현실의 이면을 생각하며, 어둡고 불의한
현실이 만드는 음지를 비판하고 있다. '그림자를 얘기하는 자는 진실
을 말한다'는 시 구절처럼 첼란은 산 자로서 죽은 자를 대변하며, 한
낮의 현실이 만드는 그늘, 시대의 음지에 주목한다. 「실낱 햇살」에서
는 이 땅의 현실을 '흑회색'로 묘사하며, 노래할 수 없는 현실을 비판
한다. 시 「스트레토」에서는 어두운 밤, 죽음의 색상인 "재"에서 새로운
언어의 상징인 "말 하나"가 생성된다. '잿빛'은 수많은 죽음을 증언하
는 절망과 슬픔의 색이면서 새로운 언어 생성을 꿈꾸는 소망의 색이
되고 있다. 그래서 화자는 천 년의 거짓과 왜곡 속에서 짓눌려 신음하
면서 내용은 타버리고 남은 재만이 증언하지만, "타버린 의미부여의
재, 이것만은 아니다"고 강조한 것이다.

두 번째 그림으로 가는 길은 꿈같은 내면세계로 향하고 있기에 '우
리는 잠에 취해 배에 오르며, 그래서 꿈꿀 수 있는 것을 보게' 된다. 화
자는 즈네의 그림을 "북극광의 아들"이라고 명명하며, 메시아 같은 모
습으로 묘사한다.

인간이 눈 덮인 절망의 숲에 묶인 채 굳어져가는 곳을 그는 당당히 지나간다. 그를 방해하지 못하는 나무들 위로 그는 성큼성큼 걸어가는데, 그 나무들조차 자신의 넓은 외투 속으로 감싸 넣어, 자신의 동반자로 만들어서 위대한 형제를 기다리는 도시의 성문으로 데려간다. 그가 정말 기다리던 사람인지 사람들은 그의 눈을 보고 안다. 그의 눈은 모두가 본 것을 보았고 더 많은 것을 보았다.

'북극광의 아들'은 하늘에서 홀로 찬란히 빛나는 존재가 아니라 땅으로 내려와서 고난에 처한 이들과 함께 하는 동반자의 모습으로 나타나고 있다. '모두가 본 것을 보았고 더 많은 것을 본' 그의 눈을 통해서 사람들은 그를 알아본다. 모든 것을 보고, 알고, 체험하고, 불굴의 의지와 집념으로 '절대적 순수성'을 향해가는 그의 모습에 첼란은 시인의 사명을 담아내고 있다.

"붉은 바다가 대지를 덮치다"는 즈네의 세 번째 그림은 화자에 의해서 "피바다가 대지를 덮치다"로 바뀐다. 그림을 설명하는 부분에서 첼란의 현실인식은 더욱 두드러진다.

삶의 언덕은 주민들을 잃고 공포에 사로잡혀 있다. 전쟁의 유령이 여러 나라를 맨발로 휘젓고 있다. 맹금처럼 갈퀴를, 사람처럼 발톱을 갖고 있다. 여러 형상을 한 유령, 이제는 어떤 모습인가? 떠다니는 피천막이다! 그것이 떠내려 오면 우리는 피벽과 피 조각 사이에 자리잡는다. 피가 입을 크게 벌리는 곳에서 기다리다가 피의 연무에서 생성되는 비슷한 다른 형태들을 볼 수 있다. 우리에게 또한 먹이를 줄 것이다. 발톱 하나가 피 우물을 파고, 그 우물 속으로 우리 자신을 비쳐볼 수도 있어야 한다, 우리 실종된 자들이여.

전쟁유령에 의해서 파괴된 세상의 풍경은 '피'의 단어들로 생생히 표현된다. "피 바다, 피 천막, 피 벽, 피 조각, 피 연무, 피 우물, 피의 하품" 등은 끔찍한 살상의 현장을 묘사한다. 산문의 이 장면은 시「흑암」을 연상시킨다. 시에서 묘사되는 '피가 가득한 함지'는 산문의 '피 우물'과 같은 이미지로 '실종된 자들'의 죽음으로 연결되고 있다. 죽음에 대한 공포로 가득차서 "주±"를 향해 다가가는 무리들이 두려움과 불안으로 서로 껴안고 움켜잡으며 의지할 것을 찾는다. 죽음 가까이 있는 '우리'는 조롱받고, 채찍에 맞으며 십자가에 매달린 예수에게 다가가서 그의 고통과 죽음에 연합한다. 이 모든 공포와 불안, 두려움이 죽음과 살생의 색깔로 표현되는데, 산문에서는 "피 거울 속 피가 진짜 아름답다"고 전해질 것이라고 한다. 이는 수많은 죽음을 불러일으킨 전쟁과 희생자들을 미화시키는 표현 매체에 대한 반어적 비판으로 볼 수 있다. 무엇보다 불의한 현실을 은폐하고, 진실을 왜곡한 예술과 거짓홍보에 속은 세상에 대한 비난이다. 그래서 화자는 '낡은 현실의 악령'을 파악하고, '인간의 외침'에 더 귀 기울이려 한다고 말한다.

꿈같은 내면세계로의 발걸음이 전쟁터로 이어지며, 전쟁의 유령이 맹금처럼 할퀼 때, 삶의 언덕을 떠나야했던 주민들은 고향을 상실한 채 유리방황하고 있다. '피 바다가 땅을 덮는' 현실에서 이제 화자는 "맹세"를 얘기한다. "불침번인 우리는 종종 맹세를 했다."고 시작하는 네 번째 그림에 대한 해석은 시인의 사명에 대한 첼란의 생각을 구체화하고 있다. 첫 번째 맹세는 '성스럽게 찬미되는 우리 이성의 제단 옆에서' 행해졌다. 맹세를 지키기 위해서 '비밀스런 삶의 대가' 즉, 죽음까지 치렀지만 깃발의 색은 변하지 않았다. 오히려 '깃발이 던진 그림자가 이전보다 더 넓게' 된 현실에서 다시 맹세를 해야 한다. 하지만 이제 누구를 향해서 서약을 할지 자문한다. 그리고 '증오를 맹세한 그', '낯선 죽음'을 향해서 맹세해야 하는지 묻는다. 뒤따르는 문장 "제단에서 마침내 수탉이 소리쳐 운다."와 연결시켜보면, '낯선 죽음'은 십자가에 못 박힌 예수를 가리킨다고 해석할 수 있다. 더불어 예수를 부인한 베드로의 모습이 연상되며, 여기에 동족의 수많은 죽음을 지켜보기만 해야 했던 시인의 죄책감이 담겨있는 것을 알 수 있다. '낯선 죽음의 당당함'과 '소리쳐 우는 수탉'의 대비 속에서 상실과 배반의 고통이 두드러진다.

이제 또 다른 서약이 시도된다. '이성의 제단 옆에서'가 아니라 '자면서 맹세하는' 서약이 시도된다. 맹세하는 이들은 스스로 강한 성탑이 되어 오른다. "천 겹으로 우리는 우리 자신을 오른다. 위에서 우리는 무리지어 함께 맹세하고, 우리 자신은 천 배 막강한 힘이 될 수 있다!"는 '천년의 억압'에 대항하는 맹세가 시도된다. 하지만 아직 꼭대기에 도달하지 못한 우리는 '맹세하는 눈眼 주먹'으로 '맹세를 수행하기 위한 터'를 향한다. "눈 주먹"은 진실을 표현하지 못한 일상 언어에 대한 회의에서 새로운 언어를 찾아가는 길, 침묵의 영역에 속한다고 볼 수 있다. 화자가 수행하는 맹세는 시인의 사명에 대한 첼란의 다짐이기도 하다. 나치의 '천년왕국' 꿈에 맞서 '천 겹으로' 서로 부둥켜안고 '천 배 막강한 힘'이 되어서 '천년의 억압'을 끊으려는 시도이다. 거짓을 밝히고 진실을 드러내며, 인간의 존엄이 지켜지는 인간적인 미래를 그리기 위해서 언어와 사투를 벌이는 시인의 모습을 표현하고 있다. 그래서 첼란은 브레멘 문학상 수상문에서 '죽음을 부르는 담화의 천 겹 어두움을 뚫고 간다'고 말한다. 산문에서는 아직은 도달하지 못했지만 그곳으로 향하는 길을 알고 있는, '맹세를 수행하기 위한 터'를 향해가는 '우리' 속에 시인의 모습이 담겨있다. 그곳에서 '우리'는, 또는 시인은 무엇을 서약하려는가? "그 길은 가파르지만 내일도 유효한 것을 서약하려는 자는 그 길을 간다."는 화자의 말이 암시하듯 끊임없는 변용을 통해서 도달하려는 '절대적 순수성'과 연결된다.

V. 언어적 변용: "아래로 가는 상승"

"한 영혼의 심해에서 내가 보았던 몇 가지를 보고하려 했다."는 마지막 문단의 말처럼 산문은 화자가 즈네의 그림을 매개로 내적 공간에서 체험한 이야기이다. '변용'의 공간이기도 한 내적 공간이 점점 잿빛 현실과 대면하면서 "피 우물", "피 거울"로 대체되었다. "발톱 하나가 피 우물을 팠으니, 그 우물 속으로 우리 자신을 또한 비쳐볼 수 있어야 한다."는 화자의 주장은 산문에서 지향하는 '변용'이 고통스런 현실을 토대로 하고 있음을 말해준다. 또한 '영혼의 심해'에서 나누는 대화는 '입'이 아닌 '눈眼'에 의한 침묵으로 이루어졌다. "많은 일들이 침묵되고 많은 일들이 일어나고 있는 심해에서 내가 들었던 몇몇 얘기들을 전하지 않을 수 없다."는 산문의 서두는 '침묵'을 상징하는 눈이 언어 매체임을 예고했다. 그래서 '순수성'을 상징하는 "광명"은 일회적인 첫 대면에서 눈으로 감지된다. 일상의 언어는 의식 아래에서 일어나고 있는 일을 표현할 능력이 없기에 침묵이 전면에 나서고 있는 것

이다. 따라서 새 언어의 생성을 위한 변용의 공간에서도 소통은 '침묵'
을 통해 이루어진다. 침묵은 나치즘의 홍보와 선전에 이용되고 진실
을 감추는데 악용된 언어에 대한 회의와 비판을 담고 있다. 그래서 비
언어적 공간인 내면세계에서 일어나는 많은 일들이 먼저 '눈'을 통해
서 보고된다. 눈으로 감지되는 '광명'은 '깨어있는 의식이 생각할 수 없
는' 무의식의 영역, 즉 '정신의 새로운 세계'에 존재하기에 신비로운 방
식으로 파악된다.

> 그(광명의) 무게는 다른 무게를 지니고, 그 색깔은 나의 닫힌 눈꺼
> 풀들이 서로에게 선물한 새로운 눈에 말을 걸며, 나의 청각은 촉각
> 속으로 넘어와서 보는 것을 배운다.

위와 같은 기이한 지각 속에서 화자는 '새롭고, 자유로운 움직임의
법칙'을 체험하면서 '자유'를 맛본다. 이것이 화자가 '힘겨운 여정' 끝에
도달하려는 것이다. 이는 산문에서 '절대적 순수성', '근원성', '무시간
적인 것, 영원한 것, 내일이면서 어제인 것'으로 표현되고, 이야기 전개
에서 '새롭고도 순수한 것', '새로운 광명', '정신의 새로운 세계'로서 마
침내 '새로이 서약을 수행하는 터'로 펼쳐지고 있다. 이 같은 자유 공
간으로 가는 길은 일상이 전복된 역설적 어법으로 묘사된다. '눈을 가
슴에 놓아라', '심장이 이마에 깃들어야 한다', '자면서 서약하는 것을
시도하자'는 요구는 이성적 사유에 대한 거부이다. '눈 위에 있는 입',
'물이 산으로 흐른다', '가파른 비탈을 돛단배가 오른다', '패랭이꽃에
게 인간이 선사된다', '성탑이 된 우리는 우리 자신을 오른다', "아래로

가는 상승"은 현실에 저항하는 내적 세계를 묘사한다.

산문과 비슷한 시기인 1948년 빈에서 쓴 「먼 곳의 찬미」에서도 산문에서 보이는 역설적 묘사가 두드러진다. '불충실할 때 나는 충실하다', '내가 나일 때 너이다', '포옹한 채 헤어진다', '사형수가 밧줄을 교살한다' 등, 역설적으로 묘사된 "먼 곳의 찬미"는 일상의 전복과 같이 초현실적인 공간을 향한다. 산문에서도 이 같은 역설적 장면 묘사는 일상 현실이 아닌, 초현실적 내면세계를 나타낸다. 이 세계로 들어가는 길은 발로 걸어 들어가는 형태가 아니라 유영하듯 머리가 앞서는 자세이다. '내 눈 위에 입이 있는' 자세는 머리를 아래로 향해가는 모습이다. 뷔터스는 이를 12년 후 첼란이 완성한 「자오선」의 "물구나무서서 걷기"와 연결시킨다.[6] 이 역설은 문체 수단으로서만 아니라 언어와 현실에 대한 첼란의 시각을 나타낸다. 세상을 다르게 보기, 불의한 현실에 대항하는 "반어 Gegenwort"로서 자유에 대한 갈망을 나타내는 "물구나무서서 걷기"는 산문의 '끊임없는 변용'과 연결하여 볼 수 있다. 그래서 '머리가 앞서는 자세' 그리고 역설적 어법은 산문의 마지막에서 "아래로 가는 상승!"으로 귀결되고 있다.

아직은 알지 못한 맹세를 위한 선율이 '맹세를 위한 곳'을 찾아가는 길에서 멀리 들려온다. 서약을 수행하는 터인 '아래'는 살아있는 '나'와 죽은 '너'의 만남이 이루어지는 곳을 묘사하고 있는 시 「아래에서」를 연상시킨다. 이곳에서의 만남은 입을 통한 직접적인 대화가 아닌 눈을 통한 내면의 대화로 묘사된다. 망각에서 깨어나는 기억의 시작처럼 음절과 음절로 조심스럽게 시작되는, 아직은 익숙하지 않은 손님 같은 대화이다. 시에서처럼 산문의 '아래'도 사라진 자들, 죽은 자들의 공간으로 볼 수 있으며, 또한 산문의 제목에서 말해주듯 죽은 자와 산 자가 만날 수 있는 꿈의 공간, 내면세계이기도 하다. 첼란은 실종되고 사라진 자들을 언어적 변용을 통해서 끊임없이 현실로 소환하고, 우리의 의식세계로 불러들여 어두운 역사와 대면시키고 있는 것이다.

VI. "내일도 변함없이 유효한 것"을 향하여

첼란이 빈 시절 쓴 시에서 "심해의 수면에서 우리는 서로 바라본다."고 표현한 것처럼, '수면', '거울'은 현실과 꿈, 이승과 저승, 외적 현실과 내면공간의 경계이다. 따라서 '수면'을 통해 들어가는 심해는 내적 공간으로서 자아성찰과 자아정립을 위한 '변용'의 장소이다. "이제 새롭고도 순수한 것이 어떻게 생겨날 수 있는가?"라는 산문의 과제는 바로 '변용'을 향한 의지와 목표점을 담고 있다. '절대적 순수성'을 향한 '끊임없는 변용'은 첼란의 '정체성' 문제와도 연결된다. 산문 「산중대화」가 유대인으로서 정체성에 대한 고민을 담고 있듯, 이 산문도 정체성에 대한 고민과 현실에서 고통 받는 이들과의 유대감을 나타내고 있다. '끊임없는 변용'이 '어두운 심연과 계속하여 대화를 유지하는' 태도, 즉 어둡고 불의한 현실 인식과 망각에 대한 거부를 토대로 하듯, 정체성에 대한 고민도 비인간적인 현실에 대한 저항, 그리고 박해받고 유리방황하는 자들, 실종된 자들과의 연대감 속에서 나타난다. 그래서 산문의 시작에서는 혼자였던 화자가 말미에서는 '우리'로 연합한다. '나 홀로의 여정'이 세상에서 상처받고 내쫓긴 이들과의 연대를 통해서 '우리 실종된 자들'로 함께 한다.

'이성의 제단 옆에서 한 맹세'가 실패했기에 이제 "자면서 맹세를 시도하자"는 화자의 권고에는 마침내 불의한 현실을 벗어나서 꿈과 연결된 '순수한 것', '내일도 변함없이 유효한 것', 즉 진실을 향한 첼란의 희망이 담겨있다. 인간의 빛나는 정신인 이성이 본래의 목표점인 자유와 인간해방으로부터 얼마나 멀어졌는가에 대한 성찰에서 첼란은 인간 고유의 '순수성', '자유 공간'으로 향하고 있는 것이다. 여기에는 나치즘과 홀로코스트 그리고 전후 독일사회에서 여전히 벌어지고 있는 야만적인 병리현상에 대한 비판과 함께 진실을 밝히고 진실을 구현하려는 첼란의 의지가 담겨있다.

산중 대화 Das Gespräch im Gebirg

어느 저녁에 해가 질 때, 해만 진 게 아니다, 그의 집을 나와서, 유대인은 걸었다, 유대인이며 유대인 아들이, 그와 함께 입 밖에 낼 수 없는 그의 이름이 함께 걸었다, 갔고 왔다, 다가오는 더딘 걸음 소리가 들렸다, 지팡이를 짚고 왔다, 돌 위를 걸어왔다, 내 말을 듣고 있나, 당신은 내 말을 듣고 있겠지, 나요, 나, 당신이 듣는, 들을 수 있다고 생각하는 나, 돌이오, 나이며 다른 이, – 그가 갔다, 그가 걷는 소리를 들을 수 있었다, 어느 저녁에 걸어갔다, 몇몇은 침몰했기에, 구름 아래로 갔다, 그림자로 갔다, 자신과 낯선 자의 그림자로 – 유대인이 가지고 있는 것이 실제 자신의 것이고, 빌린 것이 아님에도, 빌렸다가 돌려주지 않았다고 말하는 것을 당신은 알잖아 – 그래 그가 가고 왔다, 아름다운, 비교할 수 없는 길로 왔다, 렌츠처럼, 산을 지나서, 그가 속한 아래, 저지대에 살아야했던 그, 유대인이, 왔고, 왔다.

그래, 왔다, 아름다운 길로.

누가 그를 마중 나왔을 것이라 당신은 생각하는가? 그의 사촌이 그를 마중 나왔다, 그의 사촌 형제, 유대인 생명의 사분의 일만큼 나이 많은, 큰 걸음으로 그가 왔다, 그도 그림자로 왔다, 빌린 그림자로 – 나는 묻고 묻는다, 신이 유대인으로 만들었는데 누가 자신의 것으로 오는가?– 왔다, 큰 걸음으로 왔다, 다른 이를 맞이하러 나왔다, 큰 유대인이 작은 유대인에게 왔다, 작은 유대인은 큰 유대인 지팡이 앞에서 자기 지팡이를 침묵하게 했다.

그래서 돌도 침묵했고, 이 사람과 그 사람이 걸어가는 산중은 적막했다.

고요했다, 저기 위 산중은 고요했다. 고요가 오래가지는 않았다, 유대인이 오고 다른 유대인을 만났기에, 산중의 침묵도 곧 끝났다. 유대인과 자연은 어울리지 못한다고 하지, 아직도 여전히, 오늘도, 여기에서도. 저기에 그들 형제가 서있다, 왼쪽에 산나리가 피고, 제멋대로 꽃피고, 어디에서도 찾아볼 수 없는 방식으로 꽃피었고, 오른 쪽에 라푼첼이 서있고, 디안투스 슈퍼부스, 화려한 패랭이가 멀지 않는 곳에 피어있다. 그런데 그들 형제는, 그들은, 맙소사, 눈이 없다. 엄밀히 얘기하자면, 그들은, 그들도 눈을 가지고 있다, 그런데 베일이 눈에 드리워있다, 눈앞이 아니라, 아니지, 눈 뒤에 베일이 흔들리고 있다. 영상이 들어오자마자, 직물에 걸린다, 실이 나타나 영상주위를 수놓는다. 베일의 실이 영상 주위로 수를 놓고, 영상과 함께 한 소년을 만들어낸다, 절반의 영상과 절반의 베일.

가련한 산나리, 가련한 라푼첼! 거기에 그들 형제가 서있다, 산중 길위에 그들이 서있다, 지팡이가 침묵하고, 돌이 침묵한다, 그리고 침묵은 침묵이 아니다, 어떤 단어도, 어떤 문장도 거기서 입을 다물지 않는다, 단지 잠깐 쉬고 있는 거지. 단어의 빈틈인거지, 여백인거다, 모든 음절이 둘러서있는 것을 당신은 보고 있다. 이전처럼 이 둘은, 그들은 혀와 입이다. 그들 눈에 베일이 드리워있다, 너희, 불쌍한 너희들, 너희는 거기 있지도, 꽃피지도 않는다, 너희는 존재하지 않는다, 칠월은 칠월이 아니다.

수다쟁이들! 혀가 버릇없이 이빨을 건드리고, 입술이 다물지 않기에, 지금도 무엇인가 말해야하는가! 좋아, 그들을 말하게 하자...

"먼 길을 오셨군요, 여기로 오셨군요 ..."

"나예요. 당신처럼 나도 왔습니다."

"알고 있습니다."

"당신도 알다시피, 지금 보시듯, 여기 위에서 지각변동이 있었습니다, 한 번 두 번 세 번 일어났지요, 그리고 중심부가 열렸습니다, 중심부에 물이 있었습니다, 그 물은 초록이었죠, 초록은 하얀빛이었습니다, 하얀 것은 저 위 먼 곳에서 옵니다, 빙하에서 오는 겁니다, 말할 수 있겠지만 말해서는 안 됩니다, 여기서 필요한 것은 언어지요, 하얀빛과 함께 초록을 담은, 언어, 당신과 나를 위한 것이 아닌 언어 – 그러면 누구를 위한 언어인지를 나는 묻습니다, 대지, 당신을 위한 대지가 아니라고 나는 말합니다, 나를 위한 것도 아닙니다 – 이제, 나도 없고 당신도 없고, 오로지 그, 오로지 그것, 오로지 그들, 이것 외에는 아무 것도 아닌 것을 당신은 알고 있습니다."

"알겠습니다, 알겠어요. 난 멀리서 왔어요, 당신처럼 왔습니다."

"알고 있습니다."

"당신은 알면서 내게 질문하려고 합니다. 그럼에도 당신은 왔다고, 그럼에도, 여기로 왔다고 – 왜, 무엇 때문에?"

"왜, 무엇 때문에 ... 아마도 이야기해야 하기 때문에, 내게 혹은 당신에게, 지팡이랑만 아니라 입과 혀로 이야기해야하기 때문에. 지팡이는 누구에게 이야기하나요? 지팡이는 돌에게 이야기합니다, 그러면 돌은, 돌은 누구에게 이야기합니까?"

"형제여, 누구를 향해서 돌이 얘기할 수 있겠습니까? 돌은 얘기하지 않습니다, 돌은 말을 하지요, 형제여, 말하는 사람은 누구에게도 얘기하는 게 아닙니다, 말하는 거지요, 왜냐면 누구도 그를 듣지 않기에, 누구도 그리고 누구도 아닌 자도, 돌은 말합니다, 그의 입이 아니라, 그의 혀가 아니라, 그가 말합니다, 듣고 있어요? 하고."

"듣고 있어요, 돌이 말합니다 – 그래 난 알고 있습니다, 형제여, 난 알고 있습니다... 듣고 있어요, 그가 말합니다, 나 있어요, 나 여기 있어요, 나 왔다고요.

지팡이와 함께, 나와 어떤 다른 이도 아닌, 나와 그가 아닌, 거저 얻었다는 내 시간과 함께 온 나는, 부딪힌, 부딪히지 않은, 기억과 함께, 흐린 기억으로 나는, 나는, 나는 ...”

"그가 말합니다, 그가 말합니다,,,, 듣고 있어요, 그가 말합니다... 듣고 있어요, 그래, 듣고 있어요, 그는 아무 것도 말하지 않고, 아무 대답도 않습니다. 듣고있어요는 빙하와 함께하고, 세 번 지각 변동했고 인간을 위한 것이 아닙니다... 산나리와 함께, 라푼첼과 함께 저기 초록과 하얀 빛 ... 형제여, 하지만 나는, 내가 속하지 않은 여기 길 위에서, 오늘, 지금, 해가, 해와 그 빛이 넘어갔기에, 여기 내 자신의 그리고 낯선 그림자와 함께 서있는 나는 – 바로 나는 당신에게 말할 수 있습니다:

– 돌 위에, 석판위에 나는 누워있었습니다, 당신도 아시듯 그 때 말입니다. 거기 내 곁에 그들도 누웠습니다, 나와 닮은 이들, 나와 다른 이들이었습니다, 형제여, 그들은 거기에 누웠고, 잠들었습니다, 잠들고 깨어있었습니다, 그들은 꿈꾸었고, 꿈꾸지 않았습니다, 그들은 나를 사랑하지 않았고, 나는 그들을 사랑하지 않았습니다, 나는 혼자 남

았기 때문입니다, 혼자 남은 자가 누구의 사랑을 받겠습니까, 그들은 많았습니다, 나를 에워싸고 누운 이들보다 더 많았습니다, 이 모두를 사랑해줄 누가 있겠습니까, 당신에게 말하는데, 나는 그들을 사랑하지 않았습니다, 그들은 나를 사랑할 수 없기 때문이었습니다, 왼쪽 구석에서 타고 있던 촛불을 사랑했습니다, 나는 촛불을 사랑했습니다, 타버렸기 때문에 사랑했습니다, 타버렸기 때문이 아니라 그것이 그 촛불이었기 때문입니다, 우리 어머니들의 아버지가 불 붙였던 촛불, 그날 저녁에 하루가 시작되었기 때문입니다, 특별한 7일째 날, 첫날이 뒤따르는 7일째 날, 7일째 그리고 마지막이 아닌 날, 형제여, 나는 사랑했습니다, 촛불이 아니라, 다 불타버린 소멸을 사랑했습니다, 당신도 알지요, 그 이후로 그 어떤 것도 사랑하지 않았습니다.

아무 것도 사랑하지 않았습니다, 않았습니다, 그 날, 일곱째 날이며 마지막이 아닌 날의 촛불처럼 다 타버린 것을 아마 사랑할 수는 있을 겁니다, 마지막 날이 아니에요, 아닙니다, 나는 여기, 아름답다고 그들이 말한 길에 있습니다, 여기 내 옆으로 산나리와 라푼첼이 있습니다, 백보 떨어진 저 위에 낙엽송이 잣나무를 향해 오르고 있습니다, 나는 보고 있습니다, 그것을 보고 있기도, 보고 있지 않기도 합니다, 말을 했던 내 지팡이가 돌에게 말 걸었습니다, 내 지팡이는 이제 조용하고, 돌은 말할 수 있다고 당신은 말합니다, 내 눈에 베일이, 베일이 흔들리며 걸려있고, 베일들이 흔들리며 드리워있습니다. 당신은 베일 하나를 들어 올리지만, 두 번째 베일이 벌써 드리워있습니다, 별이, ─그래요 별이 이제 산 위를 비추고 있습니다 ─ 별이 들어오려면, 혼례를 해야 할 겁니다, 그러면 별은 별이 아니고, 베일 반, 별 반이 되겠지요, 알고 있습니다, 알고 있어요, 형제여, 알고 있습니다, 당신을 만났습니다, 여기서, 그리고 우리는 많은 얘기를 했지요, 당신이 알고 있듯, 저기 지층들이 인간을 위해 있는 것이 아니고 여기 걷고 있는, 서로 만난 우리를 위한 것도 아닌 것을요, 우리는, 렌츠처럼 산을 지나온 유대인 우리는 여기 별 아래 있습니다, 큰 유대인 당신, 작은 유대인 나, 수다쟁이 당신, 수다쟁이 나, 우리는 지팡이와 함께, 우리는 입 밖에 낼 수 없는 우리 이름과 함께, 우리는 자신의 그리고 낯선 그림자와 함께, 여기 당신과 여기 나 ─

여기 나는, 나는, 당신에게 모든 걸 말할 수 있는 나는 말할 수 있었을 텐데, 당신에게 말하지 않은, 말하지 않았던 나, 왼편으로 산나리와 함께, 라푼첼과 함께, 타버린 그 촛불과 함께, 그 날과 함께, 그 날들과 함께, 여기 나와 저기 나, 나, 어쩌면 지금!─ 사랑받지 못했던 자들의 사랑과 동행하며 나는 여기 위에서, 나를 향해 걸어가고 있습니다.

1959, 8월

「산중 대화」 해설

아도르노와의 가상 대화와 정체성 고민

I. 산중 대화의 배경

첼란은 1959년 7월에 스촌디 Peter Szondi의 초대를 받아서 가족과 함께 스위스의 실스 마리아로 휴가를 떠났다. 니체의 정신적 고향이며, 그가 『차라투스트라는 이렇게 말했다』를 집필한 이곳에서 스촌디는 첼란과 아도르노와의 만남을 계획했다. 하지만 아도르노가 도착하기 1주 전에 첼란이 떠났기에 두 사람의 만남은 이루어지지 못했다. 1959년 7/8월에 집필된 「산중 대화」는 아도르노와의 만남을 가정한 두 사람의 대화와 첼란의 유대인으로서의 정체성에 대한 고민을 담고 있다. 현실에서 "이루어지지 못한 만남"을 대신한 가상과 허구의 만남에서 두 유대인은 서먹한 거리감을 보이며 서로 다른 언어관을 제시한다. 첼란이 실스를 먼저 떠난 것이 아도르노와 부딪히는 것을 꺼려해서인지, 다른 이유가 있었는지는 분명하지 않다. 1960년 5월 12일 프랑크푸르트에서 두 사람이 만난 후 얼마 지나지 않아서 첼란은 "당신에게 실스를 상기시키는 짧은 산문"이라고 소개하면서 「산중 대화」를 아도르노에게 보냈다.

아도르노와 첼란 사이에는 서로 풀어야 할 마음의 장벽이 있었다. "아우슈비츠 이후 서정시를 쓰는 것은 야만적이다"라는 아도르노의 말은 홀로코스트의 기억을 시로 형상화한 첼란에게 고통과 아픔을 주었다. 이 시기에 재점화된 클레르 골의 표절시비, 시집 『언어창살』
에 대한 독일 비평가들의 독설은 첼란으로 하여금 유대인으로서의 정
체성을 더욱 고민하게 했다. 그래서 「산중 대화」는 도시를 떠난 자연
에서 자신의 뿌리를 고민하고, 성찰과 반박, 질문에 대한 답변 속에서
'자신에 이르는 길'을 찾고 있다. 「자오선」에서 첼란은 이 산문을 쓰게
된 배경을 다음과 같이 말한다.

　　그리고 일 년 전, 엥가딘에서 이루어지지 못한 만남을 생각하면서
　한 사람이 "렌츠처럼" 산으로 들어가는 짧은 이야기를 썼습니다. 나
　는 다시, "1월 20일", 나의 "1월 20일"에 대한 나를 쓴 것입니다. 나는
　… 내 자신과 만났습니다.

　견딜 수 없는 현실을 떠나서 산으로 들어간 렌츠와 세상의 광기 속
에 내던져진 첼란을 이어주는 "1월 20일"은 첼란의 정체성에 대한 질
문과 대답을 담고 있다. 역설적이고 파편적인 대화는 두 사람의 서먹
한 관계를 언어 형상으로 드러내고, 결국 첼란은 자신의 문학이 뿌리
로 삼고 있는 "1월 20일"을 확인하며 자신의 정체성을 확인한다.

II. 산으로 들어가는 유대인

　「산중 대화」를 쓴 시기에 첼란은 뷔히너 작품에 심취해 있었다. 또
1961년 푀겔러 Otto Pögeler에게 보낸 편지를 보면 우연인지, 필연인지

니체와도 연결되어있음을 알 수 있다.

> 자오선 같은 일이 다시 일어났습니다, 당신에게 편지를 부치고 나
> 서, 마틴 하이데거의 니체 저서 292쪽에서 차라투스트라의 말을 보
> 았습니다. '내게서 태양 하나만 진 게 아니다', 그리고 300, 301쪽의,
> '가장 고독한 고독에 대한 생각'은 놀랍지 않나요! 단편 「산중 대화」
> 를 기억하지요? 그리고 실스 마리아의 엥가딘에서 –이유가 없었던
> 건 아니지만– 이루어지지 못한 만남을 회상한 「자오선」의 대목을요?
> '해가 졌다, 해만이 진 게 아니다'로 시작하지요.[7]

첼란은 「산중 대화」의 시작을 니체의 차라투스트라의 말과 연결시
키며, 차라투스트라의 "가장 고독한 고독"을 산중 대화의 분위기로 표
현하고 있다. 산중에서 만난 두 사람의 대화는 서로에게 다가가지 못
한 낯선 대화가 될 것임을 암시한다. 또 산으로 들어가는 나그네에게
주변의 자연도 위로가 되지 못할 것이다. 그래서 의지하고 있는 '지팡
이'와 발에 부딪히는 '돌'이 나그네에게 말을 걸어오며, 고독과 고통,
죽음의 상징인 '지팡이'와 '돌'을 통해서 방랑과 박해의 유대민족에게
다가가고 있는 것이다.

첼란은 푀겔러에게 보낸 위의 편지에서 "이루어지지 못한"에 줄을
그어놓고 '아도르노, 큰 유대인을 거기서 만나야했다. 아도르노는 실
스에서 내가 좀 더 오래 머물러야했다는 것이다. 그러면 내가 진짜 큰
유대인, 즉 숄렘 G. Scholem을 알게 되었을 것이라고 말했다.'고[7] 적고
있다. 이 편지로 볼 때 산문에 나오는 '큰 유대인'은 아도르노를 가리
키고 있음을 알 수 있다. 그런데 두 사람의 대화는 서로 빗나가고 '작

은 유대인'은 독백과 같은 대화 속에서 자신에게 향하고 있다. 실스에서 첼란이 조금만 더 머물렀으면 진짜 큰 유대인을 만났을 것이라는 아도르노의 말을 보면, 「산중 대화」의 주제는 유대인으로서의 정체성에 관한 것임을 알 수 있다. 쇼아에 대한 기억과 함께 유대인의 운명, 망명, 고향 상실, 이와 더불어 말 할 수 없어 입을 다물어버린 언어의 문제가 '산중 대화'의 중심이 될 것을 예고한다.

집을 나선 유대인은 '유대인의 아들'로 한 번 더 강조되는데 그와 함께 "입 밖에 내지 못하는 이름"이 함께 간다. 첼란이 원래 이름인 Pessach Antschel대신 Paul Celan으로 불리는 상황을 의미할 수 있으며, 유대인들이 함부로 입에 올릴 수 없는 '여호와'를 의미할 수도 있다. 하지만 강제 수용소에서 이름으로 불리지 못하고 숫자로 표시된 유대인들, 이름 없이 죽어간 수많은 유대인들을 상징한다고 보는 게 산문 전체로 볼 때 더 설득력이 있다. 산으로 첼란 혼자 들어가고 있는 것이 아니라 강제수용소에서 죽어간 유대인들, 박해받는 유대인들, 고향을 떠나 유리방황하는 유대인들이 함께 그 길에 있는 것이다.

III. 유대인으로서의 정체성

저녁에 집을 나선 유대인은 이름과 함께 '구름 아래로' 걸어간다. 여기서 '구름'은 정처 없이 떠도는 고향 잃은 자의 모습과 함께 유대 역사를 거슬러 올라가서 출애굽의 유대민족을 연상시킨다. 광야를 건너면서 강한 햇빛을 불평하자 여호와는 구름기둥을 만들어서 그들이 그늘로 가게 했다. 그런데 뒤이어 나오는 "그림자 속으로 갔지, 자신의 그리고 타인의 그림자로"는 게토의 불타는 연기구름, 마침내는 수용소의 연기 속으로 들어간 유대민족을 떠오르게 한다. 살아있는 유대인이 속한 곳은 "저지대"이다.

유대인이 살아야했던 게토처럼 두 유대인은 저지대로 오고 산 위로는 별이 떠있다. 뒤따르는 "우린 별 아래 있지, 우리, 유대인"의 묘사는 두 유대인이 만나고 있는 산속 전경을 말하고 있지만, 내적으로는 강제 수용소에서 유대인들이 가슴에 달아야했던 노란 다윗의 별을 상기시킨다. 화자가 표현하는 "Jud"도 이중적인 의미를 담고 있는데, 유대인을 의미하면서 동유럽 출신의 유대인을 비하하는 말이기도 하다. 또 유대인은 돈만 밝히며 자연의 아름다움에 대해서는 알지 못한다는 악의적인 편견을 화자는 또 다른 의미로 긍정한다. 즉 유대인이 자연과 하나 되지 못하는 것은 오랜 방랑과 광야 생활에 대한 기억 때문이다. 고향을 잃고 망명과 박해로 내몰린 유대인들에게 자연은 아름답고 친근하기보다 거칠고 고독한 광야였다. 그리고 산 중에 '산나리', '라푼첼', '패랭이'가 화려하게 피어있지만 제대로 볼 수 없다. 왜냐면 유대인은 눈이 없기 때문이다. 유대인은 자연의 아름다움을 보는 눈이 없다고 하지만 화자는 이 또한 다르게 해석한다. 눈이 없는 게 아니라 '베일'이 그들 눈에 드리워있기 때문이다. '베일 드리워진 눈'은 감긴 눈이다. 즉 화자는 죽은 자들의 눈으로 보기에 산 중 여기저기 피어있는 꽃들에 감탄할 수 없으며, 오히려 산중에 핀 생물을 보고 고통을 느낀다. 그들과 함께 이 자연을 볼 수 없기에 살아있는 유대인도 자연을 낯설게 느끼고 있는 것이다. 그래서 산중의 유대인은 무생물체인 지팡이와 돌에게 유대감을 보인다.

"석판 위에 누운" 이들은 같은 운명을 지니고 있다. 나와 같으면서 다른 그들은 석판 위에 같이 누웠지만, 잠들면서 잠들지 못했고, 꿈꾸면서 꿈꾸지 않는다. 같이 있지만 같이 있지 않은 그들은 죽은 형제들이다. '그들 곁 돌 위에 누운' 시인은 그들과 같은 운명을 지니고 있다. 그들은 헝가리 기차역에서 밤을 같이 보낸 망명자들일 수 있겠고, 이제 돌아올 수 없는 죽은 자들이기도 하다. 살아남은 자는 혼자 살아남은 것에 대해서 죄책감을 가진다. "그들은 나를 사랑하지 않았고, 나는 그들을 사랑하지 않았습니다, 나는 혼자였기 때문입니다, 누가 그 혼자를 사랑하려할까요"라는 고백에 이어서 그들의 죽음을 상징하는 '타버린 촛불'을 사랑한다고 말한다.

안식일의 '타버린 촛불'은 소각장의 연기로 사라져간 유대 형제들의 죽음을 상징한다. 화자는 그들에게 속하면서 또 낯설다. 유대인으로서의 운명은 같지만 살아남은 화자는 죄책감으로 더 이상 사랑을 할 수 없다. '그 날, 일곱째 날, 마지막이 아닌 날의 촛불처럼 다 타버린 것을 아마 사랑할 수는 있을 겁니다.'라고 이어진 고백은 박해받는 유대인으로서의 강한 자아를 보여준다. '사랑받지 못했던 자들의 사랑과 동행하며 여기 위에서 나를 향해 걸어가고 있습니다.'라는 산문 마지막의 고백은 사랑받지 못하고 죽어간 이들과 여전히 사랑받지 못한 존재로서의 화자를 강한 유대감으로 엮고있다.

IV. 아도르노와 첼란의 '언어'에 대한 문답

산문은 세 부분으로 구분되는데, 두 유대인이 대화를 나누기 전까지, 두 유대인의 대화 그리고 대화 중 작은 유대인의 독백에 가까운 혼잣말로 나뉜다. 두 사람의 대화 시작 전에는 화자가 산 속 분위기를 전하는데 매우 독특한 서술방식으로 표현된다. 병렬과 감탄사, 갑작스런 삽입문, 명사의 대명사에 의한 반복, 동호법, 생략부호 등으로 글의 흐름이 자주 끊긴다. 짧고 간단하고, 기본적인 단어들은 길을 나선 유대인의 편하지 않은 마음, 편하지 않은 걸음걸이를 언어로 표현해주고 있는 듯하다. 더 나아가서 다가올 만남이 편하지 않다는 것을, 성공적이지 못할 것이란 것을 예측하게 한다. 어색한 침묵, 말의 중단, 그리고 실제 만남이 아니라 가상의 만남에 대한 글이기에 여러 생각과 의문이 파편적으로 떠오르기 때문일 것이다. 그래서 두 사람이 나누는 이야기는 대화보다는 독백으로 느껴진다. 또 두 사람 사이에는 어색한 말 중단이 이어진다. 주변에 핀 산나리, 라푼첼도 없는 것처럼 자연과도 소외되고 있다. 실스에서 아도르노를 만나기로 했던 7월이 여기서 "7월은 7월이 아니다"로 부정되면서 두 사람의 만남도 부인되고 있다. '큰 유대인'으로 지칭되는 아도르노는 "유대인 생명의 사분의 일만큼 나이 많은"으로 묘사되는데 이는 유대 달력으로 17년을 말하며, 아도르노는 첼란보다 실제로 17년 연상이다.

아도르노는 지각변동이 있었던 곳을 가리키며, 언어에 대해서 얘기한다. 언어를 탄생시키는 지각변동은 마치 천지창조를 연상시키는 듯이 언어의 기원을 신비롭게 그려낸다. 언어의 비밀 통로와 같은 산중 호수의 중심부에서 하얀빛을 담은 초록이 발견되는데 빙하에서 연유하는 하얀빛은 순수함을 상징하고, 초록은 성장과 결실을 의미한다. 왜 언어가 산 속 깊은 곳에서 발견될까? 첼란의 문학에서 빙하, 얼음, 눈은 오염되지 않으면서 고통을 담고 있는 새로운 언어의 요소들이다. 얼음은 돌처럼 단단하지만 그 속성에 있어서는 눈과 연결된다. 첼란은 죽은 자를 "얼음과 돌의 마이스터"[8]로 부르고, "얼음이 부활할 것이다"[9]는 소망과 함께 얼음을 에덴동산으로 가는 출구로 묘사한다. 빙하의 세계는 잃어버린 이상향의 상징이지만, 이 차가운 곳에서는 생명이 영속될 수 없다. 하지만 '얼음의 부활'에 대한 소망이 여기서는 '초록빛'으로 표현되고 있다. 아도르노의 원언어의 기원에 대한 생각은 바로 첼란의 생각인 것이다. 첼란은 언어의 탄생을 극도의 고독과 순수함 속에서 그려내고 있으며, 하얀빛과 초록빛을 담고 있는 빙하는 첼란의 새로운 언어 탄생을 위한 "초록빛 침묵"과 같다.

그런데 큰 유대인은 이 언어가 '나와 너'를 위한 게 아니라고 말한다. 즉 첼란에게 영향을 끼친 마틴 부버의 '나와 너'를 생각하게 하며 만남의 문학으로서 중요한 개념인 '나와 너'가 아닌 '그, 그것, 당신'을 위한 언어라는 것이다. 여기서 첼란은 '아우슈비츠 이후 서정시를 쓰는 것은 야만적이다'라는 아도르노의 말을 우회적으로 표현하고 있다. 인간이 저지른 끔찍한 만행을 언어로 표현하는 것이 불가능하다는 것, 죽은 자들만이 그 참혹한 고통을 표현할 자격이 있을 것이지만 그들은 말을 할 수 없기에 살아있는 자는 표현할 자격이 없다는 것으로 이해할 수 있다. 첼란은 아도르노의 말에 공감하면서도, 그러면 언어가 '나와 너', 인간을 위한 것이 아니라면 그러면 '당신은 왜 이 곳으로 왔는지'를 묻는다. 일어난 일을, 끔찍한 인간의 만행을 표현할 수 없다면 태초의 언어를 찾는 이유가 무엇인지를 묻는 말로 해석할 수 있다.

"왜, 무엇 때문에"라는 질문에 아도르노는 '만남을 위해서, 돌에게 얘기하는 지팡이로만 아니라, 입과 혀를 가지고 얘기하기 위해서'라고 답한다. 이에 첼란은 돌은 "얘기하는" 게 아니라 "말한다"고 대답한다.

'돌'은 첼란 문학에서 침묵을 의미하며, 어두운 현실에 대한 저항을 담고 있다. 채석장으로 불렸던 외진 들판에서 죽어간 부모에 대한 기억이 돌의 이미지에 담겨있으며, 돌은 고난의 역사, 시대의 어두움을 상징한다. 작은 의미로는 죽어서 말할 수 없는 이들의 고통과 침묵을 대변한다. 그래서 푀겔러는 첼란 문학에서 돌은 "단단해진 고통"이며, "유일한 부르짖음"이라고 말한다.[10] '침묵'은 단순한 침묵이 아니라 그 자체로 말없는 언어이다. 그런데 '돌'의 말을 누구도, '누구도 아닌 자 Niemand'도 듣지 않는다.

'돌'의 언어가 아닌, '입과 혀를 가지고 얘기하길 바라는' '큰 유대인'의 말에 '작은 유대인'은 언어기관인 '눈眼'에 대해 말한다. '돌'은 이제 '베일이 드리운 눈'과 연결되면서 또 다시 죽은 이들을 상기시킨다. '큰 유대인'이 '작은 유대인'의 눈에 쳐진 베일을 걷어 올리지만 이미 다른 베일이 드리워있다. '작은 유대인'은 산 위로 비추는 별을 언급하면서 수용소의 유대인들을 상기시키며 자신의 정체성을 확인한다. '베일'은 눈에 어린 눈물일 수 있고, '베일이 쳐진 눈'은 감긴 눈, 죽은 자의 눈일 수도 있다.

'베일 드리운' 죽은 자의 눈은 침묵하지 않고 훗날 말을 구성할 '자음'을 보존하고 있다. 숨을 들이쉬지 못하기에 날숨으로만 생기는 불완전한 말의 부분은 살아있는 자들의 들숨으로 생겨나는 '모음'을 기다리고 있다. 죽은 자들의 언어인 '돌'은 또한 공중으로 날아가서 '별'이 되기를 소망한다. 딱딱하고 차가운 무생물체인 돌이 '꽃'으로 피어나고, '별'이 되는 과정은 '큰 유대인'이 말한 언어 탄생의 "지각변동"과 같다고 볼 수 있다. 산의 단단한 표면을 뚫고 나온 언어처럼, 고통으로 화석화된 침묵의 언어가 장미가 꽃을 피우듯 피어나고, 공중으로 날아가서 별이 된다. 그래서 '돌의 언어가 아닌 입과 혀를 가지고 말하기를' 바라는 '큰 유대인'의 말은 결국 돌처럼 굳은 말, 침묵으로부터 말을 시도하려는 첼란 자신의 생각이기도 하다.

산으로 들어가는 유대인을 동행하는 지팡이, 적막한 산 중의 돌은 살아남은 자의 고통을 상징하지만, 지팡이와 돌의 언어는 현실을 담아내기에 부족하다. 그래서 화자의 시선은 '산나리와 라푼첼' 옆으로 저 위, 낙엽송이 잣나무를 향해 오르는 곳'으로 향한다. 고통의 언어인 '돌'이 빛의 전달자인 '별"이 되어서 어둠을 비추고 진실을 드러내기를 시도하는 것이다.

V. 자기를 찾아가는 길

아도르노와 첼란의 대화는 누구의 말인지 구분하기 힘들 정도로 첼란 스스로 묻고 대답하며 점차 독백으로 이어진다. "고문당하는 자가

절규하듯, 오랜 고통은 표현의 권리가 있다. 그래서 아우슈비츠 이후 시를 더 이상 쓸 수 없다는 말은 틀렸을 수 있다."는[11] 아도르노의 말이 좀 더 빨리 나왔더라면 두 사람의 산중 대화는 다르지 않았을까? 오랜 고통으로 예민해진 시인은 적대적인 비판과 공격에 대해서 뿐 아니라 주변 사람들의 미지근한 애정에도 상처받았다. 아도르노와 첼란의 대화는 결국 첼란이 자신과 나누는 외로운 대화가 되고, 아도르노와의 가상 만남은 첼란 자신과의 만남이 된다.

산문의 마지막은 화자가 유대인으로서, 더 나아가 시인으로서 겪어야 했던 정체성 문제로 귀결되고 있다. 아도르노와의 대화는 "말할 수 있었을 텐데"라는 접속법으로 바뀌면서 결국 허구로 남았음을 말해준다. 첼란이 산 중에서 찾은 것은 유대인으로서의 정체성이며 이와 함께 박해받고 유리방황하는 이들과의 유대감이다. 첼란이 자신의 시 서문에 "모든 시인은 유대인이다"라는 츠베타예바의 시 구절을 인용하고 있는 것에서도 드러나듯, 첼란에게 유대인은 부모로부터 물려받은 유대 혈통을 넘어서, 억압받는 약자들, 고향을 잃고 유리방황하는 고독한 자들을 의미한다. 「산중 대화」의 마지막 문장 "나는 여기 위에서 나를 향해 걸어가고 있습니다."는 첼란의 시적 자아가 향하는 길인 '자기 자신을 찾아나서는 것'이다. '1월 20일'을 기억하고, '1월 20일'을 시문학으로 표현하려는 '자신'과의 만남이며 그런 자신을 확인하는 길이다.

한자동맹의 자유도시 브레멘 문학상 수상문 (1958)

생각하다 Denken와 감사하다 Danken는 독일어에서 같은 어원을 가진 단어입니다. 이 단어들의 의미를 찾다보면 "회상하다", "기억하다", "기념", "묵상"과 같은 의미군에 도달합니다. 이런 의미에서 여러분에게 저의 감사를 허락해주십시오.

제가 여러분을 만나고자 출발한 곳을 여러분은 아마 모를 것입니다. 그 곳은 하시디즘의 역사가 뚜렷하게 남아있는 곳입니다. 마틴 부버가 우리 모두에게 독일어로 다시 가르쳐주었지요. 이렇게 멀리 있는 내 눈에 어린거리는 그곳을 지형학적 위치에 덧붙여서 인간과 책이 함께 어울렸던 곳이라 말하고 싶습니다. 이제는 역사에서 사라져버린, 합스부르크 왕가의 옛 지방에서 처음으로 루돌프 알렉산더 쉬레더 이름을 알게 되었습니다. 루돌프 보어카르트의 「석류의 송가」를 읽으면서요. 이 책을 통해서 브레멘를 조금 알게 되었습니다. 브레멘 신문이 발간한 책속에서이지요.

책을 통해서 그리고 책을 쓰고 출판한 사람들의 이름으로 가까이 느껴지기도 하지만 브레멘은 여전히 도달할 수 없는 곳으로 들립니다.

멀지만 도달할 수 있는 곳, 다다를 수 있던 곳은 빈 이었습니다. 거기에 오기까지도 수년이 흘렀다는 것을 여러분은 아실 겁니다.

붙잡을 수 있을 만큼 가까이 그리고 모든 것이 사라진 가운데서도 남아있는 하나는 바로 언어입니다.

바로 이 언어는, 모든 것에도 불구하고 상실되지 않고 남았습니다. 그러나 언어는 뚫고 가야했습니다. 그 자체의 말없음을, 무서운 침묵을, 죽음을 부른 담화의 천 겹 어둠을 뚫고 가야했습니다. 언어는 뚫고 갔습니다, 그리고 일어났던 것에 대해서 한마디 말도 하지 않았습니다. 그러나 언어는 이 일어난 일을 뚫고 갔습니다. 뚫고 나가서 다시 드러낼 수 있었습니다, 모든 것에 의해 풍요로워져서.

저는 이 언어로 그 시간들과 그 이후에도 시를 쓰려고 했습니다. 말하기 위해서, 방향을 잡기위해서, 제가 어디에 있고 어디로 가고자하는지 알기 위해서, 현실을 파악하기 위해서 말입니다.

여러분이 보시듯 그것은 중요한, 멈출 수 없는, 끊임없는 시도였습니다. 그것은 방향을 잡기 위한 몸부림이었습니다. 이런 몸부림이 무슨 의미가 있는지 의문이 들 때면 내 자신에게 말하지 않을 수 없었습니다. 이 질문은 시계바늘 방향에 대한 질문과도 같은 의미라고요.

즉 시는 현실과 무관할 수 없습니다. 시는 끝없이 요구한다는 것은 분명합니다. 시는 시대를 꿰뚫어 파악하고 시대를 뚫고 나가는 것이지, 시대를 벗어나려 하지 않습니다.

언어적 현상과 속성으로 볼 때 누군가에게 말을 거는 시는 병 속 편지와 같은 것입니다. 늘 희망적인 것은 아니지만 언젠가는 육지에, 아마도 마음의 나라에 닿을 것이라는 믿음으로 띄워 보낸 병 속 편지 말입니다. 시도 이 같은 소망으로 띄워 보내집니다. 시는 무엇인가, 누군가에게 향하고 있는 것입니다.

어디를 향하냐고 묻고 싶으십니까? 어떤 열려있는 것, 붙들 수 있는 것, 아마 말 걸 수 있는 당신, 말 건넬 수 있는 현실이 아닐까요?

시는 그런 현실을 향해간다고 생각합니다.

물론 시에 대한 이런 고민이 저만 아니라 젊은 세대 시인들의 고민이기도 합니다. 인간의 창작품인 별들이 하늘에 떠있는 것을 막힘없이 볼 수 있는, 이제까지 생각할 수 없을 만큼 거대한 자유공간에서 그 존재와 함께 언어에 다가가는 시인, 현실에 상처 입으면서 현실을 직시하는 시인의 염원 말입니다.

브레멘 문학상 수상문 해설

병 속 편지와 상실되지 않은 언어

첼란은 1955년 브레멘 문학상 수상 후보에 올랐지만 루돌프 알렉산더 쉬레더의 반대로 수상이 불발되었다. 1957년에 수상 후보로 다시 거론되고 이번에도 그는 반대했지만 첼란은 오히려 수상문에서 그의 이름을 언급하면서 경의를 표하고 있다.

첼란은 개인적인 삶에 대해서 공개적으로 말한 적이 거의 없는데 이 수상문에서는 고향에 대해서 약간 밝히고 있다. "책과 사람이 함께 어울리는 곳"이라고 소개하지만 '부코비나'라고 말하지는 않는다. 책의 나라 Buchenland라는 의미의 Bukowina는 지형학적인 이름이 아니라 첼란에게 언어의 나라이다. 언어와 존재에 집중했던 마틴 부버가 독일어로 유대 전통문화를 들려주었고, 유대 문화와 독일 언어가 함께 한 곳이다. 유대정신이 뿌리내린 곳, 하지만 이제는 갈 수 없는 곳이 되었다. 박해와 고향상실의 고통스런 역사를 체험한 첼란에게 독일은 견딜 수 없는 나라일 것이다. 그래서 브레멘 자유도시가 주는 상을 수상하러 독일 땅을 밟았지만 첼란에게 독일은 여전히 '도달할 수 없는', '머물 수 없는' 곳이다.

뷔히너상 수상문 「자오선」과 함께 첼란의 시론을 가장 잘 담고 있는 브레멘 문학상 수상문은 첼란의 언어에 대한 생각을 중점적으로 담고 있다. 모든 것에도 불구하고 상실되지 않고 남아있는 한 가지, 바로 언어를 얘기한다. 언어와 인간은 함께하기에 인간과 세계가 상처 입을 때 언어도 황폐해졌다. 하지만 천년 제국을 꿈꿨던 히틀러의 망상을 상기시키는 천 겹의 어둠을 뚫고 다시 표면으로 드러나야 한다.

> 언어는 상실되지 않고 남아 있었습니다. 그 모든 것에도 불구하고 요. 그러나 언어는 뚫고 가야했습니다. 그 자체의 말없음을, 무서운 침묵을, 죽음을 가져오는 말의 천 겹 어둠을 뚫고 가야했습니다.

언어가 뚫고 가야하는 '말없음', '침묵'은 진실을 분명하게 표현하지 못했던 언어에 대한 검열이다. 언어는 동전의 양면처럼 한 면은 말로, 다른 면은 침묵으로 이루어진다. 모든 대화에 침묵이 함께 하는 것이다. 무엇보다 자신과의 대화나 죽은 자와의 대화에서는 침묵이 더 많이 작용할 것이다. "문학 작품은 침묵으로부터 생겨나며, 침묵을 동경한다."는 피카르드의 말처럼 첼란의 문학은 침묵을 동경하며 그 침묵으로부터 말하기를 원한다. 침묵은 역사의 잔인한 사건을 기억하며 말의 도래를 기다리고 있다.

언어가 거짓 이데올로기와 불의한 주장들에 의해서 이용되고 오용되는 반면, 침묵은 말없는 증인이 되어서 언어가 생성될 수 있는 무르익은 시간을 기다린다. 하지만 침묵은 또한 이용당할 수 있다. "침묵으로부터 말이 생성됨으로써 비로소 침묵은 그의 의미를 갖게 된다."는 첼란의 말속에 그의 문학이 나아가는 방향이 침묵이 아니라 침묵으로 단련된 참된 언어임을 알 수 있다. 암석 깊이에서 나오는 광석처럼 풍요롭게 되어서. 그리고 이 언어로 첼란은 시 쓰기를 시도한다. 침묵을 통해서 정제되고 새롭게 형성된 언어, 어두움을 뚫고 빛의 씨앗을 담은 말로 시인은 현실을 그려내고자 한다.

　이 언어로 저는, 그 세월에 그리고 그 세월들 이후에도, 시를 쓰려고 했습니다. 말하기 위해서, 방향을 잡기위해서, 제가 어디에 있고, 어디로 가고자하는 지 알기 위해서, 제 자신을 위한 현실을 파악하기 위해서 말입니다.

첼란의 문학이 보여주는 '말없음'의 경향은 침묵으로 나타나는 고요 속에서 아직은 말 되지 않은, 그러나 오고 있는 말을 소망하고 있는 것이다. 이는 현실을 바르게 묘사하기 위해서, 밝은 미래를 위해서 여전히 현실에 남아있는 과거의 어두움을 드러내고자하며, 그 어두움 속에 짓눌려 방향을 잃고 있는 자신의 존재를 되찾고자한다. 진실을 말할 수 있는 언어, 오용되지 않은 언어를 찾고 생성하고자하는 시인의 노력은 바로 자신을 찾아가는 과정이기도 하다.

librairie Flinker의 설문에 대한 첼란의 답장 (1958)

(이 잡지는 철학적, 문학적 질문을 작가에게 던지고 그의 대답을 통해서 현재 작업하고 있는 작품과 앞으로의 계획을 독자들에게 전할 목적이었다.)

친절하게도 현재 내가 하고 있는 작업과 앞으로의 계획에 대해 물어보십니다. 그런데 나는 이제까지 겨우 시집 세권을 출판한 작가입니다. 그래서 질문의 요지를 어느 정도 고려하면서 시를 쓰는 사람의 입장에서 질문에 답하고자 합니다.

독일 시는 프랑스 시와는 다른 길을 가고 있다고 생각합니다. 가장 끔찍한 기억과 이와 관련하여 피할 수 없는 의문을 가진 독일시에 있어서 전통을 지키면서도 시에 기대하는 것을 표현하는 것이 더 이상은 가능하지 않습니다. 독일 시의 언어는 더 정제되고 더 사실적이 되었으며, '아름다움'에 대해서 불신하며 진실을 드러내려 애쓰고 있습니다. 현실적으로 보이는 다양한 색들을 그려보면서 시각적인 영역에서 말 하나를 찾는다면 이는 '잿빛의 언어'입니다. 그 끔찍한 것과 함께 하였거나 많든 적든 그 곁에서 유유히 무심하게 소리 냈던 언어이지만 그 '유쾌한 음'과는 전혀 관계하지 않았던 곳에 그 음악성이 깃들어있기를 원했던 언어입니다.

이 언어는 꼭 필요한 표현의 모든 다양함 속에서도 간결함을 중요하게 여깁니다. 이 언어는 미화시키지 않고, 서정적으로 흐르지 않고, 명명하고, 그 자리에 놓고 그리고 주어진 것과 가능한 것의 영역을 측량하려합니다. 물론 여기서 언어 자체, 즉 작품의 언어로서만 아니라 그 존재의 특별한 각도 아래서 말하는 나의 윤곽과 방향이 중요합니다. 현실은 그냥 있는 것이 아니라 찾고 획득되길 원합니다.

당신의 질문에 답이 되었을까요? 시인들이 그렇죠!

시인들이 언젠가 제대로 된 소설을 쓸 수 있기를 바라면서 질문에 대한 답변을 마칩니다.

첼란의 답장에 대한 해설

어두운 역사를 담은 '잿빛 언어'

부코비나 출신으로 파리에서 도서상을 하던 유대인 마틴 플린커는 연감을 출판하면서 여기에 정기적으로 작가들의 작업과 관심 주제에 대한 견해를 실었다. 출판사의 설문에 대한 답장에서 첼란은 독일의 시문학은 프랑스의 시문학과는 다른 길을 가고 있다고 대답한다. '가장 암울한 기억'에서 보이듯 파시즘은 잊힌 과거가 아니라 늘 기억되는 현재인 것이다. 1945년 이후에도 전통적인 시 형식을 고집하면서 서정성을 강조하는 시들도 있었지만 첼란은 독일 서정시의 전통성을 무시하는 것은 아니지만 새로운 시문학으로 나아가는 것이 불가피하다고 말한다. 즉 '아름다운' 언어보다 진실한 언어가 우선되어야한다는 것이다. 그래서 현란한 말보다 간결함을 요구한다. 첼란은 현실을 미화하거나 예쁘게 포장하는 언어가 아닌 현실을 그대로 드러내는 솔직한 현실 언어를 찾고 있다. 끔찍한 나치의 만행에 편승하여 유쾌한 음을 내던 언어에 대한 회의는 시인으로 하여금, '잿빛 언어'에 다가가게 한다. 잿빛은 검정과 하양의 혼합색깔로서 빛과 동시에 어두움에 관계하며, 타고남은 재의 색깔로 정결을 의미하기도 한다. 또 유대인들이 회개할 때 재를 뒤집어썼다는 구약의 이야기를 생각할 때 '잿빛 언어'는 참회의 언어이기도 하다. 강제 수용소에서 집단으로 살해되고 화장되어 재로 남은 이들의 고통과 비인간적인 현실을 담은 언어는 진한 회색빛을 띤 '잿빛 언어'여야 한다.

"그림자를 얘기하는 자는 진실을 말한다."는 시인의 말속에서 그림자가 진한 잿빛을 담기에 잿빛 언어는 또한 진실을 담은 언어를 의미한다고 볼 수 있겠다. 잿빛 언어는 침묵과 연결되며, 침묵을 담은 말은 어두운 과거와 위협적인 현실을 내포한다. 「언어창살」에서 하늘은 '마음 잿빛'을 띠며, 눈에서 흘러나오는 눈물도 "마음 잿빛"을 담고 있다. 이는 고통스럽게 체험된 시인의 운명을 언어도 함께 겪고 있는 것이다. 침묵의 과정을 통해서 언어의 새로운 형식을 찾고자할 뿐 아니라 침묵의 공간과 시간 속에서 역사와 자기 자신과 의식적으로 대립하고 있는 것이다.

자오선 Der Meridian

게오르크 뷔히너 문학상 수상 연설문
1960년 10월 22일 다름슈타트에서

신사 숙녀 여러분!

예술은, 여러분이 알고 계시듯, 꼭두각시 같이, 약강 오보격에 매여 있고, – 그리스 신화 속 피그말리온과 그의 피조물의 관계에서도 드러나듯 – 생산력을 상실한 것입니다.

이런 형태의 예술은 감옥 같이 규율적인 곳이 아닌, 끼어드는 게 없으면 끝없이 계속될 수 있을 사적인 담소의 이야기 거리일 뿐입니다.

그런데 그 사이로 무언가 끼어듭니다.

예술은 다시 모습을 드러냅니다. 예술은 게오르크 뷔히너의 다른 문학작품 『보이첵』의 이름 없는 사람들 속에서, 그리고 – 모리츠 하이만의 『당통의 죽음』에 대한 말을 인용할 수 있다면, 아직 "흐릿한 번갯불" 아래 다시 나타납니다. 이 예술이 현재에도 장터 호객꾼에 의해 무대에 다시 등장합니다. 담소 중에 보인 "타오르는 듯", "솟구치는", "빛나는" 창작품과는 관계없이, 피조물과 이 피조물이 "걸치고 있는", "아무것도 아닌" 것에서 말이지요. 예술은 이 때 원숭이 형태를 하고 있지만 우리는 "윗도리와 바지"를 보고 그 예술이라는 것을 바로 알아차립니다.

그리고 그 예술이 뷔히너의 또 다른 작품 『레옹세와 레나』로 우리에게 다가옵니다. 시간과 때를 알아챌 수는 없습니다. 우리는 "낙원으로 도피 중"이며, "모든 시계와 달력"은 곧 "깨부숴지거나", "금지될" 것입니다. 하지만 그 전에 "남녀 한 쌍"이 앞으로 인도되지요. "세계적으로 이름난 자동기계 두 개가 도착한 것입니다." 그리고 한 사람이 "남녀 중에서 어쩌면 가장 기이한 제 삼의 인물"이라고 자신을 소개하며, 우리 눈앞에 있는 것을 눈 크게 뜨고 보라고 왱왱거리는 목소리로 요구합니다. "기술과 기계장치 이외에 아무 것도 아닌 것을, 판지와 시계태엽뿐인 것을!" 말입니다.

예술은 여기에서 지금까지보다 훨씬 더 대단한 호위병과 함께 등장하지만 한 눈에 알아챌 수 있습니다. 예술은 자신과 닮은 것들 사이에 있다는 것, 동일한 예술이라는 것, 우리가 이미 알고 있는 그 예술이라는 것입니다 – 발레리오는 호객꾼이라는 또 다른 이름일 뿐입니다.

예술은, 신사 숙녀 여러분, 예술에 속해있는 것, 또 속하게 될 모든 것과 함께 문제되기도 합니다. 알다시피 모습을 바꿀 수 있고, 질기게 오래 살아남는, 말하자면 사라지지 않는 것입니다.

죽을 운명의 까미유와 죽음을 통해서야 이해될 수 있는 당통이 끊임없이 얘기한 문제입니다. 예술은 좋은 이야깃거리입니다.

그런데 예술이 이야깃거리가 될 때면 그 자리에 있으면서도 ... 제대로 이해하지 못하는 누군가가 늘 있기 마련입니다. 듣고 귀 기울이고 응시하는데 ... 무슨 얘기인지 모른다는 것입니다. 하지만 말하는 사람에게 귀 기울이고, "말하는 것을 응시하면서" 그 사람은 말을 그리고 몸짓을, 동시에 – 여기 이 문학 분야에서 누가 이에 대해서 반론할 수 있을까요? – 방향이며 운명을 가리키는 호흡까지도 느끼는 것입니다.

그 사람은, 여러분도 이미 알고 있듯, 필연적으로 해마다 여러분에게 자주 언급되는 그 사람은 바로 뤼실입니다.

이야기를 뛰어넘어서 우리는 이제 혁명의 광장에 있습니다. "마차가 와서 멈춥니다."

함께 온 사람들이 모두 거기 있습니다, 당통, 까미유, 그 밖의 사람들. 그들 모두는 여기서도 말을, 현란한 말을 늘어놓지요. 함께 맞이하는 죽음에 관한 말입니다. 그들은 말하고, 뷔히너는 여기서 가끔 인용할 뿐입니다. 파브르는 심지어 "두 번이라도" 죽을 수 있다며 큰소리치고, 모두들 흥분해있습니다. 몇몇 목소리, "몇몇" – 이름 없는 – "목소리들"만 이 모든 것이 "이미 있었던 일이고 권태롭다."고 생각합니다.

그리고 모든 것이 끝장나는 여기 긴장된 순간이 있습니다. 까미유가 – 그가 아닌, 그 자신이 아닌 까미유 형태를 하고 같이 온 사람 – 이 까미유가 연극무대에서처럼 거의 약강격 운율로 죽음을 맞이합니다. 우리는 두 장면이 지나서야 그의 낯 설면서 친근한 한마디 말로 인하여 그의 죽음을 느낄 수 있게 됩니다. 까미유를 에워싼 격정과 거창한 표어들이 "꼭두각시"와 "철사 줄"의 승리를 증명하는 그 순간에 뤼실이 서있습니다. 말을 인격으로, 지각으로 받아들이는 예술 문외한인 이 뤼실이 다시 한번 그 광장에서 예기치 않게 소리칩니다.

"왕 만세!"

단두대에서 터져 나온 현란한 말들에 뒤따르는 – 얼마나 놀라운 말인가요!

이것은 반어이지요, "철사 줄"을 끊는 말입니다, "역사의 잠복경찰과 사열대" 앞에서 더 이상 고개 숙이지 않는 말, 자유에 대한 외침입니다. 그것은 한 걸음입니다.

사실 그 말은 – 내가 지금, 그러니까 오늘 용기 내어 말하려는 것으로 보면 결코 우연일 수 없습니다 – 처음에는 "구체제"에 대한 신봉처럼 들릴 수 있습니다.

그러나 이 말은 – 페터 크롭포트킨과 구스타프 란다우어의 작품들을 읽으면서 자란 저에게 이 점을 분명히 밝히도록 허락해주십시오– 이 말은 왕정체제나 보수반동적인 구시대의 어느 누구에 대한 찬양이 아니라는 것입니다.

인간적인 현실을 소망하는 위대한 부조리가 찬양되고 있는 것입니다.

여러분, 하나의 이름으로 규정할 수 없지만, 나는 그것이 ... 문학이라고 생각합니다.

" – 아, 예술!" 여러분도 이 말을 아시듯, 나는 까미유의 이 말을 곰곰이 생각합니다.

까미유의 이 말이 이렇게도 혹은 저렇게도 이해되고 있다는 것을 나는 잘 알고 있습니다. 악센트를 다양하게 둘 수 있지요, 현실에 악센트를 둔 양음부호, 역사와 문학에 악센트를 둔 억음부호 그리고 변하지 않는 곡절부호 – 장음부호가 있습니다.

나는 내게 다른 선택의 여지가 없지요 – 현실 악센트를 선택합니다.

예술 – "아, 예술"은 변용의 능력뿐 아니라 어디에나 나타날 수 있는 재능이 있습니다. 예술은 『당통의 죽음』에서처럼 『렌츠』 바로 여기에서도 – 나는 이것을 강조하려 합니다 – 곁 줄거리로 나타나는 것을 볼 수 있습니다.

"식사를 하며 렌츠는 다시 기분이 좋아졌다. 사람들은 문학에 대해 얘기했고, 그것은 그의 관심분야였다 ..."

"... 창작되는 것이 생명을 가진다는 감정이 이 둘 보다 위에 있고, 예술에서 유일한 기준이다..."

나는 위의 두 문장만을 뽑았습니다. 문학보다 현실 악센트를 선택한 것에 대한 양심의 가책 때문에 여러분을 곧장 여기로 관심 돌리지 못했습니다. 이 대목은 무엇보다 문학사적으로 중요한데, 이미 인용된 『당통의 죽음』의 대화 부분을 함께 읽어야 합니다. 여기에는 뷔히너의 미학 개념이 들어 있으며, 여기에서 출발하여 뷔히너의 미완성 단편 『렌츠』를 지나서 「연극에 대한 논평」의 저자 라인홀트 렌츠에게 도달하며, 또 현실의 렌츠를 넘어서 메르시에의 "예술을 확장하라."는 문학적으로 풍요로운 구호에까지 다다릅니다. 이 구호는 자연주의와 게르하르트 하우프트만의 문학에 대한 예견이며, 뷔히너 문학의 사회적, 정치적 뿌리를 알려주는 말입니다.

신사숙녀 여러분, 잠깐 언급했을 지라도 그냥 지나치지 않음으로 내 마음이 조금 가벼워졌지만, 여러분도 알아차렸듯 내 마음이 또 다른 것으로 요동치고 있습니다. 여러분은 내가 무엇인가로부터 벗어나지 못하고 있다는 것을 느끼실 것입니다. 바로 예술과 연관되어있는 것이지요.

나는 여기 『렌츠』에서도 이것을 찾고 있으며, 여러분을 여기로 안내하려합니다.

렌츠, 그러니까 뷔히너의 렌츠는 "아 예술"을 "이상주의"와 이상주의의 꼭두각시 "나무인형"을 향해서 조소적으로 말한 것입니다. 그리고 이것에 대립하여 자연스럽고 인간적인 것을 내세웁니다. 즉 "아주 사소한 것의 생명", "경련", "암시", "거의 알아챌 수 없는 매우 미세한 얼굴표정"에 대한 잊을 수 없는 문장들이 이어집니다. 예술에 대한 이런 생각을 그는 자신이 체험한 것을 통해서 보여줍니다.

"어제 골짜기를 따라 올라갈 때, 나는 바위 위에 앉아있는 두 소녀를 보았다. 한 소녀가 머리를 땋아 올리고 있었고, 다른 소녀가 도와주고 있었다, 흘러내린 금빛 머리, 진지하며 창백한 얼굴, 하지만 어린 모습이었으며, 검은 옷을 입고 있었다. 다른 소녀는 무척이나 조심스럽게 도왔다. 가장 아름답고 감동적인 옛 독일 회화들도 담아내지 못한 것이었다. 이런 모습을 돌로 변화시켜서 다른 사람들에게 전할 수 있다면 때로는 메두사의 머리라도 되고 싶어 한다."

신사숙녀 여러분, 이 말에 주목하기 바랍니다. 예술을 수단으로 자연스런 것을 자연스럽게 포착하기 위해서 "사람들은 메두사의 머리가 되고 싶어 한다!"

"사람들은" 되고 싶어 한다는 이 대목에서 "나는" 여기에 당연히 포함되지 않습니다.

그것은 인간적인 것에서 빠져나오는 것입니다. 그리고 인간을 따라하는 섬뜩한 영역으로 자신을 내맡기는 행위입니다. 원숭이 형상, 자동기계 그리고 또한 ... 아, 예술도 자리 잡고 있을 바로 그 영역이지요.

현실의 렌즈가 아니라 뷔히너의 렌즈가 그렇게 말하고 있으며, 우리는 뷔히너의 말을 듣고 있는 것입니다. 그는 예술을 어떤 섬뜩한 것으로 느낀 것입니다.

신사숙녀 여러분, 나는 현실에 악센트를 놓았습니다. 하지만 내 자신 뿐 아니라 여러분에게도 감추고 싶지 않습니다. – 여러 물음 중 하나인 – 예술과 문학에 대한 질문을 가지고, 물론 자발적으로는 아니었지만 내가 원한 이 질문을 가지고 뷔히너 자신의 질문을 더듬어보기 위하여 그에게 다가갈 수밖에 없었습니다.

그러나 여러분도 알고 있습니다. 예술이 등장할 때마다 발레리오의 "왱왱거리는 소리"를 흘러들을 수 없다는 것을요.

그것은 오래된, 어쩌면 태고의 섬뜩함일 수 있다는 것을 뷔히너의 목소리를 통해서 추측해봅니다. 내가 오늘 이렇게 끈질기게 얘기하고 있는 것이 무엇인지는 분명합니다.

이제 이런 질문을 해봅니다. 발레리오라는 인물을 만들어낸 작가 게오르크 뷔히너에게서 거의 절반 정도만 들리고, 절반 정도만 의식적이지만 그렇다고 덜 무모하다고 할 수 없는, 혹은 바로 그 때문에 본래 무모한 문제이기도 한, 예술에 대해 이런 방향으로 문제가 제기되고 있는 것이 아닐까요? 오늘날의 모든 문학이 계속해서 문제를 제기한다면 귀결될 수밖에 없는 그런 문제가 아닐까요? 조금 건너뛰어서, 현재 곳곳에서 그러하듯, 우리는 예술을 이미 주어진 것, 선택할 수 없이 전제된 것으로부터 출발해야 할까요? 아주 구체적으로 표현한다면 특히 말하자면– 말라르메를 숙고해야할까요?

나는 좀 앞서 갔습니다, 아주 많이는 아니지만 미리 앞서 갔습니다. 뷔히너의 『렌츠』로 돌아오겠습니다. 식탁에서 이루어진 담화 그리고 "기분이 좋은" 렌츠 이야기로 돌아옵니다.

렌츠는 오래도록 이야기했습니다. "때로는 웃으면서, 때로는 진지하게." 그리고 대화가 끝나자 그에 대해서, 그러니까 예술에 대해 고민하면서 예술가이기도 한 렌츠에 대해서 말합니다. "그는 자신을 완전히 잊고 있었다."

이것을 읽으면서, "그", "그 자신"을 보면서 나는 뤼실을 생각합니다. 예술을 보고 느끼는 사람은 – 나는 렌츠 이야기에 머물러있습니다– 자신을 망각합니다. 예술은 나를 아득한 곳으로 옮겨놓지요. 예술은 여기 정해진 방향에서 정해진 거리, 정해진 길을 요구합니다.

그러면 문학은? 그럼에도 예술의 길을 가야하는 문학은? 그러면 정말 메두사 머리와 자동기계에 이르는 길을 가야하는가요!

이 문제에서 벗어나지 않고, 단편 『렌츠』에서 주어진 방향과 같다고 믿는 방향에서 좀 더 문제를 제기하려합니다.

어쩌면 – 난 그저 의문을 가질 뿐입니다 – 어쩌면 문학은 자신을 망각한 나와 함께 예술처럼 섬뜩하고 낯선 것을 향해가서, 자신을 다시 자유롭게 할까요? – 그렇다면 어디에서? 어느 곳에서? 대체 무엇으로? 무엇으로서?

예술은 문학이 지나가는 길일 것입니다 – 그 이상도 그 이하도 아닙니다.

다른 지름길이 없다는 것을 압니다. 그런데 문학이 때로는 우리를 앞서기도 합니다. 문학도 우리 길을 앞서 갑니다.

나는 이제 자신을 망각한 사람, 예술에 몰두한 사람, 예술가를 떠나려합니다. 나는 뷔실에게서 문학을 만났다고 생각했습니다. 뷔실은 말을 몸짓과 방향 그리고 호흡으로 느낍니다. 여기 뷔히너의 문학에서도 같은 것을 찾습니다. 나는 렌츠 자체를 찾습니다, 인격으로서 그를 찾고, 그의 형태를 찾습니다. 문학의 장소를 위해서, 자유롭기 위해서, 한 걸음을 위해서입니다.

신사숙녀 여러분, 뷔히너의 렌츠는 미완성으로 남았습니다. 그가 어떤 방향을 생각했을지 알기 위해서 현실의 렌츠를 찾아봐야하지 않을까요?

"그에게는 자신의 존재가 벗어버릴 수 없는 짐이었다. 그렇게 그는 살아갔다 ..." 소설은 여기서 멈춥니다.

그러나 문학은, 뷔실처럼, 그의 방향에서 형상을 보려합니다. 문학은 앞 서 갑니다. 렌츠가 어디를 향해갔는지, 어떻게 살아갔는지 우리는 알고 있습니다.

1909년 라이프치히에서 발간된 로사노프라는 모스크바 대학 강사가 쓴 야콥 미하엘 라인홀트 렌츠에 대한 글에서 그의 죽음을 봅니다. "죽음이 그를 구원하기까지 오래 걸리지 않았다. 1792년 5월 23일 밤부터 다음날 새벽까지 렌츠는 모스크바의 어느 거리에 죽어 누워있었다. 어느 귀족의 자선으로 그는 매장되었다. 그의 마지막 안식처는 알려지지 않았다."

그렇게 그는 살았던 것입니다.

그 진정한 렌츠, 뷔히너의 렌츠, 뷔히너의 형상, 소설의 첫 장에서 우리가 느낄 수 있었던 그 인물, "1월 20일 산으로 들어간" 렌츠 – 예술가가 아닌, 그리고 예술에 대한 질문에 몰두했던 사람이 아닌 '한 인간인 나'로서 그는 그렇게 살았습니다.

이제 우리는 낯선 것이 있던 장소, 그 인물이 – 낯선, 새로운 – 나로서 자신을 자유롭게 할 수 있었던 그 장소를 찾고 있는가요? 우리는 그런 장소, 그런 한 걸음을 찾는가요?

".. 물구나무서서 걸을 수 없는 것이 때로는 그에게 언짢을 뿐이었다." 이런 그가 바로 렌츠입니다. 이것이 그와 그의 걸음이며, 그와 그의 "왕 만세"라고 생각합니다.

"물구나무 서서 걸을 수 없는 것이 때로는 그에게 언짢을 뿐이었다."

물구나무 서서 걷는 사람은, 신사숙녀 여러분, 물구나무 서서 걷는 사람은 발아래 하늘을 심연으로 가지고 있습니다.

신사 숙녀 여러분, 오늘날 문학의 어두움에 대해서 비난합니다. 나는 여기서 갑작스럽지만 – 갑작스럽지 않게 무엇인가 얘기된 적이 있던가요? – 파스칼의 말을 인용하는 것을 허락해주십시오. 얼만 전 레오 쉐스코프의 책에서 읽었던 말입니다. "명료하지 않다고 우리를 비난하지 마라. 우리는 그것을 자랑으로 여기니까." 그것이 선천적인 어두움이 아니라면 만남을 위하여 – 어쩌면 스스로 생겨난 – 먼 곳 혹은 낯선 것으로부터 문학에 찾아든 어두움이라고 생각합니다.

그런데 서로 다른 낯선 것이 한 방향으로 나란히 붙어 있을 수 있습니다.

렌츠, 즉 뷔히너의 렌츠는 여기서 뤼실보다 한 걸음 더 나아갔습니다. 그의 "왕 만세"는 더 이상 말이 아닙니다. 그것은 무시무시한 말막힘입니다. 그와 함께 우리의 숨이 막히고, 말도 막힙니다.

문학, 그것은 숨돌림을 의미한다고 할 수 있습니다. 어쩌면 문학은 그 길을 – 또한 예술의 길을 그러한 숨돌림을 위하여 가는 것이 아닐까요? 낯선 것, 즉 심연과 메두사의 머리, 심연과 자동기계가 한 방향에 있는 것처럼 보이기에, 여기에서 어쩌면 낯선 것과 낯선 것 사이를 구별해 낼 수 있지 않을까요? 바로 문학에서, 이 짧은 유일무이한 순간을 위해서, 메두사 머리가 쭈그러들고, 자동기계가 멈추지 않을까요? 어쩌면 이 문학에서 나와 함께 – 여기 이렇게 자유로워진 새로운 나와 함께 – 아직 여기 다른 것이 자유로워질 수 있지 않을까요?

어쩌면 시는 그 순간부터 그 자체가 아닐까요 ... 그리고 이제 예술 없이, 예술에서 해방되어서 시의 다른 길을, 그래서 예술의 길도 갈 수 있지 않을까요 – 다시 또 다시 갈 수 있지 않을까요?

어쩌면 말입니다.

모든 시에는 시의 "1월 20일"이 새겨있다고 말할 수 있지 않을까요? 오늘날의 시들이 그 날짜를 잊지 않고 기억하려고 어느 때보다 더 노력한다는 것이 새롭지 않은가요?

그렇지만 우리는 모두 그 날짜로부터 글쓰기를 시작하지 않는가요? 우리는 어느 날짜를 기반으로 할까요?

그런데 시는 말합니다! 시는 그 날짜를 기억하면서 말을 합니다. 분명히 시는 늘 자신의 가장 고유한 것만 드러냅니다. 내 생각으로는, 여러분이 예상하지 못할 생각은 아니지만, "낯선", 아닙니다, 이제 이 단어를 더 이상 쓸 수 없습니다, "다른", 누가 아니요, 어쩌면 "전혀 다른" 것을 말하는 것이 예로부터 시의 소망이었다는 것을요.

내가 지금 붙잡은 것으로 보인 "누가 아니요"는 나로서는 오늘 여기서도 오래된 희망에 보탤 수 있는 유일한 말입니다.

이제 얘기해야 할 것 같습니다, "전혀 다른"과 연관해서도 말입니다, 나는 여기에서 – 그리 멀지 않은, 매우 가까이 있는 "다른"과 함께 생각할 수 있는 – 한 익숙한 말을 늘 다시 상기하면서 사용하고 있습니다.

시는 그런 생각을 고집하고, 동물에 어울릴 표현이지만 그런 생각을 추적합니다.

추적과 사유의 이 숨 멈춤이 얼마나 걸릴지 알 수 없습니다. "야생에서" 늘 살았던 "빠른 것"이 속도에서 우월하다는 것을 시는 알고 있습니다. 하지만 시는 닿을 수 있는, 억압으로부터 자유로운, 어쩌면 비어있는, 시에 – 뤼실처럼– 전념하는 그 "다른 것"을 향해서 굽히지 않고 나아갑니다.

시는 분명히, 시는 오늘날 말 막힘을 향해서 돌진하고 있습니다. 단어선택의 어려움, 통사체계의 갑작스런 붕괴, 의도적인 생략이 이런 경향의 직접적인 원인이라고 생각하지 않습니다.

앞에서도 여러 번 과격한 표현들을 사용했지만 이번에도 과격하게 표현하겠습니다. 시는 제 가장자리에서 자신을 주장합니다. 시는 살아있음을 외치면서, '사라진 것'에서 '여전한 것'으로 끊임없이 회귀하고 있습니다.

"여전한 것'이 '한번 말하기'일 수 있습니다. 그러니까 단순히 말을 의미하지 않으며, 말 그대로 "말 대응"도 아닐 것입니다.

그것은 현실 언어입니다. 과격하지만 언어적으로 그에게 주어진 한계의 기호로, 언어에 의해 그에게 열린 가능성을 기억하는 인격화의 기호로 나타나는 현실 언어입니다.

시의 '여전한 것'은 시적 자아가 자기 피조물의 각도와 맞은 각도에서 말 걸기를 시도하는 시인의 시에서만 나타납니다.

그렇기에 시는 지금까지보다 더 강하게 그 개별자의 형상화된 언어이며, 본질적인 의미에서 현실이며 현재일 것입니다.

시는 고독합니다. 고독하고 길 위에 있습니다. 시를 쓰는 사람은 시와 더불어 갑니다.

그러기 때문에, 이미 여기에서 시는 만남을, 비밀스런 만남을 이루는 게 아닐까요?

시는 다른 것을 향해갑니다. 시는 이같이 다른 것을, 상대를 원합니다. 시는 상대를 찾고, 상대에게 자신을 내어줍니다. 상대를 향해가는 시에게는 모든 사물과 사람이 이런 상대의 형상입니다.

시가 자신과 만나는 모든 것에 바치는 헌신적인 관심, 세부, 윤곽, 구조, 색상, 그리고 "경련"과 "암시"에 대한 시의 더욱 날카로워진 감각, 이 모든 것은 매일 더 완벽해지는 기계들과 겨루거나 경쟁하고 있는 눈의 소득이 아닙니다. 모든 날짜를 잊지 않고 기억하는 우리의 집중 때문입니다.

발터 벤야민의 카프카 에세이에서 말브랑슈의 말을 인용한다면, "집중은 영혼의 자연스런 기도입니다."

어떤 조건에서든! 시는 여전히 인지하는 자의 시, 보이는 것에 관심

을 가진 자, 보이는 것에 질문을 하고 말을 거는 자의 시가 됩니다. 시
는 대화가 됩니다. 시는 빈번히 절망적인 대화입니다.

이 대화의 공간에서 비로소 말 걸어집니다. 말 붙여진 것은 자기에
게 말 걸고 이름을 불러주는 나 주위에 모입니다. 그런데 말 붙여진
것, 이름불리면서 너가 된 것은 다른 자신과 함께 나타납니다. 시의 지
금 여기에서 – 시 자체는 늘 여기 일회적인 한 순간의 현재만을 담고
있습니다– 이렇게 직접적이고 가깝게 시는 그 다른 것에게 가장 고유
한 것, 그의 시간을 함께 말하라고 합니다.

그렇게 사물과 얘기할 때 우리는 그것들이 어디에서 왔고 어디로
가는 지도 늘 묻습니다. "열린 채로", "결말이 나지 않는", 열린 곳, 비
어있는 곳, 자유로운 곳을 가리키는 물음입니다. 우리는 아득한 밖에
있습니다.

시도 이런 장소를 찾고 있다고 생각합니다.

시는?
이미지와 비유로 말하는 시는?

신사숙녀 여러분, '이런' 방향으로부터, '이런' 방향에서, 시에 관해,
아니지요, '그런' 시에 관해 '이런' 말로 이야기할 때 나는 도대체 무엇
에 대해 얘기하고 있을까요?

그래요, 나는 있지 않는 시에 대해서 얘기하고 있습니다!

절대시, 그런 시는 분명 없습니다. 있을 수 없습니다!

하지만 실재의 모든 시와 함께, 가장 요구 없는 시와 함께 피할 수

없는 의문, 전례 없는 요구가 있습니다.

그러면 이미지란 무엇일까요?

그것은 일회적인, 언제나 일회적이며 바로 지금, 여기에서만 인지되어지는 것, 인지될 수 있는 것입니다. 시는 모든 비유와 메타포가 무의미하게 여겨지는 그런 장소일 것입니다.

토포스 탐색?

맞습니다! 탐색될 수 있는 것의 관점에서, 유토피아의 관점에서.

그러면 인간은? 그리고 피조물은?

이런 관점에서.

얼마나 놀라운 질문인가요! 얼마나 놀라운 요구인가요!

이제 되돌아갈 시간입니다.

신사숙녀 여러분, 나는 종착점이며 다시 시작점에 있습니다.

"예술을 확장하라!" 이 문제는 예나 지금이나 우리를 섬뜩하게 합니다. 이 문제와 함께 뷔히너에게 갔었죠. 거기서 이 문제를 다시 보았다고 생각했습니다.

나는 그에 대한 대답도 갖고 있었습니다. 뤼실의 "반어"였습니다. 나는 반론으로 좀 반박하려 했습니다.

예술을 확장하라고요?

아닙니다. 예술과 함께 당신의 가장 고유한 좁은 곳으로 가십시오. 그리고 당신을 자유롭게 하십시오.

나는 여기, 여러분 앞에서도 이 길을 걸어왔습니다. 하나의 원이었습니다.

예술, 예컨대 메두사의 머리, 기계장치, 자동기계, 섬뜩하고 구별하기 힘들어 결국은 단지 낯선 것 – 예술은 그렇게 이어집니다.

뤼실이 "왕 만세"를 외쳤을 때, 렌츠 발아래 하늘이 심연으로 열렸을 때, 숨돌림이 거기에 있는 것 같습니다. 그리고 내가 그 먼 곳, 붙들 수 있는 것, 결국 뤼실의 형상 속에서 보게 되는 그것을 향해가려고 애쓸 때도 숨돌림이 있는 것 같습니다.

그리고 우리는 사물과 피조물에 전폭적으로 집중함으로써 열린 곳, 자유로운 곳에 근접하기도 했습니다. 마침내 유토피아에 가까이 갔습니다.

여러분, 문학은 오직 소멸과 헛됨을 무한히 말하는 것입니다!

신사 숙녀 여러분, 처음으로 돌아가서 다시 한 번 짤막하게 다른 방향에서 같은 것을 질문하고자 합니다.

여러분, 나는 몇 년 전에 다음과 같은 사행시를 썼습니다.

"쐐기풀 덮인 길에서 들려오는 목소리들 / 손을 짚고 우리에게 오라. / 등잔 들고 홀로 있는 자만 / 읽을 수 있는 손이 있다."

그리고 엥가딘에서 이루어지지 못한 만남을 생각하며 일 년 전에, "렌츠"처럼 산으로 들어가는 사람에 대한 짧은 이야기를 썼습니다.

나는 또 다시 "1월 20일", 나의 "1월 20일"로부터 써갔습니다.

나는 ... 내 자신과 만났습니다.

사람들이 시를 생각할 때, 시와 함께 정말 그런 길을 갈까요? 이 길은 단지 우회길, 네게서 네게로 되돌아오는 길일까요? 수많은 길 중에서 언어가 목소리가 되는 길도 있습니다, 그것은 만남입니다. 인지하는 너에게 다가가는 목소리의 길, 생명력 있는 길, 어쩌면 실존의 윤곽, 자기에게 자신을 미리 보내는 것, 자기 자신을 찾아가는 길 ... 귀향과 같습니다.

신사 숙녀 여러분, 마무리할 시간입니다. 내가 선택한 양음부호를 가지고 『레옹세와 레나』의 결말에 다가갑니다.

이 작품의 마지막 두 마디에 집중하려합니다.

팔십일 년 전 프랑크푸르트의 자우어랜더 출판사에서 간행된 『게오르크 뷔히너의 전 작품과 친필유고의 첫 번째 비평본』의 편집자 카를 에밀 프란초스처럼, 여기서 내가 다시 찾은 동향사람 카를 에밀 프란초스처럼, ..."코모데 Commode"를 "다가오는 Kommende"로 읽지 않도록 조심해야겠습니다!

그런데 『레옹세와 레나』에서 인용부호들이 단어에 은밀하게 웃음을 보내고 있지 않은가요? 거위발모양이 아니라 토끼귀모양의 이를테면 조금 조심스럽게 자신과 단어들에 귀 기울이고 있는 것으로 보이고 싶어 하는 인용부호들 말입니다.

이제 여기 "Commoden"으로부터, 물론 유토피아의 관점에서 이제 토포스 탐색을 하겠습니다. 여기에 이르는 길에서 그리고 뷔히너의 작품에서 만났던 라인홀트 렌츠와 카를 에밀 프란초스가 떠나온 곳을 나는 찾아봅니다. 내가 시작했던 곳에 다시 와있기에, 내 자신이 떠나온 곳도 찾아봅니다.

이곳을 지도에서, 바로 고백하는데 어린이용 지도에서 떨리는 손가락으로 더듬거리며 주춤주춤 찾아봅니다.

어느 한 곳도 찾을 수 없습니다. 그런 곳은 없습니다. 하지만 바로 지금, 그 곳이 있음을 압니다. 그리고 … 나는 무언가를 발견합니다!

신사숙녀 여러분, 여러분 앞에서 이런 불가능한 길, 불가능한 것으로의 길을 나섰던 나를 조금이나마 위로해주는 무엇인가를 발견합니다.

서로를 이어주는, 시처럼 만남으로 이끄는 것을 발견합니다.

– 언어처럼 – 비물질적이지만 대지에 속하는 것, 지상의 것, 어떤 원형, 두 극점을 지나서 자기 자신에게 돌아오는 것, 동시에 – 열정적으로 – 열대조차 가로지르는 것을 발견합니다. 나는 … 자오선을 발견합니다.

여러분과 게오르크 뷔히너, 그리고 헤센지방과 함께 나는 그 자오선에 방금 또 한 번 닿았다고 생각합니다.

「자오선」 해설

만남과 대화의 시문학

I. 산문의 생성 배경

첼란은 뷔히너상 수상 소식을 1960년 5월 중순에 전해 받았다. 10월 22일 다름슈타트에서 수상하기까지 수상문을 준비하면서 그는 생각하고 고민하며 수정을 거듭했다. 삶과 문학에 대한 그의 깊은 고민이 수상문에 녹아들지만 쉽게 표현할 수 없는 시인의 심정은 여러 겹의 베일에 싸여서 숨겨진다. 유대 작가인 첼란에 대한 부정적인 시선과 그의 시에 대한 공격적인 비평, 특히 1959년에 출간된 『언어창살』에 대한 독일 비평가들의 독설은 시인에게 사라지지 않은 나치의 잔재로 여겨졌다. 스촌디와 볼락과의 새로운 교제에도 불구하고 자신에게 여전히 적대적인 독일 문단의 분위기에 시인은 깊은 상처를 받았다. 이 해에 하이데거와의 갈등도 표면화되었는데, 하이데거는 70번째 생일 축하 기념간행물에 첼란과 바흐만의 시를 싣기 원했다. 하지만 그가 프라이부르크 총장으로서 1935년 나치즘을 환영하는 연설을 행하고 마지막까지 나치당에 머물렀다는 사실을 첼란은 묵과할 수 없어 거절했다. 1959년 성탄 전야에 네오 나치들이 쾰른 유대회당 문을 나치 철십자와 인종차별적인 표어로 도배한 사건은 시인을 더욱 불안하게 만들었다.

첼란이 뷔히너 상 수상자로 거론되고 여론의 주목을 받자 클레르 골은 4월 말, 뮌헨 문예지에 첼란이 죽은 남편의 글과 시적 메타포들을 도용했다고 주장하고, "파울 첼란의 알려지지 않은 사실들"이라는 제목으로 첼란에 대한 악의적인 말들을 쏟아냈다. 골에게 가세한 독일 일간지와 주간지들이 아무런 검증도 없이 첼란을 비난했고, 골은 첼란 시에 대한 살리스 R. Salis의 공격적인 논평에 감사하기까지 했다. 골은 첼란을 표절자로 비난했을 뿐 아니라, 첼란이 부모의 죽음을 아주 비극적으로 묘사하며 "성담화" 했다고 비방했다.[12] 부모의 죽음을 폄하하고 쇼아를 부정하는 것 같은 골의 발언은 시인에게 참을 수 없는 모욕감과 분노를 주었다. 골 자신도 유대인이며, 어머니와 두 자매가 아우슈비츠에서 희생되었지만, 자신과 남편이 유대인이라는 사실을 부각시키지 않기 위해서 오히려 첼란에 대해 더 공격한 것이 아니었을까싶다.

이 사건들은 수상문을 준비하는 내내 첼란을 괴롭혔으며, 시인의 어두운 마음은 수상문에서 예술과 문학의 갈등에 반영되어 나타난다. 시인은 예술과 다른 길을 가는 문학을 뷔실의 "왕 만세"와 렌츠의 "물구나무서서 걷기"로 대변되는 "반어"와 근본적인 방향전환으로서 "숨돌림"으로 표현한다. 전후 독일 문단에 대한 실망과 거리 두기, 현실을 외면하고 왜곡하는 예술에 대한 시인의 예술관이 뷔히너 상 수상문에 녹아들고 있는 것이다. 수상문의 제목인 '자오선'은 작스와 첼란의 편지 교류에서 언급되고 있는데, 1959년 10월 28일 작스는 파리와 스톡홀름의 먼 거리를 이어주는 자오선을 말하며, 첼란의 고통에 공감을 표한다.

사랑하는 파울 첼란, 우리는 앞으로도 계속하여 서로에게 진실을
건네주고자 합니다. 파리와 스톡홀름 사이에 고통과 위로의 자오선
이 지나고 있습니다.[13]

자오선은 지구의 양극을 통과하며 남극과 북극을 연결하는 큰 원
이다. 힘든 상황에 처한 시인과 아픔을 함께 하고 그를 위로하려는 작
스의 자오선은 이제 시인에게 더 큰 만남의 공간으로 그려진다. 첼란
은 고향을 잃고 떠돌거나 불의한 사회에서 밖으로 내몰린 이들까지도
이어주는 자오선으로 확장한다. 화장터의 연기가 되어 하늘로 올라간
이들과 살아남아 슬퍼하고 그리워하는 이들의 만남을 이루는 자오선
이 첼란의 시작품에서 그려진다.

II. "반어 Gegenwort"로서 문학

53개 단락으로 형성된 18쪽 분량의 수상문에서 한 문장이 한 단락
을 이루기도 하고, 문단 사이에 두 줄 분량의 빈 공간이 여러 곳에서
나타난다. 첼란은 1961년 3월 17일 독일어문학 학술원에 보내는 편지
에서 "빈 행들은 호흡과 의미단위들을 강조하기에" 자신의 글을 실을
때에 "모든 빈 공간을 고려해주기를" 부탁하고 있다.[14] 크고 작은 단락
들은 난해한 내용을 그나마 구분지어 이해를 돕고, 곳곳의 여백은 말
이 되지 못한 시인의 생각을 담고 있어서 시인과 청중의 교감이 요구
되는 공간이다. 수상문은 전체에서 18번이나 반복되는 "신사 숙녀 여
러분!"의 호칭으로 시작하여 곧장 예술에 대한 설명으로 이어진다.

"예술, 그것은 여러분도 알고 계시듯, 꼭두각시 인형 같이 오운각 약
  강 운율에 매여 있고, 피그말리온과 그의 피조물의 관계를 통해 신화
  적으로 알려지듯, 생명을 잉태하지 못하는 특성을 지니고 있습니다."

시인은 뷔히너의 『당통의 죽음』 3장에 나오는 까미유의 말을 토대
로, "아, 그게 예술이겠지요!"라는 그의 탄식으로부터 '예술'의 특성을
얘기한다. 줄로 조종되는 꼭두각시처럼 오운각 약강 운율이라는 틀에
박힌 예술, 아무리 아름다워도 생명을 잉태할 수 없는 피그말리온의
피조물처럼 생명력을 갖지 못하는 예술에 대한 탄식이다. 예술의 이런
인위성과 무생명성은 현실 외면과 현실 도피에서 기인한다. 환상에 빠
져서 현실을 망각한 이상주의적 예술을 첼란은 비판하고 있다.
  이 같은 예술은 뷔히너의 『보이첵』에서 '원숭이 형상'으로, 『레옹세
와 레나』에서는 '자동기계장치'로, 『렌츠』에서는 사람들에게 보여주기
위해서 머리 빗는 두 소녀의 아름다운 모습을 돌로 굳게 하는 '메두사
의 머리'로 나타난다. 즉 예술은 자연스러움을 담고자하면서 이를 파
괴하며 자아도취에 빠져서 경직되고, 남의 것을 모방하고, 결국 돌처
럼 굳은, 생명이 없는 자동기계장치와 같아진다. 첼란은 이런 인위적
인 예술과는 다른 모습으로 문학을 제시한다. 먼저 당통과 까미유가
나누는 대화를 인지하는 뤼실을 통해서 구체화한다.

귀를 기울이고 들으며 바라보는 ... 그러면서 무엇에 대한 얘기인지
  를 모르는 사람이 있습니다. 그러나 그는 말하는 이를 듣고, 그가 말
  하는 것을 보고, 말을 그리고 몸짓을 (...) 동시에 또한 호흡, 즉 방향
  과 운명을 인지합니다.

까미유와 당통이 나누는 예술에 대한 담화를 옆에서 듣고 있던 뤼실은 사랑하는 이가 말하는 것을 즐겁게 바라보고 듣지만 대화의 내용을 이해하지 못한다. 하지만 예술의 문외한 뤼실은 말을, 몸짓을, 호흡과 방향과 운명을 인지한다고 첼란은 말한다. 남편 까미유의 말뿐 아니라 숨소리, 탄식, 새어나오는 모든 것을 듣고 함께 느끼며 그의 모든 것을 받아들이면서 그의 방향과 운명까지도 인지하는 것이다. 이는 시인이 수상문에서 반복해서 강조하고 있는 "집중"과 관계하며 "우리는 사물과 피조물에 전폭적으로 집중함으로써 열린 곳, 자유로운 곳에 근접하기도 했습니다."는 수상문의 결론에 연결된다. 자신을 잊기까지 사랑하는 사람에게 집중하는 뤼실에게서 나오는 말은 문학적 형상화의 핵심이다. 당통과 까미유가 혁명 광장에서 처형되는 순간에 뤼실은 "국왕 만세!"를 외친다. 혁명의 용사들이 저마다 현란한 말들을 늘어놓으며 영웅적인 모습으로 죽음을 맞이하지만 뤼실은 다른 방식으로 죽음을 부른다. 혁명의 영웅들이 혁명의 관념과 이상에 사로잡혀서, 어쩌면 이념이라는 철사 줄에 매여서 개인의 죽음이 아닌 혁명가의 죽음을 맞이하는 모습을 예술은 위대한 영웅의 모습으로 찬양한다. 여기서 첼란이 말하는, 인간적인 것은 사라지고 돌처럼 굳고 자동기계장치와 같은 예술의 속성이 드러난다.

이와 달리 첼란이 생각하는 문학은 인간적인 것, 자연적인 것에 주목한다. 영웅적인 행위가 아니라 까미유와 당통으로 대변되는 역사의 희생자들에 집중하며 이들과의 유대감을 드러낸다. 이는 사랑하는 남편이 죽었지만 아무 일도 일어나지 않은 것처럼 돌아가는 시간을 일시에 정지시키는 뤼실의 말로 대변된다. 예술적인 '현란한 말들'과는 다른, 사랑하는 사람을 잃은 한 개인의 생생한 외침이다.

> 이것은 반어이지요, "철사 줄"을 끊는 말입니다, "역사의 잠복경찰
> 과 사열대" 앞에서 더 이상 고개 숙이지 않는 말, 자유에 대한 외침입
> 니다. 그것은 한 걸음 나아가는 것입니다.

첼란은 뤼실의 "국왕 만세"를 자동기계장치에 공급되는 에너지를
차단하는 말, 꼭두각시의 철사 줄을 끊는 말, 현실에 저항하는 '반어'
라고 말한다. 조종과 억압의 철사 줄을 끊고, 감시와 통제에 저항하는
반어로서 뤼실의 외침과 죽음은 문학이 가야하는 운명적인 길을 보여
준다. 뤼실의 외침은 사랑하는 사람을 잃고 부르짖는 자연스럽고 인
간적인 외침이다. 이는 이상주의에 취해서 자신의 것이 아닌 것으로
치장하고 미화하는 예술과는 구별된다. 첼란은 렌츠의 예술에 대한
담화 속에서 문학을 더 구체적으로 설명한다.

> 렌츠, 그러니까 뷔히너로서 렌츠는 "아 예술"을 "이상주의"와 이상주
> 의의 꼭두각시 "나무인형"에 대해서 조소적으로 말한 것입니다. (...)
> 그리고 이것들에 대립하여 자연스럽고 인간적인 것을 내세웁니다.

렌츠는 '생명력을 지닌 아주 미세한 것', '경련', '거의 알아차릴 수
없는 미세한 표정' 등 자연스럽고 인간적인 것에 집중한다. 이는 뤼실
이 남편과 친구의 대화를 인지하는 것과 같은 방식이다. 『보이첵』의
시장호객꾼이나 『레옹세와 레나』의 자동기계장치처럼 인위적이고 피
동적인 예술과는 대조되는 문학의 속성이다. 사람들을 불러 모아서

드러내고 자랑하기 위해서, 그리고 '붙잡기 위해서', "메두사의 머리"라
도 되고 싶어 하는 예술은 생명을 상실한 비인간적인 속성이라고 시
인은 말한다.

  그것은 인간적인 것에서 빠져 나오는 것입니다. 그리고 인간을 따
  라하는 섬뜩한 영역으로 자신을 내맡기는 행위입니다. 원숭이 형상,
  자동기계 그리고 또한 ... 아, 예술도 자리 잡고 있을 바로 그 영역이
  지요..

  그리고 예술에 대해 고민하는 렌츠를 통해서 예술의 길을 가고 있
는 문학이 '메두사 머리'와 '자동인형 기계장치'에 이르지 않을 방법을
시인은 찾는다. '정해진 방향에서 정해진 거리, 정해진 길을 요구하는'
예술, 결국 자동기계장치가 되는 예술의 길을 가지 않기 위해서 문학
은 어떤 길을 가야하는가에 대한 고민은 결국 '섬뜩하고 낯선 것'으로
가지 않고 자신을 자유롭게 할 '열린 공간, 자유 공간'으로 이르는 길
로 이어진다. 이 길은 '반어'를 통해서 준비된다.

  첼란이 수상문에서 문학과 예술을 구분하고 그 차이를 반복적으로
주장하고 있는 이유는 무엇일까? 이는 당시 독일 문단의 흐름과 사
회 분위기에 대한 시인의 비판적 시각에서 찾을 수 있을 것이다. 1951
년 첫 번째 뷔히너 상 수상자는 고트프리트 벤이었다. 벤은 문학예술
을 '독백'으로 보았고, 마르부르크 연설에서 "절대시", "누구에게도 향
하지 않은" 시를 주장했다. 히틀러의 광기에 동조하여 '민족'의 부흥
과 재건을 꿈꾸었던 그는 자신의 행동과 말에 대한 부끄러움인지, 현
실로부터 도망쳐 절대시로 향한다. 전후 그에 대한 독일인들의 뜨거

운 반응은 어쩌면 자신들의 내면에 드리워진 그림자를 은폐하고 과거
로부터 자신들을 분리하려는 집단의식으로 볼 수 있지 않을까? 첼란
은 뷔히너의 여러 작품들에 등장하는 예술의 자동기계장치 같은 인위
성을 인용하며, 벤에게 반대하는 예술의 개념을 정립하려 한 것이다.
어둡고 암울한 역사, 불의한 현실, 고통 받고 상처 입은 사람들을 외
면한 자기도취, 독백의 문학은 '메두사 머리'가 만들어 낸 생명력 없는
작품이기 때문이다. 현실을 외면하고 이상주의에 빠져서 결국 자동기
계장치처럼 섬뜩하고 낯선 것에 이르는 예술의 길을 벗어나서 생생한
현실과 자아를 증언하는 문학의 길을 시인은 고민하고 있다.

III. "숨돌림"으로서의 문학

첼란은 뷔실의 '왕 만세'를 렌츠의 '물구나무서서 걷기'로 연결시킨
다. 실존적 '자아'로 자신의 삶을 살아간 뷔히너의 렌츠가 자유로울 수
있었던 것은 그의 반어, '물구나무서서 걷기'이다. "물구나무서서 걸을
수 없는 것이 때로는 그에게 언짢을 뿐이었다."를 통해서 렌츠의 '물구
나무서서 걷기'가 뷔실의 반어처럼 불의한 현실에 맞선 개인의 외침임
을 알 수 있다. 뷔실의 '왕 만세', 렌츠의 '물구나무서서 걷기'를 "부조
리의 위대함"이라 말하는 첼란은 철사 줄을 끊는 '반어'를 통해서 문
학이 향하는 곳을 가리킨다. 바로 이어지는 "물구나무서서 걷는 자는
하늘을 심연으로 발아래 두고 있습니다."는 그의 시문학이 향하는 곳
을 가리킨다. 렌츠가 머리로 걸으며 바라보는 하늘은 심연처럼 바닥

없는 깊이에 놓여있고, 그 공간은 죽은 자들의 영역이다. 첼란은 렌츠의 바람 속에 죽은 자들과의 만남을 그리고 있다. '메두사의 머리가 쭈그러들고 자동기계가 멈추는' 장소, '자유롭게 되는' 공간은 땅을 떠난 이들이 있는 영역인 것이다.

첼란의 시문학은 어느 날 밤 사라져 돌아오지 않은 부모, 채석장에서 고된 노동에 시달리다 죽임을 당한 사랑하는 사람들, 하얀 눈 위에 긴 썰매 자국만 남기고 돌아오지 않은 이들, 연기가 되어 공중으로 사라진 이들을 그리며 그들과의 만남을 간절히 원한다. 이런 이유로 첼란의 시문학을 현실 도피적이나 현실 부정적으로 보기도 한다. 「실낱햇살」에서 '인간들의 피안'에 대한 해석처럼 죽음의 영역, 이상향이나 초월적인 세계로 첼란의 시는 향해 있다. 하지만 죽음과 무無의 공간을 향하는 첼란의 시는 '사회적인 현실을 외면한 독백적인 문학'이 아니라 비인간적인 현실에 대한 저항이다. 인간으로 살 수 없는 현실에 대한 대항으로 보는 것이 더 적절하다. "문학의 어두움에 대해 비난하는 것이 현재는 익숙해진 듯합니다."는 시인의 말은 '어두움'의 근원에 대한 고민과 함께 비인간적인 현실과 야만적인 역사로 청중의 관심을 모은다.

첼란은 이어서 렌츠가 뷔실보다 한 걸음 더 나아간다고 말한다. 그의 '왕 만세'는 더 이상 말이 아니라 호흡이 막히고 말도 멈추어버린 '끔찍한 말 막힘'이다. 존재를 위협하는, 돌처럼 굳어버릴 상황에서 벗어나기 위해 문학은 극단적인 방향전환을 택한다.

문학, 그것은 숨돌림을 의미한다고 할 수 있습니다. 어쩌면 문학은 그 길을 또한 예술의 길을 그러한 숨돌림을 위하여 가는 것이 아닐까요? 낯선 것, 즉 심연과 메두사의 머리, 심연과 자동기계가 한 방향에 있는 것처럼 보이기에, 여기에서 어쩌면 낯선 것과 낯선 것 사이를 구별해 낼 수 있지 않을까요? 바로 문학에서, 이 짧은 유일무이한 순간을 위해서, 메두사 머리가 쭈그러들고, 자동기계가 멈추지 않을까요? 어쩌면 이 문학에서 나와 함께 – 여기 이렇게 자유로워진 새로운 나와 함께 – 아직 여기 다른 것이 자유로워질 수 있지 않을까요? 어쩌면 시는 그 순간부터 그 자체가 아닐까요 ...

예술과 문학은 어느 선까지는 같은 길을 가지만, 문학은 예술의 길을 뒤로 하고 다른 길로 들어선다고 시인은 말하고 있다. 이 같은 우회는 '반어'와 '숨돌림'을 통해서 이루어진다. 뤼실의 '왕 만세'와 렌츠의 '물구나무서서 걷기'는 예술에서 문학으로의 '숨돌림'이 이루어지는 순간이다. 숨돌림을 통해서 열린 심연은 죽은 이들과의 만남과 대화를 가능하게 하는 하늘 공간이며, 또 성찰을 위한 '끔찍한 말 막힘'의 시간이기에 새로운 숨이 나타나야 할 소망의 영역이기도 하다. 첼란은 연기가 되어 하늘로 올라간 이들을 '숨돌림'을 통해서 현실로 불러내고 있다. '숨돌림'은 산 자와 죽은 자, 삶과 죽음을 가르는 그 날에 대한 기억으로부터 출발한다.

그래서 '여기서 이런 방식으로 자유로워진 낯선 나'는 '1월 20일'에 매여 있다. 질풍노도 시대의 불우한 시인 렌츠가 산으로 들어간 날, 그의 정신병이 발병한 날, 그날로부터 백여 년이 지난 뒤 베를린에서 유대인을 모두 학살하기로 결정한 반제 회담이 열린 날이다. 첼란에게 문학은 낯설고 억압적인 예술로부터 해방을 의미한다. 그래서 문학을 통해서 '나'라는 주체는 자유롭기 원하고 자기 정체성 찾기를 갈구한다. 렌츠가 견딜 수 없는 사회를 떠나서 산으로 들어간 1월 20일, 야만의 역사가 시작되는 1942년 1월 20일이 첼란의 시문학이 기억하고 집중하는 메타포이다.

'집중'은 뷔실이 사랑하는 사람의 말을, 그의 호흡과 운명을 인지하는 방식이다. 첼란은 말브랑슈의 "집중은 영혼의 자연스런 기도이다."라는 말을 인용하면서 시의 정신을 얘기한다. 시가 상대를 찾고 상대에게 자신을 내어주면서 간절히 상대를 향해가는 것은 '우리의 모든 날짜들을 잊지 않고 기억하며 집중하기 때문'이라는 것이다.

첼란의 문학은 '1월 20일'에 집중하기에 침묵으로의 강한 경향을 보이는데, 이는 언어적인 어려움 때문이 아니라고 설명한다. '침묵'은 그냥 말없음이 아니라 자신을 주장하는 말없는 언어임을 시인은 말하고 있는 것이다. 하지만 침묵에만 머무를 수 없기에 "시는 살아있음을 외치면서, '사라진 것'에서 '여전한 것'으로 끊임없이 되돌아갑니다."라고 말한다. '사라진 것'과 '여전한 것'은 첼란에게 숨돌림의 영역에 속한다. 그렇다면 죽은 이들과 사라진 이들을 현실로 불러들이는 공간, 살아있어서 고통스러운 이가 죽은 이들과 만날 수 있는 '자유로운 열린 공간'은 첼란의 시가 향하는 장소가 될 것이다. 그래서 '숨돌림'을 가능하게 하는 언어는 비인간적인 사회를 비판 없이 그대로 반영하는 게 아니라 인간에 대해서, 인간적인 것에 대해서 말할 수 있는 '현실언어'여야 한다. '시의 '여전한 것'은 시적 존재의 경사각에서 자기 피조물의 경사각에 맞추어 말 걸기를 잊지 않는 사람의 시 속에서만 찾아

볼 수 있습니다."는 시인의 말은 자신의 문학과 시인으로서 사명에 대한 자기 고백이다. 시인은 '1월 20일'을 기억하면서 야만의 역사를 '현실 언어'로 끊임없이 증언하고 있는 것이다.

IV. '만남'으로서의 문학

"문학, 그것은 숨돌림을 의미할 수 있습니다."는 첼란의 말은 수상문 말미에서 "방향을 바꿀 때이다."는 말로 적극적인 방향전환을 요구한다. 예술로부터의 방향전환, 그리고 '숨돌림'으로 도달한 공간은 첼란의 시문학이 향하는 장소이다.

> 뤼실이 "왕 만세"를 외쳤을 때, 렌츠 발아래 하늘이 심연으로 열렸을 때 숨돌림이 거기에 있는 것 같습니다. 그리고 내가 그 먼 곳, 붙들 수 있는 것, 결국 뤼실의 형상 속에서 보게 되는 그것을 향해가려고 애쓸 때도 숨돌림이 있는 것 같습니다. 그리고 우리는 사물과 피조물에 전폭적으로 집중함으로써 열린 곳, 자유로운 곳에 근접하기도 했습니다. 마침내 유토피아에 가까이 갔습니다.

'열린 곳, 자유로운 곳'을 향하는 시문학의 방향에 대한 첼란의 고백은 '자오선'과 더불어 첼란의 시론을 가장 잘 담고 있는 브레멘 시 문학상 수상문에서 이미 언급되고 있다. 시인은 시가 '어떤 열려 있는 것, 붙잡을 수 있는 것, 말 걸 수 있는 상대, 말 걸 수 있는 현실을 향해 나아가는 것이다'고 1957년 브레멘 문학상 수상식에서 말했다. 야만의 역사에 이용되고 오염되어 수많은 죽음을 가져왔던 말이 이제 천 겹의 어둠을 뚫고, 무서운 침묵을 깨트리고 나아가야 한다. 모든 것에도 불구하고 상실되지 않고 남아있는 언어를 가지고 시인은 자신이 '어디에 있고, 어디로 가고자하는지 알기 위해서, 현실을 파악하기 위해서' 시를 쓴다고 고백한다. 그리고 그 시는 '병 속 편지'가 되어서 누군가를 향하고 누군가에게 말을 걸고 있다. 그래서 첼란의 문학은 결국 만남으로 귀결된다. 수상문을 마무리하면서 시인은 자신의 작품 두 개를 소개하며 '만남'에 집중하는데, 먼저 1956년에 쓴 「목소리들 Stimmen」에서 네 행을 인용한다.

쐐기풀 우거진 길에서 들리는 목소리들

두 손 짚고 우리에게 오라
등불 들고 홀로 있는 자만
그로부터 읽을 수 있는 손을 지니고 있다.

쐐기풀 길에서 들리는 목소리, 교수목에서 나는 목소리, 돌무더기에서 끝없이 삽질하는 이들의 목소리, 눈물 맺힌 야곱의 목소리, 방주 안의 목소리들은 시인을 찾아내어 그들의 아픔을 얘기한다. "두 손 짚고 우리에게 오라"는 렌츠의 '물구나무서서 걷기'를 연상시키기도 하는데 '손'은 삶의 흔적을 담고 있기에 그 사람의 존재를 말해준다. 그래서 첼란은 "진실한 손만이 진실한 시를 쓸 수 있다."고 말한다. 또 「꽃」에서는 "우리는 손이었다."고 말하며 눈 먼 자가 손가락으로 점자를 읽어가듯, 죽음의 위협 앞에서 '우리'는 손으로 더듬어 어두움 속에서 희망의 말인 '꽃'을 찾는다. 「목소리들」의 네 시행을 회상한 후 시인은 아도르노와의 이루어지지 못한 만남을 토대로 가상의 만남을 표현한 단편 「산중 대화」를 언급한다.

> 그리고 일 년 전, 엥가딘에서 이루어지지 못한 만남을 생각하면서 한 사람이 "렌츠처럼" 산으로 들어가는 짧은 이야기를 썼습니다. 나는 다시, "1월 20일", 나의 "1월 20일"에 대한 나를 쓴 것입니다. 나는 ... 내 자신과 만났습니다.

이 산문은 뷔히너 수상문을 준비하기 몇 달 전인 1959년 7월과 8월에 걸쳐 집필되었다. 브레멘 문학상 수상문이나, '자신을 향해가는', 자신의 정체성을 찾아 길 떠나는 「산중 대화」처럼 뷔히너 수상문에서도 첼란은 자신의 정체성을 확인한다. '1월 20일'의 자신에게, 그리고 비인간적인 현실을 견디지 못하고 떠난 이들, 야만의 역사를 기억하는 이들에게 그의 시문학은 향하고 있다. 곳곳으로 흩어진 이들, 유리방황하는 이들을 이어주는 자오선처럼 첼란의 시문학은 헤어진 이들, 떠나간 이들, 죽음과 삶으로 나뉜 이들을 이어주면서 만남의 공간을 향하고 있다. '자오선'이 직접적으로 언급된 유일한 다음 시작품에서 먼 곳의 그리운 이들을 서로 이어주는 것은 뜨거운 태양을 따라가는 고통이라고 말한다. 말로 표현할 수 없는 고통과 상처 입은 이들이 서로를 찾고 부르며 삶과 죽음을 증언하기를 갈망한다.

V. '자오선'의 시문학

공중에, 네 뿌리는 거기 있으니,
저 공중에.
지상의 것이 서로 뭉치는 곳, 흙처럼,
숨결 그리고 진흙.

당당히
저 위에서 걸어가는 추방된 자,
저 불타는 자. 한 포머른 사람이 머무는 곳은,
겨울처럼 혹독하고 차가운,
냉혹한
모든 글자 언저리에서
여름처럼 빛나는 피를 흘리며 엄마처럼 남아있는
오월 딱정벌레 노래.

그 노래와 함께
떠도는 자오선.
거부할 수 없는
태양에 이끌려 따라가는
고통은
먼 곳의 그리운 자들
정오의 염원을 담아
나라들을 형제로 이어준다.
오늘, 여기에 절망으로 모인 지역마다
빛이 비치니

헤어진 사람들이
눈부신 입과 함께 빛 속으로 들어선다.

밤이면, 말에 의미를 새기는
입맞춤에 입들이 깨어난다, 입들이.

섬뜩한 파문으로
귀향하여 모여드는
흩어진 이들,
사막의 별이 인도한 영혼들,
눈길 닿는, 배 닿는 저 위에
천막 치는 사람들,
대천사의 날개 짓 소리 깃든, 운명에 대한
희망의 아주 작은 볏단,
형제들, 자매들, 근친
상간의,
번식력 좋은 품 속
세상 저울로
너무 가볍게, 너무 무겁게, 너무 가볍게
여겨지는 사람들, 씨앗부터
별 화관을 쓰고, 여울에 무겁게 누운,
육신들을 문지방에 쌓아올려 제방을 만드는
평생 이방인들.

여울 건너는 이들, 그 위로
신들의 안짱다리가

절름거리며 다가온다 – 그
누구의
별 시간에 너무 늦은 것인가? (Celan I 290)

이 시는 첼란의 5번째 시집 『누구도 아닌 자의 장미』의 마지막을 장식한다. 표절 시비와 이에 가세한 적대적인 몇몇 독일 문예지들의 상처 내는 비평으로 많이 지치고 힘든 시인은 이 시집의 여러 시들에서 '공중에' 뿌리를 갖는 이들과의 유대감을 강하게 표현하고 있다. 이 시집의 시들은 외롭고 불안한 상황과 여전히 사라지지 않은 나치의 잔재를 접하면서 신을 향한 거부와 저항 그리고 위로의 빛을 구하는 시인의 심정을 담고 있다.

1연은 시인의 정체성을 말하기 위해서 창조의 역사까지 거슬러 간다. "공중에, 네 뿌리는 거기 있으니"에서 시적 화자의 '뿌리'는 땅이 아니라 공중, 즉 하늘에 머물러 있다. 공중의 뿌리는 「죽음의 푸가」에서 "우리는 공중에 무덤을 판다 거기서 비좁지 않게 눕는다"를 떠올리게 하며, 강제수용소의 화장터에서 연기가 되어 하늘로 올라간 유대민족을 상징한다. 「꽃」에서는 '공중의 돌'로 표현된다. '돌처럼 눈이 멀어버린' 이들은 죽음의 영역에 속한 자들이며, 그들이 머무는 '공중'은 '자유공간'으로 현실의 억압과 박해가 끝나는 피안이다. 「라딕스, 마트릭스」(Celan I 239)는 좀 더 구체적으로 유대민족을 지칭한다.

누구
누구였을까, 그

종족, 살해되었던 그 종족, 그
시커멓게 하늘로 올라섰던 종족은
(...)

(뿌리.
아브라함의 뿌리. 이새의 뿌리. 누구도 아닌 자의
뿌리 – 오
우리의.) (「라딕스, 마트릭스」부분)

'살해되어 연기가 되어 하늘로 올라간' 아브라함의 자손들과 같은
뿌리임을 강조하면서 화자는 그들과 함께 하늘을 향해서 도움을 간
청한다. 「말하는 소리를 들었다」에서도 화자는 "내 포플라가 물로 내
려가는 것을 보았다. 그 팔이 심연으로 파고드는 것을 보았다. 그 뿌
리가 밤새 하늘을 향해 간청하는 것을 보았다."고 증언한다. 하늘을
향해서 도움을 구하며 울부짖는 유대민족의 모습이 포플라로 대변되
고, 시인은 이들과 고난을 함께하면서 또 증인이기를 원한다. 이들과
의 유대감은 '숨결과 진흙'이라는 창조 역사에까지 이르고 있다.

'공중에 뿌리를 둔' 이는 2연에서 구체적으로 표현된다. '저 위에서
걸어가는 추방된 자, 저 불타는 자'는 "한 포머른 사람"으로 집약된
다. "Verbannte"는 바로 "Verbrannte"로 이어지며 "한 포머른 사람 ein
Pommer"은 시인 자신으로 '한 부코비나 사람 ein Bukowiner'으로 부
를 수 있을 것이다. 전쟁의 참상은 아이들이 부르는 '오월딱정벌레 노
래' 속에 담겨 남아있듯 어머니가 한 번 불러주었을 그래서 따라 불러
보았을 노래 속에 시인의 고통과 상처도 함께 담겨있다. 전쟁에서 돌

아오지 못한 아버지와 불타버린 어머니의 집은 말로 표현할 수 없게 혹독하고 차가운 기억이지만, 언어 속에 '빛나는 피'의 작은 소망이 '오월딱정벌레 노래'에 남아있다. 그것은 죽은 자들, 살아서 유리방황하는 자들을 이어주는 '그 노래와 함께 떠도는 자오선'으로 연결된다. '절망으로 모인 지역'에 정오의 해가 비치며, 헤어진 이들이 빛 속으로 들어선다. 이들을 세상은 '너무 가볍게' 또 '너무 무겁게' 여긴다. 무거움과 가벼움의 대립과 조화는 「무슨 일이 일어났나?」에서도 시적 자아의 존재와 연관하여 표현되고 있다. 산에서 돌이 솟아나는 과정은 '너'와 '나'가 깨어나고, 고통을 상징하는 돌의 언어가 빛을 발하는 창조의 모습으로 묘사된다. 여기서 "돌멩이와 함께, 우리 둘과 함께 갔지. 마음과 마음. 너무 무겁다고 여겼지. 더 무거워지기. 더 가볍게 존재하기"로 마무리된다. '너'와 '나'는 다른 영역에 속해있기에 나와 너의 마음과 마음은 무겁기도 하고 가볍기도 하다. '돌'의 무거움과 '별'이 주는 밝은 가벼움은 산 자와 죽은 자의 만남에서 어느 한 쪽으로 치우칠 수 없는 무게를 준다. 하지만 이 두 마음을 하나 되게 하는 것은 '씨앗부터 별 화관을 쓴' 같은 뿌리라는 것이다. 다윗의 별을 달고 태어난, 이 세상에 속하지 않은 영원한 이방인이라는 점이다.

시의 마지막 연에서 이들은 '여울 건너는 자들'로 그려지며, 먼 유대 역사로 거슬러 올라간다. 여울 건너는 자들의 뿌리는 히브리어로 '건넘'을 의미하기에 요단강을 건너는 유대민족을, 그리고 천사와 씨름 후 얍복강을 절뚝이며 건너는 야곱을 생각할 수 있다. 힘겹게 여울을 건너는 이들에게 다가오는 '신들의 안짱다리'는 먼저 이교도의 신 헤파이스토스를 연상시킨다. 하지만 대다수 평론가들의 견해처럼 나치정권의 선전을 담당했던 안짱다리 괴벨스를 가리킨다. 괴벨스는 자신의 육체적 열등감으로 평생 복수심에 불탔다고 한다. 신들의 안짱다리를 괴벨스로 본다면, '절름거리며 다가온다'는 표현은 살기 위해서 여울을 건너는 이들을 덮치는 끔찍한 모습을 연상시킨다.

1962년 12월 4일 자신의 시 발행을 담당하고 있는 피셔 Bermann Fischer에게 첼란은 '이 시들은 나의 쓰라림의 표현이다'고[15] 고백했다. 시인은 독일인들에게 자신이 무화과 잎사귀 하나 정도로 평가되고 있다고 느꼈다. 첼란의 시들을 인정하든 인정하지 않든 그 안에는 부끄러운 역사를 외면하거나 자신으로부터 분리하려는 독일인들의 집단의식이 내재해 있었다. 그래서 첼란은 자신이 독일인들에게 이용당하고 있다고 느낀 것이다. 47 그룹의 젊은 작가들을 중심으로 첼란 편에서 그를 옹호하고 그의 시문학을 높이 평가하는 이들도 많았지만, 시인은 불의한 현실의 어두운 세력에 늘 공격당하는 심정이었다. 그래서 외롭고 고독한 싸움에서 말 걸 수 있는 상대를 찾고, 유리방황하는 이들을 이어주는 '자오선'을 그의 시문학에서 그려내려 했다. 사랑하는 사람들을 상실한 아픔과 함께 그들을 지키지 못하고 혼자 살아남았다는 죄책감을 평생 짊어지고 살았던 첼란은 나치에 희생당한 이들을 문학 속으로 불러들인다. 우리가 꿈꾸는 세상과 잔인한 현실 사이에서 시인은 마지막까지 진실을 찾고 드러내고자 몸부림쳤다. 전후 여전히 남아있는 나치즘의 철사 줄을 끊기 위해서 어둡고 불의한 현실에 '반어'로 맞섰다. 죽은 자와 산 자 사이에 놓인 심연을 극복하기 위해서, 억압적인 현실에서 벗어나 자유공간을 향한 방향전환을 위해서 시인은 '숨돌림'의 문학을 시도했다. 첼란의 시문학이 피안을 향하고 죽음을 동경하기에 현실 도피적이라는 비난은 옳지 않다. 그의 절망은 현실 외면이 아니라 인간이 저지른 비인간적인 역사와 여전히 불의한 현실 인식에서 연유하기 때문이다.

절망적인 현실에서 인간적인 미래를 소망했던 첼란의 시문학은 '너'를 향해 가고, '우리'를 향해 온다. 그의 시론은 '만남'의 길을 가리키며, 그의 시작품은 '만남'의 문학이다. 불의한 현실에 적응하지 못하고 떠도는 이들, 고향 잃은 이들, 고독한 영혼들을 이어주는 '자오선' 같은 첼란의 시문학은 만남의 큰 원을 그리며 이제 독자를 향해 다가온다.

미주

1) 나치시대에 즈녜의 작품은 타락한 예술로 분류되어 금지되었기에 외국에서만 전시될 수 있었다. 서로에 대한 개인적인 호감 외에도 나치의 핍박에 대한 경험이 두 사람을 더 친밀하게 만들었을 것으로 생각된다.

2) Wiedermann–Wolf, B.: Antschel Paul – Paul Celan. Tübingen, 1985. 145.

3) Schlebrügge, J.: Geschichtssprünge. Zur Rezeption des französischen Surrealismus in der österreichischen Literatur, Kunst und Kulturpublizistik nach 1945. F/M., 1985. 95.

4) Voswinkel, K.: Paul Celan, verweigerte Poetisierung der Welt. Heidelberg, 1974. 22.

5) Schulze, J.: Celan und die Mystiker, Bonn, 1976. 61.

6) Wieters, O.: Der Traum vom Schweigen, Paul Celans frühe Arbeit über den surrealistischen Maler Edgar Jené.
   http://www.oliverwieters.de/der–traum–vom–schweigen–edgar–Jené–paul–celan–von–oliver–wieters.html (검색일 2018. 10. 18)

7) Pöggeler, Otto: Spur des Wortes. Freiburg/München, 1986. 157.

8) Pöggeler, 157.

9) Celan I, 141.

10) Celan I, 224.

11) Pöggeler, 255.

12) Adorno, Theodor: Negative Dialektik. F/M. 1966. 353.

13) Böning, Thomas: Händedruck und Gedicht. Zum 80. Geburtstag Paul Celans, Barbara Wiedemann hat die Goll–Affäre rekonstruiert. In: Die Zeit 02. 01. 2014.

14) Paul Celan/Nelly Sachs: Briefwechsel. Hrsg. v. B. Wiedemann. F/M 1993.

15) B. Böschenstein/H. Schmull: Paul Celan. Werke. Tübinger Ausgabe – Der Meridian. Endfassung – Entwürfe – Materialien. F/M. 1999. 254.

16) Felstiner, John: Paul Celan. Eine Biographie. München, 1997, 259.

제4장

첼란과 작가들

바흐만과의 운명적인 만남: 어두움을 담은 사랑의 시간

I. 빈에서 시작된 사랑

1948년에서 1967년 사이에 주고받은 첼란과 바흐만의 편지들이 2008년 『사랑의 시간 Herzzeit』으로 출간되었다. 20년간 오고간 편지는 두 시인의 심정적인 교류 뿐 아니라 문학적인 유대감과 친밀감의 흔적을 남기며, 서로에게 힘과 위로 뿐 아니라 불안과 고통을 야기한 힘든 사랑을 말해준다. 서로에게 향하는 간절함에도 둘 사이에는 메울 수 없는 갈등의 요인들이 많았다. 루마니아 체르노비츠 출신인 유대 혈통의 첼란, 그의 부모는 강제수용소에서 살해되었다. 히틀러가 태어난 곳이며, 1938년 히틀러의 독일군대를 열렬히 환영했던 오스트리아에서 태어난 바흐만, 그의 아버지는 공립학교 교사였고, 1932년에 이미 국가 사회주의 운동에 가담했다. 이처럼 첼란과 바흐만은 전혀 다른 세계에 속했고, 정치적, 국가적, 종교적으로 건널 수 없는 극점에 있었다.

두 사람의 만남은 첼란이 전후 고향을 떠나서 파리로 이주하기 전 잠시 머문 빈에서 이루어졌다. 첼란이 빈에 머무는 기간은 몇 달 되지 않는데, 1948년 5월 친구인 초현실주의 화가 에드가 즈네 집에서 바흐만을 만났다. 이 때 바흐만은 22세이며, 첼란은 28세였고, 첼란은 몇 주 후 파리로 이주하기에 둘이 함께 보낸 시간은 짧았다. 하지만 빈과 파리를 오가는 편지와 파리에서의 재회 그리고 여러 번의 단절과 소통의 시도들은 계속된다. 1948년에서 1967년 사이에 오간 편지들은 두 사람의 문학적, 심리적 유대감을 말해주고, 작품 속에 남겨진 사랑의 다양한 흔적들을 암시하고 있다.

II. 양귀비와 기억처럼 사랑하다

첼란을 만나고 얼마 지나지 않아서 바흐만은 클라겐푸르트의 부모에게 쓴 편지에서 '매력적인, 초현실주의 시인 파울 첼란이 내게 빠졌다'고 적고 있다. 그의 존재가 '자신의 황량한 작업에 양념과 같이' 작용하며, '자신의 방이 첼란이 흩뿌린 꽃들로 양귀비 꽃밭이 되었다'고 전한다. 한 달 후 1948년 6월 24일, 바흐만의 22번째 생일에 첼란은 마티스 화집 속에 시 「애굽에서」를 담아 선물한다.

이방여인의 눈에 말하라, 물이 있으라!
이방여인의 눈에서 네가 아는 물의 여인들을 찾으라.
그 여인들을 물 밖으로 불러내라, 룻! 나오미! 미르얌!
이방여인 곁에 누울 때 그들을 치장하라.
이방여인의 구름머리로 그들을 치장하라.
룻, 나오미, 미리암에게 말하라,
보라 내가 이방여인 곁에 누우리라!
네 곁의 이방여인을 가장 아름답게 치장하라.
룻, 나오미, 미리암으로 인한 고통으로 그녀를 치장하라.
이방여인에게 말하라,
보라, 내가 그들 곁에 누웠노라!

책으로 출간되기 전에 3번이나 발표할 정도로 첼란이 애착을 가진 작품이다. 유대여인이 아닌 이방여인과의 사랑을 묘사하기 위해서 십계명의 형식을 취함으로써, 이방여인에 대한 선택과 사랑에 경건한 예배 분위기를 부여하고 있다. 룻, 나오미, 미리암은 유대역사에서 망명생활과 연관되며, 강제수용소에서, 강제 노역장에서 죽어간 수많은 유대여인들을 대변하고 있다. 첼란은 광야생활의 상징적 인물인 세 여인의 이름을 부름으로써 죽은 유대여인들을 현실로 불러들이고 있다. '이방 여인의 눈을 향해서 물이 있으라'는 첫 계명은 시련과 박해의 상징인 눈물을 연상시킨다. 이들을 불러들여 '치장하는' 것은 죽은 이들을 기억하고 현실 속으로 부르는 행위이다. 이들을 치장하는 '구름 머리'는 잠시 머물다 흩어지는 형상 없는, 정처 없는 망명의 삶을 투영하고 있다. 눈물 속에 기억되는 죽은 여인들이 현실의 이방 연인과 연결되며 서로 뗄 수 없는 관계를 형성한다.

'치장하다'는 시 속에서 네 번 언급되며, '네 곁에 누운 이방여인을 살해된 유대 여인들에 대한 고통으로 가장 아름답게 치장하라'로 귀결된다. '구름머리'로 죽은 자를 치장하는 추상적 표현이 이제 '고통'으로 구체화되고 있다. 이방여인과의 사랑이 구약에 나오는 유대여인들의 이름을 통해서 신비적이고 상징적으로 묘사되며, 현실의 사랑이 수용소에서 죽어간 수많은 유대여인들에 향한 사랑과 불가항력적으로 연결된다. 현실의 사랑하는 여인은 죽은 유대 여인들을 현실로 불러들이고 기억시키는 매체가 되고 있는 것이다. '치장하다'가 어원학적으로 '애무하다' 또는 '바싹 붙어 눕다'와 친족임을 생각할 때, 이 시는 에로틱한 요소들이 역사적이고, 종교적인 요소들과 함께 어울리고 있다.

9년 후 바흐만에게 쓴 편지에서 첼란은 "이 시를 읽을 때마다 당신이 떠오릅니다. 당신은 내 삶의 토대이며, 내 언어의 정당성에 대한 변호이며 앞으로도 그러할 것이기 때문입니다"고 고백하고 있다.

1948년 빈에 체류하는 동안 쓴 5편의 시 중 「코로나」도 바흐만과의 사랑과 죽은 자들에 대한 기억을 함께 한다.

내 손에서 가을이 그의 잎사귀를 받아먹는다. 가을과 나는 친구.
우리는 호두에서 시간을 꺼내어 걸음마를 시킨다.
시간은 껍질 속으로 되돌아간다.

거울 속은 일요일이고
꿈 속은 잠이 들고
입은 진실을 말한다.

내 눈은 연인의 음부로 내려간다.
우리는 서로 바라본다.
우리는 서로 어두움을 얘기한다.
우리는 서로 양귀비와 기억처럼 사랑한다.
우리는 잠을 잔다, 조개에 담긴 포도주처럼,
달의 핏빛 줄기에 잠긴 바다처럼.

우리는 부둥켜안은 채 창가에 서있고, 거리의 그들이 우리를 바라본다.
사람들이 알아야 할 시간이다!
돌이 꽃피울 시간이다,

불안이 가슴을 때릴 시간이다.
무르익은 시간이다.

그 시간이 왔다.

화자인 '나'는 가을과 함께 '우리'가 되고 '친구'가 된다. 가을은 수확의 계절이면서 조락의 시간이다. 가을과 친분관계를 통해서 화자는 호두 속에 숨겨있는 흘러간 시간을 불러낼 수 있는 능력을 얻는다. '시간에 걸음마를 시킨다'는 것은 지나간 시간을 호두 속의 화석처럼 머물게 하지 않고 현실로 불러내어 기억한다는 의미이다. 화자와 가을은 흘러간 시간을 현실로 불러내어 기억하고, '껍질 속으로 돌아간 시간'은 호두 속에, 기억 속에 영원히 보존되는 것이다.

이 영원성의 상태는 2연에서 역설적으로 묘사된다. '거울 속은 일요일'이다. 일요일은 창조가 끝난 첫 날이다. 꿈에서 잠이 들고, 꿈꾸는 대신 입술은 진실을 얘기한다. 3연에서는 화자인 '나'와 화자의 연인이 새로운 '우리'로 등장한다. '양귀비와 기억처럼' 둘은 사랑을 나눈다. 아편의 원료이며 망각의 식물인 양귀비가 역설적으로 기억과 사랑 안에서 연결되어있다. '조개 속의 포도주처럼' 잠든 '우리'는 도취적인 포도주와 몽롱한 사랑 속에 잠겨있다. 그런데 '달의 핏빛 줄기 속에 잠긴 바다와 같다'는 다음 행을 통해서 낭만적인 분위기는 사라지고 어두운 역사 속으로 잠겨든다. 달빛은 왜 핏빛으로 바다에 비추인가? 핏빛 줄기는 잔잔한 바다를 방해하지 않지만, 2연의 '꿈속에서 잠이 들고, 입술은 진실을 얘기하는' 것처럼 고요히 잠든 바다 위에 어두운 핏빛 역사를 투영하고 있다.

4연에서 연인인 우리는 거리의 사람들, 세상과 마주한다. '창가에 부둥켜안고 있는 우리를 거리의 사람들이 바라본다.' 이제 세상은 두 사람의 사랑에 대해 알 시간이다. 그런데 뒤따르는 서술 문장들이 이 '시간'을 구체화한다. "돌이 꽃피울", "불안이 가슴을 치는" 그리고 "때가 될" 시간이다. 마지막 행 "그 시간이 왔다."는 릴케의 「가을날」을 상기시킨다. 1연의 '가을'과 3연의 '포도주'는 「가을날」의 주요 모티브이다. 하지만 릴케에서 "주여, 때가 되었습니다"가 첼란에게서는 '주±'가 사라졌다. 끔찍한 홀로코스트와 함께 신의 현존은 회의되고 부정되고 있는 것이다.

1949년 6월 20일 첼란의 편지는 시 제목 '코로나'를 구체화한다. "내가 양귀비와 기억을, 수많은 양귀비꽃과 그에 상응하는 수많은 기억을, 빛나는 이 두 개의 커다란 꽃다발을 당신의 생일상에 놓을 때, 그 자리에는 오직 당신과 나만 있었으면 좋겠습니다." 라틴어로 왕관을 뜻하는 코로나는 첼란이 바흐만에게 바치는 화관으로 해석할 수 있겠다. 6월 24일 답장에서 바흐만은 "코로나는 정말 아름다운 시라고 몇 번이나 생각합니다. 모든 것이 대리석으로 변하여 영원히 머무는 순간을 완벽하게 포착하고 있어요. 하지만 여기 있는 내게 그 시간은 오지 않을 것입니다. 나는 얻지 못할 어떤 것을 갈망하고 있어요."라고 쓰고 있다.

바흐만은 첼란의 시에 대해서 다가올 힘든 시간을 예견하는 「유예된 시간」으로 대답한다. 평범한 연인들처럼 달콤한 사랑을 하기는 시대의 어두움이 두 사람에게 너무 짙게 깔려있었다. 추방되어 유리방황하는 이들, 죽어간 이들을 잊지 못하고 늘 현실로 불러들이고 기억하는 첼란은 두 사람의 사랑이 '부인되지 않는 현실'로 기억되기를 바라고 있다. 1951년 7월 7일 편지는 첼란의 이런 심정을 말해준다.

> 어떤 것도 되돌릴 수는 없습니다. 시간, 삶의 시간은 내적으로 단지 일회적이지요. 언제가 될지, 얼마의 시간이 남았는가를 안다는 것은 끔찍한 일이에요. (...) 일어난 일들이 실재했다는 것, 취소할 수 없지만 참된 기억을 통해서 회상될 수 있는 것으로 당신이 받아들인다고 내게 말해줄 수 있으면 나는 만족할 것입니다.

두 사람의 관계는 첼란이 파리로 떠나면서 점점 멀어진다. 빈과 파리라는 지역적인 분리뿐 아니라 서로의 심정 변화도 작용한 것 같다. 「애굽에서」와 「코로나」 외에 1957년 10월 17일까지 첼란이 바흐만에게 보낸 시는 없다. 하지만 바흐만은 『언어창살』에 실린 시들을 종종 편지 형식으로 수신한다. 또 『양귀비와 기억』에 실린 23편의 시들도 바흐만에게 헌정되었다.

III. 파리와 빈을 잇는 자오선

첼란이 파리로 떠나고 6개월 후 성탄 즈음에 바흐만은 첼란에게 보낸 편지에서 '며칠간 파리로 여행을 계획하는데 한두 시간 정도 자기를 만나줄 수 있는지'를 묻고 있다. 빈에서 행복한 시간을 보냈던 두 사람의 관계가 그동안 소원해졌다는 것을 보여준다. 첼란의 『유골단지의 모래』 발간에 대해서 바흐만이 친구를 통해서 알게 되었다는 사실을 볼 때 첼란이 바흐만으로부터 거리를 둔 것으로 보인다. 파리와 빈으로 떨어져 지내는 처음 2년 동안 첼란은 편지를 거의 쓰지 않았고, 그나마 짧막한 내용을 담은 우편엽서만 보냈다. 첼란과 달리 바흐만의 편지는 꿈꾸는 연인의 모습으로 설레고 있다.

> 당신은 인도 아니면 더 머나먼 어두운 갈색 땅에서 내게 온 사람입니다. 당신은 내게 황야요, 바다이며, 비밀스런 모든 것입니다. (...) 우리 둘을 위한 성을 짓고, 당신을 내게 데려올 것입니다. 당신은 마법 같은 내 주인이 되고, 우리는 성 안을 수많은 양탄자와 음악으로 채우며, 사랑을 쌓아갈 것입니다.[2]

1949년 6월 24일 편지에서 보이는 열정이 그동안 식은 것인지 파리에서의 재회를 약속한 8월에 바흐만은 오지 않았다. 첼란은 바흐만의 진심을 회의하는 편지를 보낸다.

> 잉게보르크, 지난 몇 년간 왜 내가 당신에게 자주 편지하지 않았는지 아는 가요? 빠져나올 수 없었던 끔찍한 침묵 속으로 내 스스로 빠져들었던 이유만은 아니오. 빈에서 함께 보냈던 몇 주간의 짧은 시간에 대해서 당신이 어떻게 생각하고 있는지를 종잡을 수 없었기 때문이기도 합니다. 잉게보르크, 당신의 휘갈겨 써내려간 첫 구절들을 보며 내가 무슨 생각을 했겠소? 내가 잘못 생각하고 있는지 모르겠고, 서로 간절히 만나고 싶어 하는 마음이 우리에게 부족한 것인지도 모르겠소. 잘못은 아마 우리 둘에게 있겠지요.[3]

1950년 12월 중순 파리에서 마침내 둘이 만나기까지 일 년이 지나간다. 그동안 바흐만은 하이데거에 대한 박사논문을 마쳤다. 파리에서 두 달을 함께 보냈지만 이 재회는 두 사람이 함께하는 것이 쉽지 않다는 것을 확인시켜주는 시간이기도 했다. 바흐만은 이 때 상황을 바이겔 Hans Weigel에게 '파리에서 함께 한 시간은 서로에게 숨 막히는 시간이었다'고[4] 얘기한다. 1951년 초, 바흐만은 미국 점령관청에서 일자리를 얻게 되고 가을부터 방송국 대본 작가로, 후에는 편집자로 일을 시작한다. 첼란은 1951년 11월에 아내가 될 프랑스 귀족가문의 판화가 지젤 레스트랑주를 만난다. 바흐만은 첼란과의 관계가 회복될 수 없음을 알았지만 연인을 붙들고 싶어 했다. 1951년 11월 초 편지에서 바흐만은 멀어져간 첼란의 마음을 언급하면서 '당신과 함께하기 위해서 안정적인 생활에 필요한 기반을 마련하려고' 애쓴다고 적고 있다. 첼란은 수개월간 침묵하다가 1952년 2월에 단호한 편지를 보낸다.

> 잉게보르크, 되돌릴 수 없는 일에 더 이상 매달리지 말기로 합시다. 나 때문이라면 파리에 올 필요 없소! 우리는 서로에게 상처를 줄 뿐이오. 당신은 나에게, 나는 당신에게. 무슨 의미가 있겠소? 우리 사이에 우정만이 남아있다는 것을 알 만큼 우리는 서로를 잘 알고 있소. 다른 것은 되돌릴 수 없다는 것을.[5]

1952년 2월에서 1957년 10월 사이의 편지는 거의 바흐만이 쓰고 있다. 그녀의 수많은 편지에 첼란은 침묵했다. 1953년 발간된 『양귀비와 기억』 시집에 짤막한 헌정의 글이 있을 뿐이다. 하지만 바흐만은 첼란이 오스트리아에서 낭독할 기회를 얻도록, 그리고 첼란의 작품 출판을 위해서 자신의 인맥을 동원하며 열성적으로 도우려했다. 첼란이 47

그룹에 초대받을 수 있도록 힘쓰고 그리고 다시 파리를 방문하고자했다. 그러나 바흐만과 독일 친구들의 도움으로 초대된 1952년 5월 25일 47그룹 모임은 첼란에게는 악몽이었다. 1938년 이후 처음으로 독일 땅을 밟은 그가 전후 독일의 변화된 상황에 예민한 것은 당연할 것이다.

첼란은 「광야의 노래」, 「애굽에서」, 「만델을 세라」 그리고 당시에 아직 알려지지 않았던 「죽음의 푸가」를 낭송했다. 그는 격정적으로 매우 빨리 읽어 내려갔다. 낭송이 끝나고 몇몇 동료들이 비꼬듯 첼란의 억양과 운율을 흉내 냈다고 바이겔은 기억한다. 그룹 대표였던 베르너 리히터는 그가 유대회당에서 읊조리듯 「죽음의 푸가」를 낭송했다고 말했다. 격앙된 그의 음절은 참석자들의 호감을 불러일으키지 못했다. 반면에 바흐만은 참석자들의 관심과 찬사를 받았고, 토론에서 바흐만은 첼란과 대립하게 되었다. 이 모임 후 둘 사이의 편지 왕래는 5년 반 동안 중단되었고, 1952년 12월 23일 첼란이 지젤과 결혼하면서 바흐만과의 관계는 끝난 것 같았다. 이 시기에 바흐만은 작곡가 헨체 H. W. Henze를 만나고 4년 동안 오누이와 같은 동거를 한다.

첼란은 1952년 12월 『양귀비와 기억』을 출판하면서 독일 독자들의 반응을 기다리고 있었다. 독일 비평가들의 평가는 양편으로 갈린 듯 보이나, 첼란이 기대했던 시집 중앙에 실린 「죽음의 푸가」에 대한 비평가들의 관심은 높지 않았다. 프랑크푸르트 알게마이네 차이퉁은 「죽음의 푸가」를 언급하면서, '시인은 빈에서 성장하고 끔찍한 방식으로 부모를 잃고 "표현할 수 없는 것"을 표현한다'고 실었다.[6] 산더스 R. Sanders는 함부르크판 차이트에서 「죽음의 푸가」 그리고 첼란이 시

의 토대로 하는 어두운 현실과 죽은 이들에 대한 기억 그리고 유대정
신에 대해서는 한 마디도 하지 않았다. 빈의 한 가톨릭 신문은 첼란의
출신과 전쟁테마를 언급하며 그와 샤갈, 엘제 라스커 실러, 트라클, 말
라르메와 비교하며 첼란의 시가 몽상적이라고 평했다. 피온테크는 첼
란의 『양귀비와 기억』에 대해서 포에지퓌르, 마술적 몽타주, 샤갈의 그
림과 비교할만하다고 평했다. 그의 시작품은 "손가락 연습", '살아남
기 위해 쏟아내는 단어들'로 폄하되기도 했다.

IV. 빛과 어두움을 얘기하다

1957년 10월 부퍼탈 모임에서 첼란과 바흐만은 다시 만나게 되고
사랑이 다시 시작되었다. 이번에는 첼란이 더 적극적이었고, 사랑하는
여인에게 손 글씨의 시들을 바쳤다. 모임이 끝나고 쾰른에서 다시 만
난 두 사람은 쾰른 대성당과 라인 강에서 가까운 거리 "암 호프"에 있
는 호텔에 머물렀다. 얼마 후 발표된 「쾰른, 암 호프」는 새롭게 불타오
르는 사랑을 증명하고 있다.

사랑을 위한 시간,
깊은 밤의 숫자에
꿈꾸는 이들이 서있다.

더러는 고요 속으로 말을 걸고, 더러는 침묵했다.
더러는 갈 길을 갔다.

추방되고 사라져간 이들은
고향 집에 있었다.

그들의 대성당.

보지 않는 그들의 사원
듣지 않는 그들의 강물
그들의 시계가 우리 안에 깊이 멈춘다.

‘암 호프’는 예전에 유대인들이 모여 살던 곳이며, 옆으로 라인 강이 흐르고 머지 않는 곳에 쾰른 성당이 보이는 지역이다. 1연에서는 현재형, 2연에서는 과거형이, 그리고 4연에서는 분사로 진행되면서, 현재에서 과거로 그리고 시간의 제한이 사라진다. 사랑하는 사람과의 현실을 묘사하는 1연과, 죽은 이들에 대한 회상을 담고 있는 2연이 마지막 행의 “그들의 시계가 우리 안에 깊이 멈춘다.”로 귀결되고 있다. 화자에게 ‘쾰른 돔’은 죽은 이들을 위한 사원으로, 무심히 흐르는 ‘라인 강 물소리’는 그들의 눈물과 탄식소리로 느껴지고 있음을 보여준다. 사람들은 외면하지만 화자에게 그들에 대한 기억은 멈춘 시계처럼 가슴에 새겨있다. 사랑하는 현재의 연인과 함께 하는 1연의 ‘깊은 밤의 숫자’는 죽은 이들에 대한 기억과 함께 ‘1월 20일’처럼 화자의 가슴에 새겨진 것이다.

사랑에 빠진 첼란은 지젤에게 바흐만과의 관계를 털어놓으나, 바흐만은 첼란의 가정을 깨뜨리길 원하지 않았다. 바흐만은 지젤이 둘 사이를 이해하고 받아들여준 것에 대해서 감동하였고, 지젤도 바흐만의 인내와 사랑의 고통을 이해하며 서로에게 연민을 느꼈다. 상처 많은 첼란을 사랑하는 두 여인은 서로에게 연민과 친밀감을 갖게 된 것이다. 첼란의 힘든 삶에 바흐만이 큰 힘이 된다는 것을 알기에 지젤은 오히려 첼란에게 바흐만을 멀리하지 말기를 부탁한다.

> 어제 밤늦도록 잉에보르크의 시들을 읽었습니다. 그녀의 시에 감동되었죠. 눈물이 흐르는 것을 막을 수 없었어요. 얼마나 끔찍한 운명인가요. 그녀는 당신을 깊이 사랑하고 있어요. 그녀에게 어찌 그리 매정한가요. 이제 그녀를 좀 더 이해하게 되었고, 당신이 그녀를 다시 만나는 것에 반대하지 않아요. 나는 괜찮아요.

바흐만은 헨체가 있는 네팔로 돌아갔고[7] 첼란은 지젤과 결혼생활을 이어갔다. 바흐만과 지젤은 서로 편지를 주고받고, 첼란은 쉼 없이 바흐만에게 편지를 쓰고 시와 번역 작품들을 보냈다. 둘은 낭독회와, 문학 모임에서 자주 만났다. 두 사람의 관계에 변화가 생긴 계기는 바흐만이 1958년 뮌헨에서 막스 프리쉬를 만나고 그와 함께 살기로 결정하면서 부터이다. 첼란은 바흐만의 결정을 받아들이지만 바흐만이 외도한 것처럼 마음에 상처를 입었다. 그러나 바흐만은 보호받고 싶고, 쉬고 싶은 마음이 간절했기에 1958년 7월 2일 첼란과의 고통스런 마지막 대화를 나누고, 7월 3일 작품공연을 위해 파리로 온 프리쉬와 인연을 시작했다. 1950년대 말과 60년대 초에 첼란과 바흐만이 결정적으로 갈라지는 데, 독일 신문들의 적대적인 반응으로 극도로 예민해진 첼란이 바흐만에게 서운함을 느끼게 된 것이다. 바흐만은 그를 도울 수 있는 모든 방법들을 동원했지만 세상에 대한, 그리고 그와 충

분히 아픔을 나누지 못한 주변 친구들에 대한 첼란의 상한 마음은 걷잡을 수 없었다.

문학비평가 블뢰커는 1959년 10월 11일자 베를린 일간지에 첼란의 『언어창살』에 대한 비평을 실었는데, 첼란의 시를 "향기없는", 결합 위주의 "그래픽 형성물"이라고 비난했다. 그리고 「죽음의 푸가」에 대해서도 반복되는 "대위법 연습"이라고 비난했다. 첼란이 독일 작가들과 달리 독일어를 더 자유롭게 사용하는 것은, 그가 독일인이 아니기 때문에 부담 없이 내키는 대로 쓰고 있다고 비꼬고 있다. 루마니아에 살면서도 교양 있는 표준 독일어 사용을 권면했던 어머니로부터 배운 독일어, 모국어이면서 부모와 동족을 죽인 살인자의 언어인 독일어에 대해서 첼란은 늘 양가적인 감정을 가질 수밖에 없었다. '시는 모국어로 써야한다'고 믿었기에 모국어처럼 구사하는 여러 언어들을 마다하고 독일어를 고집했던 첼란에게 "출신"과 '부담 없는 독일어 사용'에 대한 언급은 첼란을 참담하게 만들었다. 바흐만에게 보낸 10월 17일 편지에서 첼란은 블뢰커의 글을 "분묘 훼손"으로 표현하며 분노하고 있다. 견딜 수 없는 고통에 시달리며 첼란은 바흐만으로부터 동조와 위로를 기다렸지만 47그룹 모임에 참석하기 위해서 엘마우로 떠난 바흐만은 제 때에 첼란을 도울 수 없었다. 견딜 수 없는 고통과 불안한 심정에서 그는 옛 연인의 남편이며 독일 대표 작가인 프리쉬에게 심정적인 동조를 기대하는 편지를 보냈다. 1959년 4월 14일 그에게 보낸 편지 서문에서 블뢰커의 논평을 "거짓과 비열함 그리고 나치짓거리"라고 쓰고 있으며, 10월 23일 편지에서는 "Hitlerei, Hitlerei, Hitlerei."라는 문장으로 시작하고 있다.[8] 첼란은 블뢰커 논평에서 사라지지 않은 나치의 위협을 느끼며, 프리쉬가 자신의 분노에 동조해주기를 기대했다. 하지만 프리쉬는 블릭커의 비평을 부당하게 생각하지만 첼란이 '자만과 병적인 명예욕으로 흥분해있다.'고 지적했다. 11월 9일 편지에서 바흐만이 얼마나 많은 친구들이 그를 응원하고 그를 인정하고 있는 지를 둘러보기를 권하고, 공허한 비평 쪼가리들을 읽지 말고 던져버리라고 부탁하지만 첼란은 이미 깊은 상처를 입은 후였다.

> 잉게보르크, 나도 힘드오, 무척 힘드오, 당신에게 부탁하지 않을 수 없소, 내게 편지하지 마오, 전화도 하지 마오, 어떤 책도 내게 보내지 마오, 지금뿐 아니라 당분간 말이오, 아니, 앞으로도 보내지 마오. 막스 프리쉬에게도 같은 부탁을 전해주시오. 부탁하건데 당신들의 편지를 되돌려 보내는 일이 없기를 바라오.[9]

그러나 5일 후 첼란은 침묵 상태를 견디지 못하고, 서로 떨어질 수 없음을 바흐만에게 고백했다. 하지만 만나지 못하고 전화로만 소통하면서 계속 오해가 생기고 서로에게 비난하는 일들이 반복되었다. 첼란의 끝없는 우울에 바흐만의 인내심도 한계에 도달하고 마침내 바흐만은 "더 이상 견딜 수 없다"는 결정을 내렸다.[10]

첼란에게 또 다른 시련이 닥치는데 1953년 이후 잠잠했던 표절논란이 1960년에 독일에서 다시 불 지펴진 것이다. 클레르 골은 블릭커 논쟁을 기회로 뮌헨 잡지사에 또 편지를 썼다. 1960년 3/4월 잡지에 "파울 첼란에 대해 알려지지 않은 것들"이라는 제목으로 클레르 골의 편지가 소개되고, 첼란의 시작품은 근거 없는 주장과 잘못된 인용, 거짓 날짜로 매도되었다. 1960년 5월 독일 학술원으로부터 뷔히너상 수상자로 결정되면서, 첼란이 언론의 주목을 받게 되자 클레르 골은 또 다시 다른 문학지에 유사한 내용을 실었다. 이를 계기로 표절 논란이 다시 불거지고, 첼란의 시가 주목받는 것을 탐탁치 않아하던 이들이 클레르 골의 근거 없는 주장을 옹호하기 시작했다. 이에 맞서서 스촌디는 표절이라 주장하는 첼란의 시들이 이반 골의 시 보다 먼저 쓰였고, 제시된 이반 골의 시들이 원본과는 다르다는 근거들을 제시하며 조목조목 반박했다. 독일 학술원도 공정성을 위해서 표절 시비에 대한 조사를 지시했고, 첼란에 대한 표절 시비는 근거 없는 비방이라는 결론이 나왔다. 이런 와중에 첼란이 받은 충격과 불안은 그의 심신을 부식시켜갔다. 그의 상태는 점점 악화되고 정신치료로 병원 입원이 잦아지며, 우울증 발발은 점점 주기가 짧아졌다.

1960년 12월 2일 지젤은 바흐만에게 쓴 편지에서 블뢱커의 악평과 표절 시비로 첼란이 처한 절망적인 상태를 전하며 도움을 청하고 있다. 바흐만도 1962년, 프리쉬와 결별하면서 정신적인 충격에서 벗어나지 못하고 있는 상태였다. 첼란이 세느 강에 몸을 던지기 전까지 두 번의 편지를 받지만 바흐만은 답장하지 않았다. 바흐만에게 그의 죽음을 알리는 1970년 5월 10일 지젤의 편지에 의하면, 첼란은 4월 19일에서 20일 사이에 집을 나가서 돌아오지 않았다. 2주 동안 지젤은 도처를 찾았지만 어디에도 그의 흔적은 없었다. 5월 1일에야 경찰이 그를 세느 강에서 발견했다고 가족에게 통지했다. 지젤은 바흐만에게 "파울은 세느 강에 몸을 던졌어요. 그는 가장 고독한 무명의 죽음을 택했습니다."고 그의 죽음을 전했다.[11]

V. 이방인으로 머물다

1971년 발간된 바흐만의 『말리나』는[12] 첼란의 시들에 대한 응답이며, 가부장적 질서와 남성 중심사회에 대항하여 글쓰기를 시도하는 여성 화자는 바흐만 자신을 반영하고 있다.[13] 여성 화자가 사는 웅가르 골목길은 바흐만이 살던 빈의 베아트릭스 도로에서 멀지 않은 곳이며, 첼란은 전철로 30여분 떨어진 곳에 살았다. 첼란은 제1장의 동화 "카그란 공주의 비밀"에 나오는 '이방 남자' 속에 투영되어 있다. 첼란의 시 「애굽에서」가 바흐만을 '이방 여인'으로 표현한 것처럼, 바흐만은 첼란을 '이방 남자'로 묘사한다. 죽음의 위기에 있는 '샤그레' 나라의 공주를 구하러 나타난 이방 남자는 검은 색 망토로 몸을 숨기고 있다. 지금까지 들어 본 적 없는 목소리로 희망의 노래를 들려주는데, 공주는 그 목소리에 완전히 빠져서 계속 듣기를 원한다. 안전한 곳으로 데려다주고 돌아가려는 그에게 공주는 그의 종족에게 돌아가야만 하는 지 묻는다. 이 때 이방 남자는 "내 종족은 이 세상의 어떤 종족보다 더 오래 되었지만, 지금은 사방으로 흩어져 버렸소"라고 고백한다. 2장의 꿈 이야기에서는 그가 '시베리아 유대인 외투'를 입고 있다. 그의 죽음을 전해들은 공주는 절망적으로 외친다.

내 삶은 끝이 났다. 이송 도중 그가 강물에 빠져 죽었기 때문이다. 그는 나의 삶이었던 것이다. 나는 그를 내 삶보다 더 사랑했다.[14]

그의 소식을 전하는 신사가 '시들어 말라버린 꽃잎 한 장'을 보여주자 공주는 그의 죽음을 믿지 않을 수 없다. 공주는 자신을 구하고 떠나는 이방 남자와 먼 훗날 꽃이 핀 창가에서 다시 만날 소망을 갖고 헤어졌었다. 꿈속의 이야기이지만 이방 남자의 죽음은 현실의 화자에게 치명적인 상처를 입힌다. 물에 빠져죽은 이방 남자의 죽음을 바흐만은 나치의 폭력과 결부시켜 표현하고 있다. 가부장적 질서와 파괴적인 파시즘을 대변하는 아버지는 여자들을 익사시키고, 호수 주위를 '살해당한 딸들의 묘지'로 둘러싸게 한다. 이 끔찍한 사실을 알게 된 화자는 '세상에서 가장 큰 가스실'에서 아버지가 튼 호스를 통해서 새어나오는 가스로 죽어간다. 또 다른 꿈에서는 딸이 호수에 잠겨 죽어가는데, 전화선 너머 아버지는 웃고 있다. 1970년 세느 강에 몸을 던진 첼란의 죽음이 『말리나』의 꿈 이야기에서 파시스트에 의해 저질러진 만행임을 바흐만은 암호처럼 숨겨놓고 있다.

『말리나』에서는 첼란의 시작품에 등장하는 돌, 꽃의 메타포가 여성 화자의 언어를 지키려는 투쟁과 연결된다. 꽃과 돌은 소설에서 아버지가 영향력을 행사할 수 없는, 억압과 폭력으로부터 자유로운 이상향에서 온 희망의 메시지를 담고 있는 메타포로 작용한다. 첼란에게서 진실을 담을 수 있는 새로운 언어에 대한 희망을 담고 있는 메타포들을 바흐만은 여성화자의 생존과 정체성을 찾아가는 투쟁의 수단으로 삼고 있다. 이반에 의해서 말하는 것을 금지 당하고, 아버지에 의해서 언어적 금치산 선고를 받은 여성 화자가 결국 벽 속으로 사라질 수밖에 없는 소설의 결말은 진실을 말할 수 있는 새로운 언어를 찾아가는 첼란의 투쟁과 유사하다.

현실에서 여성 화자의 불행한 사랑은 '카그란 공주' 이야기에서 긍정적이며 유토피아적으로 그려지는데, 여기서 바흐만은 첼란과의 다가올 재회를 소망하고 있다. 공주는 간밤에 미래를 보았는데, 그것은 자신과 이방 남자의 죽음에 관한 것이었다. 그러나 두 사람은 만나게 될 것이며, 그 때는 20세기가 더 지난 시간일 것이라고 공주는 말한다. '세기'가 무엇인지 묻는 그에게 공주는 모래 한 줌을 손에 쥐고 손가락 사이로 재빨리 흘러내리고 "이 정도가 20세기 일거야, 그러면 너는 내게 와서 입을 맞추겠지."라고 말한다. 여기서 공주가 말하는 '20세기'의 시간은 긴 시간이지만, 한 줌의 모래를 손가락 사이로 흘러내리는 공주의 행동은 머지않은 가까운 시간임을 암시한다. 첼란이 「코로나」에서 말한 '시간'을 바흐만은 『말리나』에서 이렇게 화답하고 있다. 그리고 "우리는 카드놀이를 하고, 나는 눈을 잃게 될 것이며, 거울 속은 일요일이 되겠지"라고 덧붙이며, 어디에서 보게 될 것인지 묻는 그에게 공주는 '꽃으로 가득한 창문 앞에 서있을 것이다'고 말한다. 첼란의 「코로나」 장면들을 바흐만은 이어받아서 두 사람이 재회할 때와 장소를 묘사하고 있다. 2000년이 넘는 긴 시간이 흐른 후, 혹은 모래시계의 모래가 흘러내리는 머지않은 때에 그는 공주에게 와서 입 맞출 것이며 공주는 마법에서 풀려날 것이다. 현실에서 엇갈린 사랑을 바흐만은 동화 같은 결말로 재회를 소망하고 있다.

VI. 고독한 사랑 속에서 잠들다

바흐만은 첼란이 떠난 후 3년이 흐른 1973년 9월 25일 밤, 담배 불로 야기된 화재로 심각한 부상을 입고 치료받다가 47세의 나이로 10월 17일 세상을 떠났다. 수 년 간 복용한 신경 안정제는 그녀의 심신을 이미 파괴하고 있었다. 첼란이 마지막 순간에 물을 선택했다면 바흐만의 마지막은 불이었다. 물과 불이라는 상이함 만큼 두 사람의 간극이 깊었지만 서로를 향한 끌림과 신뢰 또한 강했다. 이런 양가적인 감정은 파리에서 함께한 시간을 회상하며 쓴 바흐만의 1951년 6월 27일 편지에 잘 나타나있다.

모든 것에도 불구하고, 서로에게 최악의 적이었던 가장 끔찍한 순간조차도 우리는 서로 행복했다는 것을 아직 잊어버리진 않았겠죠? 왜 내게 전혀 소식을 주지 않나요? 아직도 때때로 당신을 향해 분노하면서도, 미칠 것 같이 혼란스럽고 모순된 마음으로 당신에게 달려가고 싶어하는 내 심정을 왜 더는 느끼지 못하는가요? 당신 앞에서 방어적이 되는 이유를, 앞으로도 그리될 수밖에 없는 이유를 이제 서서히 깨닫고 있어요. 당신을 사랑합니다. 그리고 당신을 미워할 것입니다. 내게 너무 무겁고 벅찬 일이에요. 하지만 모든 것에도 불구하고 당신을 사랑합니다.

20여 년간 첼란과 바흐만은 편지를 주고받으면서 사랑과 우정을 지키기 위해 애썼고, 서로 사랑하고 서로에게 상처를 입혔다. 서로를 필요로 하면서 함께 있는 것을 견디지 못했다. 두 사람의 편지는 사랑을 증언하기보다 오히려 그들의 상처와 고통을 드러낸다. 과거의 어두움과 여전히 잔재하는 과거의 그림자는 첼란의 몸과 마음을 파괴시키고, 허물어져가는 첼란을 바라보는 바흐만도 함께 무너져갔다. 바흐만은 「카그란 공주의 비밀」 마지막 장면에서 첼란이 떠난 후 자신이 입은 마음의 상처와 그에 대한 사랑 그리고 다시 만날 소망을 암시하고 있다. '이방 남자는 공주의 가슴을 가시로 찌르고 푸른 언덕이 펼쳐진 자신의 나라로 가버리고, 공주는 피를 흘리며 죽어간다.' 하지만 그녀는 미소를 지으며, 열에 들떠서 중얼거린다. "난 알아, 난 알고 있어!"라고. 파리와 빈의 거리가 때로는 두 사람을 갈라놓았고, 충족되지 않은 서로에 대한 기대가 종종 오해를 불러일으켰고, 모든 것을 내던질 만큼 서로를 향한 절실한 마음이 더 쉽게 상처를 받았다. 두 시인의 운명적인 만남과 사랑은 삶과 문학작품 속에서 빛과 어두움으로 작용하고, 말로 표현되지 못한 그리움과 고통은 침묵의 메타포로 작품 속에 강한 흔적을 남기고 있다.

릴케와 첼란: 어둠을 가르며 부르는 노래

첼란은 중고등학교 시절에 릴케의 작품을 즐겨 읽었다. 릴케에게서 횔덜린의 흔적을 보았고, 스스로도 그 연결 선상에 서기를 원했다. 릴케 시 속에 담겨있는 장미의 의미들이 첼란에게서 다양하게 빛을 발하고, 그의 묘비명은 첼란의 시집 『누구도 아닌 자의 장미』에서 새로운 모습으로 피어난다. 두 시인이 시적 변용을 꿈꾸는 곳도 '열린 공간, 자유 공간'으로서 공통점을 갖는다.

두 시인의 공통점은 무엇보다 인간의 한계적인 존재 형식과 파괴적인 현실과의 대면에서 비롯되는 고통과 고난에 대한 인식이다. 참된 자아와 새로운 이상적인 현실을 찾아가는 길에서 두 시인은 고독을 고통스럽게 체험하지만, 창작의 산실로서 고독을 분신처럼 껴안는다. 또한 내적 존재를 흔드는 불안, 자아 상실, 죽음에 대한 두려움을 두 시인은 삶과 죽음의 경계를 넘는 '자유 공간', '전일적 세계'로의 변용으로 승화시킨다. 45년의 시간적 간격을 두고 시작 활동을 했던 두 시인은 일차 대전과 이차 대전을 각각 체험하면서, 시대의 아픔을 공유하며 고독하고 불안한 존재에 대한 인식을 같이하고 있다. 따라서 삶과 죽음의 경계를 인식하는 불완전한 존재가 갖는 고독, 불안, 우울을 극복할 수 있는, "전일적 세계"로의 지향은 당연한 귀결이었다.

I. 창작의 산실로서 고독한 공간

부모의 이혼으로 열 살 때 들어간 유년사관학교의 시절을 릴케는 "공포의 입문서"로 추억한다. 엄격한 규칙과 딱딱하고 강압적인 분위기 속에서 그는 자신이 지옥과 같은 곳에 내던져진 고난자라고 여겼다. 후에 사관학교의 선생님에게 쓴 편지에서 어린 시절을 '엄청난 불행으로, 아무 잘못 없이 얻게 된 고난의 심연'이라 적고 있다. 지속적인 질병으로 인해서 오년 만에 학교를 나오게 된 그의 모습은 '지친 자, 육체적, 정신적으로 학대받는 자'였다. 감옥에서 풀려난 듯 자유로움을 느꼈으나, 현실 앞에 아무 준비 없이 내던져진 막막함도 있었다. 이 시절의 체험은 릴케의 전 생애 동안 고통으로 기억되었다. 또한 파리에서 본 전쟁의 참상과 비인간적인 상황도 그에겐 고통의 실체였다. 세상은 불행하고 불안에 휩싸여 있는 듯하였다. 사람들의 곤궁함과 비참함은 인간 존재에 대한 의문을 갖게 했다. 『오르페우스에게 바치는 소네트』에서 그는 끝없이 지속될 것 같은 고통스런 삶의 요소들을 차가운 겨울에 비유하여 차갑고 고통스런 겨울로부터 이별하라고 권한다.

모든 이별에 앞서 가라, 마치 이별이 그대 뒤에
있는 듯, 이제 막 가고 있는 겨울처럼.
겨울 중에는 끝없이 계속되는 겨울도 있으니,
겨울을 나며, 그대 마음을 기어이 극복할지라.[15]

겨울이 끝나면 그 겨울을 자신의 뒤로 하듯 이별을 뒤로 하라고 시인은 요구한다. 하지만 모든 이별에는 피할 수 없는 고통이 있다. 이별의 고통은 헤어짐이나 죽음과 관련되고, 헤어짐은 사랑하는 사람에게 '전일성 All–Einen'의 상실에서 발생하는 고통을 준다. 『두이노의 비가』 중 「제8비가」 말미에서 인간에게 이별은 피할 수 없는 일상이 되고, 그럼으로써 인간은 평생 고통에서 자유롭지 못한 존재이다. 릴케는 이를 인간의 숙명으로 보기에 스스로도 고통을 피하거나 위로받고자 하지 않는다. 오히려 내적 우울함과 숙명적 고통이 인간의 내면을 성숙하게 한다고 여러 편지에서 쓰고 있다.

『두이노의 비가』는 그의 고통을 담은 외침으로 시작한다. "내가 소리쳐 부른들, 누가 내 외침을 들어줄까!" 이 외침은 인간 존재의 한계를 인식하는 데서 오는 것이기에, 그는 이 고통을 "원초적 고난"이라고 표현한다. 『말테의 수기』는 고난 받는 자, 고독한 자의 고백이며 시인의 자화상이다. 그는 이 고통을 온전히 체험하면서 이를 "변용"을 위한 발판으로 승화시킨다. 말년에 겪은 육체적인 질병이 시인을 얼마나 고통스럽게 하였는지, 그의 마지막 시를 통해 짐작할 수 있다.

> 오라, 그대여, 내가 인정하는 마지막 존재여,
> 육체의 조직 속에 깃든 치유할 수 없는 고통이여,
> 정신의 불꽃 속에서 타올랐듯, 보라, 이제 그대 속에서 타오른다.
> 장작은 그대 넘실거리는 불꽃을 받아들이기를
> 오랫동안 거부했다,
> 그러나 이제 나 그대를 키우며, 그대 속에서 타오른다.
> 이승에서의 나의 온화함은 그대의 분노로 하여

여기가 아닌 지옥의 분노가 되리라.

순진무구하게, 미래에 대해선 아무 생각 없이 자유롭게

뒤엉킨 장작더미의 고난 위로 올라갔다.

이미 고갈된 이 심장을 위해

어떤 미래의 것도 사지 않기 위해서이다.

저기 알아볼 수 없이 타고 있는 게 아직 나란 말인가?

추억을 저 불꽃 속으로 끌어들이지 않으리.

오 삶이여, 삶이여, 밖에 던져진 존재여.

나는 불타니 아무도 알아보는 이 없도다.[16]

릴케는 자신의 육체에 파고드는 고통을 몸속의 불덩이로 묘사하고 있다. 불속의 장작처럼 시인은 고통의 불꽃 가운데 있다. 그의 몸에는 수많은 검은 수포가 생겨나고 그 물집이 터져 피가 흘러내렸다. 입과 코 점막도 수포로 뒤덮였으며, 그는 마시지도 못하기에 심한 갈증에 시달려야 했다. 의사의 검진도 그에겐 고통만 줄 뿐이었다. 루 살로메에게 쓴 편지에서 지옥 같은 이 고통이 낮과 밤을 가리지 않고 그를 엄습하며, 그를 끝장내려 한다고 적고 있다. 그에게 찾아온 질병은 그를 고독으로 안내하였으며, 고독은 그를 '자유공간'으로 인도했다. 죽음 앞에서 시인은 순차적인 시간의 흐름으로부터 '순수하고', '자유롭게' 됨을 느꼈으며, '무無 시간성' 속으로 들어간 듯했다. 하지만 시의 마지막 행들은 그의 외롭고 고통에 찬 존재를 말해주고 있다. '밖에 내던져진 존재'로서 시인은 불타는 고통 속에 싸여 아무도 알아주지 않는 고독한 세계에 있는 것이다. 시인의 예언자적 사명은 그를 외롭고 고통스런 길로 안내하였으며, 이 길은 그에게 변용을 위해 불가피한 길이었다.

릴케와 첼란에게 고독은 내적으로 고독하고 싶어 하는 존재와 연관되어있다. 그들은 고독을 즐기며 고독을 통해 창작의 욕구와 자극을 받고 있는 것이다. 따라서 그 고독은 두 시인에게 창조적인 고독이다. "그대 나의 거룩한 고독이여, 소생시키는 정원처럼 그대는 그렇게 풍요롭게 순수하며 아득합니다. 나의 거룩한 고독, 그대여" 이처럼 릴케는 고독을 거룩하다고 찬미한다. 또 "나의 고독은, 발길을 두려워하지 않는, 결코 침범되지 않은 숲처럼 다시 견고해지고 확실해져야 한다. 고독에서 멀어지는 것보다 더 화나는 일이 내게 없다"[17]고 말한다.

첼란도 창작과 고독은 불가분의 관계라고 보고 있다. "시는 고독합니다. 그것은 고독하며, 방황합니다. 그래서 시를 쓰는 사람은 그것과 붙어있게 됩니다."고[18] 고백하는 고독한 시인, 첼란도 릴케처럼 '밖에 있는 존재'였다.

> 우리가 사물들과 얘기할 때면, 우리는 언제나 어디서 왔고, 어디로 가는지에 대한 질문에 다시 머물게 됩니다. 즉 열려있는 곳, 비어있는 곳, 자유로운 곳을 지칭하는, 끝이 없는 열려있는 질문 말입니다. 우리는 바깥 저 멀리에 있습니다. 시도 이러한 곳을 찾고 있다고 생각합니다.[19]

첼란은 동족과 자신에게 닥치는 고난의 전조를 "나뭇가지마다 말 없는 노래들의 불안이 짙게 쌓인다."고 표현했다. 첼란의 부모는 채석장이었던 곳으로 끌려가 노역에 시달리다 죽는데, 첼란은 혼자 살아남았다는 죄의식을 갖고 평생 고통에 시달려야 했다. 부모의 죽음과 함께, 유대인으로서의 정체성과 고통당하는 그의 동족과의 일체감을 느낀다. 첼란의 작품에서 두드러지는 침묵으로 흐르는 경향 그리고 침묵의 메타포들은 유대민족이 겪는 참혹한 현상의 반영이다. 릴케가 시적 변용을 통해 삶과 죽음의 경계를 허물려했던 것처럼 첼란의 시가 추구하는 곳도 이별의 아픔이 없는 삶과 죽음의 경계를 넘는 '자유공간'이었다.

II. 자아 상실에 대한 불안

불안은 두 시인의 실존을 위협하는 요소였다. 현실에 속하지 못한 이방인이요, 고향을 상실한 자요, 떠도는 방랑자로 불안은 삶의 중심에 있었다. 릴케는 그의 편지들에서 어린 시절 느꼈던 말할 수 없는 커다란 불안에 대해 적고 있다. 『말테의 수기』 첫 페이지에서 파리의 골목을 묘사하면서, "요오드포름 냄새, 감자튀김의 기름 냄새, 불안의 냄새"를 맡는다고 그는 적고 있다. 불안은 여기서 일상을 구성하는 요소이고, 사람들은 호흡마다 그 불안을 들이마신다. 불안의 내용은 불투명하지만 때로는 베일에 싸여 대상으로 나타나기도 한다.

잃어버렸던 불안이 몽땅 되살아났다. 이불 가장자리에 비져 나와 있는 작은 털실 하나가 강철 바늘처럼 딱딱하고 날카로워지지 않을까하는 불안, 잠옷의 작은 단추가 내 머리보다 크고 무거워지지 않을까하는 불안, 방금 침대에서 떨어진 빵 부스러기가 바닥에 닿자마자 유리처럼 산산조각이 날 것 같은 불안, 그러면 모든 것이 실제로 영원히 다 깨져버릴 것 같은 가슴을 짓누르는 염려, (...) 모든 것이 말할 수 없는 것이기에 내가 아무 것도 말할 수 없을 것 같은 불안, 그리고 그 밖의 불안들 ...

어린 시절의 불안은 릴케의 전 생애를 지배했다. 자기 상실에 대한 두려움, 죽음에 대한 불안과 대면하면서 이 죽음을 극복하는 길을 찾아간다. 즉 죽음을 거부하고 적대시하는 것 대신 이를 껴안아 수용하는 것이었다. '과실이 씨를 품고 있는 것처럼, 사람은 죽음을 자신 안에 가졌다'는 인식이다. 이 인식과 함께 우리는 이 과실을 우리 안에서 잘 익도록 하여 이 과실이 우리의 고유한 것으로서 생산해낼 책임을 갖게 된다. 이는 '낯선 죽음'이 아닌 '고유한 죽음'으로 나타난다. 그래서 시인은 고유한 죽음을 잉태할 수 있기를 간구한다.

오 주여, 저마다 고유한 죽음을 주소서.
사랑과 의미와 고난이 깃든
삶에서 연유하는 그 죽음을 주소서.[20]

『소네트』에서 사랑은 죽음도 극복하는 힘이다. 오르페우스는 에우리피데에 대한 사랑으로 죽음의 경계를 넘고, 삶과 죽음, 이승과 저승은 그에게서 화합하게 된다. 이승과 저승의 공간을 관통하는 오르페우스에 대해 시인은 "그는 이승의 존재인가? 아니다, 그의 넓은 천성은 두 영역으로 자란다."고 말한다. 피안은 오르페우스에게 열린 공간이요, 확장된 영역인 것이다. 그곳에서 죽음은 찬미받기도 한다. 에우리피데는 생에 대한 욕구를 갖고 있지 않으며, 그녀의 죽음은 그녀를

단 맛으로 가득 찬 과실처럼 충만하게 했다. 죽음은 예감하지 못한 자에겐 끔찍하고 두려운 것이다, 그러나 죽음을 제대로 이해한 자에게 죽음은 적이 아니라 오히려 삶을 풍요롭게 하는 것이다. 삶의 심연에서 릴케는 불안과 대면하고, 그 불안이 커지면 커질수록 그것을 극복하고자 하는 그의 의지도 커갔다. 누구에게도 도움을 청할 수 없는 영혼이 피폐해진 상황에서 그는 자신의 내적 힘을 찾게 된 것이다.

첼란에게 있어서 불안은 세상에서 자신의 존재와 사랑하는 사람들의 상실에 대한 슬픔과 고통에서 생겨난다. 점점 커져가는 반 유대주의 분위기, 동족의 죽음, 강제 노역에 대한 기억, 게토의 체험은 그를 평생 피해의식과 불안에 떨게 했다. 그리고 클레르 골의 표절시비와 전후 독일 비평계의 적대적인 분위기는 그에게 치명적인 고통을 안겨주었다. 유대인으로서 고통으로 맺어진 엄마 같고 누이 같은 넬리 작스에게 쓴 편지에서 그는 불안의 실체들을 '악한 것'으로 표현하고 있다.

> 저는 알고 있습니다. 당신과 나를 괴롭히고 있는 악한 것이 다시 없어지리라는 것을, 원래 속했던 무無 존재성으로 내쫓기리라는 것을 감지하기 때문입니다. 그 악한 것은 결코 다시는 되돌아올 수 없다는 것을, 그리고 그것은 아주 작은 조각으로, 결국은 무 속으로 용해될 것이라는 것을 알고 있기 때문입니다.[21]

그러나 첼란이 작은 조각들의 더미, 무 속으로 사라지기를 바랐던 '악한 것'은 모든 사건과 상황 속에 숨어 있다가 그가 오십 세에 세느 강에 몸을 던지기까지 쫓아다녔다. 릴케에게서 불안이 점점 뚜렷해지고 순수한 기쁨으로 변용되는 것처럼 첼란도 현실과의 소외 속에서 고독한 자신에게 다가간다. 그리고 죽음이라는 한계, 마지막 선에서 그 불안을 극복하기 위해서 릴케가 서정적 자아인 오르페우스를 통해 생과 사의 경계를 허물 듯, 첼란은 신적 존재에게 향했다. 1969년 9월 이스라엘로의 여행은 그에게 많은 것을 가져다주었다. 여행에서 돌아와서 오랜 친구 징어 Manuel Singer에게 쓴 편지에서 "내가 알기도 전 내게 필요했던 것처럼 나는 예루살렘을 필요로 한다"고 적고 있다. 그러나 이스라엘은 그에게 희망과 약속의 땅만이 아니었다. 그곳에서도 그는 소속감을 느끼지 못했고 더 큰 외로움을 느껴야했다. 동족에게서 환대를 받았지만, 살인자의 언어인 독일어로 글을 쓰는 시인에 대해 논란이 있었다. 예정보다 빨리 돌아왔지만 그곳에서의 체류는 첼란에게 힘이 되었다. 예루살렘은 그에게 영혼의 고향으로 자리하고 있었던 것이다.

III. 시적 변용의 공간으로서 '밤'

시인의 창작력이 되는 고독은 밤과 연결된다. 고독은 자신과 대면하는 공간이며, 시의 고향이다. 릴케는 밤의 어두움을 비밀에 가득 찬 신의 근저와 비교한다. '어두운 심연'이며, "당신은 흑암 같아서, 나의 연약한 광선이 당신의 옷자락도 비추지 못합니다."고 고백한다. 시인은 자신의 보잘 것 없는 밝음과 비밀로 가득한 신의 어두움을 대치시킨다. 이는 신의 비밀을 깨닫기에는 우리 정신이 너무나 빈약함을 의미한다. 인간은 시간과 공간에 매여 있지만, 신은 영원하며 풀 수 없는 비밀에 에워싸여 있기 때문이다. 밤이 노발리스에게 '영혼의 한나절'이듯, 릴케에게도 영혼의 근원이요 내면으로 이끄는 안내자이다.

> 그대 어두움이여, 내가 그대로부터 연유하였으니
> 불꽃보다 그대를 더 사랑함이라[22]

> 나의 정신이 깊어지는,
> 내 존재의 어두운 시간을 사랑합니다.[23]

말테도 그에게 속했던 것을 밤에 찾을 수 있기를 소망한다. 즉 고유한 자신을 찾고자 밤을 동경한다. 밤은 말테의 슬픔, 낯섦, 불안 그리고 공포를 반영하고 있다. 밤이라는 공간에서 시인과 우주는 아무 문제없이 조화를 이룬다. 여기서 세계의 변용에 대한 시인의 동의가 전제되며, 이 변용에 시인 자신도 포함되는 것이다. 「위대한 밤」에서 릴케는 성숙한 밤에 대해서 배우는 낯선 소년으로 자신을 묘사하고 있다.

> 마침내 놀이에 끼어주었지만 공을 잡지 못하고,
> 다른 아이들은 그리도 쉽게 서로 어울리는 놀이 중
> 어떤 놀이도 할 수 없는 아이처럼, 이방인처럼
> 거기에 서있네 그리고 다른 곳을 바라보네 –어디로?– 그 때 불현듯
> 깨달았네, 그대가 나를 에워싸고 나와 유희하고 있음을
> 성숙한 밤이여, 그대를 경탄으로 바라본다네.[24]

시인은 공놀이에서 물러나 고독 속으로 되돌아간다. 같이 놀던 이들로부터 떨어져서 고독한 빈 공간에서 변용이 이루어진다. 밤은 시인에게 성숙한 밤으로 비친다. 밤과의 관계도 더 이상 서먹하지 않다.

'밤'은 첼란의 시에서 중심 시어이다. 특히 초기시에서 유난히 자주 나타난다. 일반적인 시간질서를 벗어나서 '낮 옆에' 놓이고 '아침과 함께 시작한다.' 먼저 밤은 첼란에게 치유될 수 없는 상처를 의미한다. 숙명적인 죽음과 끔찍한 현실에 대한 체험을 '어두움'으로 명명하며, 우울, 절망, 슬픔 등의 시어는 흑암으로 연결되는 영혼의 상태를 나타낸다. 이와 함께 밤은 비인간적인 현실을 반영한다. 시인이 경험한 숙명적인 고난의 밤은 '말의 밤'이 되기도 한다. 이는 언어가 자유를 수호하는 역할을 하지 못하고, 진실을 감추고 악을 위한 도구로 사용되었기 때문이다. 하지만 고난의 공간인 밤은 새 언어를 창조하는 공간이기도 하다.

> 왔다, 왔다
> 단어 하나가 왔다, 왔다,
> 밤을 뚫고 왔다,
> 그리고 비추고자 한다, 비추고자 한다.[25]

수많은 무고한 사람들이 숨진 밤을 뚫고, 그 끔찍한 밤을 넘어서 진실을 담을 수 있는 말이 탄생하는 것이다. 아직은 말 될 수 없지만, 비추고자 한다. 그리고 그 밤은 목마름을 축여주고, 생명으로 인도하는 물을 얻을 수 있는 '목소리 하나'를 선물한다. 과거의 상처를 극복하고 미래와 유토피아에 대한 시선을 열어주는 것도 밤이다. 그러나 그 과정은 그리스도의 십자가 고행과 같은 험난한 길이다. 「흑암」은 유대인의 고난을 그리스도가 십자가에 못 박히는 칠흑 같은 어두움에 비유하고 있다. 버림받는 고통과 두려움, 절망에 휩싸인 무리는 서로 부둥켜안고 죽음의 길을 가는 중에, 앞서 간 고난의 주께 도움을 구한다. "우리는 가까이 있습니다, 주여 잡힐 듯 가까이"라고 부르짖는 무리의 모습은 릴케의 시에서 외롭고 황량한 곳에서 신의 존재를 찾는 시적 자아의 모습과 닮아있다.

> 당신, 내 이웃인 신이여,
> 저는 아주 가까이 있습니다.
> 우리 사이에는 얇은 벽 하나만 있습니다.
> 당신과 내 입의 외침 하나로
> 그 벽은 무너집니다,
> 아무 소리도 소음도 없이.[26]

　뷔히너 상 수상문에서 첼란은 '만남을 위해 아마도 스스로 생겨난 먼 곳 또는 낯선 것으로부터 연유하는 문학에 속한 어두움'을 말하며, 문학의 어두움에 대한 비난에 맞선다. 첼란에게도 어두움은 만남을 위한 시적 변용의 공간인 것이다.

IV. 언어 생성을 위한 침묵

비인간적인 현실과 위협적인 현실에 대한 예감을 언어로 표현하기는 불가능하기에 내면의 언어인 침묵이 말을 대신한다. 전쟁의 발발과 전쟁이 주는 비참한 상황에서 릴케는 "수개월 동안 내게 가장 적합한 것이 침묵이었을 만큼, 나는 그 특별한 침묵에 의지하였다"고 브룩크만에게 편지한다. "침묵한 자에게 모든 사물이 가까이 다가온다."[27], "침묵의 너울을 쓰고 당신 바로 앞에 서있는 나의 영혼을 당신은 보십니까?"[28]라는 시구는 고요함 속에서 깊은 고독으로 빠져드는 자아를 표현하고 있다. 또 "나의 주는 어두워서 침묵을 들이키는 수천의 뿌리 조직 같습니다."[29]라며 침묵을 신비스러운 어두움과 연결시키고 있다. 고요는 외로움을 담고 있으며 동시에 완숙으로 나아가는 공간이기도 하다. "성숙한 시간을 담은 고요한 날들을 향해 우리는 가고 있습니다."[30], "나는 시간으로 상처 입은 도시 위에 뜬 별의 고요처럼 원숙해집니다."[31]라고 시적 자아는 고백한다. 고요함, 내적 언어로 향하는 것은 겉으로 드러나는 말이 그 내면과 일치하지 않는다는 것을 말해준다. 고요 속에서 언어를 창조하는 과정이 또는 침묵 속의 사유의 과정이 분명하고 강해져서, 그 침묵이 충만해졌을 때 수정 같은 언어의 결정으로 나타난다. 이 순수함의 결정을 오르페우스에게서 볼 수 있다. 릴케는 음악의 다른 면, 고요함, 말없음, 침묵을 인식한 것이다. 「사이렌의 섬」에서 릴케는 노래를 위한 전제로 고요를 말한다.

> 광활한 공간을 제 안에 품은 채,
> 반대편에는 어느 누구도 거역할 수 없는
> 노래가 있는 것처럼
> 귀에 부딪혀오는 고요함이여.

고요는 두려운 면도 갖고 있다. 카프카는 「사이렌의 침묵」에서 "사이렌들은 노래보다 더 무서운 무기를 가졌는데, 그것은 그들의 침묵이다"라고 표현하고 있다. 고요는 노래가 생겨날 수 있는 배경이며, 사물이 생겨나는 물질 자체이기도 하다. 오르페우스는 나무를 그의 노래로 빚어내고, 또 짐승들을 고요로부터 만들어냈다. 고요가 갖는 힘은 『두이노의 비가』에서 "그러나 슬픈 자는 들으리, 고요 속에서 나오는 끊임없는 메시지를."로 표현되고 있다. 고요 속에서, 침묵의 공간에서 사유가 완성되며, 여기서 이승과 저승을 화합하는 노래가 울려 나온다.

첼란은 '문학은 말없음으로의 강한 경향을 보인다.'고 말한다. "침묵은 오늘날 이용당할 수 없는 유일한 현상이다."는 피카르트의 말은 오늘날 언어가 얼마나 많이 오용되고, 이용되는 지를 말해준다. 첼란의 문학은 그의 개별적 체험이 인류 역사의 한 부분으로 각인되는 역사적 체험과 관련한다. 수많은 사람들이 학살되고 유리방황해야했던 역사적 현실 앞에서 그의 문학은 침묵으로 향한다. 그의 침묵은 역사의 어두움을 반영하며, 역사와 자신과의 의식적인 대치를 드러낸다. 그는 침묵의 공간, 내면으로 들어가서 '새로운 것 그리고 순수한 것'을 창조해내고자 한다. 침묵이 말 없는 상태로 멈추어버린다면, 침묵이 지닌 가치를 알지 못할 것이다. 침묵으로부터 말이 생겨나올 때 그 의미와 가치가 주어지는 것이다. 첼란의 문학은 침묵하는 게 아니라 침묵의 언저리에서 말을 시도하며, 진실을 위해 적극적이고자 한다. "그림자를 얘기하는 자는 진실을 말한다."는 그의 말처럼, 거짓과 오류로 가득한 언어에 대한 검열, 그리고 진실을 담을 수 있는 새로운 언어의 생성을 위한 자아성찰과 역사 인식이 침묵의 공간에서 이루어진다. 아도르노는 첼란의 작품에 나타나는 침묵을 체험한 현실에 대한 경악이라고 말한다. 아도르노의 말처럼 첼란의 침묵은 어두운 현실과 관련한다.

숯이 된
손 안의,
금처럼 끓어오르는 침묵.[32]

강제수용소와 가스실에 대한 연상 속에서 손이 언어적 감각기관으로 나타난다. 그러나 이 손은 숯처럼 검게 타버린 불구의 손이다. 이 파괴된 손은 황폐화된 세상과 함께 언어의 파괴, 언어의 상실을 보여주고 있다. 인간과 세상이 상처입고 황폐해지면서 언어도 같은 고난을 당하고 있는 것이다. 그러나 말과 침묵의 대립은 해소되어야하기에, 이 경계를 허물 수 있는 '초록빛 침묵'이 형성되며, 노래 부를 수 있는 새로운 언어의 산실이 되고 있다.

V. 경계를 허무는 노래

노래는 릴케에게서 오르페우스를 떠오르게 한다. 노래는 음악을 위한 것이고, 릴케는 음악을 '신의 자유로운 충만함'이라 했다. 니체의 디오니소스처럼 오르페우스는 '노래하는 신'이다. 『소네트』에서 음악은 우리와 '전혀 다른 자'를 연결시키는 최상의 것으로서 숭배되고 있다. 음악에서 우리는 변용을 체험하는 것이다. 그러나 음악은 우리가 이해하고 파악하기에는 너무 광대하다. 「제7비가」에서 "음악은 훨씬 더 높은 곳까지 올라가 우리를 넘어섰다"고 고백한다. 음악은 사물에게 생명을 부여하고 변용으로 이끄는 신의 호흡이다. 사람이 머무를 수 없는 먼 곳으로부터 연유하며, 자연의 모습에서 자신의 내면성을 드러낸다. 그래서 우리는 감각적이며 초월적인 형상 속에서 저 세상의 언어를 듣게 되는 것이다. 『두이노의 비가』에서 천사는 음악과 가깝다. 『소네트』에서 오르페우스는 음악의 형상으로 등장한다. 그는 음악으로 거친 짐승들을 달래며, 그들의 울부짖음을 재운다. 새들은 오르페우스의 노래로 다른 동물들과 가까워진다. 「제9비가」에서는 노래가 지구의 시급한 요구를 채우는 의미를 갖는다. 이 요구는 사물을 '얘기하고', '찬미하며', 이 사물들은 변용을 통해 현재화된다. 이는 단순한 사물에 참된 존재의 의미를 부여하고, 사물을 '순수한 관계' 속으로 받아들이는 과정이다.

당신이 가르쳐주는 노래는 욕망도 아니고,
앞으로 얻을 것을 위한 구애도 아니다,
노래는 현존재.

질투의 화신들에게 살해되어 울림으로 변용되어 모든 자연 속에 나타나는 오르페우스의 노래는 현존재이다. 이는 문학과 존재의 숙명적인 관계를 말해준다. 노래가 갖는 치유의 힘은 사물을 순수한 관계 속으로 변화시켜서 파괴되는 것을 막는 것에서 드러난다. 불가시적인 것으로의 변용을 통해서 사물은 현실에서 참된 존재를 얻게 되고, 그래서 현실은 거룩한 충만을 체험한다. 존재의 비밀스런 힘이 작용하는 심오한 새로운 세계인 것이다. 이 현실은 첼란이 그의 시로 도달하고자하는 새로운 현실이다. 새로운 참된 현실을 창조하고, 사물에 존재의 참된 의미를 부여하고, 세상과 현존재의 화합을 이루는 것이 릴케와 첼란에게 시인의 사명으로 다가온 것이다. 첼란은 노래한다. 그러나 이 노래는 '부를 수 있는 잔여'일 뿐이다. 어두운 과거, 역사의 진실을 말해야 할 입술들은 '금치산 선고를 받았기에' 온전한 노래가 되지 못한다. 릴케에게서 침묵이 충만하여져 '성숙한 공간'으로부터 노래가 생성되듯, 첼란의 '노래할 수 있는 잔여'는 진실을 노래하고자 피안을 향한다.

흑회색 황야 위에
실날 햇살.
나무만큼 큰
상념 하나

빛의 색조를 붙잡는다.
인간들의 피안에선
아직 노래 부를 수 있다.[33]

　햇살의 맑음과 대조를 이루는 '흑회색 황야'는 어둡고 암담하며 고
통스런 현실을 연상시킨다. 나무가 하늘을 향해 자라듯, 황야에서 상
념 하나가 자라나 빛의 음을 붙잡는다. '나무만큼 큰 상념'은 햇살과
황야를 이어주는 다리 역할을 하며, 노래를 낳는 빛의 음을 붙든다. 이
는 오르페우스의 노래가 가시적인 '나무'를 들을 수 있는 노래로 변용
시키는 것과 같다. 그는 나무를 노래로 창조해내고, 그의 노래가 솟아
오를 때 이 나무도 위로 솟아난다. 첼란에게서는 릴케의 나무만한 상
념이 솟아난다. 상념은 빛의 색조를 붙잡으면서 '소리'로 변하고, 피안
에서는 노래로 변용된다. '실날 햇살'은 릴케에게서 시 창작의 상징인
수금의 현을 연상시킨다. 릴케는 '피안'을 시적 영역으로서 '세계내면
공간'으로 보고 있다. '저 위로' 향하는 시인의 눈빛은 자신을 우주와
의 합일로 이끌고 있는 것이다. '저 위'는 릴케에게 내적, 외적인 경계
가 허물어지고, 현세와 피안의 경계가 더 이상 없는 상태를 말한다. 거
기서 세계와 인간이 조화를 이루고 따라서 세상은 그 거룩함을 획득
하는 것이다. 첼란의 '인간 저 편의 노래'는 바로 그 공간에서 흘러나
오는 것이다. 오르페우스가 사물들을 불가시한 것으로 변화시켜 현재
화하듯 첼란의 노래는 고난 받은 이들을 서로 이어주고, 현세와 내세
의 경계를 허무는 다리를 놓고자 하는 것이다.

암울한 현실에 대한 인식 그리고 이 현실과의 대면에서 고통의 심연을 체험했던 릴케와 첼란은 그 심연으로부터 노래를 길러낸다. 오르페우스의 노래는 현세에서 인간의 한계성, 무상함을 극복할 수 있는 가능성을 열어준 반면, 첼란의 '황야의 노래'는 피안을 향하고 있다. 릴케와 첼란의 시문학이 '자유 공간', '열린 세계'라는 경계를 허물고 합일을 이루는 세계를 동일하게 지향함에도 다른 느낌을 주는 것은 무엇 때문일까? 이는 릴케에게서 보이는 삶에 대한 긍정, 현존재에 대한 찬미이다. 주신의 무녀들이 떼 지어 달려들어 노래하는 신, 오르페우스를 찢어발겼지만 그의 울림은 나무, 새, 사자, 바위 등, 모든 자연 속에서 노래로 울리고 있다. 시적 변용이 피안이 아닌 현세에서 이루어지고 있는 것이다. 그러나 첼란에게 있어서 현세는 긍정할 수 없는, 경계가 허물어질 수 없는 벽의 공간이다. 고통의 언어인 '돌'이 '꽃'으로 피어나고, 새 노래로 탄생하기에는 현실의 어두움이 그에겐 너무 강했다. 돌처럼 단단해진 고통 속에서 그의 시선은 먼저 간 발자국들을 찾아 저 피안을 향하고 있다. '자유 공간'이 그에게는 고향을 상실하고 떠도는 자들, 핍박받는 자들을 이어주는 저 위 '자오선'의 공간이었다.

하이데거의 "한마디 말을 소망하며"

1967년 7월24일 프라이부르크의 문학 애호가들은 설레는 마음으로 귀한 손님 맞을 준비를 하고, 서점들은 첼란의 시집들을 진열했다. 이 날 저녁 천명이 넘는 청중이 첼란의 시 낭송을 듣기 위해서 프라이부르크 대학 강당으로 모여들었다. 숙연한 정적 속에서 첼란은 『양귀비와 기억』, 『언어창살』 그리고 『숨돌림』에서 뽑은 시들을 그의 독특한 톤으로 낭송했다. 프라이부르크의 시 낭송은 여느 낭송과는 달리 첼란에게 특별했다. 대중 앞에 나서는 것을 좋아하지 않았지만, 여기 프라이부르크라면 달랐다. 그는 여기에 서고 싶었고, 여기서 말하기를 원했다. 바로 이 강당에서 잊혀지고, 잊고 싶어 하는 어두운 과거가 현실 속으로 생생하게 들어오며, 은폐되고 사라진 것 그리고 도중에 있는 것, 침묵되고 묵인되었던 것들이 시인의 언어와 함께 되살아났다. 첼란은 수많은 청중, 그리고 맨 앞자리에 앉아 주의 깊게 듣고 있는 그 사람을 향해 말했다.

그는 34년 전 바로 이 대학 강당에서 국가사회주의 운동에 맞추어, 노동의무와 국방의무에 부응한 "학문의 의무"를 주장했다. 그 사람은 맨 앞줄에 앉아 첼란의 시를 주의 깊게 듣고 있던 하이데거였다. 그는 1933년 프라이부르크의 대학 총장이 되면서 현대 기술 문명이 예기치 않게 막강한 권력을 행사하고 이에 따른 인간의 부패를 막을 수 있는 길은 새롭게 태동한 국가사회주의의 위대한 통치권이라고 확신하며, 자기가 있는 곳 바로 프라이부르크에서 부터 국가사회주의 이념에 따라 대학을 통제하고 그 이념에 맞추어 가려했다. 그는 편지에 "Heil Hitler!"로 사인하기도 하였고 그의 학생들에게 히틀러 경례를 하도록 요구했다. 1934년 대학에서 물러나 나치당인 독일 노동당에 나치가 멸망하던 마지막 순간까지 머물렀으며, 나치주의자들이 그들의 이념에 맞는 첫 군인이며 나치의 순교자라고 칭송하던 슐라게터를 추모하는 연설을 하기도 했다.

I. 만남의 깊은 골

첼란과 하이데거는 이미 오래 전부터 작품을 통해 서로 알고 있었다. 첼란은 1948년 빈에 머무는 동안 하이데거로 박사논문을 쓰던 바흐만에게서 그에 관해 들었을 것이다. 이 후 그는 하이데거의 『존재와 시간』, 『형이상학 입문』, 『통나무 길』 그리고 휠덜린에서 트라클에 이르는 시인들에 대한 하이데거의 여러 논문들을 읽었다. 첼란은 「죽음의 푸가」로 널리 알려져 있었다. 1959년 하이데거는 70회 생일을 맞아 축하 기념 집에 첼란이 글을 써주기를 원했는데 첼란은 이를 거절했었다. 1967년 초여름 프라이부르크의 독문학자 바우만을 통해 첼란 시 낭독에 대한 계획을 전해 듣고 하이데거는 다음과 같이 답장했다.

"오래 전부터 파울 첼란을 만나기를 소원했습니다. 그는 최고의 선두에 서 있고, 대부분 자신을 드러내지 않고 있습니다. 나는 그에 관해 잘 알고 있으며, 인간이 할 수 있는 한도까지 그가 겪은 힘든 위기에 대해서도 잘 알고 있습니다. [...] 파울 첼란에게 흑림을 보여주는 것도 좋을 것입니다."[34]

하이데거가 말하는 '힘든 위기'는 첼란이 수개월 동안 정신병원에 머문 사실을 말한다. 하이데거는 첼란의 투병에 대해 잘 알고 있었으며, 첼란의 문학을 높이 평가하고, 그에게서 횔덜린 문학의 계승을 보았다. 하지만 첼란은 그를 편한 마음으로 대할 수 없었음을 바우만은 진술한다.

> 시간에 맞추어 만난 우리는 강당에서 함께 짧은 대화를 갖게 되었다. 형식적인 인사말을 주고받고 사적인 얘기들을 나누었다. 기념사진을 찍으려는 분위기를 알아챈 첼란은 묻기도 전에 자리에서 급히 일어났다. 그는 하이데거와 함께 사진 찍히는 것을 원하지 않음을 분명히 하려는 것 같았다.[35]

다음날은 하이데거의 제안으로 흑림의 토트나우베르크에 있는 그의 산장 방문과 또 첼란의 제안으로 늪지대 산책이 계획되어 있었다. 이 날 두 사람이 어떤 이야기들을 나누었는지는 알 수 없지만 두 사람을 동행했던 바우만의 조교는 고통스런 침묵이 지배적인 상황이었다고 전한다. 산장에 도착한 첼란은 무엇보다 우물에 관심을 보였는데, 그는 부코비나의 수많은 우물들을 기억하며, 어린 시절을 회상했다. 그는 산장 방명록에 다음과 같이 적었다.

> "우물의 별 장식을 바라보며, 마음의 한마디 말이 들려오기를 희망하며, 1967년 7월 25일 파울 첼란"

첼란의 이 희망은 며칠 후 발표한 「토트나우베르크」의 주제로 나타난다. 바우만의 표현처럼 이 시는 '세기적인 만남'의 유산이며, 받아들여지지 않은 요구이며, 미지에 띄어 보내는 병 속에 든 편지가 아니라 분명히 하이데거에게 향해있지만 동시에 과거의 어두운 역사, 이 어두움을 함께 만들었던 사람들에 대한 도전이요, 또 이 어두움 속에서 '실낱 햇살'과 같은 희망을 담고 있는 소망의 시이다.

II. 한 마디 말을 듣기 고대하며

토트나우베르크

아니카, 눈밝음 약초,
별모양이 위에 달린 우물에서
취하는 물 한모금

그
산장에서

그 책 안에
– 어떤 이름들이 내 이름 앞에
쓰였을까?–
그 책 안에 적어 넣는
한 사색가의
마음에 담긴

한 마디 말을
오늘, 듣기를
소망하는
글

숲의 초지, 고르지 않는,
여기, 저기 홀로 핀 오르키스,
조금 후, 차 안에서 두드러지는
서먹함,

우리를 태우고 가는 사람,
그는 그것을 함께 느낀다.

반쯤
가다만 늪지의
통나무 길

축축함
가득.

시는 산장 주위의 전원 묘사로 시작한다. 이 산장은 하이데거가 1922년에 지은 별장으로, 여름 휴가와 겨울 스키 휴양지로서만 아니라 그의 철학의 산지이기도 했다. 또한 나치 협력자였던 그가 전후 비난받을 때 사회로부터 도피하던 은신처이기도 했다.

하이데거가 후에 제자 가다머에게 '첼란이 자기보다 식물과 동물들에 대해 더 많이 알고 있다'고 말하듯 첼란은 자연에 관심이 많았다. 아니카와 눈밝음 꽃은 출혈과 눈의 치료제로 사용되던 약초이다. 이는 단순히 꽃 이름의 나열이 아니라, 치유와 회복을 뜻하는 이 꽃들이 세 번째 연의 '희망'과 연결되어 과거의 아픔과 상처가 치유되고 회복되기를 소망하는 시인의 마음을 담고 있다. 시인은 별 모양의 장식이 달린 우물에서 물 한 모금을 마신다. 우물 위의 별 모양 그리고 아니카의 노란 색은 유대인의 별을 떠오르게 하며 아물지 않은 상처를 표현하고 있다.

둘째 연의 '산장에서'는 세 단어를 두 연에 나누어 실어 마치 그 산장으로 들어가기를 주저하는 시인의 마음을 담는 듯하다. 세 번째 연은 방명록에 기록하기 전 어떤 이름들이 이 방명록에 적혔을까 하는 질문을 스스로에게 던진다. 첼란은 1933년 이 책에 적혔을 이름들을 생각한 것이다. 하이데거는 1933년 가을 토트나우베르크에서 국가사회주의의 교육장을 조직했었다. 이 때 이 산장을 방문하고 방명록에 적혔을 그 이름들에 뒤이어 자기의 이름이 기록되는 것을 첼란은 원치 않았을 것이다. 첼란은 잘못된 과거에 대해 침묵으로 버티고 있는 철학자의 마음 속 한 마디 말을 듣길 소망하는 글을 이 방명록에 적는다.

과거에 침묵하며, 은둔 생활을 하는 철학자에게 그가 책임져야 할 공적 책임을 묻고 있다. 또 과거를 회고하고, 대화를 여는 진심어린 한 마디 말을 철학자에게서 첼란은 기대하고 있는 것이다. 하이데거는 『언어로 이르는 길』에서 '언어 자체의 독백적인 성격'을 강조하며, 횔덜린 『회고 Andenken』의 대화를 "보내진 자의 말 없는 말 건넴"으로 정의한다. 그러나 첼란의 시는 상대와의 대화를 소망하며, 근본적으로 대화적이다. 브레맨 시의 문학상 수상식에서 그는 시가 어느 곳이든, 어느 때이든 해안에 닿을 것이라는 믿음으로 '마음의 나라를 향해서 병 속에 띄어 보내는 편지'라고 말했다. 그의 시는 상대를 향하며, 그의 시는 이 상대를 필요로 하며, 이 상대를 찾아 말을 건넨다. 그러나 상대와 함께 느끼고 고통을 나누고자하는 필사적인 대화가 종종 절망적인 대화로 머문다. 철학자의 마음으로부터 나오는 한 마디 말을 기대하였고 그의 참된 존재를 만나고자 했던 시인의 희망은 실망으로 변하고, 진부한 일상적인 대화에 그쳐버린 만남에서 시인은 진실이 가려지고 은폐되는 것을 느꼈다.

4연에서 울퉁불퉁한 '숲의 초지'는, 공동묘지를 연상시킨다. 또한 가죽을 벗기고 남은 짐승의 시체를 묻는 박피장을 뜻하기도 하는 초지는 자연풍경을 잔인한 역사의 장으로 옮긴다. 첼란과 하이데거는 늪지대 산책을 계획했으나 내리는 비로 인해서 중단해야만 했다. 반쯤 가다가 중단한 '통나무 길'도 역사의 어두운 기억을 담고 있다.[36] '늪의 통나무 길'의 늪도 죽음의 길을 가는 유대인의 슬프고 아픈 기억을 담고 있다. 1968년에 발간된 『실낱 햇살』에 들어있는 「그대여, 기억하라」에서 첼란은 "마사다의 모어 군인"에 대해 적고 있다. "우리는 모어 군인"은 파펜 부르크의 뵈르거모어에 있던 강제 수용소 포로들의 노래였다. 이 노래는 기원 후 70년 마사다의 유대인들이 로마군대에 대항하여 승산 없는 필사적인 싸움을 하다가 로마인들이 성내에 들어오기 전 목숨을 끊은 역사적 사실을 근거로 하고 있다. 로마인의 포로로 끌려가거나 그들에 의해 죽임 당하기보다 자유를 선택했던 조상들의 용기를 기리며 죽음의 길을 가는 유대인의 슬프고 아픈 기억이 단어 '늪'에 담겨있는 것이다.

마지막 연의 '축축함 가득'은 늪으로의 산책을 중단케 했던 빗방울을 생각할 수 있다. 하지만 여기서 나아가 죽은 자들, 박해받고 억압당한 피해자들을 대변하는 시인의 언어의 화살이 잔인한 역사의 장을 구성하고 함께 도왔던 철학자의 침묵에 부딪치는 것을 느끼면서 시인이 흘린 눈물이기도 할 것이다.

첼란은 과거에 대한 해명, 아니면 변명이라도 듣고자 했던 수많은 요구들을 오직 침묵과 은둔으로 답하는 하이데거에게서 진실한 말을 들을 것이라 기대했을까? 첼란은 하이데거를 만난 며칠 후 이 시를 완성하여 하이데거에게 보냈다. 초안에는 "마음의 한마디 말이 (지체하지 않고) 들려오기를 희망하며"라고 썼다. 하이데거로부터 지체하지 않고 와야 할 말은 오지 않고, 관례적인 감사의 말만 적힌 편지가 전해졌다. 이에 실망한 첼란은 '지체하지 않고'를 삭제하고, 시집 『빛 강제』에 실었다. 다가올 말에 대한 첼란의 기다림은 계속되고 있는 것이다. 첼란은 무슨 말을 하이데거에게서 기대했을까? 그의 나치 협력에 대한 해명을 요구했을까? 산장에서, 늪지대로 가는 자동차 안에서, 늪의 산책로에서 두 사람은 무슨 얘기를 했을까?

하이데거와 만난 다음날 첼란은 프랑크푸르트에서 카슈니츠 M. L. Kaschnitz를 만났다. 카슈니츠는 예전과 완전히 달라진 첼란을 보고 놀랐다고 전한다. 무거운 짐을 내려놓은 듯 편안해진 첼란을 본 것이다. 1967년 8월 7일 취리히에 있는 브름 Franz Wurm에게 보낸 편지에서도 하이데거와의 만남이 성사되었으며, 그와 길고도 분명한 대화를 나누었다고 적고 있다. 그러나 첼란이 기다리던 하이데거의 말은 오지 않았다. 반년이 지난 1968년 1월 24일 브름에게 쓴 글에서 자신의 시를 싣기 원하는 취리히 신문에 시를 보내야 할지 아니면 하이데거의 대답을 좀 더 기다려야할 지를 묻는 것을 보아도 첼란이 하이데거의 대답을 간절히 기다렸다는 것을 알 수 있다. 절친한 친구인 문예학자 볼락 J. Bollack이 얘기하는 것처럼 하이데거와의 만남은 집중적으로 준비되고 실행된 '죽은 자들의 법정'이었다.[37] 죽은 자들의 초지 Toten-Au 그리고 우크라이너 지방의 강제수용소를 관할했던 나치 조직 토트 Todt를 연상시키는 '토트나우베르크'에서 첼란은 어두운 과거의 역사를 심판대에 올린 것이다. 볼락은 첼란이 과거의 정치적 행동에 대한 하이데거의 반성을 기대했다기보다는 그 사실을 확증하는 것으로, 희미해 가는 기억으로부터 과거의 역사를 현실로 끌어들이고자 한 것으로 본다.[38]

III. 기다림과 침묵

하이데거는 아무 말이 없고 그의 마음의 말은 들려오지 않았다. 1970년 스스로 삶을 마감한 첼란은 그가 듣고자 했던, 기다리던 말은 아니지만 하이데거가 첼란의 시에 대한 답변의 서곡으로 쓴 글도 받지 못했다. 하이데거는 그의 유고집에 다음의 시를 남겼다.

서언

그렇지만
산장과 언덕
여러 상념에서
우물로 향하는 눈길,
방문객의 기쁨을 드러내는
탁자 위에 놓인 책을
그대는 보았소,
숙명이라 예감하듯.
산장, 아이들에게 청년의 환희요,
후에는, 사로잡힌 그리움에 귀향을 외치는 소리가
우리에게는, 삶과 순례,
은신처가 신뢰를 새롭게 하였소.
산장, 그대를 통해 자극된 정적과 세계.
언제나 어휘들이
말로 태어날까?
그것들이 지시하거나
암시하지 않고
말할 때,
그것들이
고요함의 숨결이 불고
순종적인 숙명으로 향해가는
일상 속에서
순수한 관계의
장소로
확연히 옮겨갈 때련가.

두 사람의 만남에서 첼란의 존재 자체가 하이데거에게는 그의 어두운 과거에 대한 폭로이다. 그러나 '순종적인 숙명으로 향해가는' 곳에서 순수함을 보고 찬미하는 하이데거에게서 첼란의 '다가올 한 마디 말에 대한 희망'은 여전히 희망으로만 남았다. "언어는 존재의 집이다"고 말하는 하이데거는 그의 본래적인 현존재를 표현할 말을 찾지 못하였는지 그는 과거의 자신에 대한 질문들에 대해 침묵으로 일관했다. 1968년 1월 30일자 첼란에게 보낸 편지에서 하이데거는 다음과 같이 적고 있다. "그 이후 우리는 서로 많은 것을 침묵했습니다. 어느 날인가 몇몇 것들은 그 말없음을 벗어나 대화 속으로 들어오리라 생각합니다."[39] 하이데거는 자신의 과거 행적에 대해 묻는 여러 질문들에 대해 침묵으로 일관했다. 하이데거의 이 침묵을 어떻게 해석할 것인가? 1968년과 1970년 초에 첼란과 하이데거는 다시 만나게 되는데 그 두 사람 사이에 무슨 말이 오갔는지 알 수 없지만, 표현되어야할 그 말 되지 않은 것은 여전히 침묵에 머물고, 첼란의 소망은 병 속에 담긴 채 물결에 실려 독자에게 향하고 있다.

에리히 프리트의 첼란 수용과 거부

동시대 작가인 프리트 Erich Fried와 첼란은 부모들이 나치에 의해 살해 당한 아픔을 공유하고 있다. 프리트는 1938년에 나치를 피해서 런던으로 망명하고, 첼란은 루마니아의 강제 노동 수용소에서 부역하다 전후 파리로 이주한다. 두 시인 모두 독일이 아닌 외국에서 여생을 마치고, 모국어이며 부모와 동족의 살인자의 언어인 독일어로 시를 썼다. 두 시인의 교류는 2차 세계대전후 프리트의 런던 집에서 열린 작가 모임에서 시작되는데 두 사람의 관계는 가까우면서도 또한 거리가 있었다. 첼란에게 바치는 프리트의 헌시 또는 반시는 첼란에 향한 무한한 존경과 애정에서부터 격앙과 반박에 이르기까지 그의 상반된 감정을 드러낸다. 첼란이 문학의 뿌리로 삼고 있는 '그 날을 기억하는' 글쓰기가 프리트에게는 나치시대의 공유된 체험과 현실비판이라는 공통된 요소로 작용하고 있지만, 이를 표현하는 방식에서 서로 다른 입장을 보이기 때문이다.

I. 프리트 문학에 나타난 첼란의 영향

파시즘에 대한 체험은 두 시인의 문학적 토대를 이루는 공통요소이다. 서로 다른 문학적 관점과 표현방식에 따른 대립과 10년이 넘게 지속되는 두 시인의 소원한 관계가 다시 회복될 수 있었던 것도 시대의

아픔과 고난을 공유했기 때문일 것이다. 프리트의 다음 시는 첼란에
향한 강한 유대감을 보이며, 표현 방식에서도 첼란을 의식적으로 따
라가고 있다.

> 뒤따르는 자
> 파울 첼란을 위하여
> 따라
> 따라 그렸습니다
> 따라 그렸습니다 그 선을
> (삶과 –
> 죽음의 선을)
>
> 그 선은
> 손금이 아니었습니다
> 그 선은
> 강한 손을 갖지 않았던 자들
> 선을 그을 수 있는
> 손마저 갖고 있지 않은 자들의
> 선이었습니다
>
> 따라 그렸습니다
> 강한 자들의
> 손에 내맡겨진
> 자들의 선을
> 강한 자의
> 손에서 내쳐진

자들의 선을
따라 그렸습니다
그 선이
끊어지기까지
거기서
그 선이 그대를 끌어당겼습니다

이 시에서 낙오자가 따라가는 선은 삶과 죽음이라는 이중의 의미를 내포한다. 죽음의 행렬이 될 수 있겠고, 새로운 삶을 향한 전환으로도 볼 수 있다. 그 선은 앞서간 이와 뒤따르는 이의 유대감을 나타내며, 낙오자는 마침내 그가 따라 그려가는 선에 의해 끌어당겨져 한 무리를 이룬다. 나치에 희생된 사람들, 정치적으로 핍박받는 자들의 운명을 주제로 하고 있는 이 시는 홀로코스트의 후유증으로 나타나는 첼란의 자살과 그가 평생 작품에서 그려내고 있는 문학적 경향을 시사하고 있다. 프리트가 '그 선을 그려간다'고 표현하는 첼란의 문학은 '그 날을 기억하는' 글쓰기이다.

1951년 11월, 첼란에 바친 프리트의 헌시 「밖으로 나가지 않는 자 wer nicht ausgeht」에서도 초현실주의에 감화된 첼란의 언어방식을 의식적으로 모방한 흔적을 보이고 있다. 비슷하게 울리나 전혀 다른 의미를 지닌 단어들을 반복함으로써 기묘한 형상들을 떠오르게 하고 독자들에게 혼돈과 낯설음의 효과를 주는 언어유희를 통해서 프리트는 첼란의 초기 시들에 나타난 주요한 형상들을 수용한다. 반복되는 "밖으로 나가지 않는 자"의 시행을 통해서 유대인들이 나치에 당한 정신적, 육체적 고통에 대해서 침묵하는 자는 결국은 살인자들을 옹호하는 것과 같다는 프리트의 생각을 드러낸다.

첼란과 프리트는 1948년 혹은 그 이듬해 런던에서 서로 알게 되었다. 첼란은 파리에 정착한 이후 런던에 있는 이모와 고향 동료들을 종종 방문했고, 또 그가 번역한 세익스피어 소네트로 인해서 런던은 첼란에게 특별한 도시였다. 1954년 3월 12일 BBC 방송 프로그램에서 프리트는 신간 독일 시집들을 소개하면서 1952년에 출판된 첼란의『양귀비와 기억』에 대해 거의 열광적인 호응을 표현했다.

> 첼란은 정치적인 사람이 아니며, 시대에 근접하거나 시대에 연관된 것에 의미를 부여하지도 않는다. 그러나 아마도 바로 이러한 이유로 그의 시가 특히 이 시대에 의해 깊이 각인되어있다. 시사적인 사설이나 시대의 철학적, 정치적인 분석과는 달리 이 시들은 인간 영혼이 지닌 거대한 본래의 형상들, 인간의 환상과 우리 끔찍한 현실 간의 충돌을 내가 알기로, 가장 순수하게 표현하고 있다.[40]

프리트는 '첼란의 시가 사회주의적 리얼리즘 문학보다 시대의식을 더 깊숙이 표현하고 있으며, 그의 시들이 보이는 비탄은 결코 저속한 한탄이 아니다'라고 말한다. 프리트의 첼란에 대한 이 같은 애정은 점점 변하는데, 이는 첼란의 시집『누구도 아닌 자의 장미』에서 부각되는 유대 신비주의,『언어창살』에서 나타난 언어 회의, 이후 후기 시집에서 보여주는 상징성과 난해함에 대한 거리감이라 하겠다.

II. 시적 대상 '나무'에 대한 서로 다른 관점

프리트와 첼란은 브레히트 B. Brecht의 영향을 받는데, 두 시인의 브레히트 수용은 상이하다. 이러한 차이점은 브레히트의 다음 시에 대해 두 시인이 화답한 시들에서 잘 나타난다.

> 그리도 많은 범죄에 대한 침묵을 담고 있기에
> 나무에 대한 대화가 거의 범죄가 되는
> 이 시대는 무슨 시대인가! (브레히트 「후손들에게」 중에서)

브레히트는 자연에 대해 시를 쓰는 것은 현실의 범죄를 간과하거나 이에 대해 침묵하는 것으로, 어두운 현실에 대해 함께 책임이 있다고 말한다. '서정시를 쓰기 힘든 암울한 시대'이기 때문이다. 첼란은 브레히트와는 다른 시각에서 나무에 대한 시를 쓴다.

> 나뭇잎 하나, 나무없이,
> 베르톨트 브레히트를 위하여
>
> 그토록 많은 말 되어진 것을
> 포함하기에
> 대화가
> 거의 범죄가 되는
> 이 시대는 무슨 시대인가?[41]

후기 시집 『눈 구역』에 들어있는 이 시는 전달의 기능을 가진 일상 언어에 대한 불신을 드러낸다. 브레히트가 현실의 만행에 대해 침묵하는 것을 깨뜨리려는 반면, 첼란은 언어를 불신하는데 왜냐하면 이 언어가 현실의 만행을 준비하고, 홍보하고, 정당화하는 도구로 이용되었기 때문이다. 자연의 상징인 '나무'를 첼란은 '나무 없는' 형용사로 바꾸며, 나무에 대한 대화가 아닌 모든 대화, 그럼으로써 언어 자체를 지적하고 있다. 단지 나무에 대한 대화가 아닌, 모든 대화가 거의 범죄일 수 있는 상황에서, 일상의 틀에 박힌 언어적 사용 방식이 부정되고, 새로운 표현형식으로 대체될 때에 대화가 가능하다는 것이다. 또한 '나무도 없는 나뭇잎 하나'에는 나무둥치와 줄기가 잘린 채 떠도는 시적 화자의 모습이 투영되고 있다

'서정시를 쓰기 힘든 시대'를 비판하는 브레히트의 현실 참여적인 문학에 깊이 영향 받은 프리트는 시 「나무에 대한 대화」에서 자연에 대한 대화가 불의한 현실과 이 속에서 고통 받고 있는 이들을 외면한 것이라고 지적한다.

정원사가 나뭇가지를 쳐준 이후
내 사과들은 더욱 커졌지
그런데 배나무 잎사귀들은
병이 들었어. 잎들이 시들어 말리었네.

베트남에서는 나무들마다 잎사귀가 시들어버렸죠

나의 아이들은 모두 건강하지

하지만 막내 아들이 걱정이야
그 녀석이 새 학교에서
적응을 잘 못하고 있지.

베트남에서는 아이들이 죽어가고 있어요

내 집 천장은 잘 수리되었어
이제 창틀만 잘 다듬고
칠하면 되지. 화재 보험료가
집 값 상승으로 올랐어

베트남에서는 집들이 폐허가 되었어요

참 따분한 인간이군!
무슨 얘기를 하던지
베트남을 들먹이니!
좀 편하게 세상을 살아야지:

베트남에서는 벌써 많은 사람들이 편히 쉬고 있어요
바로 당신들이 그들에게 베푼 것이죠.

각기 다른 생각을 가진 두 화자가 주고받는 대화는 평행선을 그으며 서로의 상반된 생각을 드러낸다. 시인은 두 화자의 맞물리지 않는 대화와 함께 두 번째 화자의 말에 더 힘을 줌으로써 자신의 사회 참여적인 의견을 피력하고 있다. 첫 번째 화자는 사과나무, 배나무가 있는 정원에 대한 대화, 자기 아이들, 집수리와 함께 조금 올라간 보험료에 대한 얘기를 통해 안정된 계층에 있는 자의 이웃과 사회 현실에 대한 무관심을 보인다. 내 집, 내 사과, 내 아이들이라는 표현은 단지 자신의 편안함과 행복을 추구하는 그의 생각을 표출한다. 반면 두 번째 화자는 베트남에서 벌어지고 있는 어두운 현실을 얘기하면서 '바로 당신들이 그들에게 베푼 것이죠'라는 시의 마무리를 통해서 현실을 외면한 자연에 대한 이야기가 범죄 행위에 대한 묵인이요, 동조라고 질책한다. 두 화자의 대화를 통해서 프리트는 소시민적인 안일함에 대한 비판을 넘어 자연시에 대한 비판, 즉 나치의 만행에 침묵하며 자연을 노래한 시인들을 비판하고 있다. 그러나 이 시의 평행선처럼 분명히 그어져있는 대립이 자연시에 대한 비판이 바로 사회 참여시에 대한 옹호와 당위성으로 이어진다면 이 또한 문제이다. 70년대 이후 정치시에서 드러나는 매너리즘적인 요소가 이를 잘 말해준다. 프리트가 후에 자연과 현실문제의 대립을 벗어나 자연을 통해서 현실 비판으로 나아간 것도 이에 대한 인식이라 생각한다. 물론 70년대 이후 부각되는 환경운동, 반핵운동, 평화운동의 영향으로 정치적인 자연시가 많이 나타난 결과이기도 하지만 60년대 이후 서독 정치시의 대표적인 작가로 인식되어온 프리트가 자연을 현실 사회문제와 분리하지 않고, 자연을 통해서 현실 문제를 제기하며, 자연시가 사회비판에 긍정적이며, 생산적으로 작용할 수 있다는 인식에서라고 본다.

　나무를 주제로 쓴 두 시인의 시는 사회현실을 비판하는 점에서는 일치하지만, 첼란은 나무를 긍정적인, 프리트는 부정적인 시적 대상으로 받아들임으로써 현실비판을 하고 있다. 이는 첼란이 말라르메의 영향과 함께 상징주의적인 표현방식에, 프리트는 브레히트의 리얼리즘적 표현방식에 기초하고 있는 차이에서 기인한다. 첼란과는 달리 프리트 시에서 언어 회의에 대한 흔적을 찾기 어렵지만, 프리트도 일상에서 자동적으로 나타나는 대화와 사유 방식에 대해 저항하고 있음을 알 수 있다. 시대에 대한 비탄 속에서 한탄에 빠지지 않고 언어 혹은 대화와 사유의 속박에 저항하고 있는 것이다.

III. 첼란 문학에 대한 비판

프리트의 첼란 문학에 대한 거부와 비판은 첼란의 시 「실낱 햇살」에 대해 쓴 다음 시에 강하게 나타난다.

> 파울 첼란의 한 편의 시를 다시 읽으며
> "인간들
> 저 너머에 아직 부를 수 있는 노래들이
> 있나니"
>
> 그대의 죽음 이후
> 의미심장한 시행들을
> 읽으며
> 그대의 또렷한 매듭 속으로
> 다시 얽혀드오
> 쓰디쓴 형상들을 마시며

그때처럼 같이 고통스럽게
그들이 열광하던 그대의 시 속에 깃든
그 끔찍한 착각에
부딪힌다오
넓게 부풀린
무無의 세계로
초대하는 그 착각에

노래들은
확실히
우리들의 죽음
저 너머에도 있지요
우리들 모두가 얽혀있는
암울한 시대 저 너머에는
미래의 노래들이 있지요
우리가 생각할 수 있는
아득한
저 너머에 노래가 있지요
하지만 인간들의 저 너머에는
아무 노래도 없다오

1972년에 출판된 시집 『말할 수 있는 자유』에 실린 시에서 프리트는
해석의 논란을 불러일으킨 첼란의 마지막 시 구절을 인용부호와 함께
그대로 인용하고 있다. 프리트가 부분 인용한 첼란의 시는 다음과 같다.

흑회색 황야 위에
실낱 햇살.
나무크기의
상념 하나
빛 음을 붙잡는다.
인간들의 저 너머에는
아직 부를 수 있는 노래들이 있다.[42]

첼란의 시에서 프리트가 문제 삼은 구절은 '흑회색의 황야'와 '인간들의 저 너머'이다. 이 세상이 황야와 같은가? 아니면 인간들의 저 너머, 즉 세계가 황야인가? 아직 부를 수 있는 노래에 대한 시의 말미는 약속인가? 아니면 체념인가? 노래는 피안에서만 불릴 수 있는가?[43]

'인간들의 저 너머'를 프리트는 '무無의 세계로의' 초대라고 해석한다. 프리트의 '또렷한 매듭'은 '끔찍한 착각'과 연결될 수 있는데, 그가 첼란의 시를 다시 읽으며 경험하게 되는 것은 '인간들 저 너머에 아직 부를 수 있는 노래들이 있다'는 첼란의 생각이 착각이라는 것이다. 프리트는 '인간들의 피안'이 아닌 '우리들의 죽음 저편' 즉 현세에 노래가 존재한다고 말한다. 지금의 '암울한 시대' 너머 미래에 노래가 있다는 것이다. '인간들 저 너머에는 아무 노래도 없다'는 마지막 연은 시 처음에 인용된 '인간들 저 너머에 아직 부를 수 있는 노래들이 있다'는 첼란의 시 구절에 대한 부정이다.

첼란의 시에서 논란이 되고 있는 '인간들의 저 너머'를 어떻게 볼 것인가? 푀겔러 O. Pöggeler의 견해처럼 철학적이고, 종교적인 의미에서 생각할 수 있고, 존재와 사유의 합일이 죽음, 무 그리고 광야를 통과

하여 구원으로 이른다는 신비주의의 흐름 속에서도 파악할 수 있다.[44] 피안은 일반적으로 살아있는 인간들이 발을 디딜 수 없는 죽음의 영역, 이상향이나 초월적 세계를 의미한다. 그래서 마더나 프리트는 작가가 현실에서 독자와의 대화 실패를 인정하는 것으로 해석하고, 첼란의 문학을 인간과는 먼, 인간과는 관계없는, 사회적인 현실을 외면한 독백적인 문학으로 보려 한다. 그러나 얀츠의 해석은 다르다. 첼란은 비인간적인 현실에서는 노래가 불릴 수 없으며, 성숙한 인간성이 현실의 인간적 제도의 확립과 실현으로 이어질 때에 노래가 불린다고 말하고 있다. 따라서 정치시인들이 현실외면이라고 보는 지점에 바로 첼란의 현실비판이 드러나 있다는 것이다. 황야에서 하늘을 향해 솟아나는 상념이 피안의 빛 음을 붙잡음으로 이루어지는 노래는 피안에서만 불리는 노래가 아니라 현실을 기반으로 하여 피안의 빛과 희망을 붙든 노래이다. 고난의 역사를 담고 있는 황야에서 불리는 것이다. 시인은 역사적 현실을 외면하는 것이 아니라 그 고난의 역사를 보고 체험하며 인간적인 미래를 소망하고 있는 것이다. '인간들 저 너머에는 아직 부를 수 있는 노래가 있다'는 것은 현실에서 이루어지지 못하는 아픔과 함께 어두운 잿빛의 현실을 넘어서 갖게 되는 희망이다. 그가 인간들의 피안을 얘기하는 것은 현실도피나 침묵에 대한 찬미가 아닌, 어둡고 불의한 현실에 대한 비판에서 나온 것이다. 그의 시 「노래부를 수 있는 잔여」에서 '금치산 선고 받은 입술에게 무슨 일이 일어나고 있는지 말하라'고 요구하는 시인의 외침은 첼란이 현실을 외면하기보다 오히려 현실의 어두움을 더 적극적으로 드러내고 비판하고 있음을 말해준다. 프리트가 첼란의 「실낱 햇살」에 나타난 '인간들의 피

안'을 '무無의 세계로 초대'로 받아들이고, 첼란이 현실을 외면한 채 '인
간들 저 편에만 노래가 불릴 수 있다'고 해석한 것은 첼란을 잘못 이
해한 것이다.

IV. 프리트와 첼란의 상이한 문학적 관점

첼란과 프리트는 전기적인 면에서 공통점이 많다. 거의 같은 나이,
유대 혈통, 파시즘을 직접 체험하였고, 이 체험이 그들의 작품에 깊게
배여 있다. 종교적인 연관성, 횔덜린에 대한 호감, 그리고 두 사람 모
두 로자-룩셈부르크를 회상하는 시를 쓰기도 했다. 프리트의 여러 시
집에서 첼란에 대한 수많은 연관성을 찾을 수 있다. 하지만 프리트의
작품에 나타난 첼란에 대한 이해 혹은 오해, 첼란의 수용 또는 거부는
어디서 기인하는 것일까? 이는 두 시인의 상이한 문학관에서 찾아볼
수 있다.

1981년 「오스트리아 첫 작가 회의의 담화문」에서 프리트는 문학의
의의를 다음과 같은 윤곽으로 그린다. 사람들이 정신적으로 점점 더
병들어가는 문명사회에서 예술은 의학처럼 인간들이 무감각해지거
나 좌절하는 것을 막는데 어느 정도 기여해야한다고 본다. 예술가는
물론 치료사는 아니지만, 그 스스로를 위해 치료를 필요로 하며, 그가
쓰고 있는 작업 속에서 이 치료를 찾는다는 것이다. 문학의 과제는 결
코 직접적인 현실정치나 정당 정치적인 과제가 아니라 바로 소외와 무
감각과 싸우는 것이라고 말한다.[45] 브레멘 문학상 수상문에서도 프리

트는 문학의 중심 기능은 '우리 주위에서 혹은 바로 우리 곁에서 일어
나고 있는 소외, 무감각, 우리가 서로 행하는 것들에 대한 무감동, 생
각 없음에 저항하는 것이다.'고 말한다.[46] 프리트가 문학의 의미를 범
주를 지어서 규정하는 반면, 첼란은 모든 제한된 대답을 거부한다. 그
는 시가 '어떤 열려있는 것, 소유할 수 있는 것을 향해, 말 걸 수 있는
상대를 향해, 말 걸 수 있는 현실을 행해 나아가는 것'이며, 시는 "외롭
고 도중에 있다"고 말한다.

50년대에서 들어서면서 프리트의 시에서 정치적인 참여가 두드러지
고, 60년대에 베트남 전쟁을 다룬 시들 이후 이러한 경향은 점점 강해
진다. 이런 시 경향과 더불어 첼란에 대한 프리트의 거리감은 더 벌어
지고, 1970년 이후 시들에서는 여전히 존경과 애착을 보이지만 거부의
몸짓이 함께 한다. 프리트는 첼란의 문학이 고난의 역사를 기록하고
그 흔적을 따라가고 있지만, 첼란의 태도가 너무 소극적이라고 생각
했다.

프리트는 언어에 대한 회의 없이 현실묘사의 수단으로 언어를 리
얼리즘적 표현방식으로 사용한다. 그러나 첼란은 기존의 언어 매체만
이 아니라 단순한 의사소통에 근접하는 것을 거부한다. 이는 의학공
부를 위해서 파리에 머물던 1938/39년에 보들레르, 랭보, 말라르메의
상징주의 문학에 접하게 되고, 1945–1947년에는 초현실주의의 문학과
예술이 지배적인 부카레스트에 머물면서 받은 영향을 고려할 수 있다.
그러나 첼란의 상징주의적, 초현실주의적 경향이 그가 정치적으로 무
관심하다거나 탈역사화를 꿈꾸거나 혹은 단지 형이상학적인 사변을
주장하는 징표가 아니다. 사물의 순수한 개념과 본질에 도달하기 위

해서 언어를 일반적 의미에서 해방시키고, 시어의 배합을 일상적인 규칙에서 해방시켜서 특이한 비유와 상징으로 이루어지는 순수시를 쓰고자 했던 말라르메의 전통에 서있지만, '그 날을 기억하는' 첼란의 문학은 현실참여와 비판을 강하게 담고 있다. '그림자를 얘기하는 자는 진실을 말한다.'는 첼란의 말은 그가 어둡고 불의한 현실을 외면하지 않고 오히려 그 시대의 어두움과 아픔을 드러내고자 했음을 증거하고 있다.

프리트와 첼란의 상이한 문학적 관점은 이스라엘과 시오니즘에 대한 태도에서도 두드러진다. 첼란은 생의 후반에 이스라엘에 깊은 유대감을 느꼈다. 1967년 6월의 6일 전쟁에 대한 시 「기억하라」는 이스라엘로 향하는 그의 마음을 잘 보여준다. 주후 70년 마사다의 유대인들이 로마군에 대항하여 승산 없는 싸움에서 필사적으로 싸우다가 로마인들이 성내에 들어오기 전 자살한 역사적 사실을 기초로 하여, 시인은 포로로 끌려가기보다 죽음을 선택했던 조상의 용기를, 그들의 마음에 그린 영원한 고향을 기억하라고 말한다. 그러나 프리트는 「이스라엘아, 들으라!」에서 유대인이 당했던 추방, 핍박과 기아를 이제 팔레스타인과 아랍인들에게 행하고 있는 불의의 폭력에 대해서 비난한다. 그들이 예전에 히틀러에게 당한 것들을 기억하고 그 같은 만행의 길에서 돌아서라고 권고한다.

1950년대 말 이후 소원해진, 어쩌면 다른 길을 갔던 두 시인은 첼란이 1969년 런던을 방문했을 때 깊은 대화를 서로 나누었다고 전해진다. 문학적 관점의 차이로 인해서 서로 소원해지고, 비판적인 거리감이 있었다할 지라도 프리트 문학의 여러 곳에서 첼란의 흔적과 그를 향한 프리트의 마음이 드러나 있다. 무한한 존경으로 바쳐진 헌시에 서만이 아니라 그에 대한 비판적인 반시에서도 첼란에게 향한 애정은 함께한다. 이는 시인 첼란에 대한 존경 뿐 아니라, 그의 삶과 문학이 보여준 시대의 아픔과 고통을 프리트도 함께 공유하면서 갖게 된 강한 유대감에서 기인할 것이다.

첼란과 헤르타 뮐러: 병 속 편지와 고독의 담화

첼란과 뮐러의 문학은 고통의 시간, 폭력의 역사를 기억한다. 첼란은 강제수용소 수감과 강제노역을 당하고, 부모와 동족의 참혹한 죽음을 겪어야했다. 전후에는 이방인으로 파리에서 생활하며 독일어로 시를 썼다. 뮐러는 루마니아 독재정권 치하의 감시와 협박을 견뎌야 했고 독일로 망명한 후에도 과거의 악몽에 시달렸다.

비평가들은 뮐러의 뛰어난 언어력을 "시간과 공간을 넘나드는 시적 주관성", '적합한 묘사와 내적 체험의 조화'라며 감탄한다. '담담하게 잿빛 현실을 그려낸다', '정치적인 내용을 예술적 요구와 결합한다'는 평가도 있다. 이와 달리 뮐러의 작품이 사회비판적인 작품으로 보이는 것은 거짓이며, 뮐러는 내용보다 작품의 형식에 매달리고 있다는 지적도 있다. 에케의 "날카롭고 섬세한 리얼리즘과 꿈과 판타지로 넘어가는 초현실적인 세계로의 확장, 엄격한 진술함과 압도적인 형상성 사이의 경계에 있다"는[47] 평가가 뮐러의 문학세계에 대한 긍정적이면서 정확한 표현이라 생각한다.

첼란과 뮐러의 작품에 대한 공통점은 작품 이해가 어렵다는 점일 것이다. 독자가 텍스트를 이해하지 못하거나 잘못 이해할 확률이 높다. 그것은 두 작가의 언어에 대한 지독한 회의와 성찰 때문이다. 어두운 역사, 불의한 현실을 표현하기 위해서 군더더기 수식어를 배제하고 참된 언어, 간결한 언어를 지향하기에 논리가 파괴되고, 언어가 붕괴되어 빈 공간이 많아지기 때문이다. 삶과 죽음의 경계선을 넘나든 작

가의 언어는 여백과 상징, 비유와 침묵으로 지나치리만큼 엄격하고 날
카로우며, 또 그림같이 서정적이다.

I. 어디에도 속하지 못한 경계에서

첼란은 부코비나, 뮐러는 루마니아–독일계로 루마니아 바나트에서
출생했다.[48] 슈바벤 인들이 바나트에 둥지를 튼 이래 독일풍습과 문화
를 지키는, 독일의 작은 마을과 다름없었다. 지리적으로만 아니라 정
신적으로도 고립되어 살면서 그들의 전통과 언어를 지켰다. 많은 주
민이 전쟁터에 나가서 독일인으로 싸웠던 이차대전은 작은 마을에 깊
은 상처를 남겼다. 주민들은 전쟁터에서 죽고, 더러는 포로가 되어 독
일로 이송되고, 더러는 부상당해 돌아왔다. 변하는 시대에 마을 사람
들은 정체성을 지키기 위해서 예전의 풍습과 전통에 더욱 매달리며 폐
쇄적으로 변했다. 마을 공동체가 무너지는 것을 두려워하여 낡은 규
율을 고수하면서 좁은 울타리 안으로 들어갔다. 어린 뮐러는 마을의
이런 분위기에서 고통을 당한다. 작품에서 일인칭 화자들은 자연과
동물들에 친밀감을 보이나, 가족이나 마을 주민들과의 관계에서는 서
먹하다. 오히려 자신이 먹히지 않기 위해서 더욱 강해져야 했다고 뮐
러는 고백한다.

나를 방어해야했기에 내 언어는 단단해졌다. 주변 환경이 가혹해질
수록 내 언어는 단단해졌다. 그것들이 나를 잡아먹도록 놔둘 수 없
었다.

뮐러는 루마니아를 떠나 서베를린으로 망명한 것을 "장소변경"으로 표현하며, '고향'과 '향수'라는 단어를 생각해본 적이 없다고 말한다. 독일로의 이주도 뮐러에게 집과 같은 편안함을 주지 못했다. "나는 여기에 살지만, 여기 출신이 아니기에 집에 돌아온 것이 아니다. 그곳도 집이 아니었다. [...] 내가 거기에 속하지 않았기 때문이다."는 뮐러의 고백은 독일 망명 후 첫 작품인 『외발 여행자』에 잘 나타나 있다. 뮐러는 루마니아 뿐 아니라 독일에서도 이방인처럼 동화되지 못했다.

1994년 뒤셀도르프에서 열린 펜클럽에서 뮐러는 귄터 그라스와 '언어의 책임'을 두고 논쟁을 벌였다. 이 때 뮐러는 자신은 정치적인 사람이 아니며 정치적으로 쓰려는 의도도 없다고 말했다. 하지만 1994년 9월 Die Woche 잡지와의 인터뷰에서는 "나는 1987년 루마니아를 떠났지만 이전에 이 나라를 변화시키고자 노력했다"고 고백했다. 작가는 정치적인 의도가 없었다 할지라도 마을 사람들의 이중성, 그들의 자아도취적 자아상, 열광적 민족주의, 독재 치하의 감시와 위협에 대한 표현 자체가 정치적인 색채를 가질 수밖에 없다. 체험의 표현이 곧 정치적이 된 것이다. 뮐러의 현실 비판적인 내용과 주관적 예술 형식을 쿠쿠이우는 "참여적 주관성"[49]으로 표현하기도 한다.

첼란과 뮐러는 자신의 나라에서 이방인 같은 소수민의 삶을 살았다. 지역, 문화, 언어의 측면에서 경계지역에서 자란 것이다. 나치 시대를 겪은 첼란은 전후에도 유대인에게 여전히 적대적인 분위기 때문에 추적당하는 망상과 두려움 속에 살아야 했다. 첼란과 뮐러의 언어는 소수자의 언어이다. 루마니아의 소수 언어권에 속해서가 아니라 기존의 언어적 형태에 저항하기 때문이다. 전통적 담화방식을 벗어나고 탈권위화시키는 그들의 언어는 정치적이다. 또 어두운 역사, 불의한 현실, 억압적인 사회구조를 폭로하는 저항문학이기도 하다.

II. 문학적 형상화를 위한 서술형식

언어는 첼란과 뮐러에게 존재에 대한 증명이다. 모든 것을 잃은 후 첼란에게 남은 것은 언어였다. 뮐러는 자신이 존재한다는 것을 확인하기 위해서 글을 쓴다고 말한다. 언어의 가능성에 대한 지독한 회의와 절망에도 언어는 두 작가에게 말할 수 없는 것을 붙잡고, 자신을 전달하고, 존재를 증명하기 위한 유일한 가능성이었다. 첼란과 뮐러는 비인간적인 사회, 억압과 박해의 어두운 기억을 안고 있다.

뮐러는 전후의 황폐하고 폐쇄적인 환경 뿐 아니라 여러 면에서 나치시대와 비교할 수 있는 독재 치하의 삶을 살았다. 이런 체험에 대한 기록은 그 자체가 증언이 될 수 있다. 그러나 뮐러는 자신의 작품이 시대에 대한 증언으로 읽히는 것을 거부한다.

> 어려운 시대에 대한 글들은 종종 증언으로 읽힌다. 내 글들도 불가피하게 힘든 시대, 독재 하에서 절단된 삶, 독일 소수민의 밖으로는 굴종적이고 안으로는 거만한 일상을 표현하고 있다. 이런 내 글을 많은 사람들이 증언으로 본다. 하지만 글을 쓰면서 내가 증인이라 느낀 적이 없다. 나는 침묵과 침묵하기로부터 글쓰기를 배웠다.[50]

뮐러의 고백은 글로 전달된 것보다 침묵이 더 많은 진실을 담고 있다는 뜻을 내포한다. "사람들이 모든 진실을 다 알고자하지 않기에 침묵을 다시 배워야했다"는 말에서도 진실을 언어로 담아내는 어려움이 표현되고 있다. 침묵은 뮐러에게 글쓰기의 시작이 된 유년의 체험에 대한 기억과 연결된다.

> 아버지가 죽었을 때, 단지 침묵하면 내 유년은 존재하지 않는다고, 유년은 내게 없다고 늘 생각했다. 이 유년을 내 것으로 만들기 위해서 유년의 체험들을 글로 쓰기 시작했다. 내 머리 속에 있는 마을이 나를 어떻게 만들었는 가를 알아야만 했다.[51]

현재의 자아를 찾기 위해서 작가는 유년을 기억하는데, 유년의 경험이 작가의 무의식에 각인되어 대상에서 다른 것을 본다. 조부모 침대 위에 걸린 성화에 그려진 커다란 갈색 돌들이 어린 뮐러에게 오이로 보이며 두려움을 준다. 너무 익은 오이가 밤에 터져서 방과 온 집 위에 흘러내리고 가족이 중독될 것이라는 두려움이다. 그러나 어린 뮐러는 마을 공동체에서 소외당할 것을 두려워하여 자신의 감정을 드러내지 않는다. 이처럼 감각적으로 지각된 현실이 '상상된 지각'을 통해 다른 이미지, 다른 형상으로 나타난다. 아이의 시선에서 체험과 현실을 기반으로 한 외부세계의 형상이 주관적 지각을 기반으로 한 내면세계의 형상과 충돌한다. '상상된 지각'은 과거 체험과 연관하여 형상 안에서 두려움을 본다. 일반적인 지각 너머에 있는 고유의 세계, 또는 사물 저 편의 다른 것을 보는 것이다. 이 과정에서 자아는 세상과 충돌하며 자신을 세상에 드러낸다.

상상된 지각은 지각으로부터 두드러지는 것이 아니다. 한 층위 내
려가는 것이다. 상상된 지각은 지각 속으로 빈틈없이 스며든다. 바닥
이 아닌 바닥이 두 배, 세 배, 네 배로 형성된다. 아마도 심연의 감정,
바닥의 감정처럼. [...] 사유 아래 여러 층의 바닥은 발 밑 바닥과는 전
혀 다르다. 저지대가 없다.[52]

이런 지각과정은 뮐러가 '표면 아래 내장'에 다가가려는 시도이다.
가족에 의해, 마을 사람들에 의해 매개된 현실은 규범과 전통에 매여
정체되고 폐쇄된 현실이다. 뮐러의 '상상된 지각'은 공간적으로 지각
된 것의 한계를 넘어서 그 이면을 보려는 시도이다.『저지대』를 읽고
작가의 고향을 찾아 책의 내용을 눈으로 확인하려는 이들에 대해서
작가는 "저지대 마을은 저지대에만 존재한다고 말하지만 그들은 내
말을 믿지 않았다"고[53] 말한다. 뮐러가 글로 표현한 '저지대'는 표면아
래 '내장'과 같은, '상상된 지각'으로 태어난 시적 공간이다.

'상상된 지각'은 뮐러 작품에서 이미지 혹은 형상으로 나타난다. 이
언어형상들은 감각적인 사물과 사물을 초월하는 사물 본래의 힘을
통합하며 스스로 주체적인 의미를 획득한다. '마음 짐승', '배고픈 천
사', '숨 그네', '심장 삽' 등 상상된 지각을 통해 얻어진 단어는 스스로
증인이 되고 주체가 되는 것이다.

이런 지각과정에서 주요한 것은 두려움이다. 사람들 각각의 머릿속
에 검지가 들어있는데 이 검지는 무의식적으로 과거의 체험한 부분들
을 가리킨다. 체험의 내용, 장소 그리고 연관성들이 '지각'을 도우며,
불안과 위협이 더 강해지면서 더욱 섬세한 지각구조가 이루어진다. 즉
현실에서 자신을 잃지 않으려는, 자기를 지키려는 시도이다. 독재 치하

의 규율과 협박, 마을의 규범, 전체주의에 함몰되지 않으려는 노력이다.

첼란과 뮐러에게 글쓰기는 과거 역사에 대한 증언이며, 망각에 저항하는 수단이며, 감당할 수 없는 외적 사건들, 전쟁, 홀로코스트, 독재, 박해 앞에서 실존을 확인하고 확인시키는 것이다. 두 작가는 말없음, 침묵의 결과이며 이에 대한 대답인 글쓰기에 대해 말한다. 왜 침묵으로 흘렀는지에 대한 원인은 다르지만 말없음은 두 사람에게 파악할수 없는 또는 파악될 수 없는 끔찍한 것, 어두운 것과 관계한다. 따라서 단어들은 첼란의 경우에 유대인 박해나 부모의 죽음으로 정형화되는 것을 거부한다. 뮐러에게서는 어린시절 시골마을의 삶이 나치치하핍박의 삶처럼 객관화되는 것을 거부한다. 언어는 현실의 불의한 체제와 권력에 대항하는 상처 입은 자아의 표현이며, 실존을 확인한다. 인간에 대한 체계적인 파괴와 말살은 파편화된 언어로 나타나고, 첼란에게서는 결국 부정적인 접두사 "un–"과 "niemand"로 와해되는 모습을 보이기도 한다. 뮐러는 『마음짐승』에서 '무'로 사라지는 것에 대한두려움을 표현하고 있다. 두려움은 『마음짐승』에서 세상 어디에도 은신처를 찾지 못하고 결국 무로 넘어가는 짐승으로 상징된다.

죽음이 도사리고 삶이 견뎌내기가 되는 세상에서 무엇을 할 수 있을까? 그를 에워싼 인간들과 자연은 더 이상 전체로서가 아니라 머리, 눈, 입, 목소리, 심장처럼 파편으로 나타난다. 이것들은 지각을 위한주요 부분이며 비인간적인 현실에서 고통을 겪는 기관이다.

III. 문학은 어디를 향하는가?

지독한 언어성찰을 통해 나온 첼란과 뮐러의 문학은 어디를 지향하는가? 첼란의 시는 어디를 향하는가? 브레멘 시 문학상 수상 연설문에서 그는 시가 '어떤 열려 있는 것, 붙잡을 수 있는 것, 말 걸 수 있는 상대, 말 걸 수 있는 현실을 향해 나아가는 것이다'고 말한다. 사물이 어디서 유래하고 어디로 돌아갈 것인지에 대한 끝없는 질문처럼, 시도 존재의 근원과 귀결점에 대한 끝없는 질문을 던진다. 그 질문은 '열린 공간, 자유로운 공간'을 향한다고 말한다. 그 공간은 뷔히너상 수상 연설문의 제목인 '자오선'이다. 자오선은 지구의 양극을 통과하며 남극과 북극을 연결한다. 첼란은 고향을 잃고 떠도는 이들, 추방된 자들, 고통 받는 이들을 연결하는 만남의 상징적인 의미로 자오선을 말한다.

두려움은 뮐러 문학의 토대이다. 마을 구석구석을 지배하는 억압과 감시구조, 국가의 개인에 대한 금기와 제약, 가정에 행사되는 권력, 폭력적인 구조 속에서 수동적인 마을 사람들, 그들의 정형화된 규범과 도덕, 편협과 고루함, 경직성 등에 대한 두려움이다. 창작의 동인이 되는 두려움은 개인 공간에서 점점 사회 공간으로 확장되며, '나'는 감시의 상징인 '개구리' 앞에서 두려워한다. 차가운 속성인 개구리는 인간에게 가해지는 외적 권력의 상징이며, 또 인간관계의 삭막함, 관계의 파괴를 의미한다. 뮐러는 어린 시절 바나트슈바벤에서의 삶, 좀 더 커서는 루마니아 독재치하의 삶, 그리고 독일로 망명 후의 삶에서 각각의 '개구리'를 본다.

두려움의 첫 번째 형상화는 '독일 개구리'이다. "누구나 이곳으로 이주해오면서 개구리 한 마리씩 데려왔다. 그들은 이곳에 온 이후 독일인임을 자랑하면서도 자기들의 개구리에 대해서는 한 번도 말하지 않았다"[54]에서 보이듯 국가사회주의에서 고점을 찍고, 전후 바나트슈바벤 마을에 잔존해있는 세계이다. 타국에서 이방인으로 살아가는 바나트슈바벤들에게 마을 공동체는 지켜야할 최후의 보루이기에 주민들은 규격화된 삶과 규율을 따라야했다. 개인이 독자적인 정체성을 찾고 발전시키고자 시도하면, '질서의 수호자'는 잔인한 억압기제를 사용하여 그를 사면이 막힌 방에 가둔다. 독일 개구리 치하에서 교육은 개인의 자의식을 불구로 만들고, 개인을 공동체로 편입시키는 것을 목표로 한다. '독일 개구리' 세상에서 일인칭 화자는 공포와 폭력으로 이루어진 권력체계를 주시하지만 힘없이 마주할 뿐이다. "마을은 울타리와 벽으로 둘러싸인 하나의 거대한 상자"와 같으며 화자에게 억압과 감시의 공간이다. 전체주의의 억압과 금기에 무력해진 어른들은 가정에서 약자인 아이와 동물들에게 권력을 행사하며 학대한다.

두 번째는 전체주의의 억압과 감시 하에서 '검열'이 일상화된 세상으로 '독재자의 개구리'가 지배한다. 차우셰스쿠 독재하의 억압과 위협, 도처에 깔린 비밀경찰들, 스스로를 괴물로 만들어가는 일률적인 사회주의 의식이 이 세계의 모습이다. 진실은 조작되고 언론은 권력자의 도구가 되고 역사는 맘대로 왜곡된다. '권력의 눈이 도처에서 지켜

보고 있는' 세상은 푸코의 파놉티콘을 연상시킨다. 사적인 영역에까지 침투한 권력의 메커니즘은 이제 스스로 작동하며 사람들 간에 감시와 억압체제를 만들고 있다. 이런 체제에서 살아남기 위해서 화자는 친구들과 암호를 나눈다. 편지 속에 머리카락을 끼워 넣어 편지가 누군가에 의해 이미 검열되었는지 파악하고, 심문은 손톱가위, 수색은 신발, 미행은 감기 걸렸다는 표현으로, 생명에 위협을 받을 때는 쉼표하나만 찍어서 소통한다.

'독재자의 개구리' 세상에서는 거울 속을 들여다보는 것이 금지되었다. 거기에는 '악마가 거울 속에 들어앉아있기' 때문이다. 주민들이 자신과의 만남을 방해하려는 권력자의 시도이다. 왜냐하면 거울을 마주하는 순간에 자기를 인식하기 시작하여 전체주의 사고에서 멀어질 것이고, 따라서 체제에 위험이 될 것이기 때문이다. 이런 세상에서는 미친 사람들과 사회 공동체의식에 동화된 사람들은 자신과 주변을 제대로 인지하지 못하기 때문에 사회에 위험이 되지 않는다. 그들은 두려움과 광기를 맞바꾼 것이다. 하지만 대중적인 정신착란과 망상에 들어가기를 거부하는 자, 착각게임을 함께 하지 않으려는 자들은 대신 국가라는 체제하에서 통제를 받는다. 이들은 감시받고 고문당하고 곧 사회에서 매장된다. 도망칠 곳이 없다고 깨달은 자는 처절한 고통에 시달리다가 결국 자살에 이른다. 화자는 유일한 탈출구로 서방으로 도망친다.

세 번째는 '자유의 개구리'이다. 뮐러가 루마니아를 떠나 베를린에서 살 때도 두려움은 여전하다. 권력자들의 조력자로서 관공서 직원들의 거만함, 관료주의 속에서 개인의 존엄성은 위협받는다. 광고는 아름다운 모습과 풍요를 자랑한다. 하지만 이것은 위장된 완벽주의이며, 이 거짓 완벽주의는 사람들을 압박한다. 압박을 견디기 위해, '자유의 개구리' 눈에 살아남기 위해 개인은 자신이 소유하지 못한 능력을 다른 이들에게 있는 체 행동하며, 타인과 자기를 기만한다. 거울 속 자신의 실체를 보기보다 화보잡지들의 멋진 장면에 매료된다. 자기기만은 점점 자신으로부터 멀게 하고, 결국 자신을 만나는 것을 두려워하고 다른 사람에 의해 발각되는 것도 두려워한다.

감시와 통제, 그리고 거짓과 기만에 기초한 인간관계에 대한 뮐러의 글쓰기는 결국 '권력의 눈'을 벗어난 자유 공간을 염두에 둔 것이다. 첼란이 찾는 삶과 죽음의 경계선이 무너진 곳, 고향을 상실한 이들이 서로 만나는 곳, 열린 공간이 뮐러에게서는 권력 저편의 장소가 된다. 뮐러가 꿈꾸는 공간이 구체적으로 묘사되지 않는다. 하지만 '상상된 지각'은 전체주의와 유비쿼터스 감시체제, 개인의 자유와 권리가 무시되는 통제사회에서 자아를 지킬 수 있는 공간을 소망하고 있다.

IV. 병 속의 편지와 고독의 담화

"동유럽에서 내가 체험한, 시에 대한 사랑은 외로운 것이다. 슬픈 산마루타기이다. 시는 완성된 낯선 단어들로 자신의 두려움을 담아낸다."[55]는 뮐러의 고백처럼 글쓰기는 외로움과 두려움을 담아내는 작업이다. 두려움은 첼란, 뮐러 문학의 근원적인 요소이다. 불의한 권력, 진실이 가려진 거짓 세계에 대한 두려움이고, 이런 세상의 인지는 외로움을 동반한다. 고향에서 소수자의 삶을 살고, 루마니아라는 공통의 문화적 공간을 체험하며 언어에 대한 치열한 싸움이 두 작가의 공통점이기도 하다.

두 사람의 차이점도 선명하다. 첼란의 문학은 대화적이다. '시는 본질상 대화적이다'고 말하는 첼란의 문학은 '나'와 '너'의 관계에서 대화를 지향한다. '나'와 '너'의 소통을 시도하며 때로는 '절망적인 대화'일 지라도 '너'를 향한 말붙임은 계속된다. 대화를 구하고 찾는 대상인 '너'가 실종된 자, 죽은 자들이기에 첼란의 희망과 대화는 종종 절망적이다. 그러나 그의 시는 희망가운데 띄워 보낸 '병 속 편지'이다.

반면 뮐러에게는 늘 자기 자신에게 돌아오거나 대화는 시도되지 않는다. '대화도 글에서는 대화가 되지 못하고, 진술들의 나열로 그칠 뿐이다.'는 뮐러의 고백처럼 상대를 향하지 않는다. 상대로부터 점점 멀어지는 혼자말하기와 같은 대화를 뮐러는 '고독의 담화'로 표현한다. '고독의 담화'를 어린 뮐러는 할머니에게서 배웠다. 가부장적 권위와 질서로 유지되는 마을에서 굴욕감을 느낄 때면 할머니는 혼잣말로 고독하게 스스로를 변호했다. '고독의 담화'는 뮐러에게 삶의 대상들과의 내적 대화이며, 벌어진 부당한 일들에 대한 저항의 형식이었다.

자존감이 무너질 때 혼자말하기는 더해졌다. 거울보기가 금지된 곳, 악마가 거울 속에 들어앉아있는 곳에서 고독의 담화는 거울보기였다. [56]

'고독의 담화'는 뮐러의 '상상된 지각'과 연결된다. 공동체의 규범과 일률적인 사고를 깨는 '상상된 지각'은 다른 사람들에게 이해되지 못하기에 '고독의 담화'에서 펼쳐진다. 글로 표현된 '고독의 담화'는 상대를 찾아가지 않기에 이해할 수 없는 수많은 여백들을 만들어낸다. 일반 대화에서는 표정과 몸짓으로 보충되어 이해할 수 있는 대화가 뮐러에게서는 아무런 설명이 없어서, 대화도 텍스트에서는 대화가 아니다.

뮐러의 독백과 같은 글들은 전체주의 사회에서 자신을 지켜내려는 주관성과 연결되어있다. 억압과 감시, 위협과 불안 속에서 자신을 지키기 위해서 비인간적인 권력에 대한 저항의 형식이다. 하지만 소설을 시처럼 해석해야하는 수많은 은유와 상징, 그리고 수많은 여백은 독자를 혼란스럽고 피곤하게 만든다. 여백이 독자의 상상력을 자극하고 풍성한 의미로 인도하지만 파편들을 이어붙이고 이미지들을 재구성하며 무언의 메시지를 읽어내기는 쉽지 않다. 이야기의 흐름이 무시되는 파편적인 줄거리, 줄거리 없는 이야기가 독자에게 큰 부담이 되는 것은 사실이다.

어두운 시대역사에 직면하여 진실을 표현하려는 첼란과 뮐러의 문학이 한 편에서는 대화로, 다른 한 편에서는 독백으로 나타난다. 대화적인 첼란의 문학은 상대를 향해가기에 만남의 장소, 상처가 치유되는 공간인 유토피아를 소망한다. 하지만 뮐러에게서는 이상향에 대한 소망보다는 폭력적인 현실, 폭력 앞에 무력한 인물들에 대한 묘사가 강하다. '상상된 지각'이 감각적인 현실너머 고유한 세계를 지향하지만 이 세계는 구체화되지 않는다. 도처에 있는 폭력구조를 볼 때 나아진 현실에 대한 윤곽을 그려내기가 쉽지 않을 것이다. 첼란과는 달리 뮐러작품이 '사회비판적' 또는 '참여적'이라는 평가를 받는 이유도 권력과 감시체계의 상징인 '개구리'를 삶의 곳곳에서 읽어내는 뮐러의 현실비판적인 시각 때문일 것이다.

김남주와 첼란: 꽃의 잿빛 언어

첼란이 평생 살아남은 자의 죄의식을 안고 살았던 것처럼, 5.18 광주 민중항쟁을 체험한 문인들은 피투성이 희생자 명단에 이름이 적히지 못한 마음의 부채가 있었다. '아우슈비츠 이후에 어떻게 서정시를 쓸 수 있는가'라는 아도르노의 말이 1980년 5월 민중 항쟁 후 유행처럼 번졌다. 그러나 역사의 어두운 사실을 침묵 할 수도 없었으며 이는 더 고통스러운 일이었을 것이다. 차마 쓸 수 없는 '그 날'을 시적으로 형상화하고자하는 고통은 속죄의식과도 같았다. 오월의 그날 감옥에 갇혀있던 김남주는 자신이 오월의 현장에 있지 못한 것을 통탄했다고 한다. 그는 감방에서 주는 주먹밥과 거기에 떨어지는 자신의 눈물과 국물과 환기통, 뺑끼통, 시멘트 바닥, 허공, 천장, 벽, 식구통, 감시통 위에 침을 발라 손가락, 발가락, 혓바닥으로 마르도록 벗겨지도록 피나도록 모든 것이 어설픈 자신의 양심 탓이라고, 미지근한 싸움 탓이라고 쓴다. 이는 그의 시가 처절한 자기반성이고 속죄 의식임을 보여준다. 김남주와 파울 첼란의 시는 역사의 어두움과 죽음으로부터 연유한다는 점, 한 시대의 증언이라는 점에서 닮았다. 그러나 두 시인의 문학을 내용과 형식으로 섣불리 비교할 수는 없다. 김남주는 본인이 고백하고 있는 것처럼 전문적으로 시를 쓰고자 덤비는 직업시인은 아니다. 자신의 시가 지나치게 경향적이고 역겨우리만큼 전투적이라고도 고백한다. 그는 시를 투쟁의 도구로 생각하였고 혁명적 싸움 없이는 한 줄의 시도 쓸 수 없다고 믿었던 전사였고, 혁명시인이었다.

I. 시적 현실

김남주와 첼란 시의 토대는 현실인식이다. 이는 그들의 시가 철저히 그 시대에 근거하고 있다는 것이다. 김남주의 시가 80년대 우리의 현실, 고난에 찬 우리 역사를 대변한다면, 첼란은 전후 독일의 현실, 인간의 어두운 역사를 기반으로 한다. 첼란의 시는 '1월 20일'을 기억한다. 이 날은 베를린의 '반제-회담'을 통해 유대인을 모두 학살하기로 결정한 날이다. 첼란의 작품들은 이 날짜를 기억하며, 이 날을 그의 문학의 뿌리로 하고 있다. 첼란이 그의 문학에서 기억하며 뿌리로 삼고 있는 '그 날'처럼 시인 김남주는 1980년 5월 18일을 기억하며 글을 쓴다.

오월 어느 날이었다
1980년 오월 어느 날이었다
광주 1980년 오월 어느 날 밤이었다

밤 12시
하늘은 핏빛 붉은 천이었다
밤 12시
거리는 한 집 건너 울지 않는 집이 없었고
무등산은 그 옷자락을 말아 올려 얼굴을 가려 버렸다
밤 12시
영산강은 그 호흡을 멈추고 숨을 거둬 버렸다

아 게르니카의 학살도 이렇게 처참하지 않았으리

아 악마의 음모도 이렇게는 치밀하지 못했으리[57]

그러나 '그 날'을 형상화하는 두 사람은 표현방식에 있어서는 많은 차이를 보인다. 첼란은 '검은 우유를 아침에, 점심에, 저녁에 마신다'는 표현으로 그리고 '땅을 파는' 행위에 대한 묘사로 강제수용소의 끝없는 죽음의 행렬을 묘사한다.

아침의 검은 우유 우리는 그것을 저녁에 마신다
우리는 그것을 점심에 아침에 마신다 우리는 그것을 저녁에 마신다
우리는 마시고 마신다[58]

그들은 팠고 또 팠다, 그렇게
그들의 날이 가고, 그들의 밤이 갔다.[59]

"그들은 팠다"는 반복적인 묘사로 낮과 밤으로 계속 일어나는 죽음과 어두움의 역사가 그려진다. 이렇게 죽어가는 이들은 늙을 수가 없고, 죽음의 공포 앞에서 고난의 예수를 붙든다.

유대인의 곱슬머리여, 희어지지 않으리.[60]

우리는 가까이 있습니다, 주여,
잡힐 듯 가까이.

붙잡혔습니다, 주여,

우리 각자의 몸이

당신의 몸인 듯.

서로 움켜 안았습니다, 주여.[61]

고난에 처한 이들은 죽음에 대한 공포로 가득 차서 '주'를 향해 가까이 다가간다. '잡힐 듯'이 조마조마한 위기의 순간이 '붙잡혔습니다' 그리고 '서로 움켜잡았습니다'로 발전해가면서 폭력에 내맡겨진 무기력함과 함께 죽음에 대한 공포로 서로 껴안고 움켜잡으며 의지할 것을 찾는 '우리'의 모습이 그려진다. 죽음 가까이 있는 '우리'는 조롱받고, 채찍에 맞으며 십자가에 매달린 예수의 고난을 뒤따르고 있다.

아우슈비츠의 참상을 가장 잘 표현하고 있는 첼란의 시 「죽음의 푸가」는 가스실, 수용소, 화장터, 주검 등과 같은 강제 수용소를 나타내는 말이 전혀 없이 '검은 우유'라는 메타포로 새벽부터 저녁까지 계속되는 죽음의 행렬을 묘사하고 있다. 광주의 오월을 표현한 김남주의 「학살」은 "핏빛 붉은 천", "게르니카의 학살"과 같은 직접적인 표현이 두드러진다. 삶과 예술적 실천에 있어서 공통점을 가진 두 시인의 상이한 시적 표현 방식은 어디에서 오는 것일까? 김남주는 시를 쓰기 위해 책상에 앉아 고민하기보다 투쟁 속에서 시를 생산한다. '내 시의 요람은 투쟁이고, 억지로 시를 쓰기 위해 안락의자에 앉는 것은 내 시의 무덤이다'는 그의 고백처럼 시는 그에게 투쟁의 도구이다. 그러기에 서정적, 유미적, 탐미적인 시를 포기하고, 군더더기 없는 적나라한 직설적인 시세계로 들어간다.

바람에 지는 풀잎으로 오월을 노래하지 말아라
오월은 바람처럼 그렇게 서정적으로 오지도 않았고
오월은 풀잎처럼 그렇게 서정적으로 눕지도 않았다
··········
노래하지 말아라 오월을 바람에 지는 풀잎으로
바람은 야수의 발톱에는 어울리지 않는 시의 어법이다
노래하지 말아라 오월을 바람에 일어서는 풀잎으로
풀잎은 학살에 저항하는 피의 전투에는 어울리지 않는 시의 어법이
다[62]

내 시의 기반은 대지다
그 위를 찍어 내리는 곡괭이와 삽의 노동이고
노동의 열매를 지키기 위한 피투성이의 싸움이다[63]

때로는 나의 시가 탄광의 굴속에 묻혀 있다가
때로는 나의 시가 공장의 굴뚝에 숨어 있다가
때를 만나면 이제야 굴욕의 침묵을 깨고
들고 일어서는 봉기의 창끝이 되기를.[64]

김남주의 개인적인 삶은 투쟁과 투옥의 연속이었다. 그는 하이네,
마야코프스키, 네루다, 브레히트, 아라공의 시와 생애를 통해서 유물
론적이고 계급적인 관점에서 세계와 인간관계를 문학적으로 형상화
하는 창작기술을 배웠다. 그가 고백하듯 그들에게서 '형식적 측면이라
기보다 내용의 측면, 즉 세계와 인간을 계급적인 시각으로 바라보는'
것이다. 계급적 관점을 단순 명확하게, 압축과 긴장의 형식 속에서 담

아내는 것을 시의 목표로 삼았다. 인류에게 유익하고 감동적인 작품을 쓰기 위해서는 작가 자신이 진실한 삶을 살아야하고 착취와 억압에 저항하는 전사가 되어야한다고 그는 확신했다. 그는 체험적 진실과 시를 동일시한 것이다. 그러기에 그의 시는 체험의 세계에서 한 발자국도 벗어나지 않고 있으며, 1980년 5월 이후 나타난 우리의 민중적 민족문학 내지 민주주의 민족문학이 형상화하는 문학방법으로서 택한 비판적 사실주의, 민중적 리얼리즘의 서술 기법을 택한다. 그의 투쟁시, 정치시가 독자에게 값싼 감상을 불러일으키거나 상투적 구호로 머무르지 않는 것은 그의 철저한 시대정신과 겸손함 그리고 그의 진실성이다. 때로는 단조롭고 격렬하고 지루할 만큼 구체적이지만, 그는 단순하고 명확하게 대중에게 다가가기를 원한다. 감옥의 극한 상황에서 떠오르는 시상을 감시가 없는 틈을 타서 단숨에 써야했고, 종이도 연필도 없는 상황에서 면회 온 사람이나 출옥하는 사람에게 구술해야했기에 복잡하고 까다로운 비유나 뉘앙스를 벗어나 단순 간결할 수밖에 없었을 것이다. 하지만 오랜 감옥생활에서 그의 투쟁의식은 더욱 날카로워질 수 있었지만 현실과 분리된 그의 생활과 사상은 삶의 냄새가 약한 계급적 투쟁의식과 이분법적 단순성으로 빠져들기도 한다.

첼란은 의학공부를 위해서 파리에 머무는 동안 상징주의에 접하게 되고 전후 초현실주의 화가들과의 교제를 통해서 '암시'와 '연상'의 시적 효과와 현상 이면의 절대적인 것에 관심을 가졌다. 그의 시를 '말라르메로 소급되는 서구 서정시의 극단적인 현상'으로 보는 평가는 그가 체험한 어두운 역사를 가능한 직접적으로 드러내지 않고 상징과

비유로 은폐시키는 상징주의적, 초현실주의적 서술기법에 대한 견해
일 것이다. 그러나 '첼란의 문학은 사회주의적 리얼리즘보다 더 깊이
시대의식을 표현하고 있다'는 프리트의 말은 첼란의 상징적이고 난해
한 시들의 기반은 현실이라는 점을 반증해준다. 문학이 현실에 뿌리
를 두어야한다는 생각은 두 시인의 공통점이다.

> 대한민국의 순수파들 절망도 없이
> 광기도 자학도 없이 예술지상주의를 한다
> 수석과 분재로 예술지상주의를 한다
> 학식과 덕망의 국회의원으로 예술지상주의를 한다
> 자르르 교양미 넘치는 입술로
> 자본가의 접시에 군침을 흘리면서 예술지상주의를 한다[65]

　김남주는 예술 지상주의를 비판한다. 보들레르와 랭보의 현실에 대
한 '자학과 광기와 절망'에서 나온 순수예술과도 달리 예술을 안정된
삶에서 하나의 치장으로 여기는 이들의 허위의식을 고발하고 있다. 그
는 시를 위한 시, '예술을 위한 예술'이라는 탐미적인 시를 거부하고
있다. 그의 시에 서정적 정취와 여운을 주는 시어들이 결핍되어 있을
지라도 옥에 갇힌 사람, 굶주린 사람, 억압받는 사람에게 위로의 말 대
신 들려줄 수 있는 노래이다. 현란하고 고급스런 시적 의상을 벗어버
리고 맨몸의 언어로 어두운 역사를 기록한 노래이다. 그는 잉크 대신
동지들이 흘린 피, 자신의 피를 짜내어 '시가 아니어도 좋다'는 전투성
으로 쓴다. 그의 시들이 상투적인 구호시들과 구별되는 것은 그가 우
리 시대의 핵심적 모순들을 인식하고 이에 대한 강인한 시적 사유의

결과로 시를 쓰고 있는 점이다. 그의 일상적인 시어들은 느슨해진 우리의 의식을 깨울 만큼 생동적이다. 시대와 타협하지 않고 80년대 사회변혁 운동의 이념과 정신을 온 몸으로 감당한 그의 시어는 진실하고 철저하고 순결하다.

첼란에게도 기교적으로 아무리 아름답게 꾸며졌어도 생명력을 갖지 못한 문학은 '피그말리온의 상아의 여인'과 같다. 오음보 억양격의 틀에 맞추어진 예술, 뷔히너 G. Büchner의 작품 『보이첵』에 나오는 '원숭이 형상', 『레온세와 레나』의 '자동기계장치'와 같은 비인격적인 것의 생명 없는 모습이다. 『렌츠』에서는 머리 빗는 두 소녀의 아름다운 모습을 사람들에게 보여주기 위해 그 순간을 돌로 굳게 하는 '메두사의 머리'가 되고 싶어 하는 예술이다. 첼란은 여기서 현실과 분리된 예술의 이상주의를 비판한다. 그가 찾는 문학의 모습은 뷔히너의 『당통의 죽음』에서 뤼실의 외침으로 구체화된다. 현란한 말로 예술에 대해 얘기하던 당통과 카미유는 혁명광장에서 처형되는 순간에도 웅장한 말로 그들의 죽음을 맞이하지만, 뤼실은 남편이 처형된 단두대 앞에서 "국왕만세!"를 외친다. 이는 왕권에 대한 찬양이 아니라 사랑하는 이의 죽음에 대한 항의이며, 잔인한 현실에 대한 저항하는 반어이다. 첼란은 이를 자동 기계장치, 자동인형에 공급되는 에너지를 차단하며, 꼭두각시를 조정하고 있는 철사 줄을 끊는 자유의 행위라고 말한다. 뤼실의 외침은 인위적이고 장식적인 언어적 속성을 깨뜨리는 생생한 인간의 언어인 것이다. 또 렌츠의 물구나무서서 걷고 싶은 욕망에 대한 표현은 첼란의 이상주의적, 관념주의적 예술에 대한 반항이다. 기술적이고 기교적인 인간 현실에 대한 증언과 자기 몰아에서 벗어나 현실로의 접근, 전체주의에 대항하는 개인의 생생한 외침을 첼란은 추구한다.

군더더기 없이 선명하고 구체적이어서 비평가나 해석자의 안내 없이도 쉽게 이해할 수 있는 김남주의 시와는 달리 첼란의 시는 비평가마다 제각각의 해석을 내리고 그들의 해석조차 이해할 수 없는 막막함에 빠지게 한다. 김남주가 언어를 투쟁을 위한 도구로 사용하여 직접적이고 직선적인 반면 언어에 대한 회의에 빠진 첼란의 시어는 현실 모순의 본질을 포착하려는 시도 속에서 비유와 은유의 대양으로 향해 간다. 각각의 시어가 남기는 여운과 한 편의 시가 독자에게 맡기는 여백 앞에서 당황하며 혼란스럽다. 가슴으로 느끼기까지 끝없는 사유의 연결고리를 이어가게 만든다. 두 개의 적대적 범주의 이분법과 현실 사회의 비극을 그 적대적 모순의 표현으로 보는 도식주의에서 벗어나 현실 모순의 본질로 들어감으로써 깊은 사고를 요구한다.

김남주가 모든 예술적 의장을 멀리하고 단순하면서도 정확한 언어로 현실을 표현하려고 한 점과 첼란이 오염된 일상 언어를 거부하고 진실을 전할 수 있는 참된 언어를 찾아 방황하는 것은 두 시인의 현실과 시에 대한 순결성과 진실성이라는 면에서는 상통하다. 현란하고 수사적이며 세련된 예술에 대한 거부, 현실을, 인간 존재를 살아있는 생생한 언어로 표현하고자하는 순수함이 두 시인의 시들을 살아있게 한다. 김남주와 첼란의 시문학을 투쟁시와 초현실주의시 또는 참여와 순수라는 이분법적 구조로 비교하는 것은 무의미하다. 역사에 다시 일어나기 힘든, 일어나서도 안 될 칠흑 같은 어두운 시대를 겪은 두 시인이 그 시대를 대표할 수 있는 것은 그들의 시적 진실성이다. 그 어두

움이 던진 고통과 절망을 온몸으로 겪은 이들이기에 그들의 시는 소
망을 담고 있고, 독자의 무디어가는 의식을 일깨우는 것이다.

II. "꽃"의 메타퍼를 통해본 혁명성과 언어적 성찰

두 시인에게 핵심적인 시어인 '꽃'은 언어에 대한 그들의 상이한 입
장을 보인다. 김남주 시인에게 있어서 '꽃'은 혁명을, 행동하는 육신을
상징한다.

> 꽃이다 피다
> 육신이다 영혼이다
> 그대는 영혼의 왕국에서
> 육신을 어떻게 다루었는가
> 그대는 피의 꽃밭에서
> 영혼을 어떻게 다루었는가
> 파도의 침묵 불의 노래
> 영혼과 육신은 어떻게 만나
> 꽃과 함께 피와 함께 합창하던가[66]

> 불은 끝나지 않는 고난이 되어
> 죽음으로써만이 끝장이 나는
> 신화가 되어 너를 기다린다[67]

> 참기로 했다

어설픈 나의 신념 서투른 나의 싸움은 참기로 했다
신념이 피를 닮고
싸움이 불을 닮고
자유가 피같은 불같은 꽃을 닮고 있다는 것을 알 때 까지는[68]

김남주의 시는 뜨거운 불꽃을 품어내는 강렬함을 준다. 영혼의 꽃 속에, 육신을 타고 흐르는 피에 불꽃이 내재해있다. 간을 파 먹히는 고통을 벌로 받은 프로메테우스의 열정이 불 속에 숨어있고 신들로부터 받을 저주에 대한 두려움에도 불구하고 불씨를 인간에게 나른 프로메테우스의 소명의식이 고난의 길을 택한 시인에게 이어지고 있다. 김남주에게 피와 불과 꽃은 자유와 투쟁의 상징이며 순환 속에서 동일한 이미지이다. 첼란의 시작품에서 나타난 꽃은 새 생명과 새 언어에의 희망을 암시한다.

두 시인에게 '꽃'은 자유와 생명을 상징하지만 김남주 시인에게 있어서는 '피의 꽃으로 타오르는', '어둠을 사르고야 말 불빛'으로 혁명적 열정이다. 이에 반해 첼란에게 있어서 '꽃'은 극단적인 고통의 체험과 형용할 수 없는 인간의 만행 앞에 말을 상실한 시인이 침묵이라는 고통과 자아성찰의 공간을 통해 진실을 담을 수 있는 새 언어에 대한 소망이다. 진실을 담을 수 있는 꽃의 언어는 고통과 속죄를 통해 나타난다. 돌처럼 단단해진 고통 속에서, 시인은 이 언어를 오염되지 않은 바다의 근원에서 길어 올리려 한다. 장미가 꽃 피우듯 돌이 피어나며, 새처럼 공중으로 날아간다. 그래서 마침내 어둠에 빛을 발하는 별이 된다. 화석화된 말없는 고통의 상징인 돌이 별로 변하듯, 시인은 고통으로 화석화된 존재에서 벗어나 말하기를 원한다. 화인처럼 가슴에 각인된 고통을 식혀줄 수 있는 얼음과 눈으로 향하고, 시대에 오염되지 않은 태고의 신비와 순수함을 지닌 만년설에서 그 희망을 본다.

　이것은 만년설을 위해
　솟아오르는 한 마디 말.[69]

　얼음이 있는 곳에서 만남이 이루어지는데 이는 얼음의 차가움이 상처를 식혀줄 수 있기 때문이다. 단단하고 차가운 속성의 눈, 얼음, 돌은 고통스런 현실 인식을 상징하며, 죽은 자들, 시대의 가장자리로 밀려난 자들과의 만남과 암울한 시대를 증언한다. 또한 김남주에게 있어 꽃이 피요, 영혼이요, 육신으로 나타나 삶의 형상화, 투쟁의 의지를 보여준다면 첼란에게 있어서 꽃은 고통을 뚫고 나와서 그 고통을 어루만져줄 수 있는 언어로 태어난다. 김남주에게 '피', '불', '꽃'과 같은 뜨겁고 강한 이미지의 시어들이 두드러진 반면, 첼란에게서는 '얼음', '눈', '수정', '돌'과 같은 차갑고 단단한 이미지의 시어들이 자주 등장한다. 김남주는 470여 편의 그의 시 가운데 300여 편을 옥중에서 썼다. 그에게 감옥은 창작의 산실이었고 투쟁의 현장이었다. 수없는 고문 속에서 그의 고독한 저항은 간결한 표현과 직접적인 묘사로 나타난다. "똥개가 되라면 기꺼이 똥개가 되어" 고문을 가하는 자의 "똥구멍이라도 싹싹 핥아 주겠다"고 울부짖는다. "노예가 되라면 기꺼이 노예가 되어" 학대자의 발바닥을 핥아주겠다는 고문 현장에서 "하찮은 것이지만 육신은 나의 유일한 확실성"이라는 처절한 인식에 이른다. 몸으로 부딪히고 삶의 현장을 투쟁으로 보는 김남주는 모더니즘과 초현실주의의 시법을 벗어나고 있다. 꽃에 대해서 김남주와 첼란이 물질성과 추상성의 상반된 시각으로 접근하지만, 두 시인에게 꽃은 핏빛의 잔인한 현실 인식이다. 그리고 더 나은 미래에 대한 희망이 고통스런 현실 인식과 속죄에서 시작되고 있는 것은 동일하다.

1988년 12월 김남주 시인이 10년간의 감옥 생활에서 벗어나 자유공간으로 나왔을 때 현실은 생각했던 것과는 달랐다. 거대한 자본에 포섭된 욕망의 도시는 "구역질이 나는 토악의 세계"였고, "너무도 많은 것들이 너무나 많은 것들을 만들어 놓고 잠시도 가만히 있지를 못하는" 속도의 시대에 "이제 나는 아무짝에도 쓸데없는 사람이다"고 토로한다. 80년대 말의 시대 상황은 그를 집회장마다 불러냈고, 그는 투사의 역할을 감당했다. 그러나 일상의 삶과 투사의 삶 사이의 간극에서 일상에 매몰된 자신에 대한 자괴감을 보인다. 또 "시의 사회적 기능, 즉 변혁운동에 이바지해야 한다는 생각에 너무 사로잡혀 있는 나머지 사고의 폭과 생활의 다양성에 접근을 못하고 있다"[70]는 회의를 가진다. 적절한 시어를 찾고, 형식의 완결성에 세심한 배려를 하지 않은 자신의 게으름을 지적하면서 표현의 한계성에 대한 자신의 문제를 밝히기도 한다.

시적 세계와 현실과의 갈등은 첼란에게도 동일하다. 그는 자신의 시를 진실에서 먼 '현란한 수다', '거짓 시', '시가 아닌 시'로까지 규정하며 비판한다. 첼란의 고통스런 현실에 대한 인식은 언어에 대한 회의로 시작한다. 거짓 이데올로기를 변호하고 선전하는데 이용된 언어에 대한 회의, 현실을 진실하게 표현할 수 없는 오용된 언어에 대한 회의는 시인을 침묵으로 이끌어간다. 그 침묵은 '숯이 된 손 안에 금처럼 녹아있는' 고통과 인내의 언어이다. 시대의 아픔을 함께 겪고 견디며 이제 그 아픔을 증거 할 수 있는 언어를 시인은 찾고 있다. 낡은 거짓 언어는 권력을 쥔 자와 매음하며, 뒷덜미를 치는 폭도들과 함께 했다. 폭도의 습격을 받고 죽어가는 이들에게 노래 불러 줄 수 있는 말을 찾아서, 주검들과 함께 고통으로 굳어져버린 말을 깨우러 간다. 그 언어로 시대의 어두움에 대하여, 시대의 악에 대하여 증언하기 위함이다.

III. 시가 향하는 곳

"위대한 작품을 창조해내는 유일한 길은 위대한 삶이다"[71]고 믿은 김남주는 체험적 진실과 시를 동일시한다. 그의 시들만 읽어도 그가 어떤 삶을 살았는지 알 수 있다. 그래서 그의 시에는 시적 주체인 화자가 대부분 김남주이거나 그를 닮은 혁명가이다. 그가 맑은 공기, 깨끗한 물, 따뜻한 불, 밥, 집, 옷 들을 노래할 때 제 뼈와 살의 노동으로 만들어내는 노동자, 농민에 대한 애정이 들어있고, 남의 노동의 대가를 착취함으로써 독점하려는 자들에 대한 증오, 이들에 맞서는 자들에 대한 격려가 들어있다. "침묵의 시위를 떠나 피로 씌어진 언어의 화살로 가자"고 다짐하는 예술적 실천이 김남주의 임무요, 과제였다. 다음 시는 그가 시로서 실천하고자하는 것이 무엇이었는가를 보여준다.

대가리를 치면 꼬리로 일어서고
꼬리를 치면 대가리로 일어서고
가운데를 한 가운데를 치면
대가리와 꼬리가 한꺼번에 일어서고

뭐가 이 따위 것이 있어
그래 나는 이 따위 것이다[72]

나는 혁명시인
나의 노래는 전투에의 나팔소리
전투적인 인간을 나는 찬양한다[73]

김남주는 스스로를 '혁명시인', '민중의 벗', '해방전사', '전투적인 리얼리스트' 등으로 불렀다. 그에게 참된 민족문학은 바로 민중문학이었다. 이런 그에게 예술은 삶의 실천적 원리가 된다. 예술의 혁명적 내용을 중시하는 그에게 순수예술에 대한 거부감은 당연하다. "간단히 말하자. 나는 어느 편이냐 하면 가지지 못한 사람들 편이다."는 그의 말처럼 자신은 누구를 위해서 시를 쓰는 가를 분명히 밝힌다.

첼란의 시는 말 걸 수 있는 상대, 말 걸 수 있는 현실을 향해 나아간다. 그의 시는 먼저 간 자들의 '흔적'을 뒤따르고 있다.

점점 촘촘히 내리는 강설
비둘기 빛, 어제처럼,
네가 아직도 잠자는 듯 내리는 강설.

드넓게 깔린 백색
그 너머, 끝없이,
사라져버린 이의 썰매자국.[74]

아름다울 수 있을 겨울 풍경이 하얀 눈 위에 나있는 썰매자국, 끌려
간 이들, 실종된 이들, 사라져버린 이들이 남긴 썰매자국으로 인하여
보는 이의 눈을 아프게 한다. 시인은 이들의 뒤쫓으며 과거의 아픈 역
사를 드러낸다. 첼란에게 문학은 실존의 의미이다. 그는 문학 안에서
삶의 방향과 존재 의미를 부여하는 현실을 찾으려 한다. 나치에 의해
저질러진 잔인하고 비인간적인 역사적 사실을 지적하며, '그 날'이 지
난 후, 모두가 잊고자하는 그 날을 시인은 기억하며, 시를 쓴다. 하지
만 첼란에게 있어서 김남주 시에서 쉽게 볼 수 있는 혁명, 투쟁, 노동
과 같은 이데올로기적인 용어를 찾아볼 수 없다.

시대의 어두움을 시적으로 형상화하는데 있어서 이런 차이는 어디
에서 연유할까? 김남주가 서정성을 가능한 배제한 직접적인 현실 묘
사에 중점을 두었다면,[75] 첼란은 김남주에게서 보이지 않는 언어에 대
한 회의가 나타난다. 그래서 그가 선택한 시어는 상징과 비유가 두드
러진다. 김남주가 시를 통해 현실적인 사회 변혁을 꿈꾸는 혁명적 전
사였다면, 첼란은 인간적인 사회, 자유의 사회를 꿈꾸었지만 그 이상
향을 현실이 아닌 피안으로 여기는 이상주의자에 가깝게 보인다. 그러
나 현실 도피적인 이상주의자가 아니라 과거의 잔재가 남아있는, 여전
히 불의한 현실에 대한 비판에서 피안을 바라보고 있다.

두 시인의 시가 역사적 현실에 충실하고 시대문제에 철저했지만 바라보는 방향은 달랐다. 김남주는 전사로서 투쟁의 현장, 모순과 부조리한 현실에 머물렀다면, 첼란은 '미래의 북녘 강', '피안'과 같은 죽은 자들의 세계, 그들과 대화와 만남을 가능하게 하는 침묵의 공간으로 빠져들었다. 추적 망상과 아물지 않는 과거의 상처, 살아남은 자의 죄의식 속에서 1960년대 초부터 드러나기 시작하는 정신 분열증은 그를 더욱 고립과 고독의 세계로 끌고 갔다. 표절 시비로 인해서 마음의 병이 도지고, 여전히 적대적인 독일 현실에서 그가 쉼을 얻을 수 있었던 곳은 먼저 간 자들이 머무는 공간이 아니었을까?

첼란은 50세의 나이에 세느 강에 몸을 던졌다. 김남주는 48세의 나이에 췌장암으로 세상을 떠났다. 아우슈비츠의 끔찍한 역사를 평생 몸과 마음에 담고 살던 첼란은 눈 위에 선명히 나있는 끌려간 이들의 썰매자국을 따라가다 그들과 하나가 되었다. 유고일기에서 '내 병의 근원은 내 몸 속의 독기'라는 아픈 말을 남기고 떠난 김남주는 독재 권력과 부패한 자본사회가 그에게 가한 육체적, 정신적 폭력의 희생자였다. 역사의 어두운 시대를 증언하는 두 시인은 갔지만 그들이 부른 노래는 우리에게 생생한 시대의 증언이 되고 있다. '흑회색의 황야'와 같은 암울한 현실, 고통스런 인간의 세계에서도 노래는 끊어질 수 없다. "어두운 시대에 이 때에도 노래할 수 있는가? 그 때에도 노래할 수 있다. 그 어두운 시대에 대하여"라고 노래한 브레히트의 말처럼, 강제 수용소에서, 아우슈비츠에서, 오월의 잔인한 현장에서 노래가 불가능해 보이는 장소와 시간에서 삶의 노래는 불러졌다.

미주

1) Ingeborg Bachmann – Paul Celan. Herzzeit. Der Briefwechsel. Suhrkamp, 2008. 64.

2) Herzzeit, 19.

3) Herzzeit, 13.

4) Hamm, Peter(2008): Wer bin ich für Dich? – fragt Ingeborg Bachmann den Geliebten Paul Celan in ihrem letzten Brief an ihn. Der Band «Herzzeit» erzählt die Geschichte einer Liebe Die Zeit 2008. 8. 21.50.

5) Herzzeit, 41.

6) Felstiner, John: Paul Celan. Eine Biographie. München, 1997, 106.

7) 젊은 작곡가 헨체를 바흐만은 1952년 그룹 47에서 만났다. 바흐만과 함께 한 4년의 삶에서 섹슈얼리티는 배제되었지만 영원한 축제와 같은 시간이었다고 헨체는 고백했다.

8) 첼란이 바흐만과 프리쉬를 만나고 싶어하는 편지에 대한 4월 16일자 답장에서 프리쉬는 스위스 우에티콘에 있는 자신의 집 부근으로 와서 며칠간 쉬어가기를 권하는 형식적이면서 정중한 제안을 한다. 하지만 블뢰커 논평에 대한 첼란의 흥분과 분노에 대해서 프리쉬는 냉담하게 거리를 두고 있다.

9) Herzzeit, 127.

10) 1959년 12월 20일 지젤에게 쓴 편지에서 바흐만은 첼란 옆에서 그의 고통을 함께 감당하고 있는 그녀를 위로한다. 그리고 친구로서 자신이 할 수 있는 일은 한계가 있으며, "지치지 않는 강인한 사랑"이 첼란에게 필요하니 포기하지 말고 첼란을 계속 도와주라고 부탁한다. 첼란과의 편지왕래나 만남은 이후 매우 형식적인 분위기에서 이루어지고, 만날 때도 프리쉬나 지젤이 함께 했다. 생일과 특별한 날에 서로 축하하는 일도 없고, 문학상을 받아도 축하인사를 전하지 않았다.

11) 혼자 된 지젤에게 친척들은 재혼을 권유했다. 그들에게는 교회에서 결혼한 사이도 아니었던 두 사람의 결혼생활이 그저 '내연관계'로 보일 뿐이었다. 하지만 지젤은 끝까지 혼자 살았다. 아들 에릭은 '어머니는 죽을 때까지 결혼반지를 손가락에서 빼지 않았다'고 전한다.

12) 바흐만은 여성의 죽음을 주제로 삼부작 「말리나」, 「프란차의 사례」, 「화니 골드

만을 위한 진혼곡』을 집필한다. 여주인공들은 남성 중심사회에서 정체성 상실 위기를 겪으며, 결국 남성들의 지배 욕구에 의해서 희생된다. 『말리나』의 여주 인공은 연작소설의 다른 주인공들과는 달리 글쓰는 여성으로서 작가의 모습이 많이 투영되어있다.

13) 부륀스는 『말리나』를 "가상의 자서전"으로 본다. Brüns, Elke: Aussenstehend, ungelenk, kopfüber weiblich. Psychosexuelle Autorpositionen bei Marlen Haushofer, Marieluise Fleißer und Ingeborg Bachmann. Stuttgart und Weimar1998. 193.

14) Bachmann, Ingeborg: Malina. Suhrkamp. F/M 1980. 203.

15) Rainer Maria Rilke, Werke in vier Bänden. Hrsg. v. Manfred Engel, Ulrich F lleborn, Horst Nalewski, Ausgust Stahl. F/M und Leipzig 1996. (논문에서 R GW으로 표기함) R GW II 263.

16) R GW II 412.

17) R. M. Rilke, Briefe in zwei B nden. F/M, Leipzig 1991. 49.

18) C III 198.

19) C III 199.

20) R GW I 236.

21) Brief von Paul Celan vom 28. 7. 1960. In: Paul Celan, Nelly Sachs Briefwechsel. (Dischner, G.가 넬리 작스로부터 전해받은 편지들을 모아 개인소장으로 복사한 것임)

22) R GW I 161.

23) R GW I 158.

24) R GW II 91.

25) C I 99.

26) R GW I 159.

27) R GW I 203.

28) R GW I 166.

29) R GW I 170.

30) R GW I 75.

31) R GW I 166.

32) C I 227.

33) C II 26.

34) Die neue Gesellschaft Frankfurter Hefte, 1997. 193.

35) Krass, Stephan: "Mit einer Hoffnung auf ein kommendes Wort" In: Die neue Gesellschaft Frankfurter Hefte. Bonn 1997. 913.

36) 진리로 가는 도정에 있는 문학을 언어로 제시하는 하이데거의 "통나무 길"은 첼란에게게도 큰 공감을 준다. 그러나 첼란은 여기서 그의 'Holzwege'에 맞서 'Knppelpfade'를 사용하며 놀라운 언어유희를 보여준다. 번역작품 "밤과 안개"에서 첼란은 통나무 knueppel를 이른 아침 다섯 시에 잠에서 깨도록 통나무로 두들겨 맞는 강제 수용소와 연관하여 사용하고 있다.

37) Emmerich, Wolfgang: Paul Celan. Reinbek bei Hamburg 1999. 144.

38) 가다머는 이 시를 정신적 공감대를 가진 두 사람의 만남에 대한 기록으로 본다. 두 사람은 길을 걸으며 단지 일상적인 몇 마디 말을 나누지만, 어느 곳에선가 첼란은 하이데거도 "오늘의 희망"을 의미한다는 것을 느끼게 되고, 이에 기초하여 이 시가 쓰여졌다고 본다. 가다머는 두 사람간의 화합될 수 없는 틈 보다 사상적, 문학적 공통점을 더 강조한다.

39) 재인용 S. Krass: Ein unveröffentlicher Brief von M. Heidegger an Paul Celan. In: Neue Zuericher Zeitung am Sa. 3. Januar 1998.

40) Emmerich, Wolfgang: Paul Celan. Hamburg 1999. 124.

41) Celan II 385.

42) C II 26.

43) 이에 대한 해석은 다양하다. 마이네케 Dietlind Meinecke는 '실낱 햇살'과 '빛 음'을 최상의 언어로 인도하는 길라잡이로 이해한다. 피안의 언어가 현세의 단어로 표현되지 못하기에, 청각-시각적인 현상으로 나타난다고 본다. 여기서 '빛 음'은 현세의 '흑회색의 황야'에 대조를 이루며, 이 빛음은 구원의 힘을 가지고 있다는 것이다. 마이네케의 이러한 주장은 첼란이 점점 말을 상실하고 침묵으로 다가가는 이유에 대한 설명이 될 수 있다. 최상의 언어, 참된 언어를 일상의 말로는 포착할 수 없기에 그의 문학은 말없음으로 가는 도정에 있는 것이다. 얀츠 Marlies Janz는 마이네케의 해석을 신랄히 비판하며, "사이비 종교의 생각방식", "신비적인 환상의 축제"라고 비꼬아 말한다. 그는 흑회색 황야를 인간의 현세적인 모습이 아니라 인간 저편의 허구적인 장소로 해석한다. 시는 인간들의 저편을 실처럼 가는 햇살들이 비추이는 황야로 묘사하고 있으며 이 햇살들은 '나무 크기의 생각'에 리라의 현처럼 작용하여 그 생각이 노래로 나올 수 있도록

'빛 음'을 발견한다는 것이다. 얀츠의 해석에 반하여 미헬젠 Peter Michelsen은 황야가 현세계를 의미한다고 본다. 그리고 얀츠가 실낱 햇살을 리라의 현으로 보는 것은 사변적이라고 비판한다. 그는 수수께끼 같은 단어인 '실낱 햇살'이 복수의 꼴을 통해 강한 밝음을 의미한다고 보며, 이 햇살은 저 높은 곳에서 발생하는 밝은 빛의 현상으로 그 섬세함을 인간의 감각으로는 파악하기 힘든 것이라고 말한다. 그래서 어떤 눈도 이 햇살의 빛을 볼 수 없으며, 어떤 귀도 그 음을 들을 수 없고, 그 음을 어떤 소리도 재생할 수 없다는 것이다. 단지 한 '생각'이 이를 포착하고자 시도한다. 이러한 행위는 폭력과도 같은 강한 힘에 의해 이루어지는데, '붙잡는' 자는 자연스레 그에게 주어진 것이 아닌 그것을 자신에게 끌어당겨 자기 것으로 만든다고 말한다. 이 시를 종교적인 시각에서 해석하는 이들은 현세의 흑회색 황야를, 빛이 비추이고 노래가 울리는 피안에 대립시켜 본다. '황야'는 회의, 불만족, 절망의 의미를 담고, 이에 반해 '실낱 햇살'과 '빛 음'은 빛의 메타포로 희망과 연결시킨다. 정치적인 측면에서 해석하려는 이들 가운데 마더 Helmut Mader가 대표적인데, 그는 첼란의 시가 사회 현실로부터 책임감없이 도주하여, 상아탑 안으로 자신을 폐쇄시키고 있다고 본다. 그래서 그의 문학을 대화 없는 고립으로 해석한다. 많은 정치시인들은 '인간 저편'을 '인간에 등돌리는' 것으로 받아들이고 이를 비인간적인 것이라고 해석한다. 첼란의 시가 사회적, 정치적인 현실에서 거리를 취하고 자신만의 영역 안으로 고립해 들어가 거기서 자족한다는 마더의 견해에 프리트도 동조하는 것 같다.

44) 푀겔러는 피안을 종교적인 의미에서 성스러운 것으로, 철학적인 의미에서는 선과 신적인 것에 연관시켜 본다. Pöggeler, O.: Spur des Wortes. Zur Lyrik Paul Celans. 1986, 170.

45) Fried, Erich: "Rede zum ersten österreichischen Schriftstellrerkongress", 6.3.1981. In: Zirkular. 9.

46) Fried, Erich: Ich soll mich nicht gew hnen. Dankrede zur Verleihung des Bremer Literaturpreises 1983. In: die Horen 1984. 138.

47) Eke, Norbert Otto: Augen/Blicke oder: Die Wahrnehmung der Welt in Bildern. In: Die erfundene Wahrnehmung (Hrg. v. Nobert Otto Eke). Paderborn 1991. 17.

48) 루마니아는 고향의 의미 뿐 아니라 대화체 언어인 루마니아어가 첼란과 뮐러의 언어에 영향을 미쳤다. 뮐러는 루마니아어 없이는 자기 작품의 여러 제목들을 생각할 수 없다고 했으며 루마니아어가 모국어보다 더 감각적이고 자신에게 더

어울리는 말이라고 여겼다.

49) Cucuiu, Herta Haupt: Eine Poesie der Sinne. Paderborn 1996. 85.

50) Text und Kritik. München 2002 6.

51) Neue Banater Zeitung. Temeswar 1981, 재인용- Herta Haupt–Cucuiu, 133.

52) Müller, Herta: Der Teufel sitzt im Spiegel.

53) Müller: Paderborner Universitätsreden. 7.

54) Müller: Niederungen. 94.

55) Müller: In der Falle. Göttingen 1996. 18.

56) Müller: In der Falle. Göttingen 1996. 58

57) 김남주「학살」1 부분

58) 첼란「죽음의 푸가」부분

59) 첼란「그들 안에 흙이 있었으니」부분

60) 첼란「만돌라」부분

61) 첼란「흑암」부분

62) 김남주「바람에 지는 풀잎으로 오월을 노래하지 말아라」부분

63) 김남주「다시 시에 대하여」부분

64) 김남주「나는 나의 시가」부분

65) 김남주「예술 지상주의」부분

66) 김남주「잿더미」부분

67) 김남주「불」부분

68) 김남주「진혼가」부분

69) 첼란「머리가닥」부분

70) 김남주: 불씨 하나가 광야를 태우리라. 서울/시와 사회사 1994. 219.

71) 김남주: 불씨 하나가 광야를 태우리라. 서울/시와 사회사 1994. 218.

72) 김남주「결연」부분

73) 김남주「나 자신을 노래한다」부분

74) 첼란「귀향」부분

75) 물론 김남주가 모든 서정성을 배제한 것은 아니다. 인간해방을 위한 투쟁의지를 도색하거나 역사의식을 희석하는 서정성을 비난하고 있다. "나는 시라는 것을 내가 헤쳐가야 할 길을 위한 무기 이외의 것으로 생각해 본 적이 없습니다. 그래서 나는 가능하다면 내 시위에서 소위 서정성을 빼버릴려고 의식적으로 애를

쓰기도 했는데 그것이 어느 정도 성공적으로 되었는지 모릅니다. 특히 내가 제거하려고 했던 서정성은 소시민적 서정성, 자유주의적 서정성, 봉건사회에서 자연스럽게 이루어진 고리타분한 무당굿이라든가 판소리 가락에 묻어나오는 골계적, 해학적, 한적 서정성이었습니다."(김남주 1994, 83)「이 좋은 세상에」,「나물캐는 처녀가 있기에 봄도 있다네」는 서정성과 함께 시인의 투쟁 의지를 보여주고 있다.

정명순

전남대학교와 고려대학교에서 독문학을 전공하고, 독일 하노버대학교에서 첼란과 릴케 시문학 비교연구로 박사학위를 받았다. 현재 전남대학교 독일언어문학과 교수로 재직하고 있다. 「현대의 야만성에 나타난 신화와 계몽의 유희」, 「책읽어주는 남자」에 나타난 나치시대사의 형상화 문제점」 등의 논문으로 이성중심 현대사회에 대한 문학적 성찰을 시도하였으며, 「벽 틈의 증언자」, 「하우스호퍼의 '벽'에 갇힌 여성성」 등 다수의 논문을 통해 페미니즘문학 또한 관심을 갖고 연구하고 있다.

파울 첼란

초판 1쇄 발행 _ 2019년 6월 17일

저　　자 · 정 명 순
발 행 인 · 정 현 걸
발　　행 · 신 아 사
인　　쇄 · 대명프린팅
출판등록 · 1956년 1월 5일 (제9-52호)
주　　소 · 서울시 은평구 통일로 59길 4 (2F)
전　　화 · 02)382-6411 · 팩스 02)382-6401
홈페이지 · www.shinasa.co.kr
E - MAIL · shinasa@daum.net

ISBN 978-89-8396-348-2 (03850)

정가 16,000원